中國語言文字研究輯刊

二十編

許學仁 主編

第4冊

《文選》所存六朝時語研究

吳曉峰 著

花木蘭文化事業有限公司

國家圖書館出版品預行編目資料

《文選》所存六朝時語研究／吳曉峰 著 -- 初版 -- 新北市：
花木蘭文化事業有限公司，2021〔民110〕
目 10+246 面；21×29.7 公分
（中國語言文字研究輯刊 二十編；第 4 冊）
ISBN 978-986-518-335-6（精裝）
1. 文選 2. 研究考訂
802.08　　　　　　　　　　　　　　　　110000270

中國語言文字研究輯刊
二十編　第四冊　　　　　ISBN：978-986-518-335-6

《文選》所存六朝時語研究

作　　者　吳曉峰
主　　編　許學仁
總 編 輯　杜潔祥
副總編輯　楊嘉樂
編　　輯　許郁翎、張雅淋　美術編輯　陳逸婷
出　　版　花木蘭文化事業有限公司
發 行 人　高小娟
聯絡地址　235 新北市中和區中安街七二號十三樓
　　　　　電話：02-2923-1455／傳真：02-2923-1452
網　　址　http://www.huamulan.tw 信箱 service@huamulans.com
印　　刷　普羅文化出版廣告事業
初　　版　2021 年 3 月
全書字數　198349 字
定　　價　二十編 7 冊（精裝）　台幣 20,000 元　　版權所有・請勿翻印

《文選》所存六朝時語研究

吳曉峰 著

作者簡介

吳曉峰，女，1963 年 9 月生，吉林松原人。東北師範大學漢語史專業碩士，吉林大學先秦史專業博士，復旦大學中國語言文學博士後。歷任長春師範學院《昭明文選》研究所所長、黃岡師範學院文學院副院長、江蘇大學文學院副院長等職。現為江蘇大學文學院教授，兼任中國文選學研究會理事、中國文心雕龍研究會理事、鎮江歷史文化名城研究會理事。

主要研究方向：先秦史學、先秦文學、魏晉南北朝文學。《詩經》研究、《文選》研究領域多項成果獲得獎勵。

提　要

本書是 2010 年立項並於 2014 年結項的江蘇省社會科學基金重點項目的最終成果，基金項目號為 01ZWA002。自項目結項以後，經過較長時間的補充修訂，終於有了現在的規模。本書的主要研究對象是指收錄於《文選》中的，產生於自漢獻帝建安年間（公元 196～220 年），至南朝梁代各類作品中的語言現象。包括產生於彼時的新詞新語，也包括從古代發展過來的古詞古語在此時獲得了新的含義，亦包含了對於歷來《文選》研究者在理解上還存在爭議的問題的辨析。因此，全部四章內容即分別從《文選序》、《文選賦》、《文選詩》以及《文選》的雜體文類作品中尋找與所界定的「六朝時語」有關的語言現象，並進行了仔細研究。

其中共涉及到《文選》中 397 篇產生於六朝時期的賦、詩、文等各類文學作品，並結合《四庫全書》中的相關文獻資料，對照中國大陸通行的《辭源》《漢語大詞典》等兩大工具書，對其中 219 個語言點進行了辨析，分析了這些語言點在六朝產生時期的詞義現象。因而，對《辭源》與《漢語大詞典》的相關詞條編排等問題提出了辯證，這也是本書的創新之處。

江蘇省社會科學基金重點項目編號：01ZWA002

緒　論

一、《文選》所存六朝時語研究現狀述評

已故著名訓詁學家陸宗達先生曾言：「《文選》的蘊藏量是極為豐富的。它為我們保存了先秦至齊梁時期具有文學價值的各類作品。其中魏晉南北朝的當代作品佔有相當的比例；因而，它也為我們貯存了這一時期的文學語言。它在文學上兼有文學批評、文體論與風格論、文章學與修辭學等多方面的研究價值……專就《文選》的語言來說，書面語和口語夾雜，歷史上的經典文獻語言和作家的習慣語並存，全民慣用語和文學專用語並出……不解決語言問題，談何研究《文選》？所以，準確解讀《文選》的語言，又是發展新選學的基礎。」〔註1〕這揭示了《文選》語言研究的必要性和價值所在，也為本課題研究提供了理論依據。

「文選學」自隋唐之際產生至今，經歷了1400多年的發展歷程，由注重文字聲韻訓詁學、考據學、注釋學等方面研究的傳統選學，逐漸轉變為用新思想、新方法、新角度進行研究的新選學，取得的成就是多方面的。僅以吳曉峰《新時期選學研究立論摘編》（2000年7月）與王立群《現代文選學史》（2003年10月）統計的結果為據，可以看出，新文選學研究所取得的成就，除了在

〔註1〕陸宗達：《昭明文選譯注序》，趙福海等《昭明文選譯注》，吉林文史出版社，1988年4月版。

傳統選學研究的基礎上繼續深入以外，更在許多方面突破傳統侷限，開闢新課題並取得了富有開拓性的新成果。突出表現在《文選序》研究、《文選》版本研究、《文選》編者研究、《文選》與《文心雕龍》的關係研究、《文選》成書研究、《文選》注研究、《文選》分類研究等方面成就斐然。而在《文選》的語言研究方面，雖然也取得了一定進展，但還遠遠不夠，沒有如陸宗達先生所期待的，可以「準確解讀《文選》的語言」，並成為「發展新選學的基礎」。當然也就不能使《文選》中豐富的語言資源得以完整地展現給世人，這無疑是很令人遺憾的。

從《文選》李善注、五臣注直到今人的種種注本來看，傳統的訓詁、考據和注釋往往是對作品中的用典、字義等方面關注得多，但是對於語言的源流演進則關注得少。對於某些詞語的解釋，讀者或者知其然不知其所以然，或者根本就解釋錯了。

再回顧 20 世紀以來《文選》語言研究的現狀，僅發現很少的幾篇研究論文，系統的研究著作則一部也沒有。如八、九十年代，王若江先生曾連續發表了《文選連綿詞的訓釋問題》（1988 年第一屆文選學國際學術研討會），《文選連綿詞的語義問題》（1992 年第二屆文選學國際學術研討會），《文選連綿詞語用類型分析》（2000 年第四屆文選學國際學術研討會）等 3 篇論文，分專題探討《文選》中連綿詞的語義、類型等問題，並對歷代學者關於這些連綿詞的訓釋情況進行了認真地梳理，指出前人訓釋中存在的問題。為我們正確認識《文選》中的連綿詞提供了依據。而在 1995 年的第三屆文選學國際學術研討會上，呂正華發表《文選貯存的六朝「當時語」的價值》一文，從詞彙學、語義學的角度，對《文選》中保存的魏晉南北朝時期活的語言材料的存在價值進行了探討，認為這些語言材料是研究漢語發展演變的極其寶貴的資料。不僅關注到了《文選》中六朝當時語的存在，更關注到了它們的存在價值以及研究的重要性。這無疑是非常重要的意見。但很可惜，回應者卻寥寥無幾。僅在 2000 年的第四屆文選學國際學術研討會上，于智榮發表了《文選對時語的保存及今人訓釋問題》一文，針對《文選》所錄六朝作品中的仍、為、未展、見事、何意、向來等六個詞語，認為它們都是當時的慣用語，與我們通常所理解的意義不同，因而對它們的含義重新做了解釋。如《奏彈劉整》中「米未展送」句，今人有解釋「展

送」為「發送」的，有釋為「碾送」的，而于智榮先生則認為「展」是六朝習語，常常在前面加「未」、「不」等否定詞語表示「不及」、「來不及」之義。所以「米未展送」就是「米來不及送」。至於于智榮的解釋是否正確，下文將專門予以討論，但是從中可見，正確理解《文選》作品中的六朝慣用語的含義確實是解讀作品思想內容的關鍵。此外，有關《文選》語言研究的論文就只有蘭州大學的兩篇碩士學位論文了。一篇是 2007 年碩士時弘揚的《文選疊字研究》，從詞彙學角度研究《文選》中的疊字的結構與意義的變化情況；另一篇是 2008 年碩士劉昕的《文選漢賦單音同義詞義位考釋》，以《文選》漢賦原文中詞彙間的意義關係為依據，參考前人成果，整理出《文選》漢賦同義詞二百二十八組，並對這些同義詞的特徵進行了認真的分析和歸納。

　　上述研究成果為我們準確解讀《文選》的語言、深入研究《文選》提供了值得借鑒的重要資料和寶貴經驗。但是，就《文選》語言研究的整體而言，這些探索還僅僅停留在表層，不能完整揭示出《文選》語言的整體面貌。特別是對《文選》所存六朝時語的研究更是不充分、不全面的。既沒有對《文選》中的全部六朝時語做系統地檢索，也沒有對這些時語的內容做更深入的考查。所以，也就弄不清楚在《文選》中到底哪些是六朝習慣語或口語，哪些是書面語，這樣，也就不能分辨清楚今人的理解是否正確。當然更談不上正確的解讀《文選》了。既然這種研究現狀已經影響了對《文選》的解讀，也就說明已經難以適合「文選學」發展的要求，因此，本課題的研究就具有了拾遺補缺的作用。全面、系統地梳理《文選》中的六朝當時語，既可彌補《文選》研究領域的不足，也可為研究六朝以來漢語發展演變的規律提供依據。

二、《文選》與「文選學」的語料價值

　　太田辰夫（1916～1999）曾經說過：「在語言的歷史研究中，最主要的是資料的選擇。資料選擇得怎樣，對研究的結果起著決定性的作用。」〔註2〕這強調了語言研究中資料的重要作用。《文選》的語料價值更是不容低估。正如上文所引陸宗達先生所說，《文選》不僅為我們保存了先秦至齊梁時期具有文學價值的各類作品，特別是魏晉南北朝的當代作品也佔有相當的比例。因而，它也為我

〔註2〕〔日〕太田辰夫著，蔣紹愚、徐昌華譯：《中國語歷史文法》，北京大學出版社，2003 年版，第 373 頁。

們貯存了這些特定時期的文學語言，其中「書面語和口語夾雜，歷史上的經典文獻語言和作家的習慣語並存，全民慣用語和文學專用語並出」，因此，要研究漢語的發展演變過程，絕不可以忽視《文選》的存在。

《文選》收錄了從戰國至南朝梁代 131 位知名作家和無名氏的各類體裁的文學作品，分為賦，詩，騷，七，詔，冊，令，教，文，表，上書，啟，彈事，箋，奏記，書，檄，對問，設論，辭，序，頌，贊，符命，史論，史述贊，論，連珠，箴，銘，誄，哀，碑文，墓誌，行狀，弔文，祭文等 37 類編排。各類之中以作者所處時代先後為序，反映出文學發展、文體演變的歷史脈絡，同時，也清楚地標誌出漢語的發展軌跡。

而專門研究《文選》的「文選學」，自隋唐之際產生至今也已經歷了 1400 多年的發展歷程，由注重文字聲韻訓詁學、考據學、注釋學等方面研究的傳統選學，逐漸轉變為用新思想、新方法、新角度進行研究的新選學，取得了多方面的研究成果。而歷代選學家的研究成果本身也就是研究漢語演變的活的資料庫。因此，總體而言，《文選》以及「文選學」是保存了漢語自上古至當代漢語語料的重要寶庫，具有重要的開採價值。

（一）完整呈現了漢語的歷時性的演變過程

《文選》收錄了戰國至齊梁時期的歷代作家的作品，也就為我們保存了這一漫長歷史時期的豐富的語言材料。而「文選學」的成果又是歷代「選學」家對這些作品的解釋、闡發，因此，無論《文選》中的作品還是「文選學」的成果本身，都是研究歷代漢語演變的活化石。「由於時代的侷限性，中國歷代學者沒有能從歷史發展的全程上來看漢語的歷史，他們只著眼在先秦兩漢；他們沒有企圖探尋漢語發展的內部規律。」〔註3〕王力先生的批評本身表達了一種願望，他是從漢語研究的角度提出要注重探尋漢語發展的內部規律，要從歷史發展的全程上來看漢語的歷史，而不應僅僅侷限在對先秦兩漢語言的研究。事實上，許多產生於先秦時期的語詞，在後世的長期演變中發生了變化。主要表現為有的詞語經過漢魏六朝的繼承、沿用，在現代漢語中仍承襲下來；也有許多語詞則產生了新的意義而失去了本來面貌；也有的則是漢魏六朝時期及其以後產生的新詞……上述詞語的演變情況在《文選》的作品中、在「文選學」的發

〔註3〕王力：《漢語史稿》，北京：中華書局，1980 年 6 月版，上冊，第 13 頁。

展中都是有跡可循的，因此，從語言學的角度關注《文選》，有助於瞭解漢語由上古到中古演變的全過程。

　　漢語史研究中，有學者把先秦時期的文獻語言稱為上古漢語，而將東漢魏晉南北朝隋定為「中古漢語」時期，「中古漢語實際上是先秦文言文向唐宋白話文過渡階段的語言，但又與前後兩個時期的語言有明顯區別，時間上也有東漢魏晉南北朝隋這樣長的歷史跨度，將其獨立出來，對深入研究漢語史是大有好處的。」〔註4〕主要因為在漢語史的研究中，歷來把重點集中在先秦一段，因為這時期離我們最遠，語言障礙最大，許多先秦文獻如果不加注釋可能根本就無法讀懂。比較而言，讀漢魏以後的作品就順暢得多，至唐宋以後的作品又更加易讀得多。所以說東漢魏晉南北朝時期的文獻語言正處於一種承前啟後的階段，它在漢語研究中佔有重要的地位是不言而喻的。《文選》及其李善注、五臣注在收錄先秦文獻的同時，則大量保存了漢魏南北朝乃至隋唐時期的文獻語言，這些語言是這些時代的語言大師們在全體人民所使用的語言的基礎上高度加工的結果，如果能系統地加以梳理研究，無疑會為完整揭示漢語發展的全過程提供線索和依據。

（二）突出體現了中古漢語語詞的基本特徵

　　《文選》所收錄的作品尤以漢魏以後的占大多數，所以，這部著作更是研究中古漢語發展狀況的最寶貴資料。漢語史研究，語料的使用是最為重要的問題，而對於語料的時代真偽的鑒別，又是最為關鍵的內容。因為時代清楚無誤的語料對於研究當時的語言也就更具真實性。「從事漢語史的研究，首要的是所研究的語料具有真實性。相對來說，出土文獻比傳世文獻更為真實，口語語料比書面語語料更為真實，有確定的創作時間、作者的比沒有確定的時間、作者的更為真實：有較為確定的創作時間，才能與前代、同時代、後代的語料進行對比研究；有了較為確定的作者，才可以利用與其身份相關的各種信息。」〔註5〕《文選》既非出土文獻，也不是典型的口語語料，但是其中絕大多數產生於魏晉時期的作品的創作時間和作者都是比較明確的。因此，從語料使用的角度來看，《文選》無疑對於研究中古漢語的發展演變具有更為重要的價值。

〔註4〕王雲路：《中古漢語詞彙史》，北京：商務印書館，2010年1月版，第2頁。
〔註5〕陸廣：《〈法言〉〈揚雄集〉詞類研究》，高等教育出版社，2011年8月版，第6頁。

在上文所列《文選》的 37 種文體中，無論詩歌、散文還是賦體，魏晉時期作品占絕大部分，因此也保存了當時的漢語語詞、語法等語言資料，可以幫助我們瞭解當時的語言特色，特別是通過歷時的比較，也可以使我們對漢語在中古以後的發展演變軌跡有所瞭解。其價值要比史書等其他語料就有更特殊的優越性。因為，史書等其他語料往往會存在年代不明確等複雜問題。以史書為例，東漢至唐前的正史有《後漢書》、《三國志》、《晉書》、《宋書》、《南齊書》、《梁書》、《陳書》、《魏書》、《北齊書》、《周書》、《南史》、《北史》、《隋書》等十三種，但這當中問題就比較複雜。如《後漢書》、《三國志》、《宋書》、《南齊書》、《魏書》五種為魏晉六朝人所編撰，而其他八種，則是唐代人所作，不能視為六朝作品。即使是六朝人所寫的史書，一書之中的語料情況也很複雜。如王雲路先生所言：「對史書材料的使用問題，過去有一些不同的看法。有學者認為應以史書所記載的事件年代時間判定，也有學者認為應以作者寫作的時間為依據，還有學者提出應將史料分為記言與記事兩個部分，記事部分可以斷為成書時代，記言部分則應斷為說話人所處的時代。其實，把記言部分斷為說話人所處的時代的語料來處理也需要審慎。因為記言部分也並非實錄，而是經過了史書作者的抄錄、潤色，而這種修改往往是不經意的。自然而然的。《世說新語》書後有南宋廣川人董弅題跋：『晉人雅尚清談，唐初史臣修書，率意竄定，多非舊語。』此類情形很多。」〔註6〕可謂一語中的。而其他文獻語料在成書和流傳過程中竄入或雜糅的情形可能比史書還要複雜些，但《文選》中的作品即為作者本人的創作，就避免了史書或其他文獻語料的這些麻煩。因為他們的創作時代基本是準確的。

（三）保存了大量的中古漢語語言的實際材料

認為《文選》對於研究漢語發展史具有語料價值，更主要的原因還在於其所錄作品中確實保存了許多生動的中古語言材料。除了上文已經提過的相關學者的研究發現以外，還有大量的當時產生的詞彙語料等待挖掘。讀過《文選》卷五十三嵇康《養生論》的人也許都記得其中的一段話：「心戰於內，物誘於外，交賒相傾，如此覆敗者。」對於「交賒」二字，李善沒有加注，黃季剛先生解釋說：「這是六朝的慣用語。交是近，引申為內；賒是遠，引申為外。

〔註6〕王雲路：《中古漢語詞彙史》，北京：商務印書館，2010 年 1 月版，第 59～60 頁。

『交賒相傾』就是遠近相傾。也可以說是內外相傾。與前兩句『心戰於內，物誘於外』恰相應。」〔註7〕黃季剛先生以「近」釋「交」，以「遠」釋「賒」，並認為這是六朝習語，確實很有見地。「交」字的甲骨文字形象一個人交脛而立之形，有交叉、交錯、結交、互相等義，故可引申出近的意思；《字彙·貝部》：「賒，不交錢而買曰賒。」賒就是賒欠，即買物延期交款。因為延期，也可引申出時間的長、遠的意思。因此，「交賒」解釋為遠近是對的。至於為什麼認為它們是六朝慣用語，這就需要做進一步考察。

我們先後檢索了《史記》、《漢書》、《後漢書》、《三國志》、《宋書》、《晉書》等幾部史書，發現在《史記》、《漢書》、《後漢書》、《三國志》中的「交」除常用義外，還沒有作「近」義的用例，而「賒」字除常用義外，也沒有「遠」的用例。只在沈約的《宋書》與房玄齡等編著的《晉書》中，除了常用義以外，有新義出現。先看《宋書》中的「賒」字新義用例：

（1）事有如賒而實急，此之謂也。（《志第四·禮一》）

（2）今古既異，賒促不同。（《志第五·禮二》）

「賒」與「急」「促」相對而言，就有了「緩」、「遠」的意義。

《宋書》中的「交」字新義用例：

（3）今若減其米課，雖有交損，考之將來，理有深益。（《宋書·良吏》）

「交損」與「深益」相對而言，指眼前的損失，「交」就有「近」的意思了。

在《晉書》中沒見「交」作「近」義的用例，但卻有「賒」作「遠」義的用例：

（4）反舊之樂賒，而趣死之憂促（《晉書·孫楚傳》）

死後魂歸故土的歡樂太遙遠了，而趣死的憂愁卻很快就到了。「賒」與「促」對言，「賒」也是「遠」的意思。

沈約《宋書》產生於齊梁時期，房玄齡的《晉書》為唐代的作品，從幾部史書的用例情況可以看出，「交賒」二字的「遠近」意義確實是在六朝時期產生的。這個結論也得到相關文獻的證明：

嵇康《答難養生論》：「遠雖大，莫不忽之；近雖小，莫不存之。夫何故哉？誠以交賒相奪，識見異情也。……此以所重而要所輕，豈非背賒而趣交耶？

〔註7〕陳宏天等：《昭明文選譯注·陸宗達序》，長春：吉林文史出版社，1988年版。

智者則不然矣，審輕重然後動，量得失以居身。交賒之理同，故備遠如近，慎微如著，獨行眾妙之門，故終始無虞。」嵇康《答釋難宅無吉凶攝生論》：「藥之已病，其驗又見，故君子信之。宅之吉凶，其報賒遙，故君子疑之。今若以交賒為虛，則恐所以求物之地鮮矣。吾見溝澮，不疑江海之大；睹丘陵，則知有泰山之高也。若守藥則棄宅，見交則非賒，是海人所以終身無山，山客曰無大魚也。」南朝宋宗炳《明佛論》：「物無遁形，但或結於身，或播於事，交賒紛綸，顯昧渺漫，孰睹其際哉？」《文選》卷二十三阮籍的《詠懷》之六（登高臨四野），沈約注曰：「豈不知進趨之近禍敗哉？常以交利貨賒禍，故冒而行之，所謂求仁得仁也。」俱以「交」作「近」，「賒」作「遠」解。故「交賒」作「遠近」解，為六朝慣用語之說可謂證據充分。

諸如此類的詞語在《文選》中保存的例子很多。如《文選》卷三十六任昉《宣德皇后令》：「辯析天口，而似不能言；文擅雕龍，而成輒削稿。」江淹《別賦》中「賦有凌雲之稱，辯有雕龍之聲」的「雕龍」，本是取義於《史記》中「雕龍奭」的典故，魏晉時期卻賦予了新的含義，成為讚美文章詞采優美的代名詞；陸機《文賦》中「心牢落而無偶，意徘徊而不能揥」的「牢落」，表明孤獨無聊的心境。亦是魏晉以後產生的新詞義。凡此類的詞語甚多，這裡就不一一列舉了。

總之，《文選》是一部具有重要語料價值的文化礦藏，從語言學角度挖掘它的價值還剛剛起步，如果能夠認真地梳理、研究，必將對漢語發展史的研究有所貢獻。

三、研究內容與研究方法

1. 關於本課題的研究內容

本課題研究以《文選》中的六朝語料為研究對象。「六朝」之名出自唐代許嵩的《建康實錄》。其序云：

> 嵩述而不作，竊思好古。今質正傳，旁採遺文，始自吳起漢興平元年，終於陳末禎明三年。而吳黃龍已前雖引漢歷二十餘年，其實吳之首事及晉平吳，太康之後三十餘載，復涉西晉之年。洎瑯琊東遷，太興即位年，始為東晉首年，東晉一十一帝一百二年而禪於

宋，宋八帝六十年而禪於齊，齊七帝二十四年而禪於梁，梁五帝五
十六年而入於陳，陳五帝三十三年止。隋開皇元年，陳建首號，梁
之末年；梁稱元年，齊之季年；齊初即位，宋之餘年。則四家終始
共用三年，而吳四帝五十九年，南朝六代四十帝三百三十一年，通
西晉革吳之年，並吳首事之年，總四百年間。著東夏之事，勒成二
十卷，名曰《建康實錄》。具六朝君臣行事，事有詳簡，文有機要，
不必備舉。

故清人在《四庫全書・建康實錄提要》中亦稱：

《建康實錄》二十卷，唐許嵩撰。嵩自署曰高陽，蓋其郡望、其
始末則不可考。書中備記六朝事蹟，起吳大帝迄陳後主，凡四百年，
而以後梁附之。六朝皆都建康故以為名。

許嵩《建康實錄》是一部專門敘述六朝史事的史書。其所謂之「六朝」就
是指東漢以後曾在建康（今南京）建都的吳、東晉、宋、齊、梁、陳六個朝代。
然而，由於這六個朝代的興衰更替基本上是前後相繼的，它們在歷史上的存繼
時間大體上與中國歷史上的一個重要的階段相應，這就是從東漢末董卓之亂
起直到隋統一前的全過程。所以，「六朝」這個詞語就由指吳、東晉、宋、齊、
梁、陳六個朝代，而又增添了另一層含義，它代表了中國歷史上的一個特定的
時代，這個特定的時代通常被稱為魏晉南北朝〔註8〕。它的上限可以上推至東
漢末的桓靈之世，下限至隋統一前止。

本課題所謂之「六朝」，從所歷朝代而言基本上與此一致，也就是以這個
特定時代——魏晉南北朝時期為標誌。因此，所謂《文選》中的「六朝語料」，
也應該是指《文選》中所錄的、產生於這一時期的各體作品。但畢竟語言的
發展演變不是一朝一夕就可以完成的，而作為語言的斷代研究，又必須選擇
時代斷限分明無誤的語料才具有可操作性，否則將漫無邊際不知所從。為了
增強研究的可操作性，本課題在最終確定語料的時候，將研究對象的朝代上

〔註8〕此取周一良先生之說。周一良《魏晉南北朝史箚記》一書，是他讀《三國志》、
　　　《晉書》、《宋書》、《南齊書》、《梁書》、《陳書》、《魏書》、《北齊書》、《周書》、
　　　《隋書》同時參看了《南史》和《北史》以後所結集的箚記。《三國志》記事自曹
　　　操出生開始，而上及曹操祖父曹騰與其父曹嵩事，事在東漢桓帝靈帝時，得以統
　　　稱為魏。

限確定在漢獻帝建安年間（公元 196～220 年）〔註9〕，由此以下直至《文選》所錄最晚年代（即南朝梁代）的各類作品〔註10〕。故所謂的「《文選》所存六朝時語」，就具體是指保存於《文選》中的、產生於這一歷史階段的某些特殊的語言現象。可以是產生於彼時的新詞新語，也可以是從古代發展過來的古詞古語在此時獲得了新的含義。

本研究所用《文選》版本，以奎章閣《四庫全書》所收之《六臣注文選》為主，並參考上海中華書局據鄱陽胡氏校刻本校刊的《四部備要》集部之《文選李善注》〔註11〕與日本足利學校藏宋刊明州本《六臣注文選》〔註12〕。下面將《文選》中研究「六朝語料」所及諸篇及作家與寫作時代，按照賦、詩、雜體三類分別列表如下（下列各表所列篇目、作者及排名先後均據六十卷《六臣注文選》之目錄次序編排，如果標題、作者與正文不一致，則以正文為據並參照《文選李善注》的目錄與正文予以確定。在作者時代的確定上依據《文選李善注》所定為準，有較大爭議的則於正文相關處予以辨析。如果作者一人身歷幾個朝代，則以死期所處朝代為準）：

表一，賦

序號	篇　　　目	作　者	時　代	體／類
1	三都賦序	左太沖	西晉	賦／京都中
2	蜀都賦	左太沖	西晉	賦／京都中
3	吳都賦	左太沖	西晉	賦／京都下
4	魏都賦	左太沖	西晉	賦／京都下
5	籍田賦	潘安仁	西晉	賦／耕籍
6	射雉賦	潘安仁	西晉	賦／畋獵下
7	西征賦	潘安仁	西晉	賦／紀行下
8	登樓賦	王仲宣	三國魏	賦／遊覽

〔註9〕 以漢獻帝建安年間作為魏晉南北朝時期的開端，是選擇了游國恩等主編的《中國文學史》（人民文學出版社，1963 年版）的說法。

〔註10〕《文選》所錄作家作品止於南朝梁代，據南宋晁公武《郡齋讀書志》所言：「蓋其人既往，而後其文克定，然而所錄皆前人作也。」則《文選》所錄梁代作家皆為編書時已經去世的。亦有學者據此推斷《文選》成書年代，不在此議論範圍之內。

〔註11〕桐鄉陸費逵總勘，杭縣高時顯、吳汝霖輯校，杭縣丁輔之監造《李善注文選》，《四部備要·集部》，上海中華書局據鄱陽胡氏校刻本校刊。

〔註12〕日本足利學校藏宋刊明州本六臣注《文選》，北京：人民文學出版社，2008 年第 1版。

9	遊天台山	孫興公	西晉	賦／遊覽
10	蕪城賦	鮑明遠	南朝宋	賦／遊覽
11	景福殿賦	何平叔	三國魏	賦／宮殿
12	海賦	木玄虛	西晉〔註13〕	賦／江海
13	江賦	郭景純	東晉	賦／江海
14	秋興賦	潘安仁	西晉	賦／物色
15	雪賦	謝惠連	南朝宋	賦／物色
16	月賦	謝希逸	南朝宋	賦／物色
17	鸚鵡賦	彌正平	三國魏	賦／鳥獸上
18	鷦鷯賦	張茂先	西晉	賦／鳥獸上
19	赭白馬賦	顏延年	南朝宋	賦／鳥獸下
20	舞鶴賦	鮑明遠	南朝宋	賦／鳥獸下
21	閑居賦	潘安仁	西晉	賦／志下
22	思舊賦	向子期	西晉	賦／哀傷
23	歎逝賦	陸士衡	西晉	賦／哀傷
24	懷舊賦	潘安仁	西晉	賦／哀傷
25	寡婦賦	潘安仁	西晉	賦／哀傷
26	恨賦	江文通	南朝梁	賦／哀傷
27	別賦	江文通	南朝梁	賦／哀傷
28	文賦	陸士衡	西晉	賦／論文
29	琴賦	嵇叔夜	西晉	賦／音樂下
30	笙賦	潘安仁	西晉	賦／音樂下
31	嘯賦	成公子安	西晉	賦／音樂下
32	洛神賦	曹子建	三國魏	賦／情

表二，詩

序號	篇　目	作　者	時　代	體／類
1	補亡詩	束廣微	西晉	詩／補亡
2	述祖德	謝靈運	南朝宋	詩／述德
3	勵志詩	張茂先	西晉	詩／勸勵
4	上責躬應詔詩表及責躬詩	曹子建	三國魏	詩／獻詩
5	應詔詩	曹子建	三國魏	詩／獻詩

〔註13〕唐《藝文類聚》：「晉木玄虛《海賦》曰……」，《初學記》：「晉木玄虛《海賦》」，唐
　　　人認為木玄虛為西晉人。《文選》李善注：「《今處七志》曰：木華字玄虛，華集曰：
　　　為楊駿府主簿。傅亮《文章志》曰：廣川木玄虛為《海賦》，文甚俊麗，足繼前良。」

6	關中詩	潘安仁	西晉	詩／獻詩
7	公讌詩	曹子建	三國魏	詩／公讌
8	公讌詩	王仲宣	三國魏	詩／公讌
9	公讌詩	劉公幹	三國魏	詩／公讌
10	侍五官中郎將建章臺集詩	應德璉	三國魏	詩／公讌
11	皇太子宴玄圃宣猷堂有令賦詩	陸士衡	西晉	詩／公讌
12	大將軍讌會被命作詩	陸士龍	西晉	詩／公讌
13	晉武帝華林園集詩	應吉甫	西晉	詩／公讌
14	九日從宋公戲馬臺集送孔令詩	謝宣遠	南朝宋	詩／公讌
15	遊樂應詔詩	范蔚宗	南朝宋	詩／公讌
16	九日從宋公戲馬臺集送孔令詩	謝靈運	南朝宋	詩／公讌
17	應詔讌曲水作詩	顏延年	南朝宋	詩／公讌
18	皇太子釋奠會作詩	顏延年	南朝宋	詩／公讌
19	侍讌樂遊苑送張徐州應詔詩	丘希範	南朝梁	詩／公讌
20	應詔樂遊苑餞呂僧珍詩	沈休文	南朝梁	詩／公讌
21	送應氏詩二首	曹子建	三國魏	詩／祖餞
22	征西官屬送於陟陽侯作詩	孫子荊	西晉	詩／祖餞
23	金谷集作詩	潘安仁	西晉	詩／祖餞
24	王撫軍庾西陽集別時為豫章太守庾被徵還東	謝宣遠	南朝宋	詩／祖餞
25	鄰里相送方山詩	謝靈運	南朝宋	詩／祖餞
26	新亭渚別范零陵詩	謝玄暉	南朝齊	詩／祖餞
27	別范安成詩	沈休文	南朝梁	詩／祖餞
28	詠史詩	王仲宣	三國魏	詩／詠史
29	三良詩	曹子建	三國魏	詩／詠史
30	詠史詩	左太沖	西晉	詩／詠史
31	詠史	張景陽	西晉	詩／詠史
32	覽古	盧子諒	西晉	詩／詠史
33	張子房詩	謝宣遠	南朝宋	詩／詠史
34	秋胡詩	顏延年	南朝宋	詩／詠史
35	五君詠	顏延年	南朝宋	詩／詠史
36	詠史	鮑明遠	南朝宋	詩／詠史
37	詠霍將軍北伐	虞子陽	南朝梁	詩／詠史
38	百一詩	應休璉	三國魏	詩／百一
39	遊仙詩	何敬祖	西晉	詩／遊仙

40	遊仙詩	郭景純	東晉	詩／遊仙
41	招隱詩	左太沖	西晉	詩／招隱
42	招隱詩	陸士衡	西晉	詩／招隱
43	反招隱詩	王康琚	西晉	詩／反招隱
44	芙蓉池作	魏文帝	三國魏	詩／遊覽
45	南州桓公九井作	殷仲文	東晉	詩／遊覽
46	遊西池	謝叔源	東晉	詩／遊覽
47	泛湖歸出樓中翫月	謝惠連	南朝宋	詩／遊覽
48	從遊京口北固應詔	謝靈運	南朝宋	詩／遊覽
49	晚出西射堂	謝靈運	南朝宋	詩／遊覽
50	登池上樓	謝靈運	南朝宋	詩／遊覽
51	遊南亭	謝靈運	南朝宋	詩／遊覽
52	遊赤石進帆海	謝靈運	南朝宋	詩／遊覽
53	石壁精舍還湖中作	謝靈運	南朝宋	詩／遊覽
54	登石門最高頂	謝靈運	南朝宋	詩／遊覽
55	於南山往北山經湖中瞻眺	謝靈運	南朝宋	詩／遊覽
56	從斤竹澗越嶺溪行	謝靈運	南朝宋	詩／遊覽
57	應詔觀北湖田收	顏延年	南朝宋	詩／遊覽
58	車駕幸京口侍遊蒜山作	顏延年	南朝宋	詩／遊覽
59	車駕幸京口三月三日侍遊曲阿後湖作	顏延年	南朝宋	詩／遊覽
60	行藥至城東橋	鮑明遠	南朝宋	詩／遊覽
61	遊東田	謝玄暉	南朝齊	詩／遊覽
62	從冠軍建平王登廬山香爐峰	江文通	南朝梁	詩／遊覽
63	鍾山詩應西陽王教	沈休文	南朝梁	詩／遊覽
64	宿東園	沈休文	南朝梁	詩／遊覽
65	遊沈道士館	沈休文	南朝梁	詩／遊覽
66	古意酬到長史溉登琅邪城詩	徐敬業	南朝梁	詩／遊覽
67	詠懷詩	阮嗣宗	西晉	詩／詠懷
68	秋懷詩	謝惠連	南朝宋	詩／詠懷
69	臨終時	歐陽堅石	西晉	詩／詠懷
70	幽憤詩	嵇叔夜	西晉	詩／哀傷
71	七哀詩	曹子建	三國魏	詩／哀傷
72	七哀詩	王仲宣	三國魏	詩／哀傷
73	七哀詩	張孟陽	西晉	詩／哀傷

74	悼亡詩	潘安仁	西晉	詩／哀傷
75	盧陵王墓下作	謝靈運	南朝宋	詩／哀傷
76	拜陵廟作	顏延年	南朝宋	詩／哀傷
77	同謝諮議銅雀臺詩	謝玄暉	南朝齊	詩／哀傷
78	出郡傳舍哭范僕射	任彥昇	南朝梁	詩／哀傷
79	贈蔡子篤詩	王仲宣	三國魏	詩／贈答一
80	贈士孫文始	王仲宣	三國魏	詩／贈答一
81	贈文叔良	王仲宣	三國魏	詩／贈答一
82	贈五官中郎將	劉公幹	三國魏	詩／贈答一
83	贈徐幹	劉公幹	三國魏	詩／贈答一
84	贈從弟	劉公幹	三國魏	詩／贈答一
85	贈徐幹	曹子建	三國魏	詩／贈答二
86	贈丁儀	曹子建	三國魏	詩／贈答二
87	贈王粲	曹子建	三國魏	詩／贈答二
88	又贈丁儀王粲	曹子建	三國魏	詩／贈答二
89	贈白馬王彪	曹子建	三國魏	詩／贈答二
90	贈丁翼	曹子建	三國魏	詩／贈答二
91	贈秀才入軍	嵇叔夜	西晉	詩／贈答二
92	贈山濤	司馬紹統	西晉	詩／贈答二
93	答何劭	張茂先	西晉	詩／贈答二
94	贈張華	何敬祖	西晉	詩／贈答二
95	贈馮文羆遷斥丘令	陸士衡	西晉	詩／贈答二
96	答賈長淵	陸士衡	西晉	詩／贈答二
97	於承明作與世龍	陸士衡	西晉	詩／贈答二
98	贈尚書郎顧彥先	陸士衡	西晉	詩／贈答二
99	贈顧交趾公真	陸士衡	西晉	詩／贈答二
100	贈從兄車騎	陸士衡	西晉	詩／贈答二
101	答張士然	陸士衡	西晉	詩／贈答二
102	為顧彥先贈婦	陸士衡	西晉	詩／贈答二
103	贈馮文羆	陸士衡	西晉	詩／贈答二
104	贈弟士龍	陸士衡	西晉	詩／贈答二
105	為賈謐作贈陸機	潘安仁	西晉	詩／贈答二
106	贈陸機出為吳王郎中令	潘正叔	西晉	詩／贈答二
107	贈河陽	潘正叔	西晉	詩／贈答二
108	贈侍御史王元貺	潘正叔	西晉	詩／贈答二

109	贈何劭王濟	傅長虞	西晉	詩／贈答三
110	答傅咸	郭泰機	西晉	詩／贈答三
111	為顧彥先贈婦	陸士龍	西晉	詩／贈答三
112	答兄機	陸士龍	西晉	詩／贈答三
113	答張士然	陸士龍	西晉	詩／贈答三
114	答盧諶	劉越石	西晉	詩／贈答三
115	重贈盧諶	劉越石	西晉	詩／贈答三
116	贈劉琨一首並書	盧子諒	西晉	詩／贈答三
117	贈崔溫	盧子諒	西晉	詩／贈答三
118	答魏子悌	盧子諒	西晉	詩／贈答三
119	答靈運	謝宣遠	南朝宋	詩／贈答三
120	於安城答靈運	謝宣遠	南朝宋	詩／贈答三
121	西陵遇風獻康樂	謝惠連	南朝宋	詩／贈答三
122	還舊園作見顏范二中書	謝靈運	南朝宋	詩／贈答三
123	登臨海嶠初發疆中作與從弟惠連見羊何共和之	謝靈運	南朝宋	詩／贈答三
124	酬從弟惠連	謝靈運	南朝宋	詩／贈答三
125	贈王太常	顏延年	南朝宋	詩／贈答四
126	夏夜呈從兄散騎車長沙	顏延年	南朝宋	詩／贈答四
127	直東宮答鄭尚書	顏延年	南朝宋	詩／贈答四
128	和謝監靈運	顏延年	南朝宋	詩／贈答四
129	答顏延年	王僧達	南朝宋	詩／贈答四
130	郡內高齋閒坐答呂法曹	謝玄暉	南朝齊	詩／贈答四
131	在郡臥病呈沈尚書	謝玄暉	南朝齊	詩／贈答四
132	暫使下都夜發新林至京邑贈西府同僚	謝玄暉	南朝齊	詩／贈答四
133	酬王晉安	謝玄暉	南朝齊	詩／贈答四
134	奉答內兄希叔	陸韓卿	南朝齊	詩／贈答四
135	贈張徐州稷	范彥龍	南朝齊	詩／贈答四
136	古意贈王中書	范彥龍	南朝齊	詩／贈答四
137	贈郭桐廬出溪口見候余既未至郭仍進村維舟久之郭生方至	任彥昇	南朝梁	詩／贈答四
138	河陽縣作	潘安仁	西晉	詩／行旅上
139	在懷縣作	潘安仁	西晉	詩／行旅上
140	迎大駕	潘正叔	西晉	詩／行旅上
141	赴洛詩	陸士衡	西晉	詩／行旅上

142	赴洛道中作	陸士衡	西晉	詩／行旅上
143	吳王郎中時從梁陳作	陸士衡	西晉	詩／行旅上
144	始作鎮軍參軍經曲阿作	陶淵明	南朝宋	詩／行旅上
145	辛丑歲七月赴假還江陵夜行塗口作	陶淵明	南朝宋	詩／行旅上
146	永初三年七月十六日之郡初發都	謝靈運	南朝宋	詩／行旅上
147	過始寧墅	謝靈運	南朝宋	詩／行旅上
148	富春渚	謝靈運	南朝宋	詩／行旅上
149	七里瀨	謝靈運	南朝宋	詩／行旅上
150	發江中孤嶼	謝靈運	南朝宋	詩／行旅上
151	初去郡	謝靈運	南朝宋	詩／行旅上
152	初發石首城	謝靈運	南朝宋	詩／行旅上
153	道路憶山中	謝靈運	南朝宋	詩／行旅上
154	入彭蠡湖口	謝靈運	南朝宋	詩／行旅上
155	入華子崗是麻源第三谷	謝靈運	南朝宋	詩／行旅上
156	北使洛	顏延年	南朝宋	詩／行旅下
157	還至梁城作	顏延年	南朝宋	詩／行旅下
158	始安郡還都與張湘州登巴陵城樓作	顏延年	南朝宋	詩／行旅下
159	還都道中作	鮑明遠	南朝宋	詩／行旅下
160	之宣城出新林浦向板橋	謝玄暉	南朝齊	詩／行旅下
161	敬亭山詩	謝玄暉	南朝齊	詩／行旅下
162	休沐重還道中	謝玄暉	南朝齊	詩／行旅下
163	晚登三山還望京邑	謝玄暉	南朝齊	詩／行旅下
164	京路夜發	謝玄暉	南朝齊	詩／行旅下
165	望荊山	江文通	南朝梁	詩／行旅下
166	旦發漁浦潭	丘希範	南朝梁	詩／行旅下
167	早發定山	沈休文	南朝梁	詩／行旅下
168	新安江水至清淺深見底貽京邑遊好	沈休文	南朝梁	詩／行旅下
169	從軍詩	王仲宣	三國魏	詩／軍戎
170	宋郊祀歌	顏延年	南朝宋	詩／郊廟
171	樂府	魏武帝	三國魏	詩／樂府上
172	樂府	魏文帝	三國魏	詩／樂府上
173	樂府	曹子建	三國魏	詩／樂府上

174	王明君辭	石季倫	西晉	詩／樂府上
175	樂府	陸士衡	西晉	詩／樂府下
176	樂府	謝靈運	南朝宋	詩／樂府下
177	樂府	鮑明遠	南朝宋	詩／樂府下
178	鼓吹曲	謝玄暉	南朝齊	詩／樂府下
179	輓歌詩	繆熙伯	三國魏	詩／輓歌
180	輓歌詩	陸士衡	西晉	詩／輓歌
181	輓歌詩	陶淵明	南朝宋	詩／輓歌
182	扶風歌	劉越石	西晉	詩／雜歌
183	中山王孺子妾歌	陸韓卿	南朝齊	詩／雜歌
184	雜詩	王仲宣	三國魏	詩／雜詩上
185	雜詩	劉公幹	三國魏	詩／雜詩上
186	雜詩	魏文帝	三國魏	詩／雜詩上
187	朔風詩	曹子建	三國魏	詩／雜詩上
188	雜詩	曹子建	三國魏	詩／雜詩上
189	情詩	曹子建	三國魏	詩／雜詩上
190	雜詩	嵇叔夜	西晉	詩／雜詩上
191	雜詩	傅休奕	西晉	詩／雜詩上
192	雜詩	張茂先	西晉	詩／雜詩上
193	情詩	張茂先	西晉	詩／雜詩上
194	園葵詩	陸士衡	西晉	詩／雜詩上
195	思友人詩	曹顏遠	西晉	詩／雜詩上
196	感舊詩	曹顏遠	西晉	詩／雜詩上
197	雜詩	何敬祖	西晉	詩／雜詩上
198	雜詩	王正長	西晉	詩／雜詩上
199	雜詩	棗道彥	西晉	詩／雜詩上
200	雜詩	左太沖	西晉	詩／雜詩上
201	雜詩	張季鷹	西晉	詩／雜詩上
202	雜詩	張景陽	西晉	詩／雜詩上
203	時興	盧子諒	西晉	詩／雜詩下
204	雜詩	陶淵明	南朝宋	詩／雜詩下
205	詠貧士詩	陶淵明	南朝宋	詩／雜詩下
206	讀山海經詩	陶淵明	南朝宋	詩／雜詩下
207	七月七日夜詠牛女	謝惠連	南朝宋	詩／雜詩下
208	搗衣詩	謝惠連	南朝宋	詩／雜詩下

209	南樓中望所遲客	謝靈運	南朝宋	詩／雜詩下
210	田南樹園激流植援	謝靈運	南朝宋	詩／雜詩下
211	齋中讀書	謝靈運	南朝宋	詩／雜詩下
212	石門新營所住四面高山迴溪石瀨修竹茂林	謝靈運	南朝宋	詩／雜詩下
213	雜詩	王景玄	南朝宋	詩／雜詩下
214	數詩	鮑明遠	南朝宋	詩／雜詩下
215	翫月城西門廨中	鮑明遠	南朝宋	詩／雜詩下
216	始出尚書省	謝玄暉	南朝齊	詩／雜詩下
217	直中書省	謝玄暉	南朝齊	詩／雜詩下
218	觀朝雨	謝玄暉	南朝齊	詩／雜詩下
219	郡內登望	謝玄暉	南朝齊	詩／雜詩下
220	和伏武昌登孫權故城	謝玄暉	南朝齊	詩／雜詩下
221	和王著作八公山詩	謝玄暉	南朝齊	詩／雜詩下
222	和徐都曹	謝玄暉	南朝齊	詩／雜詩下
223	和王主簿怨情	謝玄暉	南朝齊	詩／雜詩下
224	和謝宣城詩	沈休文	南朝梁	詩／雜詩下
225	應王中丞思遠詠月	沈休文	南朝梁	詩／雜詩下
226	冬節後至丞相第詣世子車中作	沈休文	南朝梁	詩／雜詩下
227	直學省愁臥	沈休文	南朝梁	詩／雜詩下
228	詠湖中鴈	沈休文	南朝梁	詩／雜詩下
229	三月三日率爾成篇	沈休文	南朝梁	詩／雜詩下
230	擬古詩	陸士衡	西晉	詩／雜擬上
231	擬四愁詩	張孟陽	西晉	詩／雜擬上
232	擬古詩	陶淵明	南朝宋	詩／雜擬上
233	擬魏太子鄴中集詩	謝靈運	南朝宋	詩／雜擬上
234	傚曹子建樂府白馬篇	袁陽源	南朝宋	詩／雜擬下
235	傚古詩	袁陽源	南朝宋	詩／雜擬下
236	擬古詩	劉休玄	南朝宋	詩／雜擬下
237	和琅邪王依古	王僧達	南朝宋	詩／雜擬下
238	擬古	鮑明遠	南朝宋	詩／雜擬下
239	學劉公幹體	鮑明遠	南朝宋	詩／雜擬下
240	代君子有所思	鮑明遠	南朝宋	詩／雜擬下
241	傚古	范彥龍	南朝齊	詩／雜擬下
242	雜體詩	江文通	南朝梁	詩／雜擬下

表三，雜體（賦、詩以外的各體作品，如七、冊、令、教、文、表等）

序號	篇　目	作　者	時　代	體／類
1	七啟	曹子建	三國魏	七／上
2	七命	張景陽	西晉	七／下
3	冊魏公九錫文	潘元茂	三國魏	冊
4	宣德皇后令	任彥昇	南朝梁	令
5	為宋公修張良廟教	傅季友	南朝宋	教
6	為宋公修楚元王廟教	傅季友	南朝宋	教
7	永明九年策秀才文	王元長	南朝齊	文
8	永明十一年策秀才文	王元長	南朝齊	文
9	天監三年策秀才文	任彥昇	南朝梁	文
10	薦彌衡表	孔文舉	三國魏	表／上
11	出師表	諸葛亮	三國蜀	表／上
12	求自試表	曹子建	三國魏	表／上
13	求通親親表	曹子建	三國魏	表／上
14	讓開府表	羊叔子	西晉	表／上
15	陳情表	李令伯	西晉	表／上
16	謝平原內史表	陸士衡	西晉	表／上
17	勸進表	劉越石	西晉	表／上
18	為吳令謝詢求為諸孫置守塚人表	張士然	西晉	表／下
19	讓中書令表	虞元規	東晉	表／下
20	薦譙元彥表	桓子元	東晉	表／下
21	解尚書表	殷仲文	東晉	表／下
22	為宋公至洛陽謁五陵表	傅季友	南朝宋	表／下
23	為宋公求加贈劉前軍表	傅季友	南朝宋	表／下
24	為齊明帝讓宣城郡公第一表	任彥昇	南朝梁	表／下
25	為范尚書讓吏部封侯第一表	任彥昇	南朝梁	表／下
26	為蕭揚州作薦士表	任彥昇	南朝梁	表／下
27	為褚諮議蓁讓代兄襲封表	任彥昇	南朝梁	表／下
28	為范始興作求立太宰碑表	任彥昇	南朝梁	表／下
29	詣建平王上書	江文通	南朝梁	上書
30	奉答敕示七夕詩啟	任彥昇	南朝梁	啟
31	為卞彬謝修卞忠貞墓啟	任彥昇	南朝梁	啟
32	啟蕭太傅固辭奪禮	任彥昇	南朝梁	啟

33	奏彈曹景宗	任彥昇	南朝梁	彈事
34	奏彈劉整	任彥昇	南朝梁	彈事
35	奏彈王源	沈休文	南朝梁	彈事
36	答臨淄侯箋	楊德祖	三國魏	箋
37	與魏文帝箋	繁休伯	三國魏	箋
38	答東阿王箋	陳孔璋	三國魏	箋
39	答魏太子箋	吳季重	三國魏	箋
40	在元城與魏太子箋	吳季重	三國魏	箋
41	為鄭沖勸晉王箋	阮嗣宗	西晉	箋
42	拜中軍記室辭隋王箋	謝玄暉	南朝齊	箋
43	到大司馬記室箋	任彥昇	南朝梁	箋
44	百辟勸進今上箋	任彥昇	南朝梁	箋
45	詣蔣公	阮嗣宗	西晉	奏記
46	論盛孝章書	孔文舉	三國魏	書上
47	為曹洪與魏文帝書	陳孔璋	三國魏	書上
48	為曹公作書與孫權	阮元瑜	三國魏	書中
49	與朝歌令吳質書	魏文帝	三國魏	書中
50	與吳質書	魏文帝	三國魏	書中
51	與鍾大理書	魏文帝	三國魏	書中
52	與楊德祖書	曹子建	三國魏	書中
53	與吳季重書	曹子建	三國魏	書中
54	答東阿王書	吳季重	三國魏	書中
55	與滿公琰書	應休璉	三國魏	書中
56	與侍郎曹長思書	應休璉	三國魏	書中
57	與廣川長岑文瑜書	應休璉	三國魏	書中
58	與從弟君苗君胄書	應休璉	三國魏	書中
59	與山巨源絕交書	嵇叔夜	西晉	書下
60	為石仲容與孫皓書	孫子荊	西晉	書下
61	與嵇茂齊書	趙景真	西晉	書下
62	與陳伯之書	丘希範	南朝梁	書下
63	重答劉秣陵沼書	劉孝標	南朝梁	書下
64	北山移文	孔德璋	南朝齊	書下
65	為袁紹檄豫州	陳孔璋	三國魏	檄
66	檄吳將校部曲文	陳孔璋	三國魏	檄
67	檄蜀文	鍾士季	三國魏	檄

68	歸去來	陶淵明	南朝宋	辭
69	《春秋左氏傳》序	杜元凱	西晉	序上
70	《三都賦》序	皇甫士安	西晉	序上
71	《思歸引》序	石季倫	西晉	序上
72	《豪士賦》序	陸士衡	西晉	序下
73	《三月三日曲水詩》序	顏延年	南朝宋	序下
74	《三月三日曲水詩》序	王元長	南朝齊	序下
75	《王文憲集》序	任彥昇	南朝梁	序下
76	酒德頌	劉伯倫	西晉	頌
77	漢高祖功臣頌	陸士衡	西晉	頌
78	東方朔畫贊	夏侯孝若	西晉	贊
79	三國名臣序贊	袁彥伯	東晉	贊
80	《晉紀》論晉武帝革命	干令升	東晉	史論上
81	《晉紀》總論	干令升	東晉	史論上
82	《後漢書》皇后紀論	范蔚宗	南朝宋	史論上
83	《後漢書》二十八將傳論	范蔚宗	南朝宋	史論下
84	宦者傳論	范蔚宗	南朝宋	史論下
85	逸民傳論	范蔚宗	南朝宋	史論下
86	《宋書》謝靈運傳論	沈休文	南朝梁	史論下
87	恩倖傳論	沈休文	南朝梁	史論下
88	《後漢書》光武紀贊	范蔚宗	南朝宋	史述贊
89	《典論》論文	魏文帝	三國魏	論二
90	六代論	曹元首	三國魏	論二
91	博弈論	韋弘嗣	三國吳	論二
92	養生論	嵇叔夜	西晉	論三
93	運命論	李蕭遠	三國魏	論三
94	辯亡論	陸士衡	西晉	論三
95	五等論	陸士衡	西晉	論四
96	辯命論	劉孝標	南朝梁	論四
97	廣絕交論	劉孝標	南朝梁	論五
98	演連珠	陸士衡	西晉	連珠
99	女史箴	張茂先	西晉	箴
100	劍閣銘	張孟陽	西晉	銘
101	石闕銘	陸佐公	南朝梁	銘
102	新刻漏銘	陸佐公	南朝梁	銘

103	王仲宣誄	曹子建	三國魏	誄上
104	楊荊州誄	潘安仁	西晉	誄上
105	楊仲武誄	潘安仁	西晉	誄上
106	夏侯常侍誄	潘安仁	西晉	誄下
107	馬汧都誄	潘安仁	西晉	誄下
108	陽給事誄	顏延年	南朝宋	誄下
109	陶徵士誄	顏延年	南朝宋	誄下
110	宋孝武宣貴妃誄	謝希逸	南朝宋	誄下
111	哀永逝文	潘安仁	西晉	哀上
112	宋文皇帝元皇后哀策文	顏延年	南朝宋	哀下
113	齊敬皇后哀策文	謝玄暉	南朝齊	哀下
114	褚淵碑文	王仲寶	南朝齊	碑文上
115	頭陀寺碑文	王簡栖	南朝梁	碑文下
116	齊故安陸昭王碑文	沈休文	南朝梁	碑文下
117	劉先生夫人墓誌	任彥昇	南朝梁	墓誌
118	齊竟陵文宣王行狀	任彥昇	南朝梁	行狀
119	弔魏武帝文	陸士衡	西晉	弔文
120	祭古塚文	謝惠連	南朝宋	祭文
121	祭屈原文	顏延年	南朝宋	祭文
122	祭顏光祿文	王僧達	南朝宋	祭文

上述表格所列作品篇目，共有 396 種，包括了《文選》所錄上起建安下至南朝梁代的賦、詩、文等各體作品。本課題即對這 396 篇作品中反映出來的六朝語言現象進行系統研究，由於《文選序》為蕭統所作，所以也可以作為本課題研究的語料。如此，本課題研究涉及《文選》的作品就有 397 篇。

2. 研究方法及論證的基本體例

在研究中，我們將努力貫徹以下研究方法：第一，利用統計學的方法，進行窮盡式地檢索與量化分析；第二，注重語義、詞彙、語法的有機結合；第三，採用共時性和歷時性相結合的方法去審視、考察，從而對《文選》中所存在的產生於六朝的新詞新語，或者是在古詞古語基礎上發生了變化、具有了新的含義的語言現象進行深入分析。第四，通過文獻對照、文史互證法，《文選》中的文學語料與史書中的文獻語料相互對參，互相印證。以求更加準確地確定某種語言現象的時代性和確切含義。

　　根據保存在《文選》中六朝時語現象的實際，我們的研究主要集中在以下
幾個方面：詞類、語法、語句等方面。因此我們的論證將按照以下的程序進行：
第一，研究進度的先後順序，亦按《文選》全書的先後順序進行。即先從《文
選序》開始然後按照上表所列的作品次序順次進行研究。第二，研究結果的章
節順序即按照研究的進度順序進行安排。包括：第一章《文選序》所存六朝時
語研究；第二章《文選賦》所存六朝時語研究；第三章《文選詩》所存六朝時
語研究；第四章《文選》雜體（賦、詩以外的各體，如七、冊、令、教、文、
表等各類文體）所存六朝語言研究，與最後的《結語》部分，對研究中發生的
特殊問題或者重要收穫進行總結與綜合概括。另外，各章之內的研究內容分布，
又是圍繞《辭源》、《漢語大詞典》均未收的詞語；《辭源》收而《漢語大詞典》
未收的詞語；《辭源》未收而《漢語大詞典》收的詞語；特殊的語言現象，即不
屬於上述詞語範疇的語言現象等四種情況的思路來展開研究。事實上，在各章
當中，往往並不是四種情況的內容都能完全包括，因此只能有什麼內容研究什
麼內容，而無需勉強分出這四種情況來湊數。如「第一章《文選序》所存六朝
時語研究」中，就只包括了「式觀原始，眇覿玄風」（屬於特殊語言現象）、「玄
風」（《辭源》、《漢語大詞典》均收的詞語）、「事出於沉思，義歸乎翰藻」（亦屬
於特殊的語言現象）、「若斯之流」（特殊語言現象）、「篇什」（《辭源》、《漢語大
詞典》均收的詞語）等五種語言現象，因為再沒有發現其他現象，就只研究這
五種情況。他章亦皆仿此。第三，各章所涉及的研究內容是指在上述表格所列
的作品中保存的六朝時期特有的語言現象，也包括某些在當代研究中還存在異
議和疑問的語言現象。第四，特別值得注意的是，同一語言現象在《文選》的
許多篇章中可能重複出現。對於這種情況，在研究中為了避免重複，就根據上
文所定的研究順序，以在上表所列作品中最先出現的語言現象作為研究的立腳
點，看該語言現象所依託的作品篇目屬於序、賦、詩、雜類中的哪種情況，就
在相對應的那個章節對它進行專題研究，而在以後的其他各章不再討論。舉例
說明，如「玄風」一詞，作為六朝時期產生的一個新詞語，在《文選》中凡四
現。一為蕭統《文選序》之「式觀元始，眇覿玄風」；二為江文通《雜體詩二十
首・殷東陽仲文》之「求仁既自我，玄風豈外慕」；三為庾元規《讓中書令表》
之「遂階親寵，累忝非服。弱冠濯纓，沐浴玄風」；四為沈休文《宋書・謝靈運

傳論》之「在晉中興，**玄風獨扇**，為學窮於柱下，博物止乎七篇。馳騁文辭，義殫於此」。按照上文確定的序、賦、詩、雜類四個章節順序，蕭統《文選序》在第一章，江文通《雜體詩三十首・殷東陽仲文》在第三章，而庾元規《讓中書令表》與沈休文《宋書・謝靈運傳論》均屬於第四章，所以，我們就在第一章中對「玄風」一詞進行專題研究，在第三、第四章不再重複論證，相應的這三個用例也同時拿到第一章作為論證的依據。他皆仿此。體例不一，不再一一贅述。

第一章 《文選序》所存六朝時語研究

　　蕭統《文選序》在論述選文定篇的原則、體例的同時，還闡述了自己對於文學的認識。諸如對文學發展觀的理解，對於詩騷賦等各種文體特徵辨析等。因此，《文選序》充分體現了蕭統的文學思想，這早已是學界的普遍共識。而這些內容的表達都離不開蕭統對語言的熟練掌握與靈活的運用。這篇序言的語言典雅，基本沿襲了傳統的漢語書面語的表達形式，但是也充分體現了六朝時期的美文特色，文辭駢儷、用典豐富。「全序駢散相間，句式參差錯落，整齊而不呆板，流宕而不散亂。論述既有縱向的歷史脈絡，又有橫向的文體比較，頗有思辨的特徵。」〔註1〕這樣的概括還是比較精當的。但是，歷來研究中從語言學角度關注《文選序》的成果很少見，對於其中「事出於沉思，義歸乎翰藻」二句的理解問題爭議最多，但也不是出於語言學的探討，僅是據二句的基本含義來論證蕭統的選文標準，這也是目前仍存在很多分歧的主要原因。如果要準確解讀蕭統的《文選序》，就必須準確辨析並正確理解其中的各種語言現象。這是最直接也是最有效的解決途徑。特別是對於其中體現六朝語言、文化習慣的特殊語句尤其要多加關注，將會起到事半功倍的效果。

　　《四庫全書》中收錄的《文選》注本只有《文選注》（李善注）與《六臣注文選》（李善五臣合注）兩個版本。這也正是今人讀《文選》不可或缺的兩個注

〔註1〕陳宏天，趙福海，陳復興主編：《昭明文選譯注》第一冊，第 2 頁。長春：吉林文史出版社，1988 年版。

本。儘管後來也有今人多次注譯，但仍存在很多沒有澄清的問題。茲以下列五例證之。

式觀元始，眇覿玄風

蕭統在《文選序》一開頭，就用兩句標準的四言句式引起下文：「式觀元始，眇覿玄風。」進而闡發了自己對於「文」產生過程的認識：

> 冬穴夏巢之時，茹毛飲血之世，世質民淳，斯文未作。逮乎伏
> 羲氏之王天下也，始畫八卦，造書契，以代結繩之政，由是文籍生
> 焉。

這段話的意思很清楚，是說遠古人類生活原始，尚處於蒙昧狀態，所以「文」還沒有產生。後來有了伏羲氏，他畫八卦、造書契，從此以後文獻、典籍也就產生了。意思很簡單，但對於開頭引起議論的「式觀元始，眇覿玄風」兩句應該如何理解，歷代注釋家卻始終不能讓人明瞭。

李善根本就沒有注，也許在他看來是非常淺白的句子，根本無需注釋吧？但是五臣卻有注，又說明在唐代就已經不是人人都能明白這兩句話的意思了。五臣注：「銑曰：式，用也。眇，遠也。覿，見也。言用視太初，遠見玄風。〔註2〕」今人對這兩句話的解釋有幾種代表性的說法：一種以北京大學中國文學史教研室選注的《魏晉南北朝文學史參考資料》（下冊）為代表，注謂：式，發語詞。元始，即原始，遠古時代。眇，遠。覿，見、觀。玄，遠。玄風，原始風俗。這二句說：「且讓我們遠遠地迴溯一下原始時代的世風民情。」〔註3〕王力主編的《古代漢語》（第三冊）謂：式，句首語氣詞。元始，指原始時代。眇，遠。覿，見。玄風，遠古的風俗、風氣。〔註4〕郭紹虞主編《中國歷代文論選》（上冊）：眇，同渺，遠。覿，看。玄風，遠古之風。風指風俗，風氣。〔註5〕另外，最有影響的解釋就是以陳宏天等《昭明文選譯注》（簡稱《文選譯注》）為代表，謂：「式：語首助詞。元始：原始時代。眇覿：仔細考察。眇：

〔註2〕日本足利學校藏宋刊明州本六臣注《文選》，〇一九頁下。北京：人民文學出版社，2008年第1版。

〔註3〕北京大學中國文學史教研室選注：《魏晉南北朝文學史參考資料》（下冊），北京：中華書局，1962年版，第563～564頁。

〔註4〕王力主編：《古代漢語》（第三冊），北京：中華書局，1963年版，第1156頁。

〔註5〕郭紹虞主編：《中國歷代文論選》（上冊），上海：上海古籍出版社，2001年版，第331頁。

細看。覷：看。玄風：遠古之風。」兩句譯為：「追溯原始社會，仔細考察遠古的風俗。」〔註6〕主要特點就是釋「眇」為「細看」，而與上述二說略有不同。然俞紹初先生評價說：「以上二說（指上文所引之北京大學與郭紹虞先生說——引者注。）不管存在著多少差異，有一點卻是明顯相同的，即都確認《文選序》所說之『文』起源於人類社會產生之後。而這種認識，就今天來說，已屬於普通的常識，自然容易為大家所認同，也就無怪乎晚出的眾多注本何以陳陳相因，沿襲上述二說而不自省察了。」〔註7〕俞紹初先生批評上述各家同時，提出了自己的解釋：「意謂在遙遠的太初（太古）時代，所能見到的只有冥冥漠漠、化生萬物的元氣生成之風。」〔註8〕把這二句與下文關於「文」的起源的論述割裂開來，這是該說的突出特點。既然諸家之說尚存在分歧，故有必要加以細緻分析。

從詞語、語句、語篇三個層面來解釋「式觀元始，眇覿玄風」二句，以求得出符合昭明原意的正確解讀。

首先，從句式結構來看，「式觀元始，眇覿玄風」二句均為標準的四言二拍結構，且「式觀」對「眇覿」，「元始」對「玄風」，構成較為勻稱的對句形式。

劉勰在《文心雕龍》中說：「故麗辭之體，凡有四對：言對為易，事對為難，反對為優，正對為劣。言對者，雙比空辭者也；事對者，並舉人驗者也；反對者，理殊趣合者也；正對者，事異義同者也。長卿《上林賦》云：『修容乎禮園，翱翔乎書圃。』此言對之類也。宋玉《神女賦》云：『毛嬙鄣袂，不足程式；西施掩面，比之無色。』此事對之類也。仲宣《登樓》云：『鍾儀幽而楚奏，莊舄顯而越吟。』此反對之類也。孟陽《七哀》云：『漢祖想枌榆，光武思白水。』此正對之類也。凡偶辭胸臆，言對所以為易也；徵人之學，事對所以為難也。……張華詩稱『遊鴈比翼翔，歸鴻知接翮。』劉琨詩言『宣尼悲獲麟，西狩泣孔丘。』若斯重出，即對句之駢枝也。是以言對為美，貴在精巧；事對所先，務在允當。若兩事相配，而優劣不均，是驥在左驂，駑為右服

〔註6〕陳宏天，趙福海，陳復興主編：《昭明文選譯注》第一冊，第5頁、第12頁。長春：吉林文史出版社，1988年版。以下凡引此書之文，均只標書名與頁碼。
〔註7〕俞紹初：《讀〈文選序〉三問》，《中國文學研究（輯刊）》，2001年第1期。第68頁。以上兩種解釋也是傳述於俞紹初先生此文。
〔註8〕俞紹初：《讀〈文選序〉三問》，《中國文學研究（輯刊）》，2001年第1期。第70頁。

也。」〔註9〕劉勰認為魏晉時期人寫文章喜歡用對句，即麗辭。這些對句的特點是兩兩相配，力求精巧、允當，不能優劣不均。據此，「式觀元始，眇覿玄風」二句，基本符合劉勰所謂言對的要求。

因此，我們只要分別弄清楚這四個詞語的含義，再結合這兩句話在語篇中的具體作用，並聯繫下文內容來分析，蕭統這兩句話的意思也就基本可以弄清楚了。

「式」字作為單音詞，在六朝以前文獻中應用非常廣泛，而且在不同的語言環境中含義也不相同。《說文·工部》云：「式，法也。從工，弋聲。」《爾雅·釋言》云：「式，用也。」這兩部古代字書的解釋，只是「式」字在先秦文獻中的兩個基本義項，並不能代表全部。今人所編的《漢語大詞典》〔註10〕中所列「式」的古今詞義共有 21 條（不包括通「慝」，讀 tè 音的通假義）。其中絕大部分義項屬於六朝以前就存在的。如《尚書·仲虺之誥》：「帝用不臧，式商受命，用爽厥師。」孔安國傳謂：「天用桀無道，故不善之。式，用。爽，明也。用商受王命，用明其眾。言為主也。」《左傳·成公二年》：「蠻夷戎狄，不式王命。」杜預注：「式，用也。」上述釋「式」為「用」之例，應該是五臣釋「式觀」為「用觀」的依據。而《詩經·邶風·式微》云：「式微式微，胡不歸？」鄭玄箋：「式，發聲也。」孔穎達疏：「不取式為義，故云發聲也。」等釋「式」為虛詞的用例，大概就是今人釋「式」為「語首助詞」的依據。

我們檢索《四庫全書》，並參照《漢語大詞典》所引「式」的用例情況發現，凡「式」作動詞「用」解的時候，都有它所支配的賓語與之相應。如上文的「式商受王命」、「式王命」，即「用商受王命」、「用王命」。並沒有像「式觀」這樣與動詞搭配而可以作「用」解的先例。所以，先秦文獻中「式」作「用」解的例子，不能成為五臣釋「式」為「用」的根據；而且「用觀元始」也不成語，因為「用」既不能支配「觀」，也不能用「元始」來「觀」，故「用觀」之意不明。所以五臣注明顯有誤。

而今人解釋「式觀元始」之「式」為「語首助詞」也同樣值得商榷。

〔註9〕陸侃如、牟世金：《文心雕龍譯注》，齊魯書社 1995 年版，第 438～440 頁。

〔註10〕《漢語大詞典》，羅竹風主編，中國漢語大詞典編輯委員會、漢語大詞典編纂處編纂，漢語大詞典出版社出版。以下凡引《漢語大詞典》的內容均出自此書，不再加注。

在《四庫全書》所存文獻中，屬於六朝以前文獻中還沒有「式觀」搭配使用的先例。「式觀」作為固定搭配形式的用例是在六朝開始出現的，以後才逐漸增多，而且含義也越來越固定。我們共檢索出自六朝至清代文獻中「式觀」作為固定搭配形式的全部用例共 32 條。這其中有四條是屬於六朝的，所屬文獻分別為梁蕭統《文選序》、梁沈約《宋書》、齊魏收《魏書》與北周庾信的《移虜留使文》。而其他 28 條用例均晚於六朝，包括自唐至清各代的文獻。這表明，「式觀」搭配應屬於六朝時語。下面試做分析。

梁沈約《宋書・孝武帝本紀》記錄了南朝宋孝武帝劉駿的《行幸考績詔》云：「賞慶刑威，奄國彝軌，黜幽昇明，闓宇恒憲。故採言聆風，式觀侈質，貶爵加地，於是乎在。」這句話的意思是，要通過獎賞鼓勵善行，通過刑罰威懾壞人，統治國家，制定不變之規矩，罷免不稱職的官員，提拔優秀的官員，開闢疆土，在國家樹立永久的制度，就一定要善於採納聽取各方意見，以考察官員是奢靡還是質樸，因而決定是該貶官還是加封。根據句意分析，這個「式觀」，可以解釋為「用……觀」。「用」後有可以支配的對象，即「用採言聆風的方式」來考察官員的行為是奢靡還是質樸，相當於現代漢語的「用來」。這應是目前所見最早的「式觀」用例。但是，這個「式」則明顯是沿襲了先秦文獻中「式」的常用意義。

齊魏收《魏書・孝靜紀》云：「高祖孝文皇帝，式觀乾象，俯協人謀。」意思是讚美北魏孝文帝拓跋宏上能考察天象，下能和諧人事。在「式觀」前面除主語「高祖孝文皇帝」外，再無其他成分。與沈約《宋書》中劉駿的「式觀」用法不同，因為沒有「式」單獨可以支配的對象，只有「式觀」共同支配的對象「乾象」，故不能解釋為「用……觀天象」。我認為「式觀乾象」與「俯協人謀」正是兩兩相對的正對結構，也非常符合劉勰對魏晉時期「麗辭」之「言對」的界定。因此「式觀乾象，俯協人謀」的「式觀」對「俯協」，「乾象」對「人謀」，詞義各有所指且搭配均勻。這裡「式觀」與「俯協」的詞義重心都是在下字即「觀」與「協」上。從構詞法來看，「俯協」屬於偏正結構，「俯」有屈身向下之意，是對「協」起修飾作用的。如此，「式觀」的「式」似乎也不應該是虛詞，而應該是修飾「觀」的。這樣，二句的結構才勻稱和諧。那麼，這個「式」究竟該如何解釋才更恰當呢？

《尚書·武成》云：「式商容閭。」孔安國傳：「商容，賢人。紂所貶退。式其閭巷以禮賢。」孔穎達疏：「式者，車上之橫木，男子立乘，有所敬則俯而憑式，遂以式為敬名。《說文》云：閭，族居里門也，武王過其閭而式之，言此內有賢人，式之禮賢也。」「式」為車前橫木，同「軾」。供乘車人站立手扶之用。由於見到應該尊敬的人或事物，就要扶著軾俯下身子，作為一種禮敬的表示，所以「式」這個詞語也就具有了表示尊敬的含義。古人對天恭敬，「式觀乾象」解釋成「敬觀天象」與下文的「俯協人謀」剛好成對，而且對偶和諧。

北周庾信的《移虜留使文》：「式觀盛禮，洽此嘉歡。」〔註11〕意謂觀看盛典，這美好歡樂的時刻，氣氛非常融洽。同樣是兩個四字句，但結構與魏收所謂「式觀乾象，俯協人謀」不同，不能構成對句。所以，這個「式」字解釋為句首助詞或者解釋為表敬意義都可以說得通。

綜上，六朝時的四個「式觀」用例，只有魏收「式觀乾象，俯協人謀」與蕭統「式觀元始，眇覿玄風」結構相同，也是標準的對句結構。「式觀」對「眇覿」，「元始」對「玄風」。無論「眇」解釋為「遠」還是解釋為「細看」或者是其他含義，都是與「覿」構成偏正結構，這樣「式觀」也必然是偏正結構。古人敬天也同樣敬祖，對於遠古的時代心懷敬畏。因此「式觀」即為「敬觀」。《說文·目部》：「眇，一目小也。」段玉裁注謂「小目也」。《爾雅·釋詁上》：「覿，見也。」則「眇覿」就是以小目來見的意思，可譯為眯縫著眼睛細看。故陳宏天等《昭明文選譯注》謂：「眇覿：仔細考察。眇：細看。覿：看。」還是比較合理的。因此，「式觀」與「眇覿」都是說如何考察，而「元始」與「玄風」則是具體考察的對象。要解釋「元始」與「玄風」的具體所指，還要結合下文內容。因為它與下文關於「文」產生問題的議論是有機聯繫在一起的。很明顯，這裡所謂的「元始」、「玄風」即指下文所說的「冬穴夏巢之時，茹毛飲血之世，世質民淳，斯文未作。逮乎伏羲氏之王天下也，始畫八卦，造書契，以代結繩之政，由是文籍生焉」。前者是「式觀」和「眇覿」考察的對象，後者明確指出這考察的對象是什麼，即經過考察以後所得出的結論。所以，「元始」、「玄風」其實就是指從「冬穴夏巢之時，茹毛飲血之世」至「伏羲氏之王天下」這段時間的古風民情。解釋為原始時代、遠古民風、上古遺風都沒有問題。

〔註11〕見周庾信撰，清吳兆宜注的《庾開府集箋注》。

玄風

「玄風」為典型的六朝時語。我們在上文討論「式觀元始，眇覯玄風」二句句意的時候，結合上下文已經得出「玄風」在這裡是指遠古的遺風。但是「玄風」作為六朝時期產生的一個新詞，在當時也是具有多種含義的，往往在不同的語言環境中含義也不相同。根據現存的有關文獻，我們可以瞭解「玄風」一詞在六朝產生以及逐漸發展的過程。而現在通行的詞典類工具書對「玄風」的詞語解釋則明顯不足，這就容易使讀者在閱讀具體文獻的時候存在理解的誤區，所以有必要進行深入研究。舉以下兩部詞典的解釋為例：

《辭源》有【玄風】〔註12〕條，云：

> 談玄的風氣。指論道家義理之言。《世說新語·文學》：「初注莊子者數十家，莫能究其旨要，向秀於舊注外為解義，妙析奇致，大暢玄風。」《文選》南朝梁江文通（淹）《雜體詩·應東陽仲文》：「求仁既自我，玄風豈外慕。」注：「玄風，謂道也。（晉）李充《玄宗賦》曰：慕玄風之遐裔，余皇祖曰伯陽。」

《漢語大詞典》云：

> 【玄風】1. 玄談的風尚。晉丘道護《道士支曇諦誄》：「眇眇玄風，惛惛僧徒，味道閒室，寂焉神居。」《文選·沈約〈宋書·謝靈運傳論〉》：「在晉中興，玄風獨扇。」張銑注：「玄，道。」2. 指仙道。明屠隆《彩毫記·湘娥訪道》：「許氏湘娥，久慕玄風，千里拜訪，乞尊師念弟子遠來至情，俯容一見。」3. 天子清靜無為的教化。《文選·庾亮〈讓中書令表〉》：「遂階親寵，累忝非服，弱冠濯纓，沐浴玄風。」呂延濟注：「沐浴天子道教。」《宋書·禮制一》：「今皇恩遐震……將灑玄風於四區，導斯民於至德。」唐李白《金陵與諸賢送權十一序》：「我君六葉繼聖，熙乎玄風。」王琦注：「玄風，清靜之風也。」唐袁朗《和洗掾登城南阪望京邑》：「玄風葉黎庶，德澤浸區宇。」4. 道教謂玄天之風。《雲笈七籤》卷九八：「玄風轉飛蓋，紫氣泛仙車。」

〔註12〕《辭源》（修訂本），商務印書館（1～4合訂本），1988年。以下凡舉《辭源》詞條，均出自本書，故不再另加注釋。

這兩部工具書都是中國大陸極為重要的詞典，但在對「玄風」詞語的解釋上都存在明顯的缺憾。

《辭源》所舉「玄風」的幾個用例雖明確了該詞語的語源為六朝時期，這是很有見識的。但是關於詞義的訓釋卻不能讓人信服。既謂「談玄的風氣」，又說「指論道家義理之言」，已有自相矛盾之嫌，風氣與言論豈可混為一談？況且「玄風」一詞在六朝文獻中的含義也不是可以一概而論的。

《漢語大詞典》列出「玄風」有四個義項，而且也分別舉出相應的詞語用例情況，其所舉最早的用例是晉代丘道護《道士支曇諦誄》:「眇眇玄風，憒憒僧徒，味道閒室，寂焉神居。」從而證明編者也是承認了該詞語的六朝時語性質，但是不足也在於釋義方面。第一是有的義項釋義不夠準確，第二是所舉四個義項還沒有完全充分地揭示出「玄風」的所有含義。這就難免會給讀者閱讀造成誤解。因此，有必要加以系統分析。

首先，上述工具書認為「玄風」為六朝時語的觀點是正確的。不僅從《文選》所存「玄風」的用例可以證明這一點，從《四庫全書》所存各種文獻中之「玄風」用例亦可以證明。

在《文選》中「玄風」一詞凡四現，且均出自六朝作品中。一為上文所及的《文選序》「式觀元始，眇覯玄風」一例，另外還包括《辭源》所舉江文通《雜體詩三十首‧殷東陽仲文》一例與《漢語大詞典》所舉沈約《宋書‧謝靈運傳論》和庾亮《讓中書令表》二例。下面結合六臣注對這三個用例分別進行辨析:

（1）《六臣注文選》〔註13〕卷三十一，江文通《雜體詩三十首‧殷東陽仲文》:「求仁既自我，玄風豈外慕。」李善注:「《論語》曰:求仁而得仁，又何怨？《漢書》:灌嬰曰:侯自我得之。玄風，謂道也。李充《玄宗賦》曰:慕玄風之遐裔，余皇祖曰伯陽。謝靈運《憶山中詩》曰:得性非外求。」五臣注翰曰:「求為仁道，則從我身，玄遠之風豈在外慕而得？」李善引李充《玄宗賦》釋「玄風」為「道」。即魏晉時期的玄理之道。而李周翰則認為「玄風」當指玄遠之風。

〔註13〕為《四庫全書》所藏之《六臣注文選》，以下引文凡言《六臣注文選》者，皆出自此版本，且不再加注。

二者說法不同，但是卻有內在聯繫。

《四庫全書》集部所收《江文通集》卷三《無為論》曰：「富之與貴，誰不欲哉？乃運而不通也。夫忠孝者，國家之急務也，申生、伍員不得志也。懷道抱德，玄風之所尚，揚雄、東方其職未高也。其大學者，不過儒墨。亦栖栖遑遑，多有不遂也。」江淹全部作品中只有此兩條「玄風」用例，故可相互參證。此處可以看出江淹對「玄風」含義的界定，應該是以「懷道抱德」為其崇尚標準的一種道德風尚，而揚雄、東方朔就是具有這種道德風尚的代表。《漢書》稱揚雄曰：「實好古而樂道，其意欲求文章成名於後世。以為經莫大於《易》，故作《太玄》。傳莫大於《論語》，作《法言》。史篇莫善於《倉頡》，作《訓纂》。箴莫善於《虞箴》，作《州箴》；賦莫深於《離騷》，反而廣之；辭莫麗於相如，作四賦。」稱讚東方朔又曰：「其詼達多端，不名一行。應諧似優，不窮似智，正諫似直，穢德似隱。非夷齊而是柳下惠，戒其子以上容。首陽為拙，柱下為工。」可見，這兩位「懷道抱德」之人，都是既符合儒家的道德追求，也符合道家的人格理想。故我們可以理解江淹所謂的「玄風」，只有具備了李善和李周翰的雙重解釋才夠準確。即指人所具有的一種符合儒、道傳統道德規範的超然、曠達而又德行純粹的風采與氣度。

所以，江淹「求仁既自我，玄風豈外慕」句，可直譯為「既然追求仁道之德是從我自身做起，那麼，追求玄遠曠達的德操與氣度又怎能從身外去尋求？」

（2）卷三十八，庾元規《讓中書令表》：「遂階親寵，累忝非服。弱冠濯纓，沐浴玄風。」濟曰：「階，因。累，重。服，任也。玄風，道教。言遂因親寵，重辱非常之任。弱冠，二十也。濯纓，入仕也。言少登仕宦，沐浴天子道教。」從文義來看，呂延濟對「玄風」的解釋基本是正確的。這裡庾亮用「玄風」指代君主的德化所感，顯然是對「玄風」含義的引申。既然「玄風」是「懷道抱德」的人格氣度，那麼，用於表示對最高君主的讚美確實最合適。而《漢語大詞典》就直譯為「天子清靜無為的教化」顯然還缺乏根據。

（3）卷五十，沈休文《宋書·謝靈運傳論》：「在晉中興，玄風獨扇，為學窮於柱下，博物止乎七篇。馳騁文辭，義殫於此。」善曰：「《續晉陽秋》曰：正始中，王弼、何晏好莊子玄勝之談，而俗遂貴焉。」銑曰：「玄，道。扇，盛

也。柱下，謂老子為周柱下史，制《道德經》五千言。博，大也。七篇，謂莊周著書，內篇有七也。言中興之後，人承王弼、何晏之風，學者義理盡於莊老。殫，盡也。」沈約在這裡用形象化的語言描述了晉代「玄學」盛行的狀況，因此這個「玄風」明顯是指談論玄理的思潮和風氣。所以，《漢語大詞典》解釋為「玄談的風尚」是對的。與《辭源》所謂「談玄的風氣」亦合。

《說文·玄部》：「玄，幽遠也。黑而有赤色者為玄。」王筠句讀補正：「幺，玄二字古文本同體，特兩音兩義耳，小篆始加『入』以別之。」《說文·幺部》：「幺，小也。」朱駿聲《說文通訓定聲》云：「此字當從半糸。糸者，絲之半；幺者，糸之半。細小幽隱之誼。玄從此，會染絲意。」故，「玄」的本義由原細小幽隱不易見之絲，而專用於指絲織品染的顏色。即許慎所謂的「黑而有赤色者」。《詩·豳風·七月》：「載玄載黃，我朱孔陽。」即為例證。後來《老子》書中則引申為玄妙、深奧、玄遠難以察覺的意思，所謂「玄之又玄，眾妙之門」（第一章）。因為難見，所以《莊子》書中又引申出空間距離上的遙遠，所謂「玄古之君天下，無為也，天德而已矣。」（《天地》）《說文·風部》：「風，八風也。」《廣雅·釋言》：「風，氣也。」「風」就是自然界空氣流動的現象，因為風吹物動，故引申出風教、風化，以及風俗、習尚、風氣等含義。

故「玄風」二字在六朝時候結合成固定詞語，也分別保存了「玄」與「風」作為單音節詞時的多種含義。如《文選序》的「遠古遺風」，江淹作品中的「玄遠曠達的德操氣度」，以及「談玄的風尚」、「君主的德化」等等含義。至於《漢語大詞典》所列的「仙道」、「道教的玄天之風」等義項則是更晚出的含義，故不在這裡討論。

「玄風」在六朝時期形成的這幾個義項，在後世逐漸定型，並在具體語境中靈活運用。如《四庫全書》經部「玄風」的三個用例，分別出自兩部文獻：（1）唐李鼎祚撰《周易集解》，原序云：「臣少慕玄風，遊心墳籍，歷觀炎漢，迄今巨唐，採群賢之遺言，議三聖之幽賾，集虞翻、荀爽三十餘家，刊輔嗣之野文，補康成之逸象。」此「玄風」明顯是指講求玄理的風尚而言。（2）清秦蕙田撰《五禮通考》有兩例：第一例，卷一百十七吉禮《祭先聖先師》：「若乃堯舜禹於君位，則稷契與我並為臣矣。師玄風於洙泗，則顏子吾同門也。」此「玄風」是指孔子的學說和教化，是為「君主德化」的引申。第二例，卷一

百十七嘉禮五十《學禮》：「朕雖道謝玄風，識昧睿知，然仰稟先誨，全遵猷旨，故推老以德，立更以言，父焉斯彰，兄焉斯顯矣。」從當前的語境來看，全句意為：我雖然學問、才德不如古代賢聖，見識又很不高明，但是卻能恭敬地學習先賢教誨，認真遵從教化，所以才能施行尊老以德，採納諫言重用或廢棄不同的人，使尊卑長幼各有次序。故此「玄風」應該與江淹所謂「懷道抱德」的德操一致。

作者

蕭統在《文選序》中說：「至於今之作者，異乎古昔。古詩之體，今則全取賦名。」劉良注曰：「言今之述作者，詩賦殊體，不同古詩，隨志立名者也。謂班固云『賦者古詩之流』。」此段話意為：今天從事文章寫作的人，與古代的不同。古詩這種體裁，如今都以賦為名了。蕭統這種認識確實源於班固《兩都賦序》所謂「賦者古詩之流也」。《文選序》又說：「作者之致，蓋云備矣。」意為作者的創作情趣，可以說是非常完備了。此二處「作者」均指從事文章寫作的人。與現代漢語中「作者」的詞義基本相同。《文選》中這個含義的「作者」用例尚有 8 例，分列於下：

（1）左太沖《三都賦序》：「作者大氐舉為憲章。」

（2）潘安仁《笙賦》：「固眾作者之所詳，余可得而略之也。」此「眾作者」與「余」對言，「作者」當指前文所列《洞簫賦》、《長笛賦》、《琴賦》的寫作者王褒、馬融、嵇康等人。

（3）曹子建《與楊德祖書》：「然今世作者，可略而言也。昔仲宣獨步於漢南，孔璋鷹揚於河朔。」

（4）曹子建《與楊德祖書》：「劉季緒才不能逮於作者，而好詆訶文章，掎摭利病。」張銑注：「逮，及也。掎，偏。摭，拾。利，善。病，惡也。言偏拾人善惡。」說劉季緒才能不怎麼樣，還算不上一個好作者，卻喜歡批評別人的文章，專挑人家毛病。

（5）曹子建《與楊德祖書》：「實賦頌之宗，作者之師表也。」

（6）皇甫士安《三都賦序》：「故作者先為吳蜀二客盛稱其本土險阻瑰琦可以偏王。」

（7）皇甫士安《三都賦序》：「作者又因客主之辭，正之以魏都，折之以王

道。」

（8）魏文帝《典論論文》：「是以古之作者，寄身於翰墨，見意於篇籍。不假良史之辭，不託飛馳之勢，而聲名自傳於後。」

上述「作者」均可解作從事文章寫作的人，且無一例外，均出自六朝文獻中，其中最早用例不過三國魏。劉勰《文心雕龍》中「作者」用例凡五見，意義與《文選》同：

（1）夫作者曰聖，述者曰明。（《徵聖》）

（2）自《七發》以下，作者繼踵。（《雜文》）

（3）迄至魏晉，作者間出譎言兼存。（《諸子》）

（4）世之作者，或好煩文博採深沉其旨。（《定勢》）

（5）而後之作者采濫忽真遠棄風雅。（《情采》）

可見，《文心雕龍》中的「作者」與《文選》中的「作者」含義相同，均指從事文章寫作的人，且這個含義一直沿用至今，成為「作者」一詞的固定含義。檢索《四庫全書》，亦可證實此說。

「事出於沉思，義歸乎翰藻」二句新解

對於《文選序》中「事出於沉思，義歸乎翰藻」二句的理解歷來亦存在分歧，這也影響到人們對於蕭統選文標準、文學興趣等問題的看法。因此，有必要加以澄清。其實，如能結合六朝時語的相關特點，聯繫上下文的整體語篇，同時參照這二句所評價對象的文學特徵以及時代相近的《文心雕龍》等作品關於「事」、「義」二字的認識等因素，是可以對蕭統的這兩句話有新的理解和接受的。也可以有助於更準確深入地瞭解《文選序》的內涵。

蕭統《文選序》在論述選文問題的時候說：

> 至於記事之史，繫年之書，所以褒貶是非，紀別異同，方之篇
>
> 翰，亦已不同。若其贊論之綜緝辭采，序述之錯比文華，事出於沉
>
> 思，義歸乎翰藻，故與夫篇什，雜而集之。〔註14〕

蕭統這段話的意思其實很明確，他是說史書重在繫年、記事與褒貶歷史上

〔註14〕引文據上海中華書局據鄱陽胡氏校刻本校刊的《四部備要》集部之《文選李善注》，桐鄉陸費逵總勘、杭縣高時顯、吳汝霖輯校，杭縣丁輔之監造《李善注文選》，《四部備要·集部》，上海中華書局據鄱陽胡氏校刻本校刊。第二頁上。

的是非。這類作品與自己所要編選的文章有區別，所以不被選入《文選》中。但由於史書中的贊論、序述是「綜緝辭采」、「錯比文華」的作品，具有「事出於沉思，義歸乎翰藻」的特點，適合自己選文的要求，因此才進入選文之列。這裡「綜緝辭采」與「錯比文華」意義基本相同，都是指精心組織語言詞彙使文辭華美，而「事出於沉思，義歸乎翰藻」二句，按照行文的內在邏輯性來分析，則顯然是補充說明贊論、序述是如何「綜緝辭采」與「錯比文華」的，是蕭統對於贊論、序述的寫作特徵的高度概括，所側重的不僅是寫作的形式，而且也涉及到寫作的內容。正確解釋這兩句話，不但可以理解蕭統對贊論、序述類作品藝術特徵以及表現手法的認識，也可以從中體會到蕭統選文對於作品藝術特色的要求。

故清代阮元在分析這段文字以後就說：「《選序》之法，於經、史、子三家不加甄錄，為其以『立意』『記事』為本，非『沉思』『翰藻』之比也。」〔註15〕又說：「必『沉思』『翰藻』，始名為『文』，始以入《選》也。」〔註16〕顯然就是注意到蕭統這兩句話所蘊含的對於文學作品藝術特徵的認識。但由於阮元對於「事」、「義」二字沒有作特別的解釋，於是引發了學術界的種種爭議。

如朱自清先生指出：阮元以《文選序》「事出於沉思，義歸乎翰藻」二句中的「沉思」、「翰藻」作為《文選》的選文標準是正確的。但是，認為阮元忽略「事」、「義」二字則是錯誤的。他分析了西晉以來文章中「事」、「義」的用例，認為：「事」、「義」即事類，指古事成辭；有的時候也指「比類」，可指日常事理。認為《文選序》中這兩句，亦不外乎「善於用事，善於用比」之意。〔註17〕後來李嘉言發表文章，在朱氏觀點的基礎上進一步提出：「事出於沉思，義歸乎翰藻」二句為一義，即引事證義，義在事中，用事必出於深思熟慮。〔註18〕這是關於「事」、「義」二字最有代表性的解說。後來許多學者的觀點都是對此說的修正與補充。如齊益壽先生說，「『事出於沉思』之『事』，乃是指『紀別異

〔註15〕阮元：《與友人論文書》〔C〕／／揅經室三集（卷二）〔M〕，上海：商務印書館（《四部叢刊》縮原刊本）。

〔註16〕阮元：《書梁昭明太子文選序後》〔C〕揅經室三集（卷二）〔M〕，上海：商務印書館（《四部叢刊》縮原刊本）。

〔註17〕朱自清：《文選序》「事出於沉思，義歸乎翰藻」說〔C〕，大家國學·朱自清卷〔M〕，天津市：天津人民出版社，2008年版，第321頁。

〔註18〕李嘉言：《試談蕭統的文學批評》〔J〕，文學評論，1961，2。

同』之『事』;『義歸乎翰藻』之『義』,乃是指『褒貶是非』之『義』。」故這兩句是說:史書序述,是要透過史家的史觀、史識、史德「沉思」出來,所以是「事出於沉思」。而史書中的贊、論,含有褒貶是非之「義」,這褒貶是非之「義」是要以精練華美的辭藻表達出來,所以是「義歸乎翰藻」。〔註19〕等等。

惟殷孟倫先生提出了自己的解說,認為「『事』指寫作的活動和寫成的文章而言」,「『義』指文章所表達的思想內容而言」。他說,二句可直譯為:「寫作的活動和寫成的文章是從精心結構產生出來的;同時文章的思想內容終歸要通過確切如實的語言加工來體現的。」〔註20〕後來楊明先生亦表示了對於這種說法的支持,但楊先生同時認為「義」也應該是指寫作的活動而言,與文章所表達的思想內容無關。指出:「我十分贊同殷孟倫先生對『事』的解釋,又認為『義』在這兒也是指寫作活動、寫作行為而言。『歸』乃『歸屬』之意。『翰藻』當然是指藻采,即經過加工的美麗的語言;而聯繫上下文,也可說是特指『篇翰』、『篇什』,即運用藻采的單篇文章。『歸乎翰藻』不是說『通過藻采予以表現』,而是說『歸屬於講究藻采的單篇文章一類』。因此,『若其贊論之綜緝辭采,……故與夫篇什,雜而集之』這幾句話,可以譯為:『至於贊論序述,乃是組織、運用辭采文華的作品,其寫作之出於精心結撰,與寫作篇翰屬於同類,因此與那些單篇文章編集在一起(指編入《文選》)。』昭明認為,史書的寫作不甚講究文辭之美,與『篇翰』不同,而其中的贊論序述則與『篇翰』同類,故『與夫篇什,雜而集之』。」〔註21〕俞紹初先生的《讀〈文選序〉三問》則折衷齊益壽和楊明二位先生的解釋,提出:「至於『事出於沉思,義歸乎翰藻』實際上專對史書中的贊論序述而言,是『綜緝辭采』、『錯比文華』在此類文體上的具體說明。所謂『事』即指上文『紀別異同』之事,「義即指『褒貶是非』之義。所謂『沉思』,承上文之『綜緝』、『錯比』而來,意謂組織和運用辭藻不宜率意為之,而應精心求得;而『翰藻』即為『辭采』、『文華』的同義反覆。由此看來,『事出於沉思,義歸乎翰藻』二句,意思是說史書中的贊論序述,其事、義兩方面內容,必須通過精心組織來加以表達,要做到文

〔註19〕齊益壽:《文心雕龍》與《文選》在選文定篇及評文標準上的比較〔C〕//(臺灣)中國古典文學研究會,古典文學(第三集)。

〔註20〕殷孟倫:〈如何理解《文選》編選的標準〉〔J〕,文史哲,1963,1。

〔註21〕楊明:《文選序》「事出於沉思,義歸乎翰藻」解〔C〕//中國文選學研究會,文選學新論,鄭州:中州古籍出版社,1997。

采斐然，認為只有如此，才與『篇什』一起編入《文選》。」〔註22〕

以上諸位先生都對「事」、「義」二字的含意作了解釋。但說法不一：以朱自清為代表，主張「事」是文章中所包含的古事成辭、日常事理，是典故、比喻；「義」是引事所證的內容。而殷孟倫則主張「事」是指寫作的活動、寫作行為，「義」是文章的思想內容。楊明先生同意殷先生對「事」的解說，卻認為「義」也是指寫作的活動，「事」、「義」二字在此沒有區別。而將「歸於」理解為「歸屬」，將「翰藻」理解為「篇什」，又是楊先生與眾不同的地方。總之，由於目前學界對蕭統「事出」二句中「事」、「義」二字的理解仍然存在分歧，而且意見很不一致，也就影響了對「事出於沉思，義歸乎翰藻」二句句意的理解，以至於影響到對蕭統選文標準的理解，所以有必要重新進行辨析和認識。

我認為，雖然諸家之言各有見地，研究方法亦值得借鑒。但是，要正確理解蕭統《文選序》中「事」、「義」二字的含義，還是不能脫離具體的語言環境。至於有學者統計先秦到魏晉，甚至直到唐代以後的文獻中關於「事」、「義」二字的用例作為根據，這當然是一種可資參考的材料，但是如果脫離了具體的語言環境，僅以歷史上曾經出現過的某一個用例含義作為根據，也難免有牽強附會之嫌。我們只有在充分理解《文選序》中「事出於沉思，義歸乎翰藻」兩句出現的具體語言環境的基礎上，再參照相關的旁證，才能得出比較有說服力的解說。故於此發表自己的意見，以期引起更加廣泛的關注。

我們先將「事出於沉思，義歸乎翰藻」還原到具體的上下文中。可見，在其上文已言史書是通過記事、繫年來褒貶是非，紀別異同的，與自己所選的文章（篇翰）不同，言下之意，就是史書不予選錄。於是接下來用「若其」二字使語氣一轉：「若其贊論之綜緝辭采，序述之錯比文華，事出於沉思，義歸乎翰藻，故與夫篇什，雜而集之。」意思是說至於史書中的「贊論」、「序述」，則是通過認真組織語言詞彙寫成的，在寫作形式上具有文采絢爛的特點，其所表現出來的表達效果就是「事出於沉思，義歸乎翰藻」。達到了選文的要求，所以才將它們收錄、編輯在一起。

顯然，「事出於沉思，義歸乎翰藻」二句就是在具體解說史書的贊論、序述

〔註22〕俞紹初：《讀〈文選序〉三問》，《中國文學研究（輯刊）》，2001 年第 1 期。第 75～76 頁。

是如何「綜緝辭采」與「錯比文華」的。「綜緝」與「錯比」都是指語言詞彙的組織形式，而「辭采」與「文華」則是指辭藻與文采。絢爛的文采就像織布機織出來的花紋一樣美麗，這些美麗的花紋就是「事出於沉思，義歸乎翰藻」。

因此，這個「事」就是指歷史人物和歷史事件，而「義」則是指通過引用歷史人物和歷史事件所論證的主題，亦即文章所要表達的思想。而「沉思」可以解釋為深沉的思索、構思。強調思索、構思要深沉，就是因為其主要源泉在於作家的知識積累，故這裡用「出於」也是非常恰當的；「翰藻」可以解釋為文筆、文辭，強調的是語言要華美，這是因為其主要源泉在於作家的天賦才情，故這裡用「歸乎」亦是恰當的。要借用積累於胸的豐富的歷史知識即歷史人物和歷史事件，來闡發所要表達的思想，這自然還需要作家具有天賦的才情，絢爛的文筆。

《文選》所選的史書的贊論、序述作品本身恰恰證明我們的理解是正確的。

由於「事出於沉思，義歸乎翰藻」二句針對史書中的贊論、序述而發，自是蕭統對所選之贊論、序述的藝術特點的概括。因此，對於「事」、「義」二句的解釋也必須結合贊論、序述的特點而來。

《文選》卷四十九、卷五十所選的即是史書中的史論和史述贊類作品。通讀這類作品可知，它們的主要內容都是結合史傳中所記歷史人物的事蹟而進行的綜合論述，補充闡發自己對待歷史事件、歷史人物的看法與態度，並從中反映出作者的歷史觀、是非觀等。所以這些作品都具有引用故實、引古證今與借古諷今的特點。如班固《漢書·公孫弘傳贊》云：

> 贊曰：公孫弘、卜式、倪寬，皆以鴻漸之翼，困於燕雀，遠跡羊豕之間，非遇其時，焉能致此位乎？是時漢興六十餘載，海內乂安，府庫充實，而四夷未賓，制度多闕。上方欲用文武，求之如弗及，始以蒲輪迎枚生，見主父而歎息。群士慕嚮，異人並出，卜式拔於芻牧，弘羊擢於賈豎，衛青奮於奴僕，日磾出於降虜，漢之得人，於茲為盛。儒雅則公孫弘、董仲舒、倪寬，篤行則石建、石慶，質直則汲黯、卜式，推賢則韓安國、鄭當時，定令則趙禹、張湯，文章則司馬遷、相如，滑稽則東方朔、枚皋，應對則嚴助、朱買臣，曆數則唐都、落下閎，協律則李延年，運籌則桑弘羊，奉使則張騫、

蘇武，將帥則衛青、霍去病，受遺則霍光、金日磾，其餘不可勝紀。
是以興造功業，制度遺文，後世莫及。

　　孝宣承統，纂修洪業，亦講論六藝，招選茂異，而蕭望之、梁丘
賀、夏侯勝、韋玄成、嚴彭祖、尹更始以儒術進，劉向、王褒以文
章顯，將相則張安世、趙充國、魏相、邴吉、于定國、杜延年，治
民則黃霸、王成、龔遂、鄭弘、召信臣、韓延壽、尹翁歸、趙廣漢、
嚴延年、張敞之屬，皆有功跡見述於後世。參其名臣，亦其次也。

　　這篇文章是班固在記述了公孫弘、卜式、倪寬的生平事蹟以後，在後面加
上的。並稱之為「贊」。從中反映出「贊」這種文體的主要特點。

　　《說文・貝部》：「贊，見也。」徐鍇繫傳：「進見以貝為禮也。」「贊」字從
「貝」，見人必須帶「貝」為禮，這是「贊」的本義。強調的不是「進見」這個
動作，而是進見時候必須附帶著「貝」作為見面禮這種進件方式。「貝」是「見」
的附加物，帶有輔助、補充的意味。因此，由「贊」的本義又引申出贊助、輔
佐、幫助等意義。

　　作為文體的「贊」，從它出現的位置、內容來看，也是由「贊」的「輔助」
義引申出來的。即是對於正文的補充說明。蕭統在《文選序》中還說：「美終
則誄發，圖像則贊興。」這說的是出現在圖像上的贊，顯然是對圖像的解釋說
明。史傳中的贊，就是對史傳內容的補充說明。至於後來「贊」有了讚美的意
義，則又是在「贊」這種文體的意義上引申出來。因為，「贊」類文章多為美
化之詞，使人常常將它和稱頌、讚美聯繫在一起，也就逐漸滋生出這個含義了。

　　班固所寫的這篇贊文，正是在正文記述了公孫弘、卜式、倪寬的生平事蹟
以後，借機抒發的感慨。其中所表達的主要觀點就是認為漢武帝、漢宣帝兩代
皇帝善於不拘一格用人才，才使得公孫弘、卜式、倪寬等人被重用。即借引這
三個人的事蹟來讚美漢武帝、漢宣帝的雄才偉業，同時，為了論證的需要，還
提及漢武帝、漢宣帝時期眾多的被拔擢出來的傑出歷史人物作為補充例證。

　　全文不足五百字，其中所列歷史人物事蹟就有六十四處，而這些人物事蹟
的出現，都是為了表達肯定、讚頌帝王雄才偉業服務的。同時，作者將這些歷
史人物的才能、貢獻一一列出，並加以肯定，反映出鮮明的主觀態度，但我們
讀起來卻不感覺單調、累贅。這大概就是所謂的「事出於沉思」，是出於作者
「沉思」的結果。另一方面，全文用駢儷的形式寫成，四六之句、比喻之詞貫

穿其間，至使文辭綺麗，給人藝術的美感。雖與史傳中的直接褒貶是非、紀別異同的記述方式迥然有別，但作者之情亦於此可觀，這就是所謂的「義歸乎翰藻」。這篇作品經過作者「沉思」之「事」，與作者的「翰藻」之才結合而生出的「義」，也許就是通過對漢武帝、漢宣帝善於用人的歌功頌德，表達出自己的政治理想，希望世代帝王都能夠有這樣的政治業績。

再比如干寶《晉紀·論晉武帝革命》云：

> 史臣曰：帝王之興，必俟天命，苟有代謝，非人事也。文質異時，興建不同，故古之有天下者，柏皇栗陸以前，為而不有，應而不求，執大象也；鴻黃世及，以一民也；堯舜內禪，體文德也；漢魏外禪，順大名也；湯武革命，應天人也；高光爭伐，定功業也。各因其運而天下隨時，隨時之義大矣哉！古者，敬其事則命以始，今帝王受命而用其終，豈人事乎？其天意乎？

干寶此文，通過追溯歷代帝王建立功業的史實，闡發帝王之興，必須是「各因其運而天下隨時」的，從而表達了他對於晉武帝革命的看法。即認為晉武帝的做法不是順天應人之舉。全文不到一百五十個字，但所列歷代人物與事件（包括傳說中的人物）就有柏皇、栗陸、黃帝、堯、舜、漢、魏、湯、武、高、光十一事，如果不是作者對於古代歷史文化知識十分的熟悉，是難以在這麼短的篇幅內，就可以用這麼多的古人古事來闡發道理的。這也就是作者的「沉思」之功。而在如此短小的篇幅中引用了這麼多的事例，竟然還能做到詞采華麗，含義深刻，使人讀來對作者之義曉然於胸。如果沒有傑出的語言駕馭能力，沒有對於文辭的運用工夫，自然也是難以達到如此簡潔順暢又感人至深的效果的。這應是得力於作者的「翰藻」之能。

《文選》中所選的其他幾篇史論、史述贊等也都明顯具有上述特徵。即使如沈約《宋書·謝靈運傳論》這樣論證歷代文章創作得失的文章，也同樣具備這樣的特點。故這些選篇正可看作是蕭統「事出於沉思，義歸乎翰藻」二語的注腳。是我們理解這兩句話所應依據的最直接證據。

其次劉勰《文心雕龍》關於「事」、「義」關係的論述對我們理解蕭統《文選序》這兩句話也有啟發。

關於《文選》與《文心雕龍》的關係問題，許多學者都有過論述。一般認為劉勰曾任蕭統東宮通事舍人，深受「愛接」，因此，作為理論家的劉勰對選文

家蕭統在學術觀點上有影響也是完全可能的。如近代國學大師黃侃先生在《文選平點》中說:「讀《文選》者,必須於《文心雕龍》所說能信受奉行,持觀此書,乃有真解。若以後世時文家法律論之,無以異於算《春秋》曆用杜預長編,行鄉飲儀於晉朝學校,必不合矣。開宗明義,吾黨省焉。」〔註23〕而後來的許多學者多從《文選》與《文心雕龍》在文體分類與所選作家、作品的相互比較入手,論證二書在這些方面具有相同之處。即如王立群先生所言:「《文選》與《文心雕龍》二者在分體、選人、選篇上確存在著較多的一致;但是,這種一致,既有一方(如《文選》)受一方(《文心雕龍》)影響的一面,亦有二者同受第三方(如時代共論)影響的一面。二者的關係只存在或然性,而不具備必然性。」〔註24〕雖不能肯定《文選》必受《文心雕龍》的影響,但是二者存在許多的一致性這一點卻是不爭的事實。我們發現,二者在「事」、「義」二字含義的理解上也同樣存在著相似性。

劉勰在《文心雕龍》中多次提到事、義的概念,特別是在《事類》篇中,對於事、義的關係更做了明確的闡發,認為寫文章有時候就要援引古人的有關事件來印證、闡發自己所要表達的基本思想。即所謂「據事以類義,援古以證今者也」。這是劉勰關於事、義關係的最明確表達。他說事與義的關係與辭和理的關係相同,都屬於「援古以證今」之列。但是,事專指古人所做之事,辭則專指古人留下的相關言論。劉勰認為,用古人所做之事來印證文章所表達的思想,與用古人所遺之言來闡發道理,都是「援古以證今」,也就是「略舉人事,以徵義者也」。

基於這樣的理解,他說:「文章由學,能在天資。才自內發,學以外成,有學飽而才餒,有才富而學貧。學貧者迍邅於事義,才餒者劬勞於辭情,此內外之殊分也。」是說如果要寫好文章,既要有天賦的才氣,也要有後天學習的積累。因為人的天賦是與生俱來的,而學問則是通過後天學習獲得的。因此,有的人學問深厚但是才氣不足,有的人很有天才但是學問不深。寫文章的時候,學問不深的人就往往在據事以類義方面表現得滯澀難通,而天賦不足的人則在遣詞達意方面顯得艱難疲憊。這是由人的天賦好壞與學力深淺不同決定的。劉勰在這裡將引用古人之事看作是寫文章的必備要素而特別加以強調,並把據事

〔註23〕黃侃:《文選平點》〔M〕,上海:上海古籍出版社,1985年版,第1頁。
〔註24〕王立群:《現代文選學史》〔M〕,北京:中國社會科學出版社,2003年版,第154頁。

以類義的能力如何作為判斷作者學問深淺的標準，反映出他對引用歷史人物和歷史事件進行寫作的特殊重視。

正因為「援古以證今」、「略舉人事以徵義」對於寫作文章來說如此重要，所以《文心雕龍》在論文的時候就多處將事、義對舉。

《宗經》篇提出宗經之文有六個特點，云：「文能宗經，體有六義：一則情深而不詭，二則風清而不雜，三則事信而不誕，四則義貞而不回，五則體約而不蕪，六則文麗而不淫。」

據陸侃如、牟世金《文心雕龍譯注》譯文：如果能夠學習聖人經典來寫文章，這種文章就能基本上具備六種特點：第一是感情深摯而不欺詐，第二是風氣純正而不雜亂，第三是所寫事物真實而不虛妄，第四是意義正確而不歪曲，第五是篇幅簡短而不繁雜，第六是文辭華麗而不過分。〔註25〕我認為這個所謂的「事信而不誕」，解釋為「所寫事物真實而不虛妄」固然不錯，但是這個「事物」也仍然可以看作是指所引證的古人古事而言。

這一段是對宗經之文所應達到的具體標準的直接概括，是在對儒家的幾部經典：《易》、《書》、《詩》、《禮》、《春秋》進行具體分析以後得出來的結論。認為《易》是探討自然界奧秘的，《書》是記錄古人言論的，《詩》是抒發感情的，《禮》是規定行動規範的，《春秋》是辨明道理的。儘管它們各有不同的特點，文辭與內容也都很不相同，但是都能做到「辭約而旨豐，事近而喻遠」，即文辭簡練而含義豐富，事例淺近而思想深刻。所以，也就不難理解為什麼宗經之文會有「事信而不誕」的特點了。

同樣，《銘箴》篇云：「王濟《國子》，文多而事寡；潘尼《乘輿》，義正而體蕪。」西晉時期的王濟有《國子箴》，潘尼有《乘輿箴》。劉勰認為王濟的文章文辭華麗但是實事卻很少，而潘尼的文章雖意義純正但篇幅體式卻很繁雜。所以都不是好作品。

在《麗辭》篇中，劉勰再次闡發了對於事、義的認識，云：

> 故麗辭之體，凡有四對：言對為易，事對為難；反對為優，正對
>
> 為劣。言對者，雙比空辭者也；事對者，並舉人驗者也；反對者，
>
> 理殊趣合者也；正對者，事異義同者也。長卿《上林賦》云：「修容

〔註25〕陸侃如，牟世金：《文心雕龍譯注》〔M〕，濟南：齊魯書社，1995 年版，第 116 頁。

乎禮園，翱翔乎書圃。」此言對之類也。宋玉《神女賦》云：「毛牆
鄣袂，不足程式；西施掩面，比之無色。」此事對之類也。仲宣《登
樓》云：「鍾儀幽而楚奏，莊舄顯而越吟。」此反對之類也。孟陽《七
哀》云：「漢祖想枌榆，光武思白水。」此正對之類也。凡偶辭胸臆，
言對所以為易也；徵人之學，事對所以為難也；幽顯同志，反對所
以為優也；並貴共心，正對所以為劣也。又以事對，各有反正，指
類而求，萬條自昭然矣。

　　麗辭就是我們通常所說的對偶。劉勰說對偶的形式基本上有四種情況：一
是言對，這比較容易。二是事對，這比較困難；三是反對，四是正對。反對是
好對而正對則是劣對。言對就是文辭上的兩兩比對，事對就是並舉前人的故事
雙雙成對，反對是情理雖殊而旨趣相同的對偶，正對則是事件不同而含義一致
的對偶。並分別舉出司馬相如《上林賦》、宋玉《神女賦》、王粲《登樓賦》、張
載《七哀》中的句子作為言對、事對、反對和正對的例子加以說明。認為文辭
的對偶是出於作者自己的內心，所以比較容易。而徵引前人故事之對則是靠學
問而得，所以事對就很困難。王粲用被幽和官顯兩種相反的情況來闡述同樣的
道理，所以反對是很好的。而張載用兩個尊貴帝王的思鄉事件來表達同樣的感
情，這個正對就比較差。無論言對、事對，都各有反對、正對兩種，因此，依
類推究，各種對偶的形式就都很清楚了。

　　劉勰在這裡具體分析了對偶句式中的「事」、「義」問題，也再次闡明了文
章寫作中引證古人之事闡發思想的重要性。

　　《知音》篇是闡述如何進行文學批評的，劉勰提出，要考查作品的思想感
情就要首先確立六種觀察角度：「將閱文情，先標六觀：一觀位體，二觀置辭，
三觀通變，四觀奇正，五觀事義，六觀宮商。斯術既行，則優劣見矣。」

　　這六種觀察角度包括：一位體，即確定體裁；二置辭，即組織詞句；三通
變，即繼承與創新；四奇正，即作品中表現出來的奇特之處與平常之處；五事
義，即引事證義的情況；六宮商，即聲律的和諧。這一段，從文學批評的角度，
說明引事以證義也是判斷文章寫得好壞的重要標準。

　　上述情況表明，劉勰是將「援古以證今」、「略舉人事以徵義」作為文章寫
作的重要要素來看待的。因此，無論是闡述文章寫作原則還是強調文學批評標
準，都將事、義關係作為一個主要方面提出來。

劉勰論為文如此重視事、義關係，這顯然與時代風尚有關。劉勰所生活的南北朝時代正是駢體文極為興盛的時期。這一時期的文，除一部分論議奏疏之外，幾乎都是語句偶儷、聲調鏗鏘的駢文。對偶是漢語文學特有的修辭方法。東漢以來，文章開始駢偶化，「往往以單行之語，運排偶之詞，而奇偶相生，致文體迥殊於西漢。建安之世，七子繼興，偶有撰著，悉以排偶易單行，即非有韻之文，亦用偶文之體」（劉師培《論文雜記》）。駢偶文體，經過西晉至南朝，特別是齊永明以後，已完全定型成熟。其中標誌成熟的一個重要特徵就是用事用典更加繁富複雜。鍾嶸在《詩品序》中評論當時文壇上用事用典的風氣說到任昉、王融時云：「詞不貴奇，競須新事，爾來作者，浸以成俗。遂乃句無虛語，語無虛字。」《南齊書·文學傳論》也說當時的文學作品是「緝事比類，非對不發」，「全借古語，用申今情」。這種風氣，在駢文中尤甚於詩歌，用事的形式也更為多樣。許多作家用事工巧靈活，遠遠超過了前代的作家。當時文壇盛行寫作駢文、重視用事用典的風氣顯然對劉勰很有影響，《文心雕龍》全書不僅全部用駢文寫成，而且引事證義之例筆筆皆是。即便是上文所列闡述「事」、「義」關係的諸條文句本身也都是引事證義的最好範例。

我們再看蕭統的「事出於沉思，義歸乎翰藻」二句，其實也就是對劉勰所謂「援古以證今」、「略舉人事以徵義」理論的具體應用。劉勰說：「文章由學，能在天資。才自內發，學以外成，有學飽而才餒，有才富而學貧。學貧者迍邅於事義，才餒者劬勞於辭情。」（《事類》），而蕭統說所選的史書的贊論、序述，「事出於沉思」，這正顯示了作者的「學飽」；「義歸乎翰藻」，這又顯示了作者的「才富」。也就是說，贊論、序述的作者既不「迍邅於事義」，也不「劬勞於辭情」，而是學識淵博、文采豐厚。

綜上，「事出於沉思，義歸乎翰藻」二句即可解釋為：憑藉淵博的歷史知識，並用優美的語言文字來表達深刻的思想。它們是專對《文選》中所選的史書中的贊論、序述而發，並不是蕭統《文選》選文的惟一標準。但是，從中也確實反映出蕭統的文學價值取向。

第一，他對於善於用事而又文采美麗的文章是推崇的、喜歡的。因此，王運熙先生說：「蕭統選文的藝術標準，重在駢文家的語言辭藻之美。」〔註26〕認

〔註26〕王運熙：〈《文選》選錄作品的範圍和標準〉〔J〕，復旦學報，1988年版，第6頁。

為蕭統選文以富有文采辭藻的篇章為主,《文選序》充分體現了南朝駢文家的藝術標準,即認為作品的藝術性主要體現在辭藻、對偶、音韻、用典等語言之美方面。這種觀點是正確的。從選錄史書的贊論、序述而言,其所以入選,就是由於藝術形式上講究用事、用典,而且文辭駢儷。

第二,蕭統在強調作品藝術性的同時,對作品的思想內容也同樣看重。用事而沉思、翰藻,終歸是為了表達「義」服務的。因而,思想內容是處於核心地位的。從這一點而言,認為王運熙先生所言:「《文選》中所反映出來的文學思想的缺點,就在於他偏重藝術形式,不重視思想內容,對『文』的本身未能有全面的認識」〔註27〕的說法也是可以商榷的。

若斯之流

蕭統在論及古代謀臣辯士的言論時評價很高,稱為「賢人之美辭,忠臣之抗直,謀夫之話,辯士之端,冰釋泉湧,金相玉振」,「蓋乃事美一時,語流千載,概見墳籍,旁出子史」,但是他卻不想在《文選》中收錄,因為「若斯之流,又亦繁博,雖傳之簡牘,而事異篇章,今之所集,亦所不取。」「若斯之流」的意思很清楚,就是我們現在常說的「諸如此類」的意思。基本用法是前面羅列一系列類似的情況,然後用「若斯之流」來概括這些情況具有某種相同特點。從現存文獻資料來看,這個句式乃是蕭統《文選序》首創。檢索《四庫全書》證明,除《文選》外,「若斯之流」的最早用例就是《晉書·載記第十》:「若斯之流,抱琳瑯而無申,懷英才而不齒,誠可痛也。」其次為北宋郭忠恕《佩觿》:「有寵字為寵,錫字為錫,用攵代文,將无混旡,若斯之流,便成兩失。」其餘再無早於唐代的先例。然而,與「若斯之流」用法、含義相近的「若斯之類」卻在《文選》所存六朝其他作品中以及與之時代相近的范曄《後漢書》、沈約《宋書》、劉勰《文心雕龍》等文獻中多處使用了。由於這些文獻均為六朝文獻,而且,在早於六朝的文獻中又沒有見到其他用例,故可以作為「若斯之類」這種語言現象為六朝時語的顯證。現列舉如下:

(1)《六臣注文選》卷四,左思《三都賦序》云:「相如賦上林而引盧橘夏熟,揚雄賦甘泉而陳玉樹青蔥,班固賦西都而歎以出比目,張衡賦西京而述

〔註27〕王運熙,顧易生:《中國文學批評史》(上冊)〔M〕,上海:上海古籍出版社,2002年版,第137頁。

以遊海若，假稱珍怪以為潤色，**若斯之類**，匪啻於茲。」劉淵林注謂：「凡此四者，皆非西京之所有也。」左思之意，認為著名的漢賦四大家在描述京都的時候，都分別列舉出京都的珍稀物產以示炫耀，但是這些物產卻都不是真正的京都物產，只是作者為了創作，需要假託這些珍稀物產來潤色自己的文章而已。所以，左思最後用「若斯之類」四個字概括了所有這些「假稱珍怪以為潤色」的現象，並說，喜歡這樣做的作家還不止這幾位，「匪啻於茲」即不止於此的意思。所以，「若斯之類」直譯過來就是「諸如此類的情況」。值得注意的是，「匪啻」一詞也為六朝時語，先秦文獻已有「不啻」的結構，「匪」與「不」均為「非」，所以，六朝的「匪啻」也即先秦以來的「不啻」。

（2）南朝宋范曄《後漢書・列女傳》：「《詩》、《書》之言女德，尚矣。若夫賢妃助國君之政，哲婦隆家人之道，高士弘清淳之風，貞女亮明白之節，則其徽美未殊也，而世典咸漏焉。故自中興以後，綜其成事，述為列女篇。如馬、鄧、梁后，別見前紀；梁嫕、李姬，各附家傳。**若斯之類**，並不兼書。」

此處的「若斯之類」指的是如「馬、鄧、梁后，別見前紀；梁嫕、李姬，各附家傳」之類已經見於別傳的，都不再另立傳。

（3）梁沈約《宋書》：「有韓娥者，東之齊，至雝門，匱糧，乃鬻歌假食，既而去，餘響繞梁三日不絕，左右謂其人不去也。過逆旅，逆旅人辱之，韓娥因曼聲哀哭，一里老幼悲愁垂涕，相對三日不食，遽而追之，韓娥還，復為曼聲長哥，一里老幼喜躍抃舞，不能自禁，忘向之悲也。乃厚賂遣之，故雝門之人善哥哭，效韓娥之遺聲。衛人王豹處淇川，善謳，河西之民皆化之。齊人綿駒居高唐，善哥，齊之右地亦傳其業。前漢有虞公者，善哥，能令梁上塵起。**若斯之類**，並徒哥也。」此「**若斯之類**」指如韓娥、王豹、綿駒、虞公等人所唱的歌。

（4）北齊魏收《魏書》卷一百八之四：「晉博士許猛《解三驗》曰：《小雅》曰：君子作歌，惟以告哀。《魏詩》曰：心之憂矣，我歌且謠。若斯之類，豈可謂之金石之樂哉？是以，徒歌謂之謠，徒吹謂之和。記曰：比音而樂之，及干戚、羽毛，謂之樂。若夫禮樂之施於金石，越於聲音者，此乃所謂樂也。」此「**若斯之類**」指前所列之「君子作歌，惟以告哀」與「心之憂矣，我歌且謠」之類情況，認為它們只屬於徒歌，還不能算是真正的樂。

（5）梁劉勰《文心雕龍》中「若斯之類」凡三見：

《詔策》云：「逮光武撥亂，留意斯文。而造次喜怒，時或偏濫。詔賜鄧禹，稱司徒為堯；敕責侯霸，稱黃鉞一下。若斯之類，實乖憲章。」漢光武帝劉秀平定王莽之亂以後，很重視《詔策》之類文章的寫作。但是有時候也會因為受到喜怒情緒的影響而出現行文草率的情況。如詔誥鄧禹的策書竟然稱讚作為司徒的鄧禹是堯，而斥責侯霸的策書則說他將要「黃鉞一下」，即把他殺頭。所以，劉勰說漢光武所下的這類策書是有違憲章的。故此「若斯之類」就是指漢光武「稱司徒為堯」與「稱黃鉞一下」之類造次而成的策書。

另二例均見於《比興》篇：「如麻衣如雪，兩驂如舞，若斯之類，皆比類者也。」又曰：「比之為義，取類不常。或喻於聲，或方於貌，或擬於心，或譬於事。宋玉《高唐》云：『纖條悲鳴，聲似竽籟。』此比聲之類也；枚乘《菟園》云：『焱焱紛紛，若塵埃之間白雲。』此則比貌之類也；賈生《鵩賦》云：『禍之與福，何異糾纆。』此以物比理者也；王褒《洞簫》云：『優柔溫潤，如慈父之畜子也。』此以聲比心者也；馬融《長笛》云：『繁縟絡繹，范蔡之說也。』此以響比辯者也；張衡《南都》云：『起鄭舞，繭曳緒。』此以容比物者也。若斯之類，辭賦所先。日用乎比，月忘乎興。習小而棄大，所以文謝於周人也。」

以上諸例反映了「若斯之類」這種語言現象在六朝時期書面語中的使用情況，與蕭統《文選序》之「若斯之流」意義基本相同，都是先羅列幾種類似的情況，然後用「若斯之流」或「若斯之類」進行總括。這種語言現象直到今天仍然在人們的口語或書面語中廣泛使用，如「諸如此類」、「如此種種」、「如此之類」的幾種說法意義與六朝時期的「若斯之流」、「若斯之類」基本一致，所不同的是，蕭統的「若斯之流」沒有表示貶斥的語言色彩，而現代漢語中如果說「如此之流」，則往往是有貶義的色彩在裏邊。

篇什

《辭源》解釋「篇什」云：「《詩經》的『雅』、『頌』十篇為一什。後因稱詩篇為篇什。《晉書‧樂志》：『三祖紛綸，咸工篇什。』南朝梁鍾嶸《詩品》：『永嘉時，貴黃老，稍尚虛談，於時篇什，理過其辭，淡乎寡味。』」

《漢語大詞典》也有對「篇什」一詞的解釋：

　　《詩經》的「雅」和「頌」以十篇為一什，所以詩章又稱「篇
　　什」。《晉書・樂志上》：「三祖紛綸，咸工篇什。」北齊顏之推《顏
　　氏家訓・文章》：「蘭陵蕭愨，梁室上黃侯之子，工於篇什。」《隋書・
　　經籍志四》：「梁簡文之在東宮，亦好篇什。」唐唐彥謙《亂後經表
　　兄瓊華觀舊居》詩：「醉中篇什金聲在，別後音書錦字空。」宋蘇軾
　　《艾子雜說》：「聞足下篇什甚多，敢乞一覽。」鄭振鐸《中國俗文
　　學史》第十四章：「最可注意的是《西調鼓兒天》，這是『一套』詠
　　思婦的最好的篇什。」

　　從二工具書所舉「篇什」用例來看，最早是《顏氏家訓》，其次是《晉書・
樂志》，再次為南朝梁鍾嶸《詩品》。似在說明該詞語為六朝時產生的新詞。這
是對的，但是《漢語大詞典》所舉用例卻不嚴密，不僅不能揭示「篇什」的真
正語源，而且對於「篇什」詞義的理解也過於絕對化，不能準確反映「篇什」
詞義的演變過程。這從《文選序》中「篇什」的用例就看得出來。

　　《文選序》云：「若其贊論之綜緝辭采，序述之錯比文華，事出於沉思，
義歸乎翰藻，故與夫篇什，雜而集之。」李善未注。五臣注：濟曰：什，拾
也。言贊論用思深遠，故與篇章同拾而集之。〔註28〕將「篇什」分為二詞，不
合文意。如上文所述，這段文字是說史書中的贊論、序述富有文采，所以才
與「篇什」一起錯綜編輯而成文集。「篇什」為一固定詞語，不可再分。因上
文綜述何文可選何文不選，然後才說到史書的贊論、序述可選，並說它們可
與「篇什」一起「雜而集之」。下文接著就總結說：「遠自周室，迄於聖代，都
為三十卷，名曰《文選》云爾。」顯然，此「篇什」當指蕭統在上文所述其所
選的除贊論、序述以外的各體文學作品之總名，不應僅僅指詩章一個方面。

　　全面檢索《四庫全書》所存資料，在六朝前文獻中沒有「篇什」用例，最
早出現這個詞語是在南北朝文獻中。除《文選序》外，還有 5 例：

　　1. 劉勰《文心雕龍・明詩》：「至於三六雜言，則自出篇什；離合之發；則
明於圖讖；回文所興，則道原為始；聯句共韻，則栢梁餘制。」

　　這是劉勰在追述各體詩歌的產生源頭時說的話。譯為：三言、六言、雜言
詩，它們都源於《詩經》。至於「離合詩」的產生，是從漢代的圖讖文字開始的；

〔註28〕日本足利學校藏宋刊明州本六臣注《文選》，〇二一頁上。北京：人民文學出版社，
　　　2008 年第 1 版。

「迴文詩」的興起，則是南朝宋賀道慶開的頭；而幾人合寫的「聯句詩」，那是繼承《柏梁詩》來的。〔註29〕

這裡劉勰明顯是以「篇什」代指《詩經》，也許這就是「篇什」的最初含義。應源於現存《詩經》「雅」和「頌」以十篇為一什的編輯體例。

2. 鍾嶸在《詩品》卷一中評價建安至晉代詩壇的發展演變時說：「永嘉時貴黃老，稍尚虛談。於時篇什，理過其辭，淡乎寡味。」

鍾嶸《詩品》意在品詩，所論都是詩歌的發展狀況，這裡所品評的正是永嘉年間玄言詩剛剛出現時的特點，因此，這個「篇什」明顯是指詩歌作品而言，不能代指《詩經》了。

3.《昭明太子集》卷四《答晉安王書》：「相如奏賦，孔璋呈檄。曹劉異代，並號知音。發歎凌雲，興言愈病，嘗謂過差，未以信然。一見來章，而樹譏忘痾，方證昔談非為妄作。炎涼始貿，觸興自高。睹物興情，更向篇什。」「篇什」也當指抒情寫物的各體文學作品。

4. 北齊魏收所撰《魏書》列傳第六十五云：「納民軌物，莫始於經禮；菁莪育才，義光於篇什。」意思是說，規範人民的行為、協調社會秩序沒有不從儒家經典著作和禮儀制度開始的，而像《詩經·菁菁者莪》所描述的那樣長育人材，其美好意義也會通過篇什來呈現。在這裡，「篇什」承「菁莪育才」而言，解作詩歌作品較為合適。

5. 北齊顏之推《顏氏家訓》卷上：「蘭陵蕭愨，梁室上黃侯之子。工於篇什，嘗有《秋詩》云：芙蓉露下落，楊柳月中踈。」「篇什」亦當指詩歌作品而言。

以上為六朝時「篇什」用例情況，當時詞義由最初代指《詩經》，發展為代指詩歌作品、指文學作品。在隋以後文獻中，「篇什」就多指詩歌作品而言了。

如隋太子通事舍人李百藥所作《北齊書》卷四十五，列傳第三十七之《文苑》云：「齊氏變風，屬諸絃管；梁時變雅，在夫篇什。莫非易俗所致，並為亡國之音。」也指詩歌作品而言。

唐顏師古《匡謬正俗》卷一：「漙，鄭詩《野有蔓草》篇云：『野有蔓草，零露漙兮。有美一人，清揚婉兮。』《詩》古本有水旁作專字者，亦有單作專字者，後人輒改為之漙字，讀為團圓之漙。作辭賦篇什用之。」「篇什」與「辭賦」並

〔註29〕陸侃如，牟世金：《文心雕龍譯注》，齊魯書社，1995年版，第148頁。

言，亦當是指詩歌。

唐房玄齡等《晉書》卷二十二志第十二樂上：「三祖紛綸，咸工篇什，聲歌雖有損益，愛玩在乎雕章。」三祖指三國魏之武帝曹操、文帝曹丕、明帝曹叡，三人皆以能詩能文著稱，如果釋「篇什」為文學作品也可以，但如聯繫下文「聲歌雖有損益」，則顯然是說他們的詩歌創作水平長短有別。故「篇什」仍指詩歌為宜。以下幾個「篇什」用例都出自唐人所作的六朝史書文獻，含義有指詩歌而言，亦有指文學作品。如：

唐姚思廉《梁書》卷二十一，列傳第十五：「惲立行貞素，以貴公子早有令名。少工篇什，始為詩曰：亭皋木葉下，隴首秋雲飛。」「篇什」指詩歌。

唐令狐德棻等《周書》卷三十四，列傳第二十六：「雅好賓遊，每良辰美景，必招引時彥，宴賞留連，間以篇什。」這指創作詩歌。

唐令狐德棻等《周書》卷四十，列傳第三十二：「神舉雅好篇什，帝每有遊幸，神舉恒得侍從。」說宇文神舉因「雅好篇什」，而得以隨侍皇帝身邊。後文則說「神舉偉風儀，善辭令，博涉經史，性愛篇章，尤工騎射」，可見，這裡的「篇什」與「篇章」同義，是說宇文神舉很有文采，善於寫作。所以「篇什」不僅指他能寫詩，應該是指他詩文俱佳。

唐長孫無忌等《隋書》卷三十五，志第三十，經籍四：「梁簡文之在東宮，亦好篇什，清辭巧製，止乎衽席之間，雕琢蔓藻，思極閨闈之內。」這個「篇什」則是指蕭綱善於作宮體詩。

綜上所述，「篇什」一詞，自六朝開始產生，詞義由代指《詩經》而逐漸演變為指詩歌，後來又指文學作品，與《文選序》中「事異篇章」之「篇章」同義。這兩種意義直到唐代都是它的基本含義。

第二章　《文選賦》所存六朝時語研究

　　根據上文《緒論》表格中統計的數據，《文選賦》中可以作為六朝時語研究語料的作品有 32 篇。我們按照表格中作品的先後順序，對其中所存的六朝時語現象進行認真辨析，有如下幾方面問題需要深入探討。

左太沖《三都賦序》

研精

　　「而論者莫不詆訐其研精，作者大氏舉為憲章。」李善注：「《墨子》曰：雖有詆訐之人，無所依矣。《說文》曰：詆，訶也。訐，面相序罪也。《尚書序》曰：研精覃思。」劉良注：「詆，呵。訐，舉也。大氏，猶大都也。」此段文字出現的背景是：左思認為司馬相如、揚雄、班固、張衡等人的大賦，都善於「假稱珍怪，以為潤色」，而與事實都不相符，所謂「於辭則易為藻飾，於義則虛而無徵」，即如「玉卮無當，雖寶非用」。在此基礎上，左思接著說了上面這兩句話。意為：儘管論者都已經在詆訐、批評他們的這些做法，但是作者卻大都將他們的做法奉為憲章。即「論者」與「作者」對司馬相如等人的創作持兩種不同的態度。「論者」都能發現司馬相如們存在的毛病，而加以責難；可是「作者」大都對他們奉若憲章。故李善引《墨子》所謂「雖有詆訐之人，無所依矣」，即雖然有人在批評，但是卻沒有人肯接受這種批評。如此分析，則李善對句義的

解釋是對的。但同時也就證明李善對「研精」的解釋是不準確的。《尚書序》之「研精」與「覃思」並舉，猶精研，即精密的研磨之義。是褒義。「研精」作為論者詆評、批評的對象，不應該是褒義的。很明顯，「研精」在這裡就是代指司馬相如、揚雄、班固、張衡等人善於「假稱珍怪，以為潤色」，「於辭則易為藻飾，於義則虛而無徵」的創作風格而言。應該是貶義。故可解釋為「窮究精妙」之義。這樣才能與當前語境相應。

《文選》中「研精」用例，尚見於張茂先《勵志詩》：「末伎之妙，動物應心。研精耽道，安有幽深。」李善注：「物，獸與禽也。《尚書序》曰：研精覃思。《答賓戲》曰：浮英華，耽道德。」張銑注：「末伎，謂繳射也。言末伎用心，尚感如此。況窮精樂道，豈有幽深而不通？」此「研精」就可以解釋為「精研」，李善以《尚書序》為釋，張銑所謂「窮精」，都是正確的，即精細地研究鑽研。

孔安國《尚書序》：「於是遂研精覃思，博考經籍。」劉向注：「於是安國乃研精深思為之訓解也。覃，深也。」這是「研精」作精細地研究鑽研之義的最早用例。

夏侯孝若《東方朔畫贊》：「乃研精而究其理，不習而盡其功。」李善注：「孔安國《尚書序》曰：研精覃思。《周易》曰：不習无不利。」「研精」仍然為精細地研究鑽研之義。

上述之「研精」用例以孔安國《尚書序》最早，其餘均出自六朝，而含義不同。表明該詞語在當時已經有了褒貶色彩的差別。作褒義詞即可釋為「精細地研究鑽研」。如作貶義詞，就可以解釋為「窮究精妙」。檢索《四庫全書》，亦可證明，該詞語在六朝是習用語，除有這兩個含義外，還有引申意義。因為深入細緻地研磨、探索需要注意力非常集中，因此可以引申為專心、專注、盡心等意義。

如《後漢書·曹褒傳》：「常憾朝廷制度未備，慕叔孫通漢禮儀。晝夜研精，沉吟專思。寢則懷抱筆札，行則誦習文書。」又《盧植傳》：「少與鄭玄俱事馬融，能通古今學。好研精而不守章句。」又上書曰：「專心研精，合《尚書》章句，考《禮記》失得。」《三國志·魏志·中山恭王袞傳》：「王研精墳典，耽味道真。」又《蜀志·譙周傳》：「研精六經，尤善書札。」《吳志·華核傳》孫皓謂華核曰：「卿研精墳典，博覽多聞，可謂悅禮樂敦詩書者也。」此數例

之「研精」皆與《尚書序》同，均可釋為「精細地研究鑽研」等意義。而《後漢書·翟酺傳》云：「願陛下親自勞恤，研精緻思，勉求忠貞之臣，誅遠佞諂之黨。」這個「研精」就應該是專心的意思，「研精緻思」，也就是專心致志。《三國志·蜀志·贊昭烈皇帝》：「研精大國，恨於未夷。」與此義同。此詞《漢語大詞典》、《辭源》均收。

左太沖《蜀都賦》

豐蔚

左思《蜀都賦》云：「豐蔚所盛，茂八區而菴藹焉。」劉淵林注曰：「八區，四方、四隅也。《地理志》曰：巴蜀土地肥美，有山林果實之饒。班固《西都賦》曰：郊野之富，號為近蜀。美其豐盛。」善曰：「班孟堅《西都賦》曰：橫被六合。《長楊賦》曰：洋溢八區。」良曰：「臻，至也。豐蔚，山林果實之饒也。菴藹，茂盛貌。」這段話是描述蜀都物產豐饒，認為其山林果實之豐饒在天地四方都是最繁盛的。因而用到了「豐蔚」與「菴藹」兩個詞語。《漢語大詞典》與《辭源》均認為「豐蔚」與「菴藹」兩個詞都是六朝產生的新詞。分別辨析：

《漢語大詞典》云：

> 【豐蔚】1. 繁茂。《文選·左思〈蜀都賦〉》：「豐蔚所盛，茂八區而菴藹焉。」劉逵注：「《地理志》曰：巴蜀土地肥美，有山林果實之饒。」北魏酈道元《水經注·贛水》：「此樹嘗中枯，逮晉永嘉中，一旦更茂，豐蔚如初。」明何景明《田園雜詩》之一：「膏疇矧豐蔚，積潦復淒冽。」2. 形容文詞豐富。南朝宋劉義慶《世說新語·文學》：「〔殷浩〕為謝標榜諸義，作數百語，既有佳致，兼辭條豐蔚，甚足以動心駭聽。」元揭傒斯《〈歐陽先生集〉序》：「先生於書無不讀，其為文豐蔚而不繁，精密而不晦者，有典有則，可諷可誦。」明吳寬《明故中書舍人王君墓表》：「然操筆為詞章，豐蔚可誦。」

《辭源》釋義與《漢語大詞典》基本相同，也是兩個義項，分別為「豐富茂美」和「指辭藻豐富而華美」。只是由於編輯體例的需要，在舉例上略有差別。《辭源》重在揭示語源，故所舉用例只有左思《蜀都賦》和劉義慶《世說新語》

各一條。而《漢語大詞典》則重在解釋詞語的含義，所以又多加幾個用例，以反映出詞語在後世的發展與應用。

可以說，二工具書對於「豐蔚」的解釋是比較準確全面的。

我們檢索《四庫全書》，可以進一步證明這一點。在《四庫全書》所存文獻中，「豐蔚」一詞最早確實只在六朝文獻中出現。除左思《蜀都賦》與酈道元《水經注》之「繁茂」意與劉義慶《世說新語》之「文詞豐富」外，還有一例，即北魏楊衒之《洛陽伽藍記》卷二：「園中果菜豐蔚，林木扶疏。」亦是「繁茂」的意思。而《四庫全書》所存其他用例，再無早於唐代的文獻，而且也再無其他義項產生，故可以證明二工具書關於「豐蔚」詞語的語源以及釋義的解釋都是正確的。

菴藹

明楊慎《升菴集》卷三十九云：「今人別號『菴』字，印章往往不同，緣《說文》本無菴字，菴獮俗也。予嘗考之，菴字古書所用者，《蜀都賦》『八方菴藹』，王充《論衡》『桃李梅杏，菴丘蔽野』，此取『菴覆』之義，至三國及晉，始有『菴幔』、『菴閭』之語，與今人所用『菴』字義同，『菴』字不可謂不古也。但篆籀以《說文》為宗，《說文》不載之字，用於印章，似為未安。」

楊慎對「菴」字的辨別，指出「菴」字最早見於王充《論衡》，至三國及晉以後才逐漸被廣泛使用，從側面證明「菴藹」作為詞語產生不會早於六朝。

「菴藹」一詞，在《文選》中凡兩見。除《蜀都賦》一例外，《魏都賦》云：「權假日以餘榮，比朝華而菴藹。」呂延濟注：「若日在桑榆，猶苟且假其餘光，如木槿之朝出菴藹，然至暮而落。」此「菴藹」亦為茂盛貌。

《漢語大詞典》【菴藹】條：

1. 茂盛貌。《文選·左思〈蜀都賦〉》：「豐蔚所盛，茂八區而菴藹焉。」劉良注：「菴藹，茂盛貌。」《晉書·后妃傳上·左貴嬪》：「本支菴藹，四海蔭焉。」2. 雲氣彌漫貌。《晉書·涼武昭王李玄盛傳》：「蔭朝雲之菴藹，仰朗日之照煦。」《梁書·張充傳》：「奇弱霧輕煙，乍林端而菴藹。」

《辭源》釋義與舉例與《漢語大詞典》也基本相同，因解釋為「茂密貌」，「雲氣貌」與《漢語大詞典》說法略有不同。

檢索《四庫全書》，可證「菴藹」確為六朝時語，因為在六朝以前文獻中還

沒有出現「菴藹」的用例，最早的用例只出現在六朝：

（1）《爾雅注疏》卷九，「薆薱」，東晉郭璞注云：「樹實繁茂菴藹。」郭璞用「菴藹」解釋「薆薱」，可見，在當時「菴藹」之茂盛義已經為人所習用。

（2）梁陶弘景《真誥》卷十三：「遊空落飛飆，靈步無形方。圓景煥明霞，九鳳唱朝陽。暉翩扇天津，菴藹慶雲翔。遂造太微宇，挹此金梨漿。逍遙玄垓表，不存亦不亡。」此「菴藹」則指雲氣彌漫之貌。

（3）梁江淹《江文通集》卷三，《檉》：「木貴冬榮，檉實寒色。停黛峰頂，插翠石側。碧葉菴藹，頹柯翁藐。方陋筠檟，遠笑荊棘。」

（4）明張溥輯《漢魏六朝百三家集》卷四十，晉張華《歸田賦》云：「低徊往留，棲遲菴藹。」此「菴藹」直譯為「茂盛」或「雲氣彌漫」都不通。觀上下文意，是描述返歸田園的生活狀態，前謂「低徊往留」，也就是徘徊去留，後說「棲遲菴藹」，與徘徊去留形成對仗。「棲遲」有逗留、止息的意思。如《詩經・陳風・衡門》：「衡門之下，可以棲遲。」朱熹集傳：「棲遲，遊息也。」與「低徊」相對，則「菴藹」應該與「往留」亦相對，也應該與「止息」的意思相近，才可以搭配。

「菴」與「淹」通，「淹」停止，逗留。《楚辭・離騷》：「日月忽其不淹兮，春與秋其代序。」南朝宋顏延之《秋胡行》：「高節難久淹，揭來空復辭。」「藹」有籠罩之意。《文選・劉鑠〈擬古・明月何皎皎〉》：「落宿半遙城，浮雲藹層闕。」呂向注：「藹，蓋也。」籠罩即有拘束之意，亦可引申為停止。故此「菴藹」即「淹藹」，與「往留」相對，為停止、逗留等意義。

南朝宋謝朓《冬緒羈懷》詩云：「客念坐嬋媛，年華稍菴薆。」此「菴薆」亦與「菴藹」同。詩意為羈旅愁思纏綿不斷，希望美好年華能夠稍微停下來，不要消逝得太快了。

同理，唐歐陽詢《藝文類聚》卷一，晉楊乂《雲賦》：「隨風徘徊，流行菴藹，豁兮仰披，杳兮四會。」這個「菴藹」則表示雲氣的或走或停的動態，而不可能用茂盛來概括。

「菴藹」的停止、逗留等表示動態的含義為《漢語大詞典》與《辭源》所缺，可據此補。

（5）《御定歷代賦匯》卷八，晉傅咸《喜雨賦》：「孰謂天高，其聽不遠；孰謂神遠，厥應孔昭。潔齋致虔，於茲三朝。陰鬱怫而騰起，陽菴藹而自消。」

「菴藹」為「雲氣貌」。

（6）《御定歷代賦匯》逸句卷二，晉盧諶《菊花賦》：「何斯草之特偉，涉節變而不傷。超松柏之寒茂，越芝英之眾芳。浸三泉而結根，晞九陽而擢莖。若乃翠葉雲布，黃蕊星羅，熒明蒨粲，菴藹猗那。」「菴藹」為「茂盛貌」。

（7）元徐碩輯《至元嘉禾志》，梁天監二年八月二十三日所立《秦住山碑》：「菴藹餘輝，飛聲萬祀。」形容秦始皇的功業之盛。

故，「菴藹」一詞自六朝產生，在當時就有三重含義，其茂盛義，可以形容植物、功業、家族等茂盛；引申為形容雲氣濃鬱的狀態；有時也用於表示或走或停的含義。這三個義項在後世都得到繼承，在唐以後的文獻中都有用例可以證明。

貿

「都人士女，袨服靚妝；賈貿墆鬻，舛錯縱橫。」劉淵林注曰：「蘇林曰：袨服，謂盛服也。張揖曰：靚，謂粉白黛黑也。墆，貯也。」呂向注曰：「賈，賣也。貿，易也。墆，貯。鬻，販。舛錯，猶交錯也。」左思描述蜀都的市井繁華，只見街市上的靚男俊女，都是盛裝華服；而市場上商賈的交易、買賣活動也非常繁忙，貯存和販賣的貨物交錯縱橫地堆積。所以，這個「貿」就是指市場交易而言。呂向所謂「易也」是對的。「貿」作為交易、買賣解的義項產生較早。《詩經·衛風·氓》：「氓之蚩蚩，抱布貿絲。」朱熹《詩集傳》：「貿，買也。」高亨注曰：「貿，交換。」《爾雅·釋言》：「貿，買也。」郝懿行《義疏》：「市兼買賣二義。」《說文·貝部》：「貿，易財也。」從諸家之釋可知，「貿」的本意是指在市場上買東西。也因而指市場交易、買賣活動。左思此例之「貿」即用的本義。

《文選》中「貿」的用例除此條外尚有 8 例，從中可見六朝時該詞語的意義發展情況：

左太沖《吳都賦》：「澀讘㘲𤟭，交貿相競。喧嘩嗔呷，芬葩蔭映。揮袖風飄，而紅塵晝昏；流汗霡霂，而中逵泥濘。」李善注曰：「《蒼頡篇》曰：讘，不止也。㘲𤟭，眾相交錯之貌。《方言》曰：𤟭，猥也。嗔，通也。《說文》曰：呷，吸也。《史記》蘇秦說齊王曰：舉袂成帳，揮汗成雨。毛萇《詩傳》曰：小雨謂之霡霂。杜預《左氏傳注》曰：濘，泥也。」呂向注曰：「澀讘，言語不止

貌。棥戮，錯亂貌。交為貿易，相與競利也。喧嘩、喤呷，皆聲也。芬葩、蔭映，人眾多而相映也。揮袖，謂人眾之甚也。言各動袖求風而得塵起，晝日昏暗，汗流於地，而道路有泥濘。霢霖，小雨。言汗似之。」「貿」，亦為交易、買賣。

（2）左太沖《魏都賦》：「質劑平而交易，刀布貿而無算。」劉淵林注曰：「《周官》曰：以質劑結信而止訟。鄭玄曰：質劑，謂兩書一札而別之也。若今下手書保物要還矣。質，大賈也。劑，小賈也。刀布，錢刀之謂。荀卿書曰：省刀布之斂。」呂延濟注曰：「質劑，市吏主平物價，物價平而復交易也。刀，錢也。言錢布相與交易，不可勝算。」「貿」，亦為交易、買賣。

（3）任彥昇《為范始興作求立太宰碑表》：「而藏諸名山，則陵谷遷貿。府之延閣，則青編落簡。」呂延濟注曰：「遷，移。貿，易也。延閣，書府也。言著書藏名山，則恐山谷移易。置諸書府，則復編簡殘毀。言不如立碑之長久也。」此例之「遷」與「貿」義同，「貿」不是交易、買賣的意思，而是變易、變化的意思，與「遷」組成同義的複合詞，此為目前所見該詞語之最早用例。

「遷貿」一詞，《辭源》未收，《漢語大詞典》以「變遷；變革」釋之。後又庾信《擬連珠》之十：「蓋聞市朝遷貿，山川悠遠。是以狐兔所處，由來建始之宮；荊棘參天，昔日長洲之苑。」《北齊書·王琳列傳》朱瑒致書陳尚書僕射徐陵求琳首曰：「朝市遷貿，傳骨鯁之風；曆運推移，表忠貞之跡。」等等，均為變遷、改變等意義。檢索《四庫全書》，史部文獻中之「遷貿」最早用例見於梁蕭子顯撰《南齊書·武十七王列傳》：「回復遷貿，曾非委積。」可證，在南朝梁代「遷貿」作為詞語使用，已經為當時文人所接受。

（4）任彥昇《為卞彬謝修卞忠貞墓啟》：「而年世貿遷，孤裔淪塞。」李善注曰：「《廣雅》：貿，易也。」張銑曰：「裔，嗣。淪，沈也。言年代遷易，後嗣孤弱而沈塞。」則此「貿遷」與上文「遷貿」義同。為變化、改變、遷移的意思。

然以「貿遷」作「遷貿」解亦自任昉始。「貿遷」詞語產生很早，最初含義仍為交易、買賣之義。最早見於漢荀悅《申鑒·時事》：「事勢有不得，官之所急者，谷也。牛馬之禁，不得出百里之外，若其他物，彼以其錢取之於左，用之於右，貿遷有無，周而通之。」且在後世，該詞義仍然適用，如唐劉知幾《史通·敘事》：「費詞既甚，敘事才周。亦猶售鐵錢者，以兩當一，方成貿遷之價

也。」清蒲松齡《聊齋誌異·羅剎海市》：「貿遷之舟，紛集如蟻。」也單指購賞貨物。如唐張九齡《讓賜宅狀》：「臣之俸祿，實為豐厚，以此貿遷，足辦私室。」

（5）吳季重《在元城與魏太子箋》：「古今一揆，先後不貿。」李善注曰：「《爾雅》曰：貿，易也。」意為：古今道理都是一樣的，前後沒有什麼變化。「貿」為變化、改變等意義。

（6）韋弘嗣《博弈論》：「袞龍之服，金石之樂，足以兼棋局而貿博弈矣。」李善注曰：「《周禮》曰：三公自袞冕而下。鄭玄曰：袞龍，九章衣也。《東都賦》曰：修袞龍之法服。《左氏傳》曰：晉侯以樂之半賜魏絳，始有金石之樂。《廣雅》曰：貿，易之也。」呂向注曰：「袞龍，諸侯服飾也。金石，樂也。兼，並。貿，易也。」意為：封侯進爵而得穿袞龍之服，享金石之樂，足可以抵償得了在棋局上博弈的價值了。此「貿」為交換、抵償的意思。

（7）陸士衡《辯亡論上》「戰守之道，抑有前符。險阻之利，俄然未改。而成敗貿理，古今詭趣，何哉？彼此之化殊，授任之才異也。」呂向注曰：「符，法。貿，易。詭，變。趣，事也。戰守之道，自有古法。且吳阻險之間尚未改，然昔者曹劉之眾勝於晉兵，而吳終成帝業。今晉師不如曹劉，而反敗吳國，成敗易理，古今事變，何也？則彼此政化有殊，而授任群臣有疑心故也。彼謂孫權時，此謂孫皓時。言孫權任人不疑，皓用人有貳也。」此「貿」亦為改變、變化之義。

（8）潘安仁《馬汧督誄》：「若乃下吏之肆其噤害，則皆妬之徒也。嗟乎！妬之欺善，抑亦貿首之讎也。」李善注曰：「《楚辭》曰：口噤閉而不言。然則口不言，心害之為噤害也。《廣雅》曰：妬，害也。言疾妬之徒，欺此善士，抑亦同彼貿首之讎也。《戰國策》曰：甘茂與樗里疾，貿首之讎也。」劉良注曰：「肆，恣。噤，毒。貿，易也。言怨害者，皆嫉妬之徒也。嗟乎，岳歎也。言嫉妬之人，欺其善行，當以己首易人之首為讎也。」意為：嫉妒害人之徒，欺辱迫害善良之人，就像對待可以用自己的頭去交換的敵人一樣。此「貿」當為交換、抵償之義。

綜上所述，「貿」在六朝，在保留了先秦交易、買賣等本義的基礎上，還產生了改變、變遷等新的意義。另據《四庫全書》，「貿」在六朝亦有交互、錯雜的意思，如南朝宋裴駰《〈史記集解〉序》：「而世之惑者，定彼從此，是非

相貿，真偽舛雜。」

左太沖《吳都賦》

髣髴

左思《吳都賦》云：「疊華樓而島峙，時髣髴於方壺。」張銑注：「髣髴，像似也。言船上華樓重疊如島之峻峙，像似方壺之宮。」

《漢語大詞典》、《辭源》均收「髣髴」，都舉《楚辭‧遠遊》：「時髣髴以遙見兮，精皎皎以往來。」為最早用例。《辭源》釋為「好像，看不真切」，《漢語大詞典》釋為「隱約，依稀」，含義基本相同。「髣髴」一詞雖然不是六朝新詞，但是在六朝卻被文人廣泛使用，從而成為後世普遍認可的固定詞語。如《文選》中共有 18 個「髣髴」用例，其中 11 個出自六朝作品，2 個分別出自東漢班固《幽通賦》、《典引》，1 個出自東漢張衡《西京賦》，1 個出自東漢王文考《魯靈光殿賦》，2 個分別出自司馬相如的《子虛賦》、《長門賦》，1 個為戰國宋玉《神女賦》。這些數字雖然不能作為絕對的依據，但是卻也可以說明一定問題。也就是說，我們基本上可以認定「髣髴」亦為六朝時語。

《說文‧髟部》：「髴，若似也。」段玉裁注：「許無髣字，後人因髴制髣。」唐玄應《一切經音義》卷二：「彷彿，古文作『肺肺』，《聲類》作『髣髴』，同。謂相似，見不諦。」則「髣髴」本義即指看得不夠清楚、不確實。因而有隱約、依稀的意思。故《楚辭‧遠遊》：「時髣髴以遙見兮，精皎皎以往來。」洪興祖補注引《說文》：「髣髴，見不諟也。」司馬相如《子虛賦》：「縹乎忽忽，若神之髣髴。」陶淵明《桃花源記》：「山有小口，髣髴若有光。」均指隱隱約約的，不清楚、不分明的意思。

然「髣髴」自東漢、六朝以後又增添了新的含義。如《漢書‧敘傳上》：「昔有學步於邯鄲者，曾未得其髣髴，又復失其故步。」晉潘岳《悼亡詩》：「帷屏無髣髴，翰墨有餘跡。」這兩個「髣髴」都是名詞，可以理解為「大概的情形」、「約略的形跡」等意義。而《三國志‧蜀志‧諸葛亮傳》「於是以亮為右將軍」裴松之注引晉習鑿齒《漢晉春秋》：「曹操智計殊絕於人，其用兵也，髣髴孫吳。」這個「髣髴」則有「類似」的意義。

迢遞

「迢遞」於《文選》中共有 8 例：

（1）左太沖《吳都賦》：「曠瞻迢遞，迥眺冥蒙。」劉淵林注：「曠瞻迢遞，謂島嶼也。迥眺冥蒙，謂洲渚也。」張銑注：「曠瞻、迥眺，皆遠望也。迢遞，長也。冥蒙，不明貌。」左思這兩句描述的是遠望海中，所見島嶼與洲渚連綿不斷，又若隱若現的狀態。

（2）左太沖《魏都賦》：「神鉦迢遞於高巒，靈響時驚於四表。」指神妙的鉦的樂音遠遠地在山巒間傳響，一直傳到四面八荒。

（3）嵇叔夜《琴賦》：「指蒼梧之迢遞，臨迴江之威夷。」呂向注：「迢遞、威夷，長貌。」

（4）何敬祖《遊仙詩》：「羨昔王子喬，友道發伊洛。迢遞陵峻岳，連翩御飛鶴。」李善注：「《列仙傳》曰：王喬者，周靈王太子晉也。好吹笙，作鳳鳴。遊伊洛之間，道人浮丘公接以上嵩高山三十餘年，後求之於山上，見柏子良曰告我家七月七日待我於緱山頭。果乘白鶴駐山頭，望之不得到。舉首謝時人，數日而去。」

（5）謝靈運《從斤竹澗越嶺溪行》：「逶迤傍隈隩，迢遞陟陘峴。」

（6）謝宣遠《於安城答靈運》：「迢遞封畿外，窈窕承明內。」李周翰注：「承明，殿名。迢遞，遠貌。窈窕，深貌。」

（7）謝玄暉《鼓吹曲》：「逶迤帶淥水，迢遞起朱樓。」李周翰注：「迢遞，高皃。」

（8）謝靈運《田南樹園激流植援》：「靡迤趨下田，迢遞瞰高峰。」張銑注：「靡迤，細走貌。迢遞，高遠貌。」

（9）謝玄暉《郡內高齋閒坐答呂法曹》：「結構何迢遞，曠望極高深。」李善注：「《吳都賦》曰：『曠瞻迢遞。』」呂延濟注：「迢遞，高也。何者，自問也。言遠盡見高深也。」

以上諸例中「迢遞」均可據「高遠」義作解。或釋為「遙遠」，或釋為「高峻」等。

《辭源》釋【迢遞】云：①遠貌。（舉例為嵇康《琴賦》，略。）②高貌。（舉例為謝朓《郡內高齋閒坐答呂法曹》，略。）」《漢語大詞典》亦收，所舉用例最早亦為六朝。則「迢遞」為六朝新詞。

　　檢索《四庫全書》，亦可證「迢遞」為六朝時語。在《四庫全書》所存文獻中，除上述《文選》諸例外，出現較早的用例尚有酈道元《水經注・洛水注》：「東北流逕雲中塢左上，迢遞層峻。」與《陳書・江總傳》載《修心賦》：「喜園迢遞，樂樹扶疎。經行藉草，宴坐臨渠。」此二例，前者描述洛水流經之地的山勢高遠之態，此「迢遞」仍可釋為高遠貌。而後者則描述了人的超然物外與悠然自得之感。說自己喜愛園的「迢遞」之態，也喜歡樹的扶疎之姿。這裡用「迢遞」來修飾江南園林的美，解釋為「高遠」就不合適了。《漢語大詞典》以「曲折」釋之，比較合適。也說明在六朝，「迢遞」就有高遠、曲折等義。後來由這兩個基本含義又引申出表示聲音的婉轉、時間的長久、行進隊伍連綿不絕等意義，不在這裡討論了。

衂（衄 nǜ）

　　「衂」又作「衄」，於《文選》共有 5 例：

　　（1）左太沖《吳都賦》：「莫不衄銳挫鋩，拉捭摧藏。」呂向注：「莫不衂挫鋒鋩。」「衂」與「挫」義同。

　　（2）曹子建《求自試表》：「流聞東軍失備，司徒小衂。」李善注：「《漢書》王音曰：『失行流聞。』《魏志》曰：『休至皖，與吳將陸遜戰於石亭，敗績。』衂，猶挫折也。」呂延濟注：「流，傳。衂，縮也。東軍，謂伐吳之軍，失守備也。時曹休為陸遜所敗，故云此也。」曹植意為：聽到流言說曹休所帥伐吳之軍，因為喪失守備，所以被東吳陸遜打敗了。故此「衂」仍為挫敗之義。李善注是對的，而呂向釋為退縮不確。

　　（3）任彥昇《奏彈曹景宗》：「猶應固守三關，更謀進取。而退師延頸，自貽虧衂。」李善注：「劉璠《梁典》曰：『宣城王以冠軍將軍曹景宗為郢州刺史。初司州被圍，詔荊郢發兵往援，曹景宗為都督。及荊州援軍至三關，頓兵不進。聞司州沒，即日退還延頸。敵人縱暴緣邊，景宗不能禦，遂失三關。諸戍有司奏罰罪，景宗聞之，輒去州伏闕，泥首待罪，帝一無所問。』三關、延頸，二戍名也。《管子》曰：『民無恥，不可以固守。』《漢書》曰：『諸將曰：楚數進取。』如淳曰：進取，多所攻也。《毛詩》曰：『自貽伊戚。』陳琳《檄豫州》曰：『傷夷折衂。』衂，折挫也。」李周翰注：「貽，取。衂，辱也。」李善釋「折挫」正確，李周翰釋為「羞辱」不確。任昉意為：曹景宗雖然已經

因為頓兵不進，導致司州失守，但是如果他固守三關，還是可以尋找機會打擊敵人。但是他沒有這麼做，反而放棄三關，又退兵到延頸，以致再次自己導致失敗。此「自貽虧衄」，不是自取其辱，而是自取失敗的意思。因為由於他的連番退卻，而導致了三關也落入敵人之手。

（4）陳孔璋《為袁紹檄豫州》：「傷夷折衄，數喪師徒。」呂向注：「夷，殺。衄，縮也。師徒，眾也。」此例李善沒有額外加注，因為在例（3）中，李善已經注曰：「陳琳《檄豫州》曰：『傷夷折衄。』衄，折挫也。」與呂向注亦不同。「夷」有傷或傷害義。如《周易‧明夷》：「夷於左股。」孔穎達疏：「夷於左股者，左股被傷。」即傷在左腿處。故陳琳所謂「傷夷折衄」四個字有兩層意思，傷與夷為同義，傷夷，即受傷；折與衄同義，折衄，即挫折、失敗。合起來就是受傷挫敗。呂向釋「衄」為退縮既不符合當時的語言習慣，也與句義不合。

（5）陸士衡《辯亡論》：「由是二邦之將，喪氣挫鋒，勢衄財匱。」呂延濟注：「衄，縮也。匱，乏也。」此句李善無注，然呂延濟以退縮釋「衄」仍然不確。此句意為：曹操、劉備二邦之將因為連番被吳軍打敗，因而士氣低落鋒芒受挫，勢力減退財務匱乏。勢力減退，是因為受到挫敗而減退，不是主動退縮，所以「衄」仍然是挫折、挫敗的意思。

可見，《文選》中「衄」的5個用例其意義都是處於六朝，且以曹植《求自試表》時代最早，其意義都是挫折、挫敗等義。證之於《四庫全書》，其中最早用例均出於陳壽《三國志》中，除去曹植此例外，另有二例：

（1）《魏志》卷二十二，《陳泰傳》：「王經精卒，破衄於西。」是說王經帥精銳之兵仍被姜維打敗。此「衄」仍為挫敗義。

（2）《吳志》卷九，《周瑜傳》瑜乃詣京見權，曰：「今曹操新折衄，方憂在腹心，未能與將軍連兵相事也。乞與奮威俱進取蜀，得蜀而並張魯，因留奮威固守其地，好與馬超結援。瑜還與將軍據襄陽以蹙操，北方可圖也。」「曹操新折衄」即曹操剛剛被打敗。「衄」為挫敗之義。

再如范曄《後漢書‧段熲傳》：「臣兵累見折衄。」又曰：「非為深險絕域之地，車騎安行，無應折衄。」唐李賢注：「傷敗曰衄，音女六反。」

梗概

「略舉其**梗概**，而未得其要妙也。」呂向注：「**梗概**，大綱也。」意為：

只是簡略地舉其大綱，還不能將其間的精妙之處傳達出來。「梗概」相當於大概的、概要的、大略、大綱等意義。

左思《魏都賦》亦云：「齊龍首而湧霤，時梗概於澎池。」李善注：「齊龍首而湧霤，謂為龍首承簷四隅而以寫霤也。《說文》曰：霤，屋水流也。《東京賦》曰：其梗概如此。《毛詩》曰：澎池北流。」呂延濟注：「殿屋上四角皆作龍形於橡頭，雨水注入於龍口中，寫之於地。梗概，猶髣髴也。澎池，謂停水以灌稻也。言湧霤之水髣髴似也。」意為：殿屋四角的橡頭做成整齊的龍首形，以承接雨水，當雨水蓄滿從龍口湧出的時候，彷彿就像蓄水池裏的水灌溉莊稼一樣噴湧而出。這個「梗概」就是彷彿、相似的意思。

《文選》中有「梗概」用例亦有三例。如：

張平子《東京賦》：「東京之懿未罄，值余有犬馬之疾，不能究其精詳。故粗為賓言其梗概如此。」薛綜注曰：「懿，美也。罄，盡也。先生言東京之美未盡，遇我有疾，故不能究其美事也。粗，猶略也。賓，西京也。梗概，不纖密，言粗舉大綱，如此之言也。」李善注曰：「孔叢子謂魏王曰：臣有犬馬之疾，不任國事。毛萇《詩傳》曰：詳，審也。」李周翰注曰：「究，亦盡也。梗概，猶大綱。賓，謂公子也。先生稱犬馬，謙也。」意為：東京的美還沒有說盡，恰逢我得了病，所以不能作更加精細、詳盡的探究。因此，只能粗略地向憑虛公子您描述一個大概的情形。「梗概」亦為大略的、粗略地、大概的等意義。

劉孝標《重荅劉秣陵沼書》：「故存其梗概，更酬其旨。」李善注曰：「《東京賦》曰：其梗概如此。」呂向注曰：「梗概，粗略也。酬，報。旨，意也。」劉孝標意為：所以保存原書的大綱，再次回答劉沼原文的主要意見。「梗概」亦指大綱、大概、粗略的。

劉孝標《辯命論》：「請陳其梗概。」李善注曰：「《東京賦》曰：其梗概如此也。」意為：請於此陳述其大概。此「梗概」與上例同，亦指大綱、大、粗略的。

左太沖《魏都賦》

江介

「彼桑榆之末光，踰長庚之初暉。況河冀之爽塏，與江介之湫湄。」李善

注曰：「《東觀漢記》光武曰：失之東隅，收之桑榆。《毛詩》曰：東有啟明，西有長庚。《左傳》曰：齊景公欲更晏子之宅，曰：子之宅湫隘囂塵，請更諸爽塏。《楚辭》曰：長江介之遺風。薛君《韓詩章句》曰：介，界也。毛萇《詩傳》曰：水草交曰湄。」呂向注曰：「桑榆末光，謂日將西謝也。長庚昏見於西方，爽，明也。塏，高也。介，左也。湫湄，小水也。言桑榆末光上踰越長庚之初暉，而況魏都居於河冀高明之地，而與江左之小水為齊也。」此四句，陳宏天等譯為：「即使是落日的餘光，也超過長庚星初升的光輝。況且我大魏居於明亮高敞的黃河流域、冀州地區，以及長江沿岸小有水流之地。」〔註1〕於句義不甚了了。關鍵在最後一句的理解，即「與江介之湫湄」，不應該理解為「以及長江沿岸小有水流之地」，應該是「與長江邊上的小片水流之地相比較」。全句意為：就連落日的餘暉也會超過長庚星初升光亮，何況黃河、冀州一帶的高明之地與長江邊的小片水流之地比較呢？即無法相比。「江介」指長江邊。見於《文選》的其他用例如下：

（1）謝靈運《述祖德詩》二首之二：「河外無反正，江介有蹙圮。」李善注曰：「河外，謂之澠池。《史記》曰：秦王使使告趙王為好，會於西河外澠池。《公羊傳》曰：撥亂反正，莫近於《春秋》。《楚辭》曰：長江介之遺風。薛君《韓詩章句》曰：介，界也。《毛詩》曰：今也日蹙國百里。《爾雅》：圮，敗覆也。」劉良注曰：「河外，洛陽也。言為賊所破，不得反洛陽之正。介，間也。遷於江間，迫促狹小，屢有毀敗也。圮，毀也。」此「江介」與「河外」對言，「河外」以劉良注為勝，謝靈運追述祖先功德，憶及西晉末年洛陽失陷的情形，然後才說到此二句。故「河外無反正」意為：洛陽一帶還沒有撥亂反正。則「江介」即指東晉所處之地，故可譯為「江南」或「江東」。

（2）曹子建《雜詩》六首之五：「江介多悲風，淮泗馳急流。」此「江介」亦為江邊、江岸。

（3）王景玄《雜詩》：「箕箒留江介，良人處鴈門。」李周翰注曰：「箕，所以簸揚物者；箒，掃除地者。此婦人所執，以事夫也。今言執此物留居江間，夫在北塞，相去遠也。介，間也。」李周翰以「江間」釋「江介」費解。此「江介」亦當指長江岸邊。

〔註1〕陳宏天等：《昭明文選譯注》第一冊，吉林文史出版社1988年版，第353頁。

（4）孫子荊《為石仲容與孫皓書》：「小戰江介，則成都自潰；曜兵劍閣，而姜維面縛。」李善注：「《魏志》曰：景元四年，使征西將軍鄧艾、鎮西將軍鍾會伐蜀。艾自陰平先登至江介，西蜀衛將軍諸葛瞻列陣待艾，艾遣子惠、唐亭侯忠等大破之，斬瞻，進軍到雒。劉禪遣使奉皇帝璽綬為箋，詣艾。會統十餘萬眾分從斜谷、駱谷入，平行至漢中。姜維守劍閣，距會。維等聞瞻已破，以其眾東入巴。劉禪請艾降，敕維等令降於會。維詣會降。《商君書》曰：小戰勝，逐北無過五里。《左氏傳》曰：凡民逃其上曰潰。《左氏傳》曰：楚子圍許，許僖公見楚子於武城，面縛銜璧。」則「江介」亦指江岸、江邊。

（5）陸士衡《辯亡論下》：「大邦之眾，雲翔電發。懸旌江介，築壘遵渚。」呂向注：「大邦，謂晉也。作此論之時，吳亡。機仕於晉。故云大邦也。」此「江介」仍以釋為江岸、江邊為宜。

綜上諸例可知，「江介」於六朝仍然以指江岸、江邊等義為主。然亦可以代指東晉王朝所居之江東、江南。

潘安仁《射雉賦》

餮切、儻朗

潘安仁《射雉賦》云：「忌上風之餮切，畏映日之儻朗。」徐爰注：「餮切，微動之聲；儻朗，不明之志。言其忌聲而畏光也。」「餮切」、「儻朗」皆為疊韻詞，一以擬聲，一以狀物。

《辭源》釋「餮切」：「微動聲。」《漢語大詞典》：「形容微動之聲。」均舉潘岳的此例為據，且釋義亦都取徐爰注。上二句，潘岳是在描寫雉雞這種鳥非常膽怯、警覺的狀態，故徐爰以「言其忌聲而畏光也」解之。潘岳說雉雞聽到風吹物動相互摩擦而發出的「餮切」之聲，都會有所顧忌而害怕。所以這個「餮切」即象聲詞。「餮」字，《廣韻》他結切，入聲，屑韻，透母。「切」字，《廣韻》千結切，入聲，屑韻，清母。所以「餮切」為疊韻連綿詞。《詩經》、楚辭、漢賦中多雙聲疊韻之類的連綿詞，往往是用於模擬聲音或描述物狀，故此「餮切」當為模擬風吹物動時發出的細微的聲音，是擬聲詞無疑。

《四庫全書》所存「餮切」用例除潘岳本條外，就只有 3 條，且皆晚出：

（1）唐歐陽詢《藝文類聚》卷三，梁蕭子雲《歲暮直廬賦》云：「風餮切而晚作，雲滄浪而晦景。」亦是以「餮切」擬風聲。

（2）清乾隆《欽定熱河志》卷四十八，圍場四：《哨鹿賦》：「上風飂切之避忌，陽林晃耀則紆迴。」以「飂切」模擬風聲。

（3）清乾隆《欽定熱河志》卷四十八，圍場四：《哨鹿》詩：「八義忽作聲，飂切羊腸繞。」「飂切」模擬哨鹿時發出的聲音。在獵場獵鹿的時候需要吹哨子模擬鹿的聲音以吸引鹿出現，叫做「哨鹿」，這兩句詩的意思是：狩獵的勇士忽然發出哨鹿的聲音，這聲音像羊腸一樣縈繞婉轉。

辨析可知，因徐爰將「飂切」釋為「微動之聲」，故《辭源》與《漢語大詞典》均陳陳相因，不加辨別而沿用其義，其實是不夠精確的。不能準確傳遞出詞義的內在意蘊。準確地說，應該是風吹動自然界的細微植物所發出的聲音。故而，可以引申為模擬鹿鳴的哨鹿之聲。

《辭源》釋「儻朗」云：「暗昧不明。《文選》晉潘安仁（岳）《射雉賦》：『忌上風之飂切，畏映日之儻朗。』」《漢語大詞典》：「1. 不明貌。《文選·潘岳〈射雉賦〉》：『忌上風之飂切，畏映日之儻朗。』李善注引徐爰曰：『儻朗，不明之狀。』2. 曠達貌。清朱彝尊《題顏司勳光敏寫照》詩：『儻朗矜絕世，魁梧洵殊眾。』」可見，二工具書對「儻朗」的解釋仍然取徐爰說。但二書在釋義上仍都存在問題，而這個問題與對「飂切」的解釋一樣，都是因為沿襲徐爰的解釋而不加深究的結果。

如上文所言，潘岳的本意是說雉雞太膽怯、太警覺，細微的風聲都可以讓它們很害怕，甚至是陽光的照射都會使它們很緊張，故徐爰說「言其忌聲而畏光也」是對的。這裡的「畏光」即指「畏映日之儻朗」而言。故前言「飂切」指風聲，則此「儻朗」即指映日之光了。只不過徐爰說這映日之光是「不明」的，不知道有什麼根據。

《說文新附》：「映，明也，隱也。從日，央聲。」「映」有照明之意，也有隱蔽之意。故「儻朗」的含義亦有兩種選擇：如果「映日」為日光明亮的話，那麼「儻朗」就該是陽光照射的樣子，而不該是「不明之狀」。如果「映日」是指日光被遮蔽起來了，那麼「儻朗」就該是「不明之貌」。但既然說雉雞是「忌聲而畏光」的，則此「映日」就該是明亮的日光，而不該是隱蔽的日光。故「儻朗」釋為「明亮之貌」也許更合適。

首先，從「儻朗」二字的讀音來看。「儻」字，《廣韻》他朗切，上聲，蕩韻，透母。「朗」字，《廣韻》盧黨切，上聲，蕩韻，來母。則「儻朗」屬於同

韻母的疊韻連綿詞。

其次，從構詞的形式來看，「儻朗」應屬於並列結構的疊韻連綿詞。《說文新附》：「儻，倜儻也。從人，黨聲。」《玉篇・人部》：「儻，倜儻不羈。」《集韻・蕩韻》：「儻，倜儻，卓異貌。」司馬遷《報任安書》：「古者富貴而名摩滅，不可勝紀，惟倜儻非常之人稱焉。」《三國志・魏志・阮瑀傳》：「瑀子籍，才藻豔逸，而倜儻放蕩。」《資治通鑒・晉惠帝永寧元年》：「〔劉殷〕博通經史，性倜儻有大志。」胡三省注：「倜儻，卓異也。」則「儻」字可釋為「倜儻」，指人的個性出眾，不同凡響。

「朗」字，《說文・月部》：「朗，明也。」由明亮義後又引申出表示人性格開朗或聲音響亮等義。

則「儻朗」作為一個描述事物形態的疊韻連綿詞，用於形容人的個性就是性格豁達出眾；用於形容日光，就應該是明亮、開闊等義，而不會有暗昧不明的意義。《四庫全書》所存「儻朗」用例除潘岳《射雉賦》這一個例子外，尚有清吳偉業《梅村集》卷二十五一例：

《座師李太虛先生壽序》：「吾師之為人，儻朗而曠遠，以視人世之危疑患難，實不足以動其心而損其意氣。」這是形容人的性格豁達、出眾。

可見，「儻朗」用於形容日光的意義，在後世文獻中很少見到，而用於描述人的性格清人集中還可見到。故《辭源》與《漢語大詞典》的解釋都不完全準確。

潘安仁《西征賦》

風流

「五方雜會，風流溷淆。惰農好利，不昏作勞。密邇獫狁，戎馬生郊。」李善注曰：「《漢書》曰：秦地五方雜錯，風俗不純。富人則商賈為利。《說文》曰：溷，亂也。溷或為渾。《尚書》曰：惰農自安，不昏作勞。《左氏傳》曰：以魯國之密邇仇讎。《毛詩》曰：獫狁孔熾。《老子》曰：天下無道，戎馬生郊。」呂向注曰：「五方所湊，溷亂之地，農人怠惰，不強作勞。溷，亂。昏，強也。」呂延濟曰：「密邇，近也。獫狁，匈奴也。故戎馬生於郊。」從各家之注可知，潘岳此段意為：由於是五方雜居之地，所以風俗混雜。百姓不務農業，不重視勞動。而又和匈奴接近，所以戰爭經常在附近發生。「風流」作「風俗」

解。以「風流」代指風俗，在《文選》中尚有數例：

（1）嵇叔夜《琴賦序》云：「然八音之氣、歌舞之象，歷世才士，並為之賦頌。其體制風流，莫不相襲。」李善注：「《淮南子》曰：晚世風流終敗，禮義廢。仲長子昌言曰：乘此風、順此流而下走，誰復能為此限者哉？孔安國《尚書傳》曰：襲，因也。」意為：八音之氣韻、歌舞之表象，歷代的才學之士都已經作賦諷誦了。其創作體制與風俗習慣沒有不是層層相因的。

（2）任彥昇《天監三年策秀才文》：「將齊季多諱，風流遂往。」李善注曰：「毛萇《詩傳》曰：將，且也。《老子》曰：天下多忌諱，而民彌貧。《淮南子》曰：晚世風流終敗，禮義廢。《上林賦》曰：遂往而不返矣。」意為：況且齊朝忌諱太多，因此風俗也隨之敗壞了。

（3）任彥昇《王文憲集序》：「性託夷遠，少屏塵雜。自非可以弘獎風流、增益標勝，未嘗留心也。」李善注曰：「習鑿齒《漢晉春秋》曰：王夷甫、樂廣俱以宅心事外，名重於時。故天下之言風流者，稱王、樂焉。」劉良注曰：「夷，易也。弘，大也。標，高也。言公性託簡易，志在高遠，少小屏棄塵雜之事，自非大勸風俗、增益高遠之道者，未嘗留心。言志在大不在小也。」意為：王儉志趣高遠，從小就摒棄塵俗雜念。如果不是能夠有助於改善風俗、增益高遠之道的事情，從不留心。此「風流」應指好的風尚、風俗。「弘獎風流」即發揚光大好的風俗。

（4）任彥昇《王文憲集序》：「弘長風流，許與氣類。」李善注曰：「檀道鸞《晉陽秋》曰：謝安為桓溫司馬，不存小察，盡弘長之風。習鑿齒《漢晉春秋》曰：王夷甫、樂廣俱以宅心事外，名重於時。故天下之言風流者，稱王、樂焉。謝承《後漢書》曰：桓躔邸營氣類，經緯士人。」劉良注曰：「弘，大也。風流，謂風化流於天下也。許與，謂招引也。氣類，謂同氣相求，方以類取也。言招引道義之士與己同也。」此「風流」當亦指好的風尚、風俗。意為：發揚光大好的風尚，與有道之士同氣相求、同聲相應。

在《文選》的六朝文獻中，「風流」除可以指風俗以外，還可以指人的品行、風操等。如：

（5）袁彥伯《三國名臣序贊》：「孔明盤桓，俟時而動。遐想管樂，遠明風流。」李善注曰：「《蜀志》曰：諸葛亮每自比於管仲、樂毅，時人莫之許也。唯博陵崔叔平、潁川徐元直與亮友善，謂為信然。《周易》曰：君子藏器於身，

待時而動。《琴賦》曰：體制風流，莫不相襲。」呂向注曰：「蜀相諸葛亮，字孔明也。盤桓，未進時也。俟，待也。亮未見用之時，每自比才如管仲、樂毅，故遠知此二人，高風流於前代，可師而行。」「遠明風流」即明「風流」於遠代。在遙遠的前代就已經風操顯明。此「風流」指風操、品行、美好的情操。

（6）袁彥伯《三國名臣序贊》：「標牓風流，遠明管樂。」李善注曰：「孫綽子曰：聖賢極其標牓，有大力矣。《蜀志》曰：諸葛亮每自比於管仲、樂毅，時人莫之許也。唯博陵崔叔平、穎川徐元直，與亮友善，謂為信然。」李周翰注曰：「標牓諸葛，見古人之風流，遠明管、毅之才，以自比也。」讚美諸葛亮崇尚美好的情操，遠以管仲、樂毅為明確的標準。

「風流」還可以指風氣、風行、流傳、遺風、餘韻、美好的名聲、聲望。如：

（7）范蔚宗《逸民傳論》：「自茲以降，風流彌繁。長往之軌未殊，而感致之數匪一。」李善注曰：「《琴賦》曰：體制風流，莫不相襲。《西征賦》曰：悟山潛之逸士，卓長往而不返。」張銑注曰：「自茲以降，謂許由、伯夷以下也。風流，謂隱居之流也。彌繁，言漸多也。軌，跡也。不殊，言隱逸同也。感致匪一，謂以下事。」此「風流」當指風氣。在此即指隱逸的風氣。意為：自周代以來，隱逸的風氣越來越盛行。雖然隱逸的道路一致，但是所表現出來的特徵卻不相同。

（8）沈休文《宋書·謝靈運傳論》：「然則歌詠所興，宜自生民始也。周室既衰，風流彌著。」李善注曰：「幽厲之時，多有諷刺。在下祖習。如風之散、如水之流，故曰彌著。」李周翰注曰：「歌詠，樂也。太古已有樂，則知歌詠從生人始也。周室既衰，怨刺之詩隨其風流彌加明著。」「風流」指風行流傳。即隨著周朝的衰落，怨刺之詩也隨之風行流傳開來，且更加盛行了。

（9）王仲寶《褚淵碑文》：「光昭諸侯，風流籍甚。」劉良注曰：「言其風美之聲，流於天下籍甚也。籍甚，言多也。」「風流」指美好的名聲。「風流籍甚」即美好的名聲傳播更盛。

（10）任彥昇《劉先生夫人墓誌》：「籍甚二門，風流遠尚。」張銑注曰：「二門，謂劉、王也。」意為：劉、王兩家名望很盛，遺風久遠而美好。

上述諸例證明，「風流」本指自然界的風氣流動，而在六朝時期卻產生出眾多特殊的含義。檢索《四庫全書》，可知，六朝時，除《文選》所存上述各

例所具有的含義以外,「風流」還有風度、傑出人物等含義。如:《後漢書‧方術傳論》:「漢世之所謂名士者,其風流可知矣。」《晉書‧謝混傳》:「謝晦謂劉裕曰:『陛下應天受命,登壇日恨不得謝益壽奉璽紱。』裕亦歎曰:『吾甚恨之,使後生不得見其風流!』」《魏書‧元彧傳》:「臨淮雖風流可觀,而無骨鯁之操。」「風流」皆指風度。《晉書‧劉毅傳》:「六國多雄士,正始出風流。」此「風流」當指傑出的人物。在劉勰《文心雕龍》中「風流」也有不同的含義。如「興發皇世,風流《二南》」(《明詩》),這個「風流」指遺風流傳;「自斯以後,體憲風流」(《詔策》),「風流」指隨風流散,喻為消失;「揄揚風流」(《時序》),「風流」指文章寫作;「雖滔滔風流,而大澆文章(《才略》)」,此「風流」亦指隨風流散,消失。

可見,自然界的風氣流動,在六朝時期滋生出了消失、風氣、風俗、遺風,以及風采、風度、傑出人物等含義。

何平叔《景福殿賦》

何平叔《景福殿賦》云:「其奧祕則翳蔽、曖昧、髣髴、退概,若幽星之纏連也。」何晏這裡連用幾個詞語,從不同側面、不同程度地描寫了景福殿內奇特景觀。這幾個詞語中「髣髴」已經見於前文論述,其他亦均屬於六朝時語。下面分別進行分析。

奧祕(秘)

李善注:「《魯靈光殿賦》曰:『西序重深而奧祕。』翳蔽、曖昧、髣髴、退概,皆謂幽深不明也。幽,猶夜也。曖,音愛。概,古愛切。纏,相連之貌。」此李善誤以「東序」為「西序」當改。張銑曰:「言殿內深奧,翳蔽、曖昧、髣髴、退概,皆幽遠不分明貌。幽,夜也。言深窘之中,見珠玉光飾之物,若夜星之相連。纏,綴。」可知「奧祕」已見於《魯靈光殿賦》。《魯靈光殿賦》創作時間略早於我們前面所限定的「六朝」時代斷線,但是語言的發展畢竟不是一朝一夕就能決定的,都應該有一個發展演變的過程。我們所以事先確定了一個時間斷線,只是為了分析資料的時候更有針對性,並不反對語言發展的前後連續性。東漢與三國是直接相承的時代,詞語的聯繫也是最緊密的,故該詞語雖然不是我們限定的「六朝」時期產生的新詞,但是它卻是在「六朝」文獻中含義進一步明確且發生了變化,並且在六朝以後也被廣泛使用,而當今通行

的《漢語大詞典》及《辭源》又漏收，所以亦屬於本課題研究之列。後文類似情況皆仿此例，故不再贅述。

「奧祕」一詞於《文選》中凡 3 現：

（1）王文考《魯靈光殿賦》云：「西廂踟躕以閒宴，東序重深而奧祕。」張載注：「西廂，西序也。踟躕，連閣傍小室也。閒，清閒也，可以燕會。踟，或作移。又曰：東序，東廂也。互言之，文相避也。《爾雅》曰：東西廂謂之序。」李善曰：「踟躕，相連之貌。毛萇詩傳曰：宴，安也。言安靜。又《廣雅》曰：奧，藏也。《字書》曰：祕，密也。」張銑曰：「踟躕，緩步不進也。宴，安也。言於西廂緩步清閒以自安息，復見東序重深而隱密也。」則「奧祕」是用於修飾東廂房的，說東廂房內是一種「奧祕」的樣子。則此「奧祕」為形容詞。

（2）潘安仁《西征賦》云：「侔造化以製作，窮山海之奧祕。」此句意為：與大自然的創造異曲同工，窮盡了山海之中一切深藏而隱秘的寶物。此「奧祕」則為名詞。

（3）何平叔《景福殿賦》：「其華表則鎬鎬、鑠鑠、赫奕、章灼，若日月之麗天也；其奧祕則翳蔽、曖昧、髣髴、退概，若幽星之纚連也。」從句子結構來看，這是一對駢偶句。「華表」與「奧祕」對言，分別描述了它們各自的特色：一個是「鎬鎬、鑠鑠、赫奕、章灼，若日月之麗天」；一個則是「翳蔽、曖昧、髣髴、退概，若幽星之纚連」。李善注曰：「華表，謂華飾屋之表外也。鎬鎬、鑠鑠、赫奕、章灼，皆光顯昭明也。《周易》曰：日月麗乎天。」又曰：「翳蔽、曖昧、髣髴、退概，皆謂幽深不明也。幽，猶夜也。曖，音愛。概，古愛切。纚，相連之貌。」張銑注：「言殿內深奧，翳蔽、曖昧、髣髴、退概，皆幽遠不分明貌。幽，夜也。言深邃之中見珠玉光飾之物，若夜星之相連。纚，綴。」

既然「華表」是指屋外表的華飾，所以用一些表示光鮮、明豔、閃亮的詞語來修飾，認為宮殿的外表就像日月高掛在天空上一樣明麗輝煌。據此則可以推斷，「奧祕」則應該是代指宮殿內部的景觀而言，也是名詞。因此，也用了一些詞語來修飾它，即所謂「翳蔽、曖昧、髣髴、退概，若幽星之纚連」。此以「奧祕」代宮殿之內，作名詞，顯然是突出了宮殿內部的幽深、隱秘之美。

可見，「奧祕」在《文選》中的三個用例具體含義和用法並不完全相同。

《魯靈光殿賦》以之為形容詞，說東廂的景象是「奧祕」的，即幽深、暗昧的；而《西征賦》中，「奧祕」則是指「奧祕的束西」，是名詞，可指深藏不易被發現的寶物；在《景福殿賦》中，「奧祕」也是名詞，是被「翳蔽、曖昧、髣髴、退概，若幽星之纏連」所修飾的對象，指代景福殿內幽深隱秘的美感。

見於《四庫全書》「奧祕」的用例很多，除上 3 例以外，另有 71 例，其中屬於六朝的有 3 例：

（1）東漢蔡邕《蔡中郎集》卷六，《漢瑯琊王傅蔡朗碑》：「舒演奧秘，贊理闕文。」「奧秘」可以譯為深奧的道理。

（2）晉陳壽《三國志·蜀志》卷十二：「幹茲奧祕，躊躇紫闥，喉舌是執。」「奧祕」可譯為宮廷之內。

（3）晉葛洪《抱朴子內篇》卷二：「既觀奧秘之宏修，而恨離困之不早也。」「奧秘」也是深奧的道理。

其餘皆為唐及以後的文獻用例。雖意隨文變，但多作為名詞使用。

上述諸例可以證明「奧祕」一詞產生於東漢，以王文考《魯靈光殿賦》與蔡邕《琅邪王傅蔡公碑》為據，在當時「奧祕」既可以作名詞也可以作形容詞。經過六朝文人的應用與推動，「奧祕」作為名詞，指隱秘難測之物或指深奧難究之理，成為唐以後文人最常用的含義。事實上，凡屬不易察覺、神秘難知的領域都有可以預知的「奧祕」。僅舉《四庫全書》經部的 3 例為例，略作分析：

（1）唐顏師古《急就篇》卷一「霍聖宮」注謂：「覩聖人之奧祕，若入其宮室也。」指聖人所擁有的學問、知識或道理。

（2）明柯尚遷《周禮全經釋原》十四卷，《周禮通今續論·翼傳》：「宜令天下有宿學邃思，能窺天地陰陽之奧秘者，作龜夢之經傳，用諸朝廷以及天下，斯有助於世教不少。」指有關天地陰陽的深奧道理。

（3）明孫瑴《古微書》卷五，《尚書五行傳·尚書璇璣鈐》：「或亦載厤象之奧秘，而術已亡傳矣。」同上。

現代漢語中的「奧祕」也是比較常用的詞語，如我們常說要「探尋宇宙的奧秘」，或者探索某個領域的奧秘等。不過，現代漢語「奧祕」的「祕」字則習慣於寫成「秘」。《廣韻·至韻》：「祕，密也；神也。俗作秘。」則「祕」與「秘」本是一個字的不同寫法，也或許《廣韻》所謂的俗字，就是古人在書寫時候的筆誤所致。因二字均得以流行，所以這已經不是什麼問題。問題是，

現行的《辭源》與《漢語大詞典》兩大工具書均未收「奧祕（秘）」一詞，是其缺憾。

翳蔽

《漢語大詞典》釋【翳蔽】云：「幽深不明；隱蔽不露。《文選・何晏〈景福殿賦〉》：『其奧秘則翳蔽、曖昧、髣髴、退概，若幽星之纏連也。』李善注：『翳蔽、曖昧、髣髴、退概，皆謂幽深不明也。』清蘇州唐某《剿逆說》：『夫長江自江陰而上，沙漫蘆洲，鱗次櫛比，凡百數十處，幽深翳蔽，無不可以設伏。』」

《辭源》未設「翳蔽」詞條。從《漢語大詞典》舉例的情況來看，「翳蔽」一詞亦為六朝時語。查閱《四庫全書》，可以證明這個結論是對的。《四庫全書》所存「翳蔽」用例除《文選・何晏〈景福殿賦〉》外，另有經部 4 例：2 例出自宋代文獻，2 例出自明代文獻；史部 3 例皆出於清代文獻；子部僅有清代 1 例；集部最多，共 10 例。然從各用例中「翳蔽」的含義來看，《漢語大詞典》的解釋則不夠全面、準確。僅以數例分析之：

（1）宋趙汝楳《周易輯聞》卷二：「《離》為電，《震》為雷。《離》在他卦，或義取於明，或象取於火。今為電者，以比於雷也。雷震雲滃，翳蔽大明。故為電，亦明之義，火之象也。仲夏之月，宇宙鬱烝，一遇雷電，溽氣始散，噬嗑之亨也。電光燁燁，雷猶在下，故未能霆擊，不過警懼人心而已。」這個「翳蔽」釋為遮蔽，做動詞，似較貼切。

（2）宋方逢振《蛟峰文集》卷八，《普安寺記》：「蒼藤古木，蕭然翳蔽。」這個「翳蔽」當釋為濃密陰鬱之狀。

（3）元顧瑛《草堂雅集》卷六：「根塵未淨，自相翳蔽。」這是蒙蔽。

（4）明尹臺《洞麓堂集》卷一，《賀中丞吳公晉秩少司馬留總虔鎮序》：「長山深谷、窮林危箐之相翳蔽，其民不可招而使也。」此亦為遮蔽。

（5）明朱渼《天馬山房遺稿》卷二，《太守許公去思卷序》：「心事磊落明白，無纖毫翳蔽。」這是隱秘、不願為人所知之意。

上述幾例反映出「翳蔽」詞語的含義在後世的發展情況。說明《漢語大詞典》在釋義上明顯存在缺漏之處。既沒有反映出該詞語的全部含義，也沒有揭示出詞義的演變情況。

《說文・羽部》：「翳，華蓋也。從羽，殹聲。」《方言》卷十三：「翳，掩

也。」華蓋是可以遮蔽陽光的，所以可以引申為掩蓋、遮蓋等意。

《廣雅・釋詁四》：「蔽，隱也。」「蔽」字亦有遮蔽、隱藏意，如《楚辭・九歌・國殤》：「旌蔽日兮敵若雲，矢交墜兮士爭先。」

故「翳蔽」的遮蔽、隱蔽等含義當是它的本意。又因遮蔽而使光線不明，故可以引申出幽暗、陰鬱、隱秘、蒙蔽等不同含義。所以，何晏《景福殿賦》之「翳蔽」是用於修飾一種幽暗神秘之美，作為形容詞，是用了引申義，直譯即「幽深不明」的意思，故李善此注是對的。而《漢語大詞典》與《辭源》作為工具書來說就存在不夠嚴密的問題。

曖昧

《漢語大詞典》釋【曖昧】云：

> 1. 含糊；模糊。漢蔡邕《釋誨》：「若公子，所謂覩曖昧之利，而忘昭晢之害；專必成之功，而忽蹉跌之敗者已。」南朝宋劉義慶《幽明錄》：「時籠月曖昧，見其面上黶深，目無瞳子。」沙汀《還鄉記》二二：「保長開始抱怨他的賭運，但他忽又曖昧地笑起來。」
>
> 2. 不明的；不便公之於眾的。明陸采《懷香記・鞫詢香情》：「這曖昧之事，容得你見？」沈從文《紳士的太太》：「這孀孀是年青女人，對於這曖昧情形有所窘迫，也感到無話可說了。」

《辭源》亦有【曖昧】，釋云：

> （一）昏暗、幽深。《後漢書》六十下，《蔡邕傳・釋誨》：胡老憮然笑曰：「若公子，所謂覩曖昧之利，而忘昭晢之害；專必成之功，而忽蹉跌之敗者已。」《文選・三國魏何平叔（晏）〈景福殿賦〉》：「其奧秘則翳蔽、曖昧、髣髴、退概，若幽星之纏連也。」（二）模糊不清。《晉書・杜預傳》上表：「臣心實了，不敢以曖昧之見，自取後累。」（三）指隱私或曉蹊之事。宋司馬光《涑水紀聞》三：「（趙）概獨上書言（歐陽）修以文章為近臣，不可以閨房曖昧之事輕加污衊。」《古今雜劇》元孫仲章《勘頭巾》三：「勘時節也無人，取時節又無人見，這公事深藏著曖昧。」

二工具書於「曖昧」的語源觀點一致，均舉《蔡邕・釋誨》為例，認為最早出於此，但在釋義上則有很大差別，不僅僅是舉例不同，即使是相同例子，

在釋義上也有差別，所以有辨析的必要。

而李善於何平叔《景福殿賦》中注「曖昧」是「幽深不明」，用於修飾景福殿的「奧祕」之美，基本意義是不錯的，但是終究缺少點韻味。

《說文》無「曖」字，《廣雅・代韻》：「曖，日不明。」《說文・日部》：「昧，爽，旦明也。從日，未聲。一曰闇也。」王筠釋例：「昧爽之時，較日出時言之則為闇；較雞鳴時言之則為明，本是一義，不須區別。」

可見，曖、昧二字均從「日」，且本義均指日光不明。但「曖」側重日光被掩蓋時的不明，而「昧」的不明則是指天剛剛放亮時候，陽光還不強的時候的狀態。即王筠所謂「較日出時言之則為闇；較雞鳴時言之則為明」。二者結合，就是不明顯、不刺眼的光線。所以何晏用「曖昧」描述景福殿幽深神秘之美，指的就是這種狀態。當室外陽光明亮的時候，幽深的宮殿內就像早晨天剛剛放亮時候的光線一樣。此時的光線應該是柔和、婉約的，不是像陽光一樣明亮刺眼，也不是黑暗無光。這該是「曖昧」的本義。至於《蔡邕傳・釋誨》之「覿曖昧之利，而忘昭晰之害」，全句意為見到一點見不得光的小利就忘記了明顯的危害。這個「曖昧」，與「昭晰」對言，且用於修飾「利」，理解為陰暗的、不能擺在明處的似更準確。是由被遮蔽的、或早晨太陽沒有升起來之前的柔和的、不刺眼的光線程度加深後的引申。而《漢語大詞典》釋為「含糊；模糊」，《辭源》釋為「昏暗、幽深」都不準確。

其他如「光線模糊」（劉義慶《幽明錄》「籠月曖昧」），「見識不明」（《晉書・杜預傳》「不敢以曖昧之見，自取後累」），以及表示「態度不明確」（沙汀《還鄉記》二二「保長開始抱怨他的賭運，但他忽又曖昧地笑起來」）或者代表隱私等含義都是後起的引申義。

退概

《漢語大詞典》亦以「幽深不明貌」釋「退概」。所舉的用例仍然是《文選・何晏〈景福殿賦〉》以及李善、張銑之注。《辭源》則未收。

查《四庫全書》，除何晏此條用例以外，就只有唐代任華《明堂賦》一例：「遠而望之，若扶桑吐日生高岡；近而察之，若叢雲轉蓋陵昊蒼。屹崢嶸以岑立，漫離披而翼張。其奧秘也，懿濞、**退概**，靈仙髣髴，蕭枚枚以實實；窅眇、清爽，日月來往，赫昈昈以煌煌。」任華描述唐明堂的壯觀景象，也說是「奧

秘」的，對於「奧秘」的修飾，則用了駢偶句：「懿濞、退概，靈仙髣髴，蕭枚枚以實實；窅眇、清爽，日月來往，赫昕昕以煌煌。」此「懿濞」與「翳蔽」通。並且也用了「退概」、「髣髴」兩個詞語，應該是直接從何晏《景福殿賦》演化而來，含義也應該相同。

可以推斷，「退概」一詞是何晏首創。只是李善、張銑將「翳蔽、曖昧、髣髴、退概」都一概而論，解釋為「幽深不明」的樣子，終究不夠準確。

「退」字有柔和義，《禮記·檀弓下》：「文子，其中退然，如不勝衣；其言吶吶然，如不出其口。」鄭玄注：「中，身也。退，柔和貌。」

「概」《說文》做「槩」，是古代量穀物時刮平斗斛的器具。《禮記·月令》：「〔仲春之月〕角斗甬，正權概。」鄭玄注：「概，平斗斛者。」權與概屬於同一性質的器具，權以平衡，概以平斗斛，都是在稱量穀物等的輕重、多少的時候用以保持均平的工具。所以，有使均平、不使過量的意義。

從語素來看，「退」和「概」都沒有幽深不明的意義，而解釋為平和、莊重的狀態似較為合適。

纏連

何晏《景福殿賦》：「若幽星之纏連也。」李善注：「纏，相連之貌。」張銑注：「幽，夜也。言深窔之中見珠玉光飾之物若夜星之相連。」《漢語大詞典》同，而《辭源》亦未收。

《四庫全書》所存「纏連」用例除何晏本條且時代最早外，另有 15 個不同用例，其中 1 例作「連纏」詳列如下：

史部：

（1）《江西通志》卷一百二十，藝文記，唐韋愨《重修滕王閣記》：「廩廥之地，接續郵亭，甍棟纏連，疾飆一驚，遂至延及。」

（2）《廣東通志》卷六十，藝文志，明黃佐《粵會賦》：「虹梁纏連，雲構林植。」

（3）清《欽定熱河志》卷三十九，《靜含太古山房》：「曲徑纏連。」

子部：

（4）清《御定佩文韻府》卷三十四之九：連纏：吳融詩：我有二頃田，長洲東百里。環塗為之區，積莕相連纏。

（5）唐李邕《李北海集》卷二，《謝賜遊曲江宴表》：**纚連城闕**。

（6）宋徐鉉《騎省集》卷十三，《常州義興縣重建長橋記》：聖人作川梁以濟不通，舟車所及，**纚連棊布**。

（7）宋徐鉉《騎省集》卷十四，《喬公亭記》：**萬井纚連**。

（8）宋宋祁《景文集》卷四十六，《秀州重修鼓角樓記》：**層廈纚連**，雙廡翼張。

（9）宋王安石《臨川文集》卷十八，《讀〈眉山集〉次韻雪詩五首》二：珠網**纚連**拘翼座。

（10）宋仲並《浮山集》卷七，《賀荊南方帥啟》：**郵置纚連**。

（11）明黃佐《泰泉集》卷一，《乾清宮賦》：**輦路纚連**。

（12）宋李昉等《文苑英華》卷八，唐李程《眾星拱北辰賦》：**纚連清漢**，點綴蒼旻。

（13）宋李昉等《文苑英華》卷十四，王起《雨不破塊賦》：「其色如晦，其飄甚微；**纚連異質**，優渥同歸。」

（14）宋扈仲榮等《成都文類》卷三十五，《華陽趙侯祠堂記》：「**行臺纚連**錯峙，勢相關制。」

（15）明錢穀《吳都文粹續集》卷二十，《虎丘山賦》：「羌遊者之眾兮，交冗襟而**纚連**；拉儕伴之什伍兮，紛魚貫而蟬聯。」

可見，「纚連」一詞自六朝出現，亦被後世辭賦家廣泛運用，且含義沒有發生變化，均為「相連」之義。

「髣髴」辨析已見上文，何晏於此以之寫景福殿的幽深、隱秘之態，顯然用的就是本義，即隱約、不清楚。至此，何晏《景福殿賦》所謂「其奧祕則翳蔽、曖昧、髣髴、退概，若幽星之纚連也」可以有較完整的解釋：意為景福殿內則是幽深而隱秘的狀態，有時隱秘、昏暗，有時則光線柔和、平靜，有時又很朦朧、隱約，有時則蕭穆、莊重，就像夜晚天空中群星閃爍，或明或暗。

結構

「結構」在《文選》中共有四個用例：

（1）王文考《魯靈光殿賦》：「於是詳察其棟宇，觀其**結構**。規矩應天，上憲觜陬。」李善注：「高誘《呂氏春秋》注曰：結，交也。構，架也。」

（2）何平叔《景福殿賦》：「爾其結構，則修梁彩制，下褰上奇，桁梧復疊，勢合形離。」

（3）左太沖《招隱詩》二首之一：「岩穴無結構，丘中有鳴琴。」李善注曰：「結構，謂交結構架也。」

（4）謝玄暉《郡內高齋閒坐荅呂法曹》：「結構何迢遰，曠望極高深。」李善注曰：「結構，謂結連構架，以成屋宇也。」呂延濟注曰：「結構，作齋屋也。」

而這四個用例亦是《四庫全書》所存文獻中「結構」詞語出現最早的例子。據李善與五臣注，「結構」就是指建屋時的交結構架的狀態，因而，也可以代指屋宇或屋宇的框架構造樣式。如例（1）、例（2）、例（4）就是指屋宇的框架構造樣式，而例（3）則是指屋宇。

「結構」的語義揭示出了中國古代宮室建築的建構特點。現代建築學研究表明，中國古代宮室建築基本上是以木材作為主要的建築材料，利用立柱、橫樑等連接、構架成基礎框架。這正是「結構」詞語的基本含義。這個詞語在六朝產生，也許是與當時建築領域發生的某些變化有關吧？可惜，因為對此沒有深入研究，故不可以妄加推測。

俄頃

《文選》中「俄頃」共有三例：

（1）郭景純《江賦》：「倏忽數百，千里俄頃。飛廉無以睎其蹤，渠黃不能企其景。」李善注曰：「《楚辭》曰：『往來儵忽。』何休《公羊傳注》曰：『俄者，須臾之間。』司馬彪《莊子注》曰：『頃，久也。』王肅《家語注》曰：『俄，有頃也。』《史記》曰：『飛廉善走。』《廣雅》曰：『睎，視也。』《穆天子傳》曰：『天子之八駿曰渠黃。』《毛詩》曰：『跂予望之。』鄭玄曰：『舉足則望見之。企與跂通。』」據李善注，「俄頃」是一個表示時間的概念，表示時間很短。而這個時間概念亦是六朝時進入文學作品中的新詞。

（2）謝靈運《入華子崗是麻源第三谷》詩之最後二句：「恒充俄頃用，豈為古今然。」李善注曰：「言古之獨往，必輕天下，不顧於世。而己之獨往，常充俄頃之間，豈為尊古卑今而然哉？《小雅》曰：『充，猶備也。』《江賦》曰：『千里俄頃。』何休《公羊注》曰：『俄者，須臾之間也。』司馬彪《莊子

注》曰：『常，久也。』《莊子》曰：『尊古卑今，學者之流也。』郭象曰：『古無所尊，今無所卑。而學者尊古卑今，失其原矣。』」張銑注曰：「恒充少時為樂之用，不足為久長之事。」

元方回《文選顏鮑謝詩評》卷三：「盧谷曰：華子期，角裏弟子，見《列仙傳》。故老相傳，翔集此頂，故稱華子岡。神仙茫昧，前後莫測，且申獨往意。夫獨往者，聊以自充**俄頃**之賞，非為尊古卑今而然也。」

清何焯《義門讀書記》卷四十六：「『恒充**俄頃**用』二句，張銑注『少時為樂，不足為長久之事』於文義較明。」

諸家之注，均謂此「**俄頃**」指很短的時間。

華子岡，山名。據《列仙傳》，傳說仙人華子期居於此山頂。故謝靈運寫此詩記述自己登臨華子岡的所見所感。在描寫景物的同時，抒發了自己怡然自樂，既不尊古卑今，也不追求後世的永久不滅，只享受眼前的既得之樂的曠遠情懷。此二句詩即總括此意。

（3）任彥昇《王文憲集序》：「自朝章、國紀，典彝、備物，奏議、符策，文辭、表記，素意所不蓄，前古所未行，皆取定**俄頃**，神無滯用。」呂向注曰：「章，章程。紀，綱紀也。彝，常也。典常、備物，朝廷威儀也。符，策也。蓄，積也。神無滯用，謂神用不滯而必決也。」任昉讚揚王儉才華出眾，說他在齊剛剛創建的時候，從各種典章制度到朝廷禮儀，有的是自己平時根本沒有接觸過的，有的則是前代古人也沒有實行過的，但是都能在很短的時間內迅速做出決定，不會有任何的遲疑阻礙。「**俄頃**」仍為時間短暫之義。

《辭源》釋「**俄頃**」為「一會兒，頃刻」；《漢語大詞典》釋「**俄頃**」為「片刻；一會兒」，意義無別。且均舉郭景純《江賦》為例，確定了該詞語的六朝時語性質。檢索《四庫全書》可以證明，「**俄頃**」一詞，雖然在六朝以前文獻中還沒有出現，但是在六朝文獻中用於表示很短的時間之義，已經是非常普遍的現象。以《四庫全書》史部文獻為例，「**俄頃**」最早用例均出自六朝：見於《晉書》3例，《宋書》15例，《南齊書》3例，《梁書》3例，《陳書》1例，《魏書》4例，《北齊書》8例，《周書》1例。意義都指很短的時間。且這些史書或為六朝人著，或為唐初人著，當屬於六朝文獻。這種情況表明，「**俄頃**」一詞，在當時已經可以算作大家廣泛接受的基本詞彙。

潘安仁《秋興賦》

翰

潘安仁《秋興賦》云：「譬猶池魚籠鳥，有江湖山藪之思，於是染翰操紙，慨然而賦。」

李善注：「翰，筆毫也。」「翰」字於《文選》中多見，作為「筆毫」意用例也很多，茲不一一列舉。如《文選序》云「飛文染翰，則卷盈乎緗帙」，之所以沒有在《文選序》加以辨析，因為，李善沒有在《文選序》加注，卻在潘安仁《秋興賦》與劉公幹《公讌詩》兩處加注，這樣為了便於辨析，故於此章進行討論。

《辭源》釋「翰」共有七個義項，其第四義項云：「毛筆。古用羽毛為筆，故以『翰』代稱。《文選》漢張平子（衡）《四愁詩》之一：『側身東望涕霑翰。』」又晉左太沖（思）《詠史》詩之一：『弱冠弄柔翰，卓犖觀群書。』」認為「翰」的「毛筆」義項起源於張衡的《四愁詩》。

《漢語大詞典》於「翰」之第四、第五義項釋云：

> 4. 毛筆。古用羽毛為筆，故以翰代稱。晉左思《詠史》之一：「弱冠弄柔翰，卓犖觀群書。」晉葛洪《抱朴子·安貧》：「振翰擒藻，德音無窮，斯則貴矣。」唐韓愈《祭馬僕射文》：「曾不濡翰，酬酢文字。」宋王安石《送董伯懿歸吉州》詩：「亦曾戲篇章，揮翰疾蒿矢。」5. 文辭；書信。南朝梁蕭統《〈文選〉序》：「事出於沉思，義歸乎翰藻。」宋葉適《贈徐靈淵》詩：「今日觀來翰，如親見古人。

則《辭源》與《漢語大詞典》對「翰」的「毛筆」義項看法基本相同，只是《辭源》所舉語源用例早於《漢語大詞典》。而《漢語大詞典》之第五義項，其實就是「毛筆」義項的引申義。可見，二工具書均認為「翰」的「毛筆」義項為漢末至六朝產生的新義，故可為六朝時語。而其「文采、文辭」義項雖然是「毛筆」義項的引申，但產生的時間也在六朝。

檢索《四庫全書》，史部「翰」之「文辭」義的最早用例為晉陳壽《三國志·魏志》卷十四：「劉放文翰，孫資勤慎，並管喉舌，權聞當時。」而其「毛筆」義的最早用例則為南朝宋范曄《後漢書》的《王逸傳》，范曄於此兼記王逸之子王延壽事蹟云：「延壽字文考，有雋才。少游魯國，作《靈光殿賦》。後蔡邕亦

造此賦，未成，及見延壽所為，甚奇之，遂輟**翰**而已。」可證二工具書的觀點是正確的。見於「翰」字的「毛筆」義項產生於六朝，我們似乎可以推測，中國人用羽毛為筆寫字亦是自六朝開始。

底寧

潘安仁《秋興賦》：「夙興晏寢，匪遑**底寧**。」李善注：「毛詩曰：『夙興夜寐。』又曰：『不遑寧處。』」張翰曰：「夙，早。興，起。晏，晚。寢，臥。匪，非。遑，暇。底，致。寧，安。」

《辭源》未收，《漢語大詞典》【底寧】：「安寧；安定。晉潘岳《〈秋興賦〉序》：『夙興晏寢，匪遑底寧。』底，一本作『厎』。唐張九齡《請誅祿山疏》：『斯逆一懲，底寧萬邦。』明宋濂《南征錄序》：『詔使者易濟往安南，告以中夏革命，萬邦底寧。』」解釋甚詳，也很準確。《四庫全書》所存「底寧」用例很多，但六朝用例只有潘岳此一條且最早，六朝以後各代亦均有用例。可以證明「底寧」一詞進入文人的筆下是自六朝開始的。

陸士衡《歎逝賦》

末契

「託**末契**於後生，余將老而為客。」李周翰注：「言後生見我老，不與我交，以客禮相待，復增其憂耳。末契，下交也。」則「末契」之意，即為年老之人與年輕人建立友誼。即所謂「下交」。

檢索《四庫全書》，六朝以前文獻中無「末契」用例，六朝用例只有陸機此一例。六朝以後用例甚多，且詞義也更加豐富。可以推測，「末契」亦為六朝時語，是陸機較早將其運用到作品中，在後世逐漸凝固成漢語詞彙的一份子。

《辭源》釋「末契」為「對人謙稱自己的情誼」，亦舉陸機此例為據，與李周翰所謂「下交」不同。

《漢語大詞典》釋「末契」云：

　　1. 猶下交。指長者對晚輩的交誼。《文選·陸機〈歎逝賦〉》：「託末契於後生，余將老而為客。」李周翰注：「末契，下交也。」唐杜甫《贈祕書監江夏李公邕》詩：「伊昔臨淄亭，酒酣託末契。」仇兆鰲注：「公為後輩，故云末契。」宋沈遼《送夏八赴南陵》詩：

「高堂老人八十一，不問衰微論末契。」清錢謙益《康文初六十序》：「諸公晚託末契於余，余因以識孟修，且交於孟修之子文初。」2. 猶下交。指地位高的人對地位低者的交誼。唐溫庭筠《上蔣侍郎啟》：「某聞有以疎賤而間至貴者，古人之所譏笑；有以單外而蘄末契者，君子之所兢戒。」3. 猶下交。稱別人對自己的交誼的謙詞。宋陸游《答交代楊通判啟》：「某猥以陳人，偶叨末契。」清錢謙益《錫山趙太史六十序》：「余幸得託末契，有朱陳之好。」

《漢語大詞典》釋義將「末契」作為長者對晚輩的交誼的「下交」意，以及在以後的引申義所列甚詳，可以信據。

潘安仁《懷舊賦》

私艱

「余既有私艱，且尋役於外。」李善注：「私艱，謂家難也。《毛詩》曰：『未堪家多難，余又集於蓼。』尋役，謂之仕也。王充《論衡》曰：『充罷州役。』」呂延濟注：「岳自遭父憂後，徙官外郡。」李善釋「私艱」為「家難」不如呂延濟直釋「遭父憂」為確當。「家難」含義較廣，而「私艱」實為六朝人對於遭父母之喪的習用語。如《晉書》卷二十，志第十，禮中：「建武元年，以溫嶠為散騎侍郎。嶠以母亡值寇，不臨殯葬，欲營改葬，固讓不拜。元帝詔曰：『……嶠特一身，於何濟其私艱，而以理閡，自疑不服王命邪？』」又卷八十五，列傳第五十五：「檀憑之……義旗之建，憑之與劉毅俱以私艱墨絰而赴。」

《辭源》、《漢語大詞典》均收，且釋義亦同。均以「父母之喪」釋「私艱」。

江文通《恨賦》

脫略

「脫略公卿，跌宕文史。」李善注：「杜預《左氏傳》注曰：『脫，易也。』賈逵《國語》注曰：『略，簡也。』揚雄《自敘》曰：『雄為人跌宕。』」張銑注：「脫略，輕易。跌宕，放逸也。」

此張銑注亦優於李善注。「脫略」為六朝時語，不應該拆開解釋。六朝正史及文人集中多見此語，用來修飾人的個性、行為，有侮慢、輕易、散漫、放任、不受約束等含義。如梁何遜《何水部集·贈族人秣陵兄弟》曰：「顧余晚

脫略，懷抱口湮淪。遊宦疲年事，來往厭江濱。」說自己晚年沒有了爭強好勝的上進心，這個「脫略」可以指性格惰怠，也可以指行為懈怠。與《南齊書・卞彬傳》所謂「脫畧緩懶」意義相同。又如，《梁書・太宗王皇后傳》：「酬對又脫畧。」「酬對」就是應答或對答，故酬對脫略，就是應對別人的問話很草率或很侮慢的意思。《晉書・謝尚傳》：「脫略細行，不為流俗之事。」此「細行」指小節、小事等，則「脫略細行」就是不注重小節，「脫略」有輕易、放任等意味。

　　檢索《四庫全書》，「脫略」用例有一千零三十多條，可證上舉六朝諸例時代最早。而後世用例則除保留原意外，又增加出另一新的含義，即用於指文句或字詞的脫漏或省略。如《欽定四庫全書總目卷五十七》，史部十三，《魏鄭公諫錄五卷》：「此書前題尚書吏部郎中，蓋高宗時所居官，本傳不載，史文脫畧也。」又如史部十六，《崔清全錄十卷》：「旁考史傳，補其脫略，然則已非原本矣。」

　　《辭源》收，而《漢語大詞典》漏收，當補。

江文通《別賦》

行子

　　「行子腸斷，百感淒惻。」見於《文選》的「行子」用例還有鮑明遠《東門行》，詩云：

> 傷禽惡弦驚，倦客惡離聲。離聲斷客情，賓御皆涕零。涕零心斷絕，將去復還訣。一息不相知，何況異鄉別。遙遙征駕遠，杳杳落日晚。居人掩閨臥，行子夜中飯。野風吹秋木，行子心腸斷。食梅常苦酸，衣葛常苦寒。絲竹徒滿坐，憂人不解顏。長歌欲自慰，彌起長恨端。

　　雖然李善、五臣於「行子」均未加注，然詞義易明。二例中之「行子」，都是指羈旅他鄉之人。故《辭源》、《漢語大詞典》釋為「出行的人」是對的，而二工具書均舉鮑照此例為據，以表明「行子」為六朝時語，也很有見地。查《四庫全書》，證明「行子」一詞確實以鮑照此詩所見最早，其次即為江淹《別賦》，至唐代以後文人集中用例方始多見。

雕龍

《文選》中，「雕龍」詞語用例共有兩則：

（1）江文通《別賦》：「賦有凌雲之稱，辯有雕龍之聲。」李善曰：「《漢書》曰：『司馬相如既奏《大人賦》，天子大悅，飄飄有凌雲之氣。』《七略》曰：『鄒赫子，齊人也。齊人為諺曰：雕龍赫。言操修鄒衍之術，文飾之若雕鏤龍文，故曰雕龍赫。』」呂向曰：「司馬相如奏《大人賦》，天子大悅，曰：飄飄有凌雲之氣。鄒赫子修鄒衍之術，文飾之若雕鏤而成龍文。二人皆有此聲稱也。」故江淹此二句是說司馬相如寫的《大人賦》，令天子產生飄飄然猶如凌雲飛天一樣的感覺；而鄒赫學習並闡發鄒衍的道術，因為文采修飾得就像雕鏤的龍紋一樣華麗絢爛，而獲得「雕龍赫」的稱號。

（2）任彥昇《宣德皇后令》：「文擅雕龍，而成輒削稿。」李善曰：「《說文》曰：『擅，專也。』《七略》曰：『鄒赫子齊人，齊人為之語曰：雕龍赫。赫言鄒衍之術，文飾之若雕鏤龍文。』《漢書》曰：『孔光時有所言，輒削草稿。』如淳曰：『所作起草為稿。』」劉良曰：「言專擅於文，若雕龍之彩飾文也。則輒削除其稿草之本。」任昉此二句則是誇讚蕭衍善於寫文章，說他文采絢爛，就像漢代孔光一樣，文章寫成以後就把草稿銷毀。

則上二例之「雕龍」都是據漢代「雕龍赫」的典故，而用雕鏤龍紋的彩飾來形容寫作文章而文采絢爛。關於「雕龍」一詞的含義，《漢語大詞典》與《辭源》都予以收錄，且基本義項的解釋也基本相同，現引錄《辭源》解釋於下：

> 【雕龍】（一）戰國齊人鄒衍「言天事」，善閎辯。鄒奭「採鄒衍之術以紀文」。齊人因稱鄒衍為「談天衍」、鄒奭為「雕龍奭」。見《史記》七四《孟子荀卿傳》。《集解》引劉向《別錄》曰：「鄒奭修衍之文，飾若雕鏤龍文，故曰雕龍。」後因用以喻善於文辭。《後漢書》五二《崔駰傳》：「崔為文宗，世禪雕龍。」南朝梁劉勰取其義，名其文論為《文心雕龍》。（二）雕畫龍文。唐李白《李太白詩》五《怨歌行》：「鸊鵜換美酒，舞衣罷雕龍。」

《辭源》的解釋不僅揭示了「雕龍」詞語的來源，而且以《後漢書》為據，提出「雕龍」詞語的特殊含義「後因用以喻善於文辭」，並認為劉勰《文心雕龍》

之「雕龍」即取其義而來。可以說，《辭源》解釋的幾個義項基本是對的，但是語源用例舉《後漢書·崔駰傳》以及對於劉勰《文心雕龍》之「雕龍」的含義的解釋卻有待商榷。

檢索《四庫全書》，可證「雕龍」作為善於修飾文辭的代名詞，確實起自六朝，但目前所見最早用例是蔡邕的《太尉橋公廟碑》：「威壯虓虎，文繁雕龍。撫柔疆垂，戎狄率從。」〔註2〕下面即以對劉勰《文心雕龍》之「雕龍」含義的辨析，來探討「雕龍」在六朝時期含義的轉變問題。

劉勰在《文心雕龍·序志》篇一開頭就自己解釋了《文心雕龍》這個書名的含義。他說：「夫文心者，言為文之用心也。昔涓子《琴心》，王孫《巧心》，心哉美矣，故用之焉。古來文章，以雕縟成體，豈取騶奭之群言『雕龍』也！」〔註3〕然而，就是這段簡短的文字，卻令許多研究者感到困惑不解，而且至今仍難成定論。這不僅關係到對書名的理解問題，甚至已經影響到對全書主旨的認識，因此，有必要進行詳細辨析。

比較而言，劉勰對「文心」二字的解釋是比較明確的。即「文心」就是「為文」的「用心」。何謂「用心」？《論語·陽貨》說：「飽食終日，無所用心。」在這裡，「用心」就是動心思，使用心力的意思。《孟子·梁惠王上》說：「察鄰國之政，無如寡人之用心者。」這是盡心。而《漢書·董仲舒傳》：「思惟往古，而務以求賢，此亦堯舜之用心也。」這就是心思、想法、打算的意思。「用心」的這幾種意思，直到現在在現代漢語中仍然適用。因此，劉勰的意思很清楚，所謂「文心」，就是寫文章所要動的心思，所要盡的心力。也就是如何「用心」「為文」和「為文」的目的是怎樣的。也即如何寫文章和想寫什麼樣的文章的意思。他還說，就像從前涓子有《琴心》，王孫有《巧心》一樣，因為心是最美的，所以凡是「用心」做的事就一定會做得好。因此，用心為文，文以載心，這就是劉勰「文心」的含義。以此為書名，就是說他受了前人的啟發，再加上自己創造性發揮而成的。表明自己這部書就是關於探討文章寫作的方法、特徵以及規律的著作。

至於「雕龍」二字，劉勰的解釋就比較含蓄、簡單。他說：「古來文章，

〔註2〕漢蔡邕：《蔡中郎集》卷五。
〔註3〕詹鍈：《文心雕龍義證》，上海古籍出版社，1989 年版，第 1898～1899 頁。

以雕縟成體，豈取騶奭（筆者按：作姓氏、地名時「騶」「鄒」後世常混用）之群言『雕龍』也！」〔註4〕因為自古以來的文章，都是通過作者修飾辭采而成，又怎麼能是採取眾人評價騶奭為「雕龍奭」的「雕龍」呢？似乎是說，「雕龍」二字的含義就是指自古以來通過修飾辭采而成的文章，根本不是所謂「雕龍奭」的「雕龍」。然而就是這樣一句簡單的反詰句卻引來學者的許多爭議，而這就是歷來學者誤解《文心雕龍》書名的關鍵，所以，要真正解決《文心雕龍》書名的問題，就必須對這段話進行認真梳理。

概括而言，對《文心雕龍》之「雕龍」含義的理解，主要有以下幾種分歧。

如以元代錢惟善為代表，其《文心雕龍序》說：「故其為書也，言作文者之用心；所謂雕龍，非昔之鄒奭輩所能知也。勰自序曰：『文心之作也：本乎道，師乎聖，體乎經，酌乎緯，變乎騷。』自二卷以至十卷，其立論井井有條不紊，文雖靡而說正，其旨不謬於聖人，要皆有所折衷，莫非《六經》之緒餘爾。」〔註5〕即認為劉勰的「雕龍」並非「雕龍奭」的「雕龍」，因為劉勰的「雕龍」是強調文章創作要「本乎道，師乎聖，體乎經，酌乎緯，變乎騷」，具有「立論井井有條不紊，文雖靡而說正，其旨不謬於聖人，要皆有所折衷，莫非《六經》之緒餘」的特徵，所以，與騶奭的「雕龍」明顯不同。張立齋《文心雕龍考異》支持這種觀點：「言豈取者，是用雕龍一辭，而非效法雕龍之體，從取為長。」〔註6〕陸侃如、牟世金《文心雕龍譯注》亦云：「劉勰用『雕龍』二字做書名，主要因為文章的寫作從來都注重文采，不一定用騶奭的典故。」〔註7〕郭晉稀《文心雕龍注譯》：「從古以來的文章，都是雕章琢句文采紛披，因此書名又叫『雕龍』，難道只是由於騶奭的綽號叫做『雕龍』，所以採用了它嗎？」〔註8〕諸家皆認為劉勰所謂「豈取騶奭之群言雕龍也」（《序志》）是一句語氣較強的反詰句，意為《文心雕龍》的「雕龍」，與大家評價騶奭的「雕龍」不是一回事。

趙仲邑《文心雕龍譯注》則翻譯說：「文章的寫作，從來都是以精雕細刻和文采豐縟為法的，這正如雕鏤龍文一般，我因而又稱這本書為『雕龍』。過

〔註4〕詹鍈：《文心雕龍義證》，上海古籍出版社，1989年版，第1899頁。
〔註5〕轉引自楊明照：《增訂文心雕龍校注》，北京中華書局，2000年版，第950頁。
〔註6〕張立齋：《文心雕龍考異》，臺北正中書局，1974年版，第329頁。
〔註7〕陸侃如，牟世金：《文心雕龍譯注》，濟南齊魯書社，1995年版，第602頁。
〔註8〕郭晉稀：《文心雕龍注譯》，蘭州甘肅人民出版社，1982年版，第578頁。

去大家曾以此來稱賞鄒奭的文采，但我難道是採取這樣的用意，表示自己也富有文采麼？」〔註9〕周勳初先生曾評價這種觀點說：「劉勰的態度似乎很微妙，一方面以為文章貴修飾，一方面又堅決與騶奭劃清界限，以為沒有受其影響，『雕龍』之說與前代的故實無關」〔註10〕。

　　與上述兩種觀點都不相同，周勳初先生則認為劉勰以「雕龍」名書就是用了騶奭的典故。其《〈文心雕龍〉書名辨》說：「這幾句話中的是非曲直，問題出在對『豈』字的理解上。『豈』字為古文中常用的詞，一般作『難道』解，《序志》中此句句末加上『也』字，更加強了反詰的語氣，實際上是增加了肯定的分量。因此，此句應該譯作：『難道不是有取於騶奭的群言雕龍麼？』」〔註11〕孫蓉蓉先生亦寫文章支持這種觀點。其《〈文心雕龍〉「雕龍」之辨》一文明確說「劉勰以『雕龍』名書用了騶奭的典故」，又說，「（周勳初先生的）這一解釋是符合《序志》篇的原意的」〔註12〕。

　　我認為，上述觀點的分歧，問題不僅出在對「豈」字的理解上，而且還出在對「雕龍奭」典故的理解上。下面分別論之。

　　首先，關於《序志》中「豈取騶奭之群言雕龍也」之「豈」字句的理解，正如周勳初先生所言，「豈」字是古漢語中常用的一個詞語，一般用於反問句中，與句尾的虛詞一起構成表示反詰語氣的句子。但我們常見的是「豈」字與否定詞連接所構成的反詰句是加強肯定的語氣，而不與否定詞連接的反詰句則往往是不肯定的或者是有否定意味的。如人們常說的「豈有他哉！」「豈有此理！」等，就可以直接翻譯為「怎麼會有別的呢！」「怎麼會有這樣的道理！」表示否定意義非常明顯。僅從《文心雕龍》一書而言，情況就十分清楚。我們經過統計發現，劉勰在《文心雕龍》50篇作品中，有27篇用了「豈」字句，共44個句子。其中以「豈非……哉（歟）」形式出現5次，以「豈不……哉（耶）」形式出現5次，均可譯為「難道不是……嗎？」。以「豈無……」的形式出現1次，即「豈無華身，亦有光國」（《程器》），可以翻譯為「難道不是既榮身又光國嗎？」（詳見文末附表）可見，作者在使用「豈」字句的時

〔註9〕趙仲邑：《文心雕龍譯注》，桂林灕江出版社，1982年版，第411～412頁。

〔註10〕周勳初：《文心雕龍書名辨》，《文學遺產》，2008年第1期，第24頁。

〔註11〕周勳初：《文心雕龍書名辨》，《文學遺產》2008年第1期，第24頁。

〔註12〕孫蓉蓉：《文心雕龍「雕龍」之辨》，中國文心雕龍資料中心編《信息交流》，2010第2期，第15～17頁

候，凡是用了表示否定的副詞「不」、「非」、「無」的句子，都是可以翻譯為「難道不是……嗎？」以表示肯定的意思。所以，其餘 32 句（不包括《序志》中「豈取騶奭之群言雕龍也」一句）都是「豈……哉（乎、也）」或者直接用「豈……」後面不加虛詞的形式，就都可譯為「難道是……嗎？」表示反詰，具有懷疑、推測甚至否定等意味。依照這樣的用語習慣，則《序志》中「豈取騶奭之群言雕龍也」一句，也應該譯為「難道是……嗎？」的形式，即「難道是有取於騶奭的群言雕龍嗎？」這個意思應該是表示否定的，也就是說不是有取於騶奭被大家諷刺為「雕龍奭」的典故。就此而言，周勳初先生的解釋應該是不恰當的。事實上，我們查閱了《辭源》、《辭海》、《漢語大字典》等工具書中所搜集的歷代「豈」字句用例，也均未發現有未接否定副詞的「豈」字，可以解釋為「難道不是」的情況。所以，將劉勰的「豈取騶奭之群言雕龍也」譯為「難道不是有取於騶奭的群言雕龍嗎？」既不是劉勰的用語習慣，也不符合古代漢語中「豈」字句的常規用法。因此，在沒有證據表明劉勰這句話是壹個特例之前，該句還是應該解釋為：「難道是有取於騶奭的群言雕龍嗎？」即與騶奭的「雕龍」不是一回事。

至於周先生文中所引《文心雕龍》中的幾個例子，筆者亦有自己的看法。下面略作討論。周勳初先生原文〔註13〕云：

> 按《文心雕龍》中同類例句甚多，今摘引數則如下：
>
> 《誄碑》：「杜篤之誄，有譽前代。《吳誄》雖工，而他篇頗疏，豈以見疏光武而改盼千金哉！」
>
> 《雜文》：「唯士衡運思，理新文敏，而裁章置句，廣於舊篇，豈慕朱仲四寸之璫乎！」
>
> 《才略》：「王逸博識有功，而絢采無力；延壽繼志，環穎獨標，其善圖物寫貌，豈枚乘之遺術歟！」
>
> 這類句式，「豈」字均作「難道不是」解。這是常見的用法。

周先生認為《文心雕龍》中可以將「豈」字句譯成「難道不是……嗎？」加強肯定意味的句子還有很多，但是他沒有都舉出來，所以我們無從知道他具體指的是哪些句子，而他所摘引出來的三個例子，我認為在解釋上實際都有問

〔註13〕周勳初：《文心雕龍書名辨》，《文學遺產》，2008 年第 1 期，第 24 頁。

題。下面分別討論：

1. 《誄碑》：「杜篤之誄，有譽前代。《吳誄》雖工，而他篇頗疏，豈以見疏（「稱」字之誤）光武而改盼千金哉！」（見《文心雕龍》第十二篇）

據詹鍈《文心雕龍義證》原文應作「杜篤之誄，有譽前代。《吳誄》雖工，而他篇頗疏；豈以見稱光武而改盼千金哉！」意為杜篤曾作《吳漢誄》因而受到漢光武帝劉秀的稱讚，但是他的《吳漢誄》雖好，其他作品卻很差，所以這個「豈」字句就是「不能以光武帝稱美即以為價值千金也。」〔註14〕陸侃如、牟世金《文心雕龍譯注》此處譯為：「東漢杜篤的誄文，在前代頗負聲譽。他的《吳漢誄》雖然不錯，其他誄文卻比較粗疏。怎能因《吳漢誄》一篇受到光武帝的稱讚，就使他的全部作品變得貴重起來？」〔註15〕顯然，這兩種解釋都比較正確，而如果如周先生所言將「豈」字翻譯成「難道不是」則整個意思就變了，與文意難通。

2. 《雜文》：「士衡運思，理新文敏，而裁章置句，廣於舊篇，豈慕朱仲四寸之璫乎！」（見《文心雕龍》第十四篇）

依周勳初先生「豈」字作「難道不是」解，則此段意為陸機所寫的《演連珠》「理新文敏」，但在篇章字句的處理上卻比前人的篇幅擴大得多。這難道不是羨慕朱仲所獻的四寸大寶珠嗎？陸侃如、牟世金《文心雕龍譯注》的解釋：「這豈不是羨慕仙人朱仲的四寸大珠！」〔註16〕文意近同。加強了肯定的語氣。但是，這段話是劉勰在評價古人的文章，他沒理由用加強肯定的語氣說陸機文章篇幅長就一定是羨慕朱仲的四寸大明珠。比較而言，詹鍈的解釋要順暢得多：「莫非因其羨慕朱仲所獻之大明珠而以篇幅廣大為美乎？」〔註17〕即「難道是因為他羨慕朱仲所獻之大明珠而以篇幅廣大為美嗎？」用一種表示推測的、富有想像力的語氣來說這句話才比較合適。絕對不是肯定的語氣，因為這裡根本無法直接得出陸機寫文章篇幅長就一定是羨慕朱仲所獻大明珠的結論。

3. 《才略》：「王逸博識有功，而絢采無力；延壽繼志，瑰穎獨標，其善圖

〔註14〕詹鍈：《文心雕龍義證》，上海古籍出版社，1989年版，第431～433頁。
〔註15〕陸侃如，牟世金：《文心雕龍譯注》，濟南齊魯書社，1995年版，第203頁。
〔註16〕陸侃如，牟世金：《文心雕龍譯注》，濟南齊魯書社，1995年版，第225～226頁。
〔註17〕詹鍈：《文心雕龍義證》，上海古籍出版社，1989年版，第517～518頁。

物寫貌，豈枚乘之遺術歟！」（見《文心雕龍》第四十七篇）

　　劉勰這段話評論的是王逸、王延壽父子。說王逸「博識有功」，但「絢采無力」，王延壽繼承父志，但是卻在修飾辭采進行創作方面鋒芒獨特，超出其父。他所寫的《魯靈光殿賦》在「圖物寫貌」方面非常出色，於是，劉勰推測說王延壽寫《魯靈光殿賦》大概是受到枚乘《七發》的影響吧？因王延壽不是受父親的影響，所以推測可能是受了枚乘《七發》的影響。這只能說，劉勰對枚乘《七發》的寫作特徵也有評價，而且也認為在「寫物圖貌」方面有特色，王延壽的作品與他有相似之處而已。至於王延壽是否一定受到過《七發》影響，也不會有絕對的結論。

　　雖然比較而言這段話中的肯定意味要比前兩個例子強得多，但也只能是表示推測語氣，理由與例 2 相同，評價古人的文章特色，如果沒有直接的證據說明作者的寫作技巧是受了哪位前輩作家影響的話，其他一切的分析都只能是聯想、推測而不是絕對。所以如陸侃如、牟世金《文心雕龍譯注》所翻譯的：「豈不是得到枚乘流傳下來的技巧！」〔註18〕在「豈」字後加出否定副詞，來表示肯定的意義不一定是符合劉勰原意的。

　　綜上所述，由於劉勰在《文心雕龍》中對「豈」字句的處理與古代漢語中的常用形式一致，即「豈」字在通常情況下都可以翻譯為「難道」、「怎麼」等表示推測、不肯定等語氣，惟有在與否定副詞相連為「豈非」、「豈不」、「豈無」等形式的時候，才表示為肯定語氣，翻譯為「難道不是」。因此，《序志》所謂「豈取騶奭之群言雕龍也？」就應該翻譯為「難道是有取於騶奭的群言雕龍嗎？」或「怎麼會有取於騶奭的群言雕龍呢？」

　　其次，關於「雕龍奭」的真正含義以及在後世的詞義演變

　　「雕龍奭」的典故出自於《史記》。司馬遷在《孟子荀卿列傳》中還附了騶衍、騶奭等人的傳記。比較詳細地記述了騶衍關於「五德轉移」與「大小九州」等說法。因而說騶衍「深觀陰陽消息而作怪迂之變，《終始》、《大聖》之篇十餘萬言。其語閎大不經，必先驗小物，推而大之，至於無垠。……」而「騶奭者，齊諸騶子，亦頗採騶衍之術以紀文。……騶衍之術，迂大而閎辯；奭也文具難施；淳于髡久與處，時有得善言。故齊人頌曰：『談天衍，雕

〔註18〕陸侃如，牟世金：《文心雕龍譯注》，濟南齊魯書社，1995 年版，第 567～568 頁。

龍奭，炙轂過髡。』」〔註19〕南朝宋裴駰《集解》:「劉向《別錄》曰：騶衍之所言五德終始，天地廣大，盡言天事，故曰『談天』。騶奭修衍之文，飾若雕鏤龍文，故曰『雕龍』。《別錄》曰『過』字作『輠』。輠者，車之盛膏器也。炙之雖盡，猶有餘流者。言淳于髡智不盡如炙輠也。左思《齊都賦》注曰『言其多智難盡，如炙膏過之有潤澤也』。」〔註20〕從諸家記載可知，騶衍的學說海闊天空，閎大不經，漫無邊際，且富於雄辯；而騶奭因為多是修飾騶衍的學說而寫文章，雖然文章文采很好，卻難以施行；淳于髡很有才華，卻主要是喜歡察顏觀色揣摩別人的心思，不肯輕易表露自己意見，必須和他長久相處才能時常得到有意義的意見。由於這三個人各有特點，所以當時齊國人中流傳著一個順口溜:「談天家騶衍，雕龍匠騶奭，炙轂輠者是淳于髡。」人們用生動的比喻來描述這三個人，語言詼諧幽默，但是每個人的個性特徵十分鮮明。「談天」突出了騶衍的學說雖然閎大不經、玄妙難測卻又雄辯滔滔的特點。說他充其量不過是一個談天說地的專家而已；「雕龍」非真龍，突出了騶奭的文章華而不實、中看不中用的特點。說他就像一個雕龍匠，雕出來的龍很漂亮卻不會行雲布雨；「炙轂過」則突出了淳于髡的智慧長久不竭、要慢慢發現的特點。說他就像一個烤著的轂輠，只要烤就總會有潤滑油流出來。

可見，《史記》所載「雕龍奭」的「雕龍」並不是讚美騶奭的文章寫得美，實際上是齊人對騶奭文章的諷刺。因為騶奭採取騶衍的學說寫文章，光有華麗的文采，卻沒有實質的內容，所以，說他的文章像雕鏤出來的龍一樣，外形華美，卻不能實施，即所謂「文具難施」。

但是，後世顯然有人誤解了「雕龍奭」典故的真正意義，只關注到了「雕龍」二字之「雕鏤龍文」的字面意思，卻忽視了「雕龍奭」所具有的諷刺意味，沒搞清楚這個典故產生的具體環境，就直接借用「雕龍」一詞來讚美文章。很難確定這件事的始作俑者是誰，楊明照先生認為蔡邕《故太尉喬公廟碑》「如淵之濬，如嶽之崇。威壯虓虎，文繁雕龍」應是目前所見最早以「雕龍」一詞來讚美文章的先例〔註21〕，意為：如淵之深，如山之高。威壯如咆哮的猛虎，文采絢爛如雕鏤的龍文。證之於《四庫全書》，蔡邕此例確為其中最

〔註19〕司馬遷:《史記》，北京中華書局，1982 年版，第 2344，2347～2348 頁。

〔註20〕司馬遷:《史記》，北京中華書局，1982 年版，第 2348 頁。

〔註21〕詹鍈:《文心雕龍義證》，上海古籍出版社，1989 年版，第 614 頁。

早的用例。至六朝，以「雕龍」作為文辭華美的代名詞這個含義就基本確定下來，如《後漢書·崔駰傳》贊曰：「崔為文宗，世禪雕龍。」〔註22〕唐李賢注：「《史記》曰：『談天衍，雕龍奭。』劉向《別錄》曰：『言鄒奭修飾之文，若雕龍文也。』禪，謂相傳授也。」意為：崔駰一門文章具盛，父子幾代遞相傳授，都善於寫作，且文采華美。

而《文選》所存任昉《宣德皇后令》：「辯析天口，而似不能言；文擅雕龍，而成輒削稿。」與江淹《別賦》：「賦有凌雲之稱，辯有雕龍之聲，誰能摹暫離之狀，寫永訣之情者乎！」這兩個用例，則為較早直接用「雕龍」來讚美文章的先例。所以，這時的「雕龍」與「雕龍奭」之「雕龍」已經不是同等意義的詞語，是屬於六朝時語之列。

「雕龍」一詞由對騶奭文章「文具難施」的比喻義發展為對文章文采優美的讚美詞，其實不僅反映了前人對史實的誤解，也揭示出六朝以來文學與經史分途而注重形式美的審美追求。由於後世學者沒有弄清這種轉變過程，所以才會在劉勰《文心雕龍》的「雕龍」是否有取於騶奭的「群言雕龍」問題上爭論不休，其實是毫無意義的。以劉勰對經史的精通，他自然很清楚「雕龍奭」的含義，所以他在《序志》中才會非常明確的與其劃清界限。其中一個非常重要的意圖就是表明他對「雕龍奭」的典故是有正確理解的，表明自己不會犯最起碼的史實不清錯誤。這很顯然是針對當時有以「雕龍奭」為讚美騶奭文章的誤解而發；另一方面，他採用當時流行的作為文采優美代名詞——「雕龍」名書，則表明他的另一個意圖就是藉此明確提出自己對於文學創作的主張和審美價值取向。這應該是針對當時文壇興起的形式主義文風而發。因為騶奭之文只重外表，與六朝形式主義文風十分吻合，而劉勰論文則講求內容與形式並重，就此而言，自是不可同日而語。顯然，這兩種意見，都是具有糾正時弊的意義。而糾正時弊正是劉勰寫作《文心雕龍》的一個重要動機。這已是「龍學界」早就有的共識。故於此不再贅述。

再次，《文心雕龍》之「雕龍」及書名的含義

基本梳理清楚《文心雕龍》與「雕龍奭」的關係以後，再來具體分析《文心雕龍》之「雕龍」的含義，思路就明晰得多了。

〔註22〕范曄：《後漢書》，北京中華書局，1965 年版，第 1733 頁

劉勰在《序志》中說得明白，「文心」表明自己的著作要探討文章寫作的方法、特徵以及規律等問題。而對於「雕龍」，他說：「古來文章，以雕縟成體，豈取騶奭之群言雕龍也？」依照行文的基本慣例，劉勰對「雕龍」二字的解釋似乎省略了一些環節，否則就該與解釋「文心」一樣，用「者……也」句式來說明「雕龍」是什麼，再說它出自什麼典故、或表達什麼含義等。但這段話中把這些環節都省略了。他所以會這樣省略，究其原因是前面已有解釋「文心」的模式，所以沒必要再重複使用相同的行文習慣而讀者同樣會懂。我們看這段話所陳述的對象就是「古來文章」，即「古來文章」怎麼樣？是「以雕縟成體」的。那麼，它的完整表述就是「雕龍者，言古來之文章也。古來文章，以雕縟成體，豈取騶奭之群言雕龍也？」所以，《文心雕龍》之「雕龍」二字的基本含義就是指自古以來那些「雕縟成體」的文章。這個「雕」通「彫」，是修飾的意思。也與「雕鏤龍文」之雕刻的「琱」不同，「縟」本指繁密的彩色文飾。

《說文・糸部》：「縟，繁彩色也。從糸，辱聲。」段玉裁《說文解字注》改作「縟，繁采飾也。」並注曰：「飾各本作色，今依《文選・〈西京賦〉、〈月賦〉、〈景福殿賦〉、〈劉越石答盧諶詩〉注》正。繁，本訓馬髦飾，引申之為繁多；飾，本訓刷也，引申之為文飾。」這裡借指文采、辭采。而以之為書名，就表明，《文心雕龍》這部著作除了要探討文章寫作中的相關問題，還要對從古至今歷代富有文采的文學作品進行分析、評述。

所以，劉勰以《文心雕龍》四字為自己著作的名稱，就是說，他所寫的這部著作是一部關於如何進行文章寫作與如何評論歷代作家作品的專論。《序志》在解釋書名之後說：「夫宇宙綿邈，黎獻紛雜，拔萃出類，智術而已。歲月飄忽，性靈不居，騰聲飛實，製作而已。夫肖貌天地，稟性五才，擬耳目於日月，方聲氣乎風雷，其超出萬物，亦已靈矣。形同草木之脆，名逾金石之堅，是以君子處世，樹德建言，豈好辯哉？不得已也！」〔註23〕

這是在闡述自己所以要寫這樣一部書的目的。宇宙是無邊無際的，各種各樣的人紛紜雜處，而能夠出類拔萃就是由於有智慧、有方法。時光飛逝而過，生命不能永遠存在，要想使自己成為出類拔萃的人，使自己的名聲得以廣為傳播、世代流傳，寫作顯然是最好的方法。人作為宇宙的一份子，他的生命

〔註23〕詹鍈：《文心雕龍義證》，上海古籍出版社，1989 年版，第 1903 頁。

原本就是融於自然界之中的，雖然他超出萬物，要比其他生物靈異得多，但是形體還是與草木一樣脆弱，而名聲一旦確立就比金石還要堅固。所以，有志氣的君子處於天地之間，就應該樹立功德，建立學說進行創作。這難道是喜歡辯論嗎？實在是不得已而為之。

這一篇宏論，目的只有一個，就是說我要寫作著述就是要出類拔萃，使自己出名。在此基礎上，劉勰分析了自己的特長，找一下自己在哪方面可以與眾不同又能有所作為。他描述了自己七歲、三十歲的兩個夢境。顯然說明他從小就對修飾辭采進行寫作很嚮往，後來逐漸長大了，隨著對儒家經典的瞭解和涉獵，到三十歲時，就基本上形成了自己關於文章創作的觀點和主張。因此，他說：

> 敷贊聖旨，莫若注經，而馬、鄭諸儒，弘之已精，就有深解，未足立家。唯文章之用，實經典枝條，五禮資之以成，六典因之致用，君臣所以炳煥，軍國所以昭明，詳其本源，莫非經典。而去聖久遠，文體解散，辭人愛奇，言貴浮詭，飾羽尚畫，文繡鞶帨，離本彌甚，將遂訛濫。蓋《周書》論辭，貴乎體要；尼父陳訓，惡乎異端。辭訓之異，宜體於要。於是搦筆和墨，乃始論文。〔註24〕

他認為文章寫作必須以儒家經典為根本，無論是內容還是形式，都要以儒家經典為依據。這是他關於文章寫作的主要觀點，當然也就是他評論前人文章的基本立足點。劉勰在這裡既揭示了他所謂「文心」的主旨，也揭示了他的「雕龍」主旨。所以，在《序志》中，劉勰接下來就對近代如曹丕、曹植、陸機、應瑒等人論文的情況進行了批評：

> 詳觀近代之論文者多矣：至如魏文述《典》，陳思序《書》，應瑒《文論》，陸機《文賦》，仲洽《流別》，弘範《翰林》，各照隅隙，鮮觀衢路。或臧否當時之才，或銓品前修之文，或泛舉雅俗之旨，或撮題篇章之意。魏《典》密而不周，陳《書》辯而無當，應《論》華而疏略，陸《賦》巧而碎亂，《流別》精而少功，《翰林》淺而寡要。又君山、公幹之徒，吉甫、士龍之輩，泛議文意，往往間出，並未能振葉以尋根，觀瀾而索源。不述先哲之誥，無

〔註24〕詹鍈：《文心雕龍義證》，上海古籍出版社，1989版，第 1909～1913 頁。

益後生之慮。〔註25〕

　　說他們評價文章，都不全面，也都存在缺欠，因為他們都是違背古代聖賢的遺訓來論文，所以，即使偶爾有些好的見解卻也不能從根本上解決問題，其實是沒有什麼用處的。言下之意，只有他自己的著作才是全面的而且是最有價值的。所以，他說：

　　　　蓋《文心》之作也，本乎道，師乎聖，體乎經，酌乎緯，變乎騷，文之樞紐，亦云極矣。若乃論文敘筆，則囿別區分，原始以表末，釋名以章義，選文以定篇，敷理以舉統，上篇以上，綱領明矣。至於割情析采，籠圈條貫，摛神性，圖風勢，苞會通，閱聲字，崇替於《時序》，褒貶於《才略》，怊悵於《知音》，耿介於《程器》，長懷《序志》，以馭群篇，下篇以下，毛目顯矣。位理定名，彰乎《大易》之數，其為文用，四十九篇而已。〔註26〕

　　這是對《文心雕龍》全書整體內容、結構的詳細概括。從中我們不難明白，他的《文心雕龍》題目確實是概括了他的整部書的內容：既要提出自己的創作主張又以此為依據對歷代作家的「雕龍」之作進行評論。

附表一　《文心雕龍》「豈」字句例句附表

句　　式	例　　句
「豈」解作「難道」、「怎麼」等，表反問	《原道第一》：夫豈外飾，蓋自然耳；《辯騷第五》：豈去聖之未遠，而楚人之多才乎！不有屈原，豈見離騷？《樂府第七》：豈惟觀樂，於焉識禮；《誄碑第十二》：豈以見稱光武而改盼千金哉！石墨鑴華，頹影豈戢；《雜文第十四》：豈慕朱仲四寸之璫乎！《諧讔第十五》：豈為童稚之戲謔，搏髀而抃笑哉！《史傳第十六》：豈唯政事難假，亦名號宜慎矣；《詔策第十九》：豈直取美當時，亦敬慎來葉矣。《書記第二十五》：豈可忽哉！《風骨第二十八》：豈空結奇字，紕繆而成經矣？《通變第二十九》：豈萬里之逸步哉；《情采第三十一》：言與志反，文豈足徵；《麗辭第三十五》：豈營麗辭，率然對爾；《誇飾第三十七》：且夫鴞音之醜，豈有泮林而變好；誇飾在用，文豈循檢；《鍊字第三十九》：豈直才懸，抑亦字隱。《指瑕第四十一》：施之尊極，豈其當乎；賞訓錫賚，豈關心解；斯豈辯物之要哉？《養氣第四十二》：驗己而作，豈虛造哉；灑翰以伐性，豈聖賢之素心，會文

〔註25〕同上，第1915～1923頁。

〔註26〕同上，第1924～1930頁。

	之直理哉;《總術第四十四》：豈能控引情源，制勝文苑哉！《才略第四十七》：議惬而賦清，豈虛至哉！其善圖物寫貌，豈枚乘之遺術歟！《知音第四十八》：醬瓿之議，豈多歎哉！豈成篇之足深，患識照之自淺耳。《程器第四十九》：豈曰文士，必其玷歟？豈以好文而不練武哉？孫武《兵經》，辭如珠玉，豈以習武而不曉文也？《序志第五十》：豈取騶奭之群言雕龍也；豈好辯哉？不得已也！
「豈無」解作「難道不是」，表肯定	《程器第四十九》：豈無華身，亦有光國。
「豈非」解作「難道不是」，表肯定	《諧讔第十五》：豈非溺者之妄笑，胥靡之狂歌歟？《封禪第二十》：豈非追觀易為明，循勢易為力歟？《體性第二十七》：豈非自然之恒資，才氣之大略哉！《總術第四十四》：豈非言文？《才略第四十七》：豈非崇文之盛世，招才之嘉會哉？
「豈不」解作「難道不是」，表肯定	《頌頌第九》：豈不褒過而謬體哉！《章句第三十四》：豈不以無益文義耶！《比興三十六》：豈不以風通而賦同，比顯而興隱哉；《鍊字第三十九》：豈不願斯遊；《知音第四十八》：豈不明鑒同時之賤哉；

（以上是筆者根據詹鍈《文心雕龍義證》進行的統計。）

詎

江文通《別賦》：「至如一去絕國，詎相見期。」李善注：「琴道雍門周曰：『遠赴絕國，無相見期。臣為一揮琴而太息，未有不悽愴而流涕者。絕國，絕遠之國。」劉良注：「絕，遠。詎，無也。」李善、五臣均以「無」釋「詎」。

故《漢語大詞典》「詎」字之第二條義項亦云：「副詞。表示否定。相當於『無』；『非』；『不』。《文選·江淹〈別賦〉》：『至如一去絕國，詎相見期。』劉良注：『詎，無也。』南朝梁簡文帝《三月三日率爾成詩》：『洛濱非拾羽，滿握詎貽椒。』《北史·盧玄傳》：『創制立事，各有其時，樂為此者，詎幾人也。』」說明「詎」表示「無」的義項也是六朝時期出現的。查《辭源》「詎」字解釋即漏收此條義項，是其一誤，當補。

陸士衡《文賦》

俛仰

《四庫全書》中「俛仰」是一個使用頻率很高的詞彙。在《文選》中共出現六次，分別羅列於下：

1. 陸士衡《文賦》：「在有無而俛仰，當淺深而不讓。」李善注：「《毛詩》

曰：『何有何無，僶俛求之。』」劉良注曰：「僶，俛首也。俛，俯首也。」

李善所舉之「何有何無，僶俛求之」二句，出自《毛詩·邶風·谷風》，《毛詩注疏》作「何有何亡，黽勉求之」。《毛傳》謂：「有，謂富也；亡，謂貧也。」鄭玄箋云：「君子何所有乎？何所亡乎？吾其黽勉勤力為求之。有求多，亡求有。」孔穎達疏：「君子之家，財業何所富有乎？何所貧無乎？不問貧富，吾皆勉力求之。」則《谷風》之「黽勉」是勉力之義。李善認為此「黽勉」與《文賦》的「僶俛」相同，這樣就與五臣「俛首」、「俯首」的解釋意義有所不同。根據陸士衡《文賦》的上下文，我認為李善的解釋優於五臣。陸機所謂「在有無而僶俛，當淺深而不讓」一句的原意是說，要在文辭的使用上仔細斟酌，或用或不用，或深或淺，都要努力分辨，當仁不讓，即不能馬馬虎虎敷衍了事。故「僶俛」釋為勉力而為更符合原意。

2. 顏延年《秋胡詩》：「孰知寒暑積，僶俛見榮枯。」李善注：「僶俛，猶俯仰也。」呂向注：「僶俛，猶須臾也。」《辭源》取呂向之注，解釋為「時間短暫」。《漢語大詞典》亦取呂向之說，釋為「須臾，頃刻」。然二工具書不知李善釋為「俯仰也」，也是指時間短暫的意思。因為「俯」的本義是低頭，《玉篇·人部》：「俯，謂下首也。」而「仰」的本義是抬頭，玄應《一切經音義》卷八：「仰，謂舉首也。」。顏延年此二句詩意為：不知不覺寒暑已經先後過去，感覺還是一低頭一抬頭之間，但是草木的花開與枯萎卻都已經經歷過了。

3. 阮嗣宗《詠懷詩十七首》第十六：「輕薄閒遊子，俯仰乍浮沉。捷徑從狹路，僶俛趣荒淫。」李善注：「輕薄之輩，隨俗浮沉。棄彼大道，好從狹路。不尊恬淡，競赴荒淫。言可悲甚也。漢司馬遷書曰：『從俗浮沉，與時俯仰。』」呂向注曰：「捷徑、狹路，非正道。僶俛，亦俯仰也。」

此處李善與五臣對於「僶俛」的解釋亦不同。李善用一個「競」字，也就是非常積極、非常努力地爭取的意思。而五臣則仍釋為「俯仰」。「俯仰」如用於此句中，就是李善引司馬遷的話，即指「從俗浮沉，與時俯仰」。但這個意思，詩人是在前二句：「輕薄閒遊子，俯仰乍浮沉」中已經表達了，而「捷徑從狹路，僶俛趣荒淫」則是順勢而補充說明他們是如何地隨時俯仰的。即李善所謂：「棄彼大道，好從狹路。不尊恬淡，競赴荒淫。」所以，我更喜歡接受李善的解釋。完整的意思是說：輕薄閒遊之人隨時浮沉，趨炎附勢，而投機取巧，積極趨附做些荒淫之事。

4. 潘安仁《悼亡詩三首》之一：「**僶俛**恭朝命，迴心反初役。」李善注曰：「《毛詩》曰：『**僶俛**從事，不敢告勞。』」濟曰：「俯仰之間，且恭朝命，迴私心，反初於公役也。僶俛，俯仰也。」

李善所舉之「**僶俛**從事，不敢告勞」二句，出自《毛詩·小雅·十月之交》，《毛詩注疏》作「**黽勉**從事，不敢告勞」。鄭玄箋云：「詩人賢者，見時如是，自勉以從王事，雖勞不敢自謂勞，畏刑罰也。」孔穎達《正義》曰：「詩人言：黽勉然，自勉以從王事，雖勞不敢告勞苦扵上也。所以然者，以時無罪無辜，尚被讒口所譖囂囂然，以畏刑罰，故不敢告也。」則這個「黽勉」當是勉強的意思，不是自我勉勵自己，而是因為畏懼刑罰，不得不勉強為之。即不是發自內心的自己想要努力做事，而是不得不做。而五臣釋「僶俛」為「俯仰」，意為「俯仰之間」，即時間短暫就要去赴任了。無法體現詩人因妻子剛剛去世，自己儘管內心萬分悲傷卻不得不勉強赴任的內心感受。故李善所釋似更貼切。故陳宏天等《昭明文選譯注》釋為「勤勉、努力」亦不準確〔註27〕。

5. 劉公幹《贈五官中郎將四首》之四：「君侯多壯思，文雅縱橫飛。小臣信頑魯，**僶俛**安能追。」李善注：「《毛詩》曰：『**僶俛**從事，不敢告勞。』」呂向注曰：「僶俛，俯仰也。」劉楨原意是讚美曹丕文采很好，所以說自己確實很愚鈍，無論怎麼努力也趕不上曹丕的文采飛揚，意氣風發。因此，李善釋「僶俛」為勉強從事是對的。即自己才力有限，所做的努力都是超出了自己的能力範圍所以是勉強而為的。呂向此處亦以「俯仰」釋之，不確。

6. 殷仲文《解尚書表》：「**僶俛**從事，自同全（五臣作『令』）人。」善曰：「《毛詩》曰：『何有何無，**僶俛**求之。』《呂氏春秋》曰：『任天下而不強，此之謂全人。』高誘曰：『全人，全德之人。無虧闕也。』」向曰：「僶俛，俯仰也。令，善也。言我屬軍旅未定，故俯仰從尚書之任，自同令善之人也。」殷仲文陳述自己要求解除尚書職務，所以說自己當初也是勤勉做事的，很努力、很勤奮，不是很勉強，因此自認為自己是「全人」。可以說，李善用「勤勉」解釋「僶俛」，是非常準確的。而呂向仍然是以「俯仰也」來解釋，就顯得非常草率了。

上述《文選》中的六個「**僶俛**」用例都出自六朝人的作品，且李善、五臣

〔註27〕陳宏天等：《昭明文選譯注》第三冊，第356頁。

亦均加注。五臣都釋為「俯仰」，而李善則根據具體語境的細微差別分別給出了不同的解釋，可以說是非常有見識的。想起多年前學界關於李善注與五臣注孰優孰劣的囂囂爭論，於此數例則可以作一判別了。

上述分析表明，「僶俛」在《詩經》中的字形作「黽勉」，有「勤勉、勉力」的意思，也有「勉強」的意思。

清代莊履豐、莊鼎鉉《古音駢字續編》卷三：「黽俛（潘岳詩）、僶俛（《新書》）、僶勉（陸機賦）、閔免（《谷永傳》）、黽勉（《詩》）。」這裡列出了「僶俛」作為一個固定詞語在不同時代不同文獻中的幾種字形。《詩經》為「黽勉」，其次漢代賈誼《新書·勸學》為「僶俛」，然後是《漢書·谷永傳》作「閔免」，陸機《文賦》作「僶俛」，至於作「黽俛」形的潘岳詩是哪個版本暫時還不確定。

通過上述考察與對《四庫全書》的檢索，基本可以得出這樣的結論：「僶俛」一詞，在《詩經》中已經出現，且在後世也得到了廣泛的運用，但字形卻不固定，或許只要上下二字讀音不變即可作為固定的聯綿詞使用。但在六朝以後詞義卻有了變化，由原來的勤勉、勉力或勉強義增加出表示時間短暫的意義。

故《辭源》對於「僶俛」的解釋只有兩個義項：（1）努力、奮勉；（2）謂時間短暫。就缺少了「勉強」這個義項。應該補出來。而《漢語大詞典》對於陸機《文賦》與阮嗣宗《詠懷詩》第十六二例中「僶俛」的解釋均有誤。如《漢語大詞典》於陸機「在有無而僶俛，當淺深而不讓」二句下云：「李善注：『僶俛，由勉強也。』」然李善此注只見於胡克家版的《文選李善注》，而四庫本的《六臣注文選》則無此條注釋。且如前所述，李善已舉《詩經·邶風·谷風》的「何有何亡，黽勉求之」，而此「黽勉」為勤勉、努力地意思，則不該再有「由勉強也」這樣的話出現。或為胡克家本誤入也說不定，需要進一步求證。因此，在沒有確定出處的合理性之前是不適合作為《漢語大詞典》解釋的依據的。另外，《漢語大詞典》又於阮籍《詠懷詩》之十六「捷徑從狹路，僶俛趣荒淫」二句下云：「張銑注：『僶俛，亦俯仰也。』」又說：「俯仰，隨俗沉浮。」此處「僶俛」不宜解釋為「隨俗沉浮」，已如前辯，且舉張銑之注又是轉引錯誤。此為呂向之注，非為張銑注。

彬蔚

「頌優游以**彬蔚**，論精微而朗暢。」李善注：「頌以襃述功美，以辭為主，故優游彬蔚。論以評議臧否，以當為宗，故精微朗暢。包咸《論語注》曰：彬彬，文質相半之貌。《楚辭》曰：鬱結紆軫。《漢書音義》曰：『暢，通也。』」呂向注：「頌以歌頌功德，故須優游縱逸而華盛也。**彬蔚**，華盛貌。論者，論事得失，必須精審微密，明朗而通暢於情。」

《辭源》、《漢語大詞典》均收且釋義舉例無別。僅以《漢語大詞典》為例：

> 【彬蔚】文采美盛貌。《文選·陸機〈文賦〉》：「頌優游以彬蔚，論精微而朗暢。」呂向注：「彬蔚，華盛貌。」《晉書·文苑傳序》：「逮乎當塗基命，文宗鬱起，三祖叶其高韻，七子分其麗則，《翰林》總其菁華，《典論》詳其藻絢，彬蔚之美，競爽當年。」

檢索《四庫全書》，亦可證陸機此例最早。

牢落

「心**牢落**而無偶，意徘徊而不能揥。」李善注：「牢落，猶遼落也。言思之心牢落而無偶，揥之意徘徊而未能也。蔡邕《瞽師賦》曰：『時牢落以失次。』」呂向注：「牢落，心失次貌。」

「牢落」，《辭源》與《漢語大詞典》均收，且釋義亦無大差別。檢索《四庫全書》，其中所見該詞語的最早用例見於司馬相如《上林賦》：「牢落陸離，爛熳遠遷。」「牢落」也就是「寥落」明代朱謀㙔《駢雅·釋詁》解釋為「雕疏也」。也就是凋落、稀疏的意思，與茂盛、興盛等相反。這是「牢落」的最初含義，而陸機《文賦》則是目前所見最早用於修飾人的心情，這該是後起的引申義。由自然界動植物的凋落、稀疏，引申指人的心情失次，即孤單、寂寞，孤獨無所寄託的狀態。在後世文獻中，這兩種含義的用例都很多。

世情

「練**世情**之常尤，識前修之所淑。」李善注曰：「《纏子》董無心曰：『罕得事君子，不識世情。』尤，非也。《楚辭》曰：『騫吾法夫前修兮，非時俗之所服。』淑，善也。」李周翰注曰：「尤，過也。前修者，前賢也。淑，美也。練簡時人之常過，乃識前賢之所美也。」李善引《纏子》與《楚辭》，以「世情」為世態人情或時俗。李周翰則以「時人」釋「世情」。觀陸機此二句文意

是說：既能夠發現「世情」常犯的過錯是什麼，也能夠瞭解「前修」的好處在哪裏。因為「世情」與「前修」相對，所以，李周翰以「時人」釋「世情」要比李善釋為「世態人情」或「時俗」要明確得多。而《辭源》取李善「世態人情」，而《漢語大詞典》取李周翰「時人」說，孰優孰劣亦可辨也。

「世情」，於《文選》中另見於陶淵明《辛丑歲七月赴假還江陵夜行塗口作》，其詩云：：「閒居三十載，遂與塵事冥。詩書敦宿好，林園無世情。」李善注曰：「《漢書》曰：『司馬相如稱疾閒居。』塵事，塵俗之事也。郭象《莊子注》曰：『凡非真皆塵垢矣。』《說文》曰：『冥，窈也。』又曰：『窈，深遠也。』《左氏傳》趙衰曰：『郤縠悅禮樂而敦詩書。』《縝子》董無心曰：『無心，鄙人也。不識世情。』」張銑注曰：「閒居，靜居也。塵事，塵俗之事也。冥，遠。敦，厚也。宿好，謂舊所好也。幽隱之事而無俗塵也。」陶淵明說自己閒居了三十年〔註28〕，因而遠離了塵俗之事。只有詩書是自己平時所篤好的，隱居林園沒有世俗的情趣。即因為遠離塵俗之事，所以只愛詩書，也沒有其他世俗的愛好。故此「世情」當指世俗之人的興趣與愛好。《漢語大詞典》謂「世俗之情」，陳宏天等《昭明文選譯注》謂「俗世之情」〔註29〕，意義相同。

《文選》中這兩處「世情」用例，反應了該詞語作為六朝時語的兩個主要含義。檢索《四庫全書》，「世情」的詞語用例沒有早於《文選》此二例的。其他較早用例亦均屬於六朝，且含義也基本相同。如沈約《宋書·自序》，沈約批評徐爰所作史書：「立傳之方，取捨乖衷。進由時旨，退傍世情。」說徐爰為人作傳對人的評價有失公正，無論對人是肯定還是否定，都沒有正確的標準，只是一味的隨波逐流，所謂「進由時旨，退傍世情」，即按照世俗之情來評判而已。「時旨」與「世情」義近，「時旨」為時俗的觀點，「世情」為世俗之情，世俗之人的普遍想法。

再如劉勰《文心雕龍·史傳》云：「記編同時，時同多詭。雖定、哀微辭，而世情利害。勳勞之家，雖庸夫而盡餙；迍敗之士，雖令德而常嗤。」劉勰批評寫作史傳的作家在記寫同時代歷史的時候，不能做到秉筆直書，說他們記寫

〔註28〕逯欽立：《陶淵明事蹟詩文繫年》考證，「三十載」當作「三二載」，即六年。見逯欽立：《陶淵明集校注》附錄，中華書局，1979年版。

〔註29〕陳宏天等：《昭明文選譯注》第四冊，吉林文史出版社，1992年版，第670頁。

的同時代史大多是虛假不實的。雖然孔子作《春秋》，對於與自己同時代的魯定公、魯哀公頗有微詞，但是世俗之情卻往往是趨利避害。如果是出於功勳顯赫之家的人，即使是平庸無能之輩，也極盡粉飾之能事；而對於遭遇困頓禍敗之士，即使品德再高也常常是加以恥笑的。這個「世情」還是解釋為「世俗之情」比較好。

另外，同書《時序》篇云：「文變染乎世情，興廢繫乎時序。」是說文章的演變是受到「世情」影響的，而文壇的興衰則與「時序」相聯繫。陸侃如、牟世金譯「世情」為「社會的情況」，釋「時序」為「時代的動態」，意思相近。也就是說，文章的演變是受時代因素的影響的。所以，此處的「世情」與「時序」義近，而不應理解為「世俗之情」或「世態人情」等義。

綜上所述，《文選》中的「世情」用例，反映了該詞語在六朝時期的基本含義，可以指世俗之人，也可以指世俗之人的感情、情趣、思想等。有時也用於字面意義，指社會的情況。

嵇叔夜《琴賦》

彪休

「爾乃顛波奔突，狂赴爭流，觸岩牴隈，鬱怒彪休，洶湧騰薄，奮沫揚濤。」李善注：「彪休，怒貌。」李周翰注：「並水急也。」呂向注：「隈，岩曲也。水相蹙，鬱然如怒。彪休，波前卻貌。」

《辭源》、《漢語大詞典》均收，所舉用例亦均為嵇康《琴賦》此條，但釋義各有選擇，《辭源》取李善說，釋為「怒貌」，《漢語大詞典》取李周翰說，則釋為「水勢壯闊貌」。檢索《四庫全書》亦可證明，嵇康此例確為目前所見「彪休」的最早用例，而後世用例也基本是沿襲了這兩種說法，或用於描述發怒的狀態，或用於描述水流的情況。然嵇康所謂「彪休」的意義究竟如何，其實尚需商量。因為無論是「怒貌」還是「水勢壯闊貌」，都不能給人以形象化的印象。我們無論如何也想像不出「彪休」是如何的一種「怒」，又或是一種什麼樣的「水勢壯闊」。

讀嵇康《琴賦》，知道這段話是描述造琴所用的椅、梧等樹木生長的環境，說這裡有急流飛瀑，為了表現出水勢迅猛的樣子，嵇康連用了六個四言的結

構：「顛波奔突，狂赴爭流，觸岩觝隈，鬱怒彪休，洶湧騰薄，奮沫揚濤」。其中奔突、狂赴、觸、觝、怒、奮、揚等七個動詞都不是水自身所有的動作，所以是採用了一種比擬的手法，將水比作各種有生命的動物，來突出水的激流之勢的氣勢浩大、兇猛，狂奔、衝撞起來，就像發怒了一樣。但因描述「怒」的樣子用了「鬱怒彪休」四個字，因此，不知「彪休」何解，也就無法瞭解水勢兇猛奔流的時候究竟像什麼在發怒。故李善說「彪休」是怒的樣子，而李周翰說是水勢壯闊的樣子，其實都是根本就沒有對「彪休」進行解釋。

《說文·虎部》：「彪，虎文也。從虎、彡，象其文也。」《爾雅·釋詁下》：「休，美也。」《廣韻·尤韻》：「休，美也，善也。」所以，如果「彪休」不是某種特殊方言的話，本來意思就應該是指虎皮的斑紋非常美的意思，因「彪」又可以代指虎，所以，「彪休」或許也可以指健碩的猛虎。「鬱怒」一詞，中醫書中常見，指怒氣鬱結。所以，單純看「鬱怒彪休」四個字，就是盛怒的猛虎。而用於描述水勢壯闊之貌，說它就像盛怒的猛虎一樣是可以解釋得通的。這樣，上下文意也就貫通了。故於「彪休」的注釋而言，李善比五臣為優，從《辭源》、《漢語大詞典》的解釋來看，《辭源》為優。

翁葼

「珍怪琅玕，瑤瑾翁葼。」李善注：「翁葼，盛貌。」呂向注：「翁葼，光色也。」在《文選》中，「翁葼」凡兩見，另一個用例為江文通《從冠軍建平王登廬山香爐峰》，詩云：「瑤草正翁葼，玉樹信蔥青。」李善注引《琴賦》例。呂向注：「瑤草、玉樹，皆美言之。翁葼、蔥青，茂鬱貌。」

《辭源》、《漢語大詞典》均收「翁葼」，釋義亦均遵從李善與呂向的注解。所舉用例也以《文選》二例為據，表明其為六朝時語。這是沒有異議的。《四庫全書》所收「翁葼」詞條共 176 例，未有時代早於嵇康《琴賦》的。此外之六朝用例均見於《江文通集》。除上《文選》所收之例外，另有 4 例：

（1）《蓮花賦》：生乎澤陂，出乎江陰。見彩霞之夕照，覿雕雲之畫臨。既翁葼於洲漲，亦映曖於川濤。

（2）《水上神女賦》：彩霞繞繞，卿雲縵縵，石瓊文而翁葼，山龍鱗而焰爛，苔綠根而攢集，草紅葩而舒散，日炫晃以朧光，樹葳蕤而蔥粲。

（3）《樫》：木貴冬榮，樫實寒色。停黛峰頂，插翠石側。碧葉菴藹，頹柯

翕赩。方陋筠櫃，遠笑荊棘。

（4）《清思詩五首》其一：趙後未至麗，陰妃非美極。情理儻可論，形有焉足識。帝女在河洲，晦映西海側。陰陽無定光，雜錯千萬色。終歲如瓊草，紅華長**翕赩**。

江淹上述「**翕赩**」諸例均可釋為光色等盛茂的樣子。唐以後文章中的「**翕赩**」義也無新變化。

峻崿

《琴賦》亦云：「登飛梁，越幽壑，援瓊枝，陟**峻崿**，以遊乎其下。」李周翰注：「峻，高也。崿，山頂也。」

《辭源》未收，《漢語大詞典》釋【峻崿】云：

> 1. 高峻的山崖。三國魏嵇康《琴賦》：「援瓊枝，陟**峻崿**，以遊乎其下。」北魏酈道元《水經注·湘水》：「歷山崖，隥險阻，**峻崿**萬尋，澄源湛於下，應水湧於上。」元揭傒斯《春暮閒居寄城西程漢翁十五韻》：「褰衣必**峻崿**，散步亦名園。」2. 比喻品格剛直。清陳康祺《郎潛紀聞》卷十：「諸城風節**峻崿**。」

證之於《四庫全書》，說明《漢語大詞典》的解釋基本準確，且為六朝時產生的新詞語。

在《四庫全書》所存文獻中，除《琴賦》最早外，還有 3 個屬於六朝的用例：

（1）齊梁劉勰《梁建安王造剡山石城寺石像碑》：南駢兩峰，北疊**峻崿**，東竦圓岑，西引斜嶺。

（2）北魏酈道元《水經注》卷二十七，沔水：**峻崿**百重，絕壁萬尋。

（3）北魏酈道元《水經注》卷三十八，湘水：歷山崕，隥險阻，**峻崿**萬尋，澄源湛於下，應水湧於上。

可見，在當時都是用的原意，即表示高峻的山崖。而《漢語大詞典》所列的第二個義項則是後起的引申義。

曹子建《洛神賦》

殊觀

「俯則未察，仰以殊觀。」李善注曰：「未察，猶未的審。所觀殊異也。」意為：俯視不能看清楚，仰觀感覺更加奇特。故「殊觀」即特殊的、奇特的景觀。《文選》中另一用例見於嵇叔夜《養生論》。云：「壯士之怒，赫然殊觀，植髮衝冠。」李善注曰：「《淮南子》曰：荊軻為燕太子丹刺秦王，高漸離、宋如意為擊筑而歌於易水之上，荊軻瞋目裂眥，發植衝冠。」李周翰注曰：「言其怒色殊觀赫然，甚於酒之發色者。豎髮衝冠，亦甚於梳理者矣。言怒亦損性。植，豎也。」意為：壯士發怒，其盛怒的樣子非常明顯，頭髮都豎了起來，以至於充起了頭上的髮冠。「殊觀」作為奇特的景觀之義，在六朝習見。如《晉書・索靖傳》「著絕勢於紈素，垂百世之殊觀。」意為：奇妙的書法寫在潔白的細絹上，必將成為流傳百世的奇特景觀。嵇康《嵇中散集・酒會詩七首之六》：「嗟我殊觀，百卉具腓。」晉桓溫《賀白兔表》：「今白兔見於春穀縣，皓質純素，皭然殊觀。」北魏酈道元《水經注・丹水》：「丹水南有丹崖山，山悉楨壁霞舉，若紅雲、秀天二岫，更為殊觀矣。」

憀亮

「進御君子，新聲憀亮，何其偉也？」李善注：「憀亮，聲清徹貌。」呂延濟注：「御，用也。言進用於君子，則新聲憀亮也。清新之聲何其偉也者，歎美之也。偉，美也。」

「憀亮」亦為六朝時語，見於《文選》之六朝用例除此之外尚有 2 則：

（1）潘安仁《笙賦》：「應吹噏以往來，隨抑揚以虛滿。勃慷慨以憀亮，顧躊躇以舒緩。」呂延濟注：「勃慷慨，怒聲也。憀亮，清也。顧躊躇以舒緩，聲憀慢而不散也。」

（2）成公子安《嘯賦》：「喟仰抃而抗首，嘈長引而憀亮。」呂向注：「喟，歎也。兩手相撫曰抃。抗，舉也。言臨軒遠望，喟然發歎。仰抃而舉首，嘈嘈然長引聲也。憀亮，聲清也。」

「憀亮」見於《四庫全書》僅有 4 例：

（1）梁沈約《宋書》卷二十一，魏文帝《善哉行》：「朝遊高臺觀，夕宴華池陰。大酋奉甘醪，狩人獻嘉禽。齊倡發東舞，秦箏奏西音。有客從南來，為

我彈清琴。五音紛繁會，抃者激微吟。淫魚乘波聽，踊躍自浮沉。飛鳥翻翔舞，悲鳴集北林。樂極哀情來，**憀亮**摧肝心。清角豈不妙，德薄所不任。大哉子野言，弭弦當自禁。」

（2）宋周必大《文忠集》卷九十二，詞科舊稿二，《舜五絃琴銘》：「良材告備，大智以創。薄言鼓之，疏越**憀亮**。帝在岩廊，拱手垂裳，乃奏斯琴，其音遠揚。」

（3）清黃宗羲編《明文海》卷三十六，《賦》三十六載明代俞安期《歌賦》：「或縹緲以輕邁兮，或蕭蕭而清淒；或絡繹以條昶兮，或紆餘而鬱伊；或翩綿以**憀亮**兮，或都雅而逶迤；或將斷而忽颺兮，或將迅而忽微；或將轉而輕送兮，或將疾而少稽；或邀險而若誤兮，或俟機而若乖。」

（4）清康熙《御定歷代賦彙》補遺卷十二，《音樂》載明代張泰階《琵琶賦》：「既而摛妙詞，引清商，光曄煜，音鏗鏘，素手承以按節，**憀亮**徹而超常。」

上述「**憀亮**」用例均可釋為聲音清亮之義，從所存文獻的產生時代來看，曹丕的《善哉行》最早，以後在嵇康、潘岳、成公綏等人作品中得以使用。

「**憀亮**」在《辭源》、《漢語大詞典》中均有收錄。且所舉用例也基本相同，都體現出六朝時語的特點。如《辭源》釋云：「清澈響亮。同『嘹亮』、『嘹亮』。」《漢語大詞典》釋云：「猶嘹亮。聲音清脆而響亮。」二工具書均注意到「憀亮」與「嘹亮」義同而沒有盲目沿襲李善與五臣注，這是很有創見的。「憀」字從心，《說文·心部》：「憀，憀然也。」段玉裁注：「憀然，猶了然也。」是對的。是指心裏對什麼事情都很明白很清楚。故用「**憀亮**」來表示聲音的清亮，應該用的是引申或假借義。

第三章 《文選詩》所存六朝時語研究

　　《文選》所存詩類文獻屬於六朝的篇目最多，共 242 種。所存六朝時語現象有如下數例，需要辨析。

束廣微《補亡詩》

眷戀庭闈

　　束廣微《補亡詩》六首之《南陔》：「眷戀庭闈，心不遑安。」李善注：「庭闈，親之所居。眷戀，思慕也。」這裡涉及到兩個六朝時語：「眷戀」與「庭闈」。下面分別釋之。

眷戀

　　《辭源》釋為「思慕，愛戀」，舉束晢此例為據，同時又舉潘岳《在懷縣作》詩之一：「徒懷越鳥志，眷戀相南枝。」證明「眷戀」為六朝時語。這是對的。《漢語大詞典》亦有【眷戀】條，解釋義項比較全面，釋云：

　　　　【眷戀】亦作「睠戀」。

　　　　1. 思慕；愛戀。三國魏曹植《懷親賦》：「回驥首而永遊，赴修途以尋遠。情眷戀而顧懷，魂須臾而九反。」晉束晢《補亡詩·南陔》：「眷戀庭闈，心不遑安。」唐孟浩然《峴山送朱大去非遊巴東》詩：「蹉跎遊子意，眷戀故人心。」清蒲松齡《聊齋誌異·胭脂》：

「生感其眷戀之情，愛慕殊切。」魯迅《準風月談·「推」的餘談》：「我並非眷戀過去，不過說，現在『推』的工作已經加緊，範圍也擴大了罷了。」2. 指依戀或懷戀之情。《醒世恒言·鄭節使立功神臂弓》：「仙子道：『丈夫，但從此出去，便是大路。前程萬里，保重！保重！。』鄭信方欲眷戀，忽然就腳下起陣狂風，風定後已不見了仙子。」魯迅《古籍序跋集·〈唐宋傳奇集〉序例》：「惜《夜怪錄》尚題王洙，《靈應傳》未刪於逖，蓋於故舊，猶存眷戀。」梁斌《紅旗譜》四七：「晚上他對家鄉的河流、樹木，懷著深沉的眷戀，在北操場上站崗。」3. 指舊詩的一種風格。五代齊己《風騷旨格》：「二十三曰睠戀。詩云：『欲起遊方興，重來繞塔行。』」

　　《漢語大詞典》亦認為「眷戀」為六朝時語。其第一個義項與《辭源》同，但所舉最早用例不是束皙的《補亡詩·南陔》而是曹植《懷親賦》，這是其長於《辭源》之處。檢索《四庫全書》，「眷戀」的最早用例確為曹植《懷親賦》。只是《漢語大詞典》第二個義項的舉例還是需要斟酌。既然指「依戀或懷戀之情」，那麼舉《醒世恒言》的例子就不恰當，在「鄭信方欲眷戀」一句中，「眷戀」明顯是做動詞用，應該是一種纏綿的姿態，或者是表達依戀或不捨的情緒等動作。至於《漢語大詞典》的第三個義項，是否可以作為釋義的義項也需要考慮。事實上，齊己《風騷旨格》只是表達自己對於古代詩歌的認識。作者認為舊詩都是有旨有格的。所以他就把詩的旨和格進行了劃分，用我們今天的話說，詩旨就相當於主題思想，而詩格則是指表現形式，而每一句詩也都是通過具體的表現形式來表現不同的意境。所以，作者按照詩句表達意境的不同，劃分出各種類別，「睠戀」即所謂「詩有四十門」的第二十三門，而「欲起遊方興，重來繞塔行」兩句詩就是對「睠戀」門特徵的直接詮釋。其實就是說詩歌可以表現出「眷戀」的情緒，何為眷戀的情緒？就像這兩句詩所描述的狀態一樣：想要離開卻又難捨，因為遊興正濃，所以就重新繞塔觀賞一番。這樣看來，齊己只是說詩歌可以表達出「眷戀」的情緒，並不能說這就是舊詩的一種風格，所以，作為詞典工具書來說，將此作為一個專門的義項欠妥。

庭闈

　　《辭源》釋「庭闈」云：

《文選》晉廣微（晳）《補亡詩·南陔》「眷戀庭闈，心不遑安。」注：「庭闈，親之所居。」後借指父母。唐杜甫《杜工部詩史補遺》二《送韓十四江東覲省》：「我已無家尋弟妹，君今何處訪庭闈？」《漢語大詞典》云：

【庭闈】內舍。多指父母居住處。《文選·束晳〈補亡〉詩》：「眷戀庭闈，心不遑安。」李善注：「庭闈，親之所居。」唐張九齡《酬宋使君見詒》詩：「庭闈際海曲，軺傳荷天慈。」清劉大櫆《少宰尹公行志》：「公少而卓犖多才，遵太夫人朝夕庭闈之訓，言動皆必以禮。」因用以稱父母。唐杜甫《送韓十四江東省觀》詩：「我已無家尋弟妹，君今何處訪庭闈？」宋王安石《憶昨詩示諸外弟》：「刻章琢句獻天子，釣取薄祿歡庭闈。」

從二工具書所釋來看，「**庭闈**」為六朝時語。檢索《四庫全書》證明結論是對的。束晳此例確為「**庭闈**」的最早用例，而後世遂得以廣泛使用。且含義亦無更多改變。

謝靈運《述祖德詩》

中原

謝靈運《述祖德詩二首》之二：「中原昔喪亂，喪亂豈解已。」李善曰：「《晉中興書》曰：『中原亂，中宗初鎮江東。』中原，謂洛陽也。晉懷、愍帝時，有石勒、劉聰等賊破洛陽，懷帝沒於平陽。」

「中原」詞語產生較早，《辭源》釋義比較全面，現引錄於下：

（一）平原，原野。《詩·小雅·小宛》：「中原有菽。」《左傳·僖二三年》：「晉楚治兵，遇於中原，其辟君三舍。」（二）地域名。狹義的中原，指今河南一帶。廣義的中原，指黃河中下游地區或整個黃河流域。《文選·三國蜀諸葛孔明（亮）〈出師表〉》：「今南方已定，兵甲已足，當獎帥三軍，北定中原。」唐《溫庭筠詩集》四《過五丈原》：「下國臥龍空寤主，中原逐鹿不由人。」逐，一作「得」。（三）內地。別於邊境地區而言。《孫子·作戰》：「力屈財殫，中原內虛。」

從《辭源》所列的三個義項來看，（一）和（三）是較早就有的義項，而第㈡義項則是六朝以後才產生的。這與六朝時期以洛陽為中心的黃河流域的地理位置有直接關係。

《史記‧周本紀》云：「成王在豐，使召公復營洛邑，如武王之意。周公復卜，申視，卒營築，居九鼎焉。曰：此天下之中，四方入貢，道里均。」當時的「洛邑」故址即在洛陽。因此洛陽自古就有「天下之中」的美稱。早有東周在此定都，後來魏晉六朝先後有東漢、曹魏、西晉、北魏共三百多年均在洛陽定都。洛陽這種特殊的地理位置，也決定了當時「中原」的詞語特殊含義。《文選》的幾個用例，不僅證明了這個結論，也為我們瞭解那個時期的歷史提供了依據。

見於《文選》之「中原」尚有二例：

（1）諸葛孔明《出師表》：「今南方已定，兵甲已足，當將帥三軍，北定中原。」張銑曰：「諸侯三軍也。中原，謂魏也。」

（2）丘希範《與陳伯之書一首》：「北虜僭盜中原，多歷年所。惡積禍盈，理至燋爛。」李善曰：「魏收《後魏書》：太祖道武，諱珪，改稱魏王，都平城；孝文皇帝諱宏，自平城遷都洛陽。」

六朝時代，河南洛陽一帶是英雄逐鹿的主要戰場，這更凸顯了它在這一時期作為「天下之中」的歷史地位，以洛陽代「中原」之義也因而產生。

道情、尫、神理

「拯溺由道情，尫暴資神理。」李善注曰：「拯，濟也。溺，沒也。《孟子》天下溺，則援之以道。《莊子》曰：道有情有信。曹植《武帝誄》曰：人事既關，聰鏡神理。」呂向注曰：「尫，勝也。言拯橫流之溺，由懷道情勝暴靜亂，資神妙之理。」意為：拯救溺亡要依靠道情，平定暴亂則憑藉神理。

「道情」也就是道，道有情有信，故可譯為道義、情理、信義等。

「神理」，呂向釋為「神妙之理」，即神思妙理。陳宏天等譯為「明智如神的見識」〔註1〕是對的。謝靈運追述祖先的功德，這兩句是讚美自己祖父謝玄能夠在東晉王朝危難之時憑藉自己的才幹戰勝苻堅入侵的事蹟，故說謝玄講信義、有見識，因而能戰勝敵人取得勝利。《文選》中另有兩個「神理」用例，

〔註1〕陳宏天等：《昭明文選譯注》第三冊，吉林文史出版社，1992年版，第19頁。

含義則不盡相同。如謝靈運《從遊京口北固應詔》云：「玉璽戒誠信，黃屋示崇高。事為名教用，道以**神理**超。」張銑注曰：「上二事，蓋為名教而用之。至於大道化人，在神理超遠而已。」意為：皇帝以玉璽警戒誠信，以黃屋顯示地位的崇高。這種情形被名教用於正名所採用，而其中蘊含的大道則憑其神妙的內涵而超然深遠。這個「**神理**」就不能理解為人的見識怎麼樣，而是指神奇的道理、奇妙的內涵等意義。另，王元長《三月三日曲水詩序》云：「設**神理**以景俗，敷文化以柔遠。」李善注曰：「**神理**，猶神道也。《周易》曰：聖人以神道設教，而天下服。劉義恭《丹徒宮集》曰：昭化景俗，玄教凝神。《廣雅》曰：景，焖也。《尚書》曰：帝乃誕敷文德。《錄圖》曰：女聞偃兵建文化。《尚書》曰：柔遠能邇。」張銑注曰：「景，光。敷，布。柔，安也。」意為：設立神奇的大道來照亮世俗，施行文德教化來安撫邊遠地區的人們。這個神奇的大道當指符合統治階級理想要求的治國之道以及相應的事理和規律。可見，「**神理**」一詞在六朝時至少有上述三個常用意義。

「**龕**」，呂向釋為「勝」，即戰勝敵人。因為「**龕**」與「戡」音同，故可通假。「戡」有平定義，「戡亂」即平定叛亂，故「**龕**暴」即平定暴亂。《文選》中以「**龕**」作「平定」解的用例尚有如下幾條：

（1）謝玄暉《和伏武昌登孫權故城》：「北拒溺驂鑣，西**龕**（五臣本作『戡』）牧組練。」李善注曰：「北拒，謂禦曹操。西**龕**，謂敗劉備也。」劉良注曰：「吳北拒江淮，故溺驂鑣而難度。此所以隔限中國也。驂，馬。鑣，轡也。吳西伐楚戰勝，收其組練三千。組、練，皆甲也。戡，勝也。」

（2）劉孝標《辯命論》：「而或者覩湯武之龍躍，謂**龕**（五臣本作『戡』）亂在神功。」

（3）王仲寶《褚淵碑文》：「廢昏繼統之功，**龕**（五臣本作『戡』）亂寧民之德。」劉良注曰：「廢昏，廢少帝也。繼統，謂立順帝也。戡，勝。寧，安也。」

（4）沈休文《齊故安陸昭王碑文》：「**龕**世拯亂之情。」李善注曰：「《廣雅》曰：**龕**，取也。枯耽切。」呂向注曰：「**龕**，勝也。」

則「**龕**」在六朝以作「平定」義解更為常用。

應休璉《百一詩》

誣

「下流不可處，君子慎厥初。名高不宿著，易用受侵誣。」李善注曰：「《論語》曰：紂之不善，不如是之甚也。是以君子惡居下流，天下之惡皆歸焉。《尚書》仲虺曰：慎厥終，惟其始。《韓子》曰：說之以名高。《史記》曰：灌夫亦得竇嬰通列侯宗室為名高。《三畧》曰：侵誣下民，國內喧嘩。」李周翰注曰：「璩自恨居下流也。」呂延濟注曰「宿，久也。誣，猶欺也。」意為：下流之地不可以安處，所以君子對自己最初的選擇總是很謹慎。名聲再高也不會永久都顯著，反而會因此受到傷害和侮辱。這個「誣」應該是受侮辱、受欺負的意思。見於《文選》六朝的「誣」字用例尚有如下數條：

（1）謝靈運《擬魏太子鄴中集八首序》：「不誣方將庶必賢於今日爾。」張銑注曰：「我所述不作誣詆，庶使後代以我今日為賢矣。」張銑釋「誣」為誣詆，即虛假、虛妄不實或欺騙的意思。意為：我所說的話絕對不是虛妄不實的假話，後代一定會認為我今日所說的是對的。則「誣」有虛假、虛妄不實或欺騙的意思。

（2）陸士衡《謝平原內史表》：「而橫為故齊王冏所見枉陷，誣臣與眾人共作禪文。」李善注曰：「王隱《晉書》曰：齊王冏，字景治。趙王倫篡位，冏舉兵討倫，臨陳斬之。禪文，倫受禪之文。」李周翰注曰：「枉，曲。誣，加也。禪文，謂禪位之文。」意為：卻無端地被原齊王冏所冤枉陷害，誣陷我與其他人共同為趙王倫作受禪之文。「誣」，即誣陷的意思。

（3）魏文帝《與吳質書》：「後生可畏，來者難誣。恐吾與足下不及見也。」李善注曰：「《論語》子曰：後生可畏，焉知來者之不如今。」劉良注曰：「言後生文章亦有可畏而難欺，安知不如今者？恐我與季重老矣，不及見來者之文也。來者，亦後生也。」劉良所釋已經非常清楚，則「誣」為欺騙、欺瞞之意。

（4）杜元凱《春秋左氏傳序》：「又引經以至仲尼卒，亦又近誣。」呂向注曰：「誣，虛也。」意為：又將經文延長到孔子死後，也是近於虛妄之說。「誣」為虛妄不實之意。

（5）皇甫士安《三都賦序》：「體國經制，可得按記而驗，豈誣也哉？」李善注曰：「《周禮》曰：惟王建國，體國經野。鄭玄曰：體，猶分也。」張銑注

曰：「按，憑也。誣，虛也。」陳宏天等譯為：「京城的規模體制，郊野的河渠劃分，可按方志記載驗證，這難道是無稽之談嗎？」〔註2〕「誣」亦為虛妄不實之意。

（6）范蔚宗《宦者傳論》：「因復大考鉤黨，轉相誣染。」意為：接著還會大肆考問、追查同黨之人。致使人們互相誣陷、誹謗。「誣」為誣陷、陷害。

（7）嵇叔夜《養生論》：「夫為稼於湯世，偏有一溉之功者，雖終歸於燋爛，必一溉者後枯。然則一溉之益，固不可誣也。」李善注曰：「言種穀於湯之世，值七年之旱，終歸是死。而彼一溉之苗，則在後枯。亦猶人處於俗，同皆有死。能攝生者則後終也。孫卿子曰：禹十年水，湯七年旱。《說文》曰：溉，灌之也。」呂延濟注曰：「殷湯大旱七年，若種稼於其世，偏有一水之功者，雖終見燋爛，然此苗必得一灌之潤而後枯死。亦猶今養生，雖終歸於死，必得一養之益也。溉，灌也。」劉良注曰：「誣，輕也。」諸家之注意義甚明，不需贅述。則此「誣」意為輕視、忽視、抹殺的意思。此義當為六朝產生的新義。如劉義慶《世說新語·文學》：「簡文云：『然陶練之功尚不可誣。』」意為陶冶的功效還是不可以抹殺或忽視的。

《文選》所存上述「誣」之諸義項均為六朝習用義，在當時文人集中常見。檢索《四庫全書》可以證明。

郭景純《遊仙詩》

道士

郭景純《遊仙詩》七首之二：「青溪千餘仞，中有一道士。雲生梁棟間，風出窗戶裏。借問此何誰，云是鬼谷子。」李善注曰：「庾仲雍《荊州記》曰：臨沮縣有青溪山，山東有泉，泉側有道士精舍。郭景純嘗作臨沮縣，故遊仙詩嗟青溪之美。」呂向注曰：「青溪，山名。道士，有道者。」李善注引「鬼谷子」曰：「《史記》曰：蘇秦東師事於齊，而習於鬼谷先生。徐廣曰：潁川陽城有鬼谷。《鬼谷子》序曰：周時有豪士隱於鬼谷者，自號鬼谷子。言其自遠也。然鬼谷之名，隱者通號也。」張銑曰：「蘇秦學於鬼谷子，今所言者，璞假稱。」則郭璞所謂之「道士」是指像鬼谷子一樣的隱者，也是修道養生之人。

〔註2〕陳宏天等：《昭明文選譯注》第五冊，吉林文史出版社，1994年版，第973頁。

「道士」作為詞語，見於《文選》中還有二例：

（1）沈休文《遊沈道士館》。李周翰注曰：「休文游道士沈恭館。」這個「道士」顯然與上文不同，已經是以道士為名了，應該是指道教徒。

（2）嵇叔夜《與山巨源絕交書》：「又聞道士遺言，餌術黃精，令人久壽，意甚信之。」李善注曰：「《蒼頡篇》曰：餌，食也。《本草經》曰：術黃精，久服輕身延年。」呂延濟注曰：「道士，謂得道之士也。餌，食也。術黃精，藥名也。」此「道士」當指煉丹服藥的修道養生之人。

然「道士」一詞，其實是有一個發展演變的過程。《漢語大詞典》所釋甚詳，現引錄於下，可為參照：

> 【道士】1. 有道之士，道德品質高尚的人。漢・董仲舒《春秋繁露・循天之道》：「古之道士有言曰：『將欲無陵，固守一德。』」漢劉向《新序・節士》：「介子推曰：『推聞君子之道，謁而得位，道士不居也，爭而得財，廉士不受也。』」《後漢書・第五倫傳》：「〔第五倫〕遂將家屬客河東，變名姓，自稱王伯齊，載鹽往來太原、上黨，所過輒為糞除而去，陌上號為道士，親友故人莫知其處。」2. 煉丹服藥、修道求仙之士。《漢書・王莽傳下》：「衛將軍王涉素養道士西門君惠。君惠好天文讖記。」晉郭璞《遊仙詩》之二：「青溪千餘仞，中有一道士。雲生梁棟間，風出窗戶裏。借問此何誰，云是鬼谷子。」唐韓愈《殿中侍御史李君墓誌銘》：「君昆弟六人，先君而歿者四人。其一人嘗為鄭之滎澤尉，信道士長生不死之說。既去官，絕不營人事。」清和邦額《夜譚隨錄・潘爛頭》：「潘爛頭，不知何許人，為道士於京江，有異術。」3. 道教徒。《梁書・沈約傳》：「〔沈約〕乃呼道士奏赤章於天，稱禪代之事，不由己出。」《資治通鑒・梁敬帝紹泰元年》：「齊主還鄴，以佛、道二教不同，欲去其一，集二家論難於前，遂敕道士。

張茂先《勵志詩》

荏苒

「日歟月歟，荏苒代謝。」呂延濟注：「夏盡秋來，故曰代；秋來夏退，故曰謝。荏苒，猶漸進也。言日月相推漸進，至此代謝也。」

《辭源》釋「荏苒」：

　　①漸進，推移，多指時間而言。《文選》晉張茂先（華）《勵志詩》：「日與月與，荏苒代謝。」晉陶潛《陶淵明集》四《雜詩》之十：「荏苒經十載，暫為人所羈。」②柔弱貌。《藝文類聚》六九晉傅咸《羽扇賦》：「體荏苒以輕弱，俟縞素於齊魯。」

《漢語大詞典》【荏苒】釋文較長，故僅錄各義項與所舉首例於下：

　　1. （時間）漸漸過去。常形容時光易逝。漢丁廙妻《寡婦賦》：「時荏苒而不留，將遷靈以大行。」晉陶潛《雜詩》之五：「荏苒歲月頹，此心稍已去。」（餘例略）2. 蹉跎，拖延時間。唐劉知幾《史通·古今正史》：「隋文帝嘗索梁陳事蹟，察具以所成每篇續奏，而依違荏苒，竟不絕筆。」唐王維《責躬薦弟表》：「貪冒官榮，荏苒歲月。」（餘例略）3. 輾轉遷徙。唐杜甫《宿府》詩：「風塵荏苒音書絕，關塞蕭條行路難。」（餘例略）4. 形容愁苦連綿不絕。宋張炎《解連環·孤雁》詞：「誰念旅愁荏苒，謾長門夜悄，錦箏彈怨。」（餘例略）5. 柔弱。晉傅咸《羽扇賦》：「體荏苒以輕弱，俟縞素於齊魯。」（餘例略）參見「荏染」。

　　由於二工具書在編排體例上有差異，《辭源》重在探索語源而《漢語大詞典》重在探求語義，所以《辭源》僅列兩個義項，《漢語大詞典》則列出「荏苒」的五個義項。《辭源》所列的兩個義項與《漢語大詞典》的第一和第五義項相應。故從二書的釋義可以看出，它們都認為「荏苒」是六朝產生的新詞。只不過關於語源用例，二者有區別。《辭源》認為最早出於張華《勵志詩》，而《漢語大詞典》認為是漢（三國魏）丁廙妻《寡婦賦》。至於《漢語大詞典》所列的其他義項，應該都是其第一個義項即表示時光逐漸流逝義的引申義。

　　檢索《四庫全書》所存「荏苒」用例，證實，確以三國魏丁廙妻《寡婦賦》為最早，見於唐歐陽詢《藝文類聚》卷三十四。則《漢語大詞典》關於「荏苒」語源的確定較《辭源》為優。

　　「荏苒」於《文選》中還有 3 例：

　　（1）潘安仁《悼亡詩》：「荏苒冬春謝，寒暑忽流易。」李善注：「荏苒，猶漸也。冉冉，歲月流貌也。王逸《楚辭注》曰：『謝，去也。』《列子》曰：『寒暑易節。』」劉良注：「荏苒，漸盡貌。謝，去。忽，疾。易，改也。」

（2）謝宣遠《於安城答靈運》：「履運傷荏苒，遵塗歎緬邈。」劉良注：「荏苒，流易也。緬邈，長遠也。所履之運流易，遵常之道長遠也。」

（3）江文通《雜體詩三十首》中《左記室思》：「百年信荏苒，何用（五臣作「為」）苦心魂。」呂延濟注：「荏苒，少時也。言人百年如少時之間，何苦心魂，自為淪隱。」

（1）、（2）兩個用例中的「荏苒」都有時間逐漸逝去的意思，如李善所謂的「漸也」，劉良所謂「漸盡貌」、「流易也」。而例（3）呂延濟釋為「少時也」，似乎更貼近詩的意境，「百年信荏苒」，理解為百年的時間也確實是逐漸就會過去了，當然不錯。但是因為此「荏苒」受「信」修飾，從語義來看，理解為時間很短暫似乎更準確。意為：百年時間也確實是很短的。則「荏苒」由時間漸漸流逝引申為時間很短暫。

曹子建《上責躬應詔詩表及責躬詩》

披攘

「朱旗所拂，九土披攘。」呂向注：「披攘，猶披靡也。」《辭源》釋為「屈服，倒伏」，《漢語大詞典》釋為「披靡」，義無別。查《四庫全書》，「披攘」用例首開曹植，後得以廣泛應用，均以表示屈服之意。

潘安仁《關中詩》

棊跱

「惟系惟處，別營棊跱。」李善注：「謝承《後漢書》曰：『西夷蠢動，奸雄棊跱。』」呂向注：「跱，立也。言營壘如棊之跱立。」

《漢語大詞典》作「棋跱」，釋云：

【棋跱】同「棋峙」。亦作「棊跱」。

《三國志·吳志·陸遜傳》：「方今英雄棊跱，豺狼望闕，克敵寧亂，未眾不濟。」晉潘岳《關中詩》：「誰其繼之，夏侯卿士，惟系惟處，列營棊跱。」《資治通鑒·魏明帝景初元年》：「宜防鷹揚之臣於蕭牆之內；可選諸王，使君國典兵，往往棋跱，鎮撫皇畿，翼亮帝室。」

《辭源》作「棋峙」，釋云：

> 謂相持之勢，如下棋時之對峙。《淮南子》漢高誘《敘》：「會遭兵災，天下棋峙。」峙，也作「跱」。《三國志》吳《陸遜傳》：「方今英雄棋跱，財狼窺望，克敵寧亂，非眾不濟。」

如上述注釋及工具書所釋，「某跱」為六朝時語，意為如棋一樣峙立。

劉公幹《公讌詩》

綺麗

「投翰長歎息，**綺麗**不可忘。」「綺麗」一詞，李善與五臣均未加注。然而該詞確為六朝時語，而《辭源》未收，《漢語大詞典》收錄「**綺麗**」一詞，釋曰：

> 【綺麗】1. 華美豔麗；鮮明美麗。三國魏曹丕《善哉行》之一：「感心動耳，綺麗難忘。」唐沈既濟《枕中記》：「性頗奢蕩，甚好佚樂，後庭聲色，皆第一綺麗。」清李漁《憐香伴·齋訪》：「俗尚繁華，綺麗成風。」峻青《秋色賦·海濱仲夏夜》：「說到風景，它雖沒有特別令人觸目的綺麗景色，但在平凡中卻顯示出偉大。」2. 形容辭藻華麗。漢劉禎《公讌》詩：「投翰長歎息，綺麗不可忘。」唐李白《古風》之一：「自從建安來，綺麗不足珍。」清袁于令《西樓記·庭潛》：「須是禁他做綺麗詞。」朱光潛《文藝雜談·談書牘》：「唐朝古文運動是對六朝綺麗的一種反動。」

《漢語大詞典》所列「綺麗」兩個義項的語源用例均出自六朝，說明該詞語是六朝時語。考之《四庫全書》，「綺麗」之最早用例亦為劉禎《公讌》詩，再無更早。可以證明《漢語大詞典》以「綺麗」為六朝時語的觀點是正確的。

謝宣遠《九日從宋公戲馬臺集送孔令詩》

素養

「逝矣將歸客，**養素**克有終。」李善注：「歸客，謂靖也。嵇康《幽憤詩》曰：養素全真。王隱《晉書》曰：周馥教曰：糸軍杜夷，優游養素。《周易》曰：謙，亨，君子有終吉。班固《漢書述》曰：疏克有終，散金娛老。」劉良注：「逝，往也。歸客，孔令也。言能養淳素以終事。」謝瞻此二句詩謂：孔

靖辭去尚書令之官即將遠去歸鄉，是能善始善終修養並保持自己素樸的本性。「養素」即修養素樸的本性。除此例外，《文選》中「養素」尚有二例：

（1）嵇叔夜《幽憤詩》：「志在守樸，**養素**全真。」李善曰：「《老子》曰：見素抱樸，少私寡欲。河上公曰：抱，守也。薛宗《東京賦》注曰：樸，質也。《莊子》盜跖謂孔子曰：子之道，非可以全真者也。又曰：真者，精誠之志也。」張銑曰：「守樸，守其實樸。**養素**全真，謂養其質以全真性。」嵇康此二句詩上下意同即涵養自己的本真之性，追求素樸的本質。

（2）任彥昇《為蕭揚州作薦士表》：「**養素**丘園，臺階虛位。」李善曰：「謝宣遠《送孔令》詩曰：逝矣將歸客，**養素**克有終。」李周翰曰：「素，樸也。臺，三臺星，主三公也。言此人守樸丘園，則虛三公之位。」任昉代始安王蕭遙光舉薦瑯琊王暕，盛讚他的德行人品，因而說如果讓這個人繼續在丘園修身養性，就會使尚書臺這樣的重要部門形同虛設了。

「養素」為魏晉時期出現的新詞，證之《四庫全書》，最早用例即為嵇康此詩之例。《辭源》、《漢語大詞典》均收。

曹子建《送應氏詩二首》

頓擗

「垣牆皆**頓擗**，荊棘上參天。」張銑注：「**頓擗**，崩倒也。」

「**頓擗**」《辭源》未收，《漢語大詞典》解釋為「崩倒；倒塌」之義。所舉用例即為曹植此例。

檢索《四庫全書》，其中除曹植此篇外，只有兩個不同的用例，分別列舉如下：

（1）明宋濂《文憲集》卷六，《葛孝子詩序》：「出遊於外，獲味頗珍，必持以遺母，己不敢先嘗。醉而歸，母不悅，以嗔，輒戒不飲。非尊者賜，未嘗染唇。母以壽終，哀號**頓擗**，治塋與祭必傅於禮。」

（2）明王紳《繼志齋集》卷八，《安節軒記》：「事有不齊，或摧挫而**頓擗**，或鰥寡而顛沛。」

則，「**頓擗**」為六朝時語，且詞義在後世亦有了新的變化，曹植以之形容墻垣崩塌之態，而後世則以之形容人在極度傷痛或困難的情況下身體或精神幾乎崩潰的狀態。

王仲宣《詠史詩》

空爾為

「秦穆殺三良，惜哉空爾為。」李善注：「《左氏傳》曰：秦伯任好卒，以子車氏三子：奄息、仲行、鍼虎為殉，皆秦之良也。毛萇詩傳曰：三良，三善。臣賈逵《國語注》曰：惜，痛也。鄭玄《禮記注》曰：爾，語助也。濟曰：殉無益，徒彰非禮。故云『空爾為』。」則「空爾為」即徒勞無益之義。

或許這是一個很典型的六朝時慣用語，被王燦用於詩歌中以後才得以保存。因此，在六朝以後文獻中亦多有出現。宋代任廣《書敘指南》卷二十，《雜備稱用下》云：「事無濟曰空爾為。」即做事徒勞無功即云「空爾為」。

鮑明遠《行藥至城東橋》

《文選》卷二十二，鮑明遠五言詩《行藥至城東橋》云：

> 雞鳴關吏起，伐鼓早通晨。嚴車臨迴陌，延瞰歷城闉。蔓草緣高隅，修楊夾廣津。迅風首旦發，平路塞飛塵。擾擾遊宦子，營營市井人。懷金近從利，撫劍遠辭親。爭先萬里塗，各事百年身。開芳及稚節，含采各驚春。尊賢永照灼，孤賤長隱淪。容華坐消歇，端為誰苦辛。

行藥

劉良注曰：「昭因疾服藥，行而宣導之。遂至建康城東橋，見遊宦之子而作是詩。」認為鮑照此詩是因生病而服藥，然後又需要出行來發散藥性，所以才來到了建康城東橋，因見到這裡有許多遊宦之人，而心生感慨，故作此詩。則劉良認為所謂「行藥」，是指因病服藥後出行來發散藥性。然從詩本身來看，除題目中出現「行藥」二字外，全篇所述都是早晨驅車到野外出遊時的所見、所感，再看不出有關生病的跡象。故宋末元初方回就不贊同劉良的說法，而提出了自己的解釋，其《文選顏鮑謝詩評》評價鮑照此詩云：「此亦不得志詩，『雞鳴』四句，昭自敘早行也。『行藥』有二義：晉宋間人服寒食散之類，服藥矣，而遊行以消息之。『行藥者，老杜詩『乘興還來看藥欄』，蓋行視花草藥物之義。亦通。」〔註3〕觀方回之意，認為此「行藥」可作兩種解釋，

〔註3〕《四庫全書》集部，元方回《文選顏鮑謝詩評》卷一。

而這兩種解釋在詩中都可解釋得通。其第一義認為「行藥」指晉宋間人有喜食寒食散的風氣，人們服下寒食散後需要「遊行」來發散藥性。其第二義則引杜甫作為注腳，認為是漫步觀賞花草藥物。然關於方回的第二種解釋，《四庫全書提要》早已經做出了批評，說他：「評鮑照《行藥至城東橋》詩謂『行藥』為『乘興還來看藥欄』之意，則悮引杜詩。」也就是說，方回犯了一個最不該犯的錯誤，即不該引後人之事來證前人之行。但方回所提之第一義卻是有根據的。

《世說新語·言語》：「何平叔云服五石散，非唯治病，亦覺神明開朗。」劉孝標注：「《魏畧》曰：何晏，字平叔，南陽宛人，漢大將軍進孫也。或云何苗孫也。尚主，又好色，故黃初時無所事任。正始中，曹爽用為中書，主選舉，宿舊者多得濟拔，為司馬宣王所誅，秦丞相《寒食散論》曰：寒食散之方，雖出漢代，而用之者寡，靡有傳焉。魏尚書何晏首獲神效，由是大行於世。服者相尋也。」劉孝標乃梁人，其說可信。故方回所謂寒食散又名五石散，是自漢代以來流傳的一種養生藥方，所謂「非唯治病，亦覺神明開朗」。故自何晏開始推行，魏晉時人遂普遍流行服食這種藥，進而形成風氣。

另據北齊魏收《魏書》卷六十五，《邢巒傳》載：

> 巒少而好學，負帙尋師，家貧屬節，遂博覽書傳。有文才幹略，美鬚髯，姿貌甚偉。州郡表貢，拜中書博士，遷員外散騎侍郎。為高祖所知賞，兼員外散騎常侍。使於蕭賾，還拜通直郎，轉中書侍郎，甚見顧遇。常參座席。高祖因行藥，至司空府南，見巒宅，遣使謂巒曰：「朝行藥至此，見卿宅乃住，東望德館，情有依然。」巒對曰：「陛下移構中京，方建無窮之業，臣意在與魏升降，寧容不務永年之宅？」

此段記載中，高祖因「朝行藥」而至「司空府南」，見到邢巒宅，並與邢巒發生了一段對話。從對話中也可以分辨出，「行藥」絕不是高祖因生病服藥而出行，否則，在君臣對話言談中一定會有反映。故此「行藥」就當是指服五石散後的行藥，不是生病服藥後的行藥。

綜上，方回釋鮑照的「行藥」為服食寒食散後的遊行發散是可以成立的。

而今人對於鮑照「行藥」的解釋則沿襲了前人的分歧。如《辭源》認為鮑照此詩之「行藥」是指「古人在服五石散等藥後，漫步以散發藥性」。而《漢語

大詞典》雖然也承認魏晉南北朝時期士大夫有喜食五石散養生的風氣，且稱服藥後漫步以散發藥性為「行藥」，但是具體涉及到鮑照此詩，則仍然取劉良說，認為是鮑照生病服藥後的漫步以散發藥性。這顯然是犯了盲從之病。從《四庫全書》所存資料來看，因生病服藥以後漫步散發藥性也稱為「行藥」的用例，多出自唐以後的文獻，大概是服五石散後行藥的引申義。

市井人

李善於「市井人」注曰：「《莊子》仲尼曰：商賈旦於市井，以求其贏。」即以「市井人」代指商賈，呂延濟注曰：「言遊宦子同於市井之人，擾擾營營皆馳逐貌。」至於市井之人究竟指哪些人則沒有明說。檢索《四庫全書》，「市井人」的詞語用例以鮑照此例最早。《辭源》未收，《漢語大詞典》釋曰：

> 【市井人】1. 指商賈。南朝宋鮑照《行藥至城東橋》詩：「擾擾遊宦子，營營市井人。」宋陸游《村居書事》詩：「修身世世詩書業，營利明明市井人。」2. 指城市中的流俗之人。宋曾季貍《艇齋詩畫》：「呂東萊聞之，笑曰：『此只如市井人歡喜之詞。』」

因為商賈總是在市井中活動，而被稱為「市井人」。同樣生活於市井中的其他人也可以稱為「市井人」，故《漢語大詞典》中的第二義「指城市中的流俗之人」應該是在表示商賈意義上的引申義。

嵇叔夜《幽憤詩》

姐

嵇康在《幽憤詩》中陳述自己的身世云：「母兄鞠育，有慈無威。恃愛肆姐，不訓不師。」李善注曰：「嵇氏譜曰：康兄喜，字公穆。歷徐揚州刺史，太僕宗正卿。母孫氏。毛萇《詩傳》曰：鞠，養也。《毛詩》曰：父兮生我，母兮鞠我。賈逵《國語》注曰：肆，恣也。《說文》曰：姐，嬌也。嬌與姐同耳。」李周翰注曰：「肆，縱。姐，嬌也。恃母兄之慈，縱而成嬌，不垂訓教，不立師傅。」通過李善、李周翰的注釋，這幾句詩意就非常簡單明瞭，容易理解了。然而其中涉及到的「姐」字，有必要進行辨析。

「姐」字於《文選》共有兩個用例，除上例外，另一例為繁休伯《與魏文帝箋》。原文云：「自左駬、史妠、謇姐名倡。」李善注曰：「《魏志》曰：文帝

令杜夔與左騠等於賓客之中吹笙鼓琴。然其史妠、謇姐，蓋亦當時之樂人。《說文》曰：嫭字或作姐，古字假借也。姐，子也切。」呂向注：「左騠、史妠、謇姐，皆樂人名。倡，樂也。」意為：自從左騠、史妠、謇姐等在歌舞藝人中知名以來。

則《文選》之「姐」字二例，亦分別代表了該字在魏晉時期就已經具有的兩個義項：一為「嫭」之假借字，意與「嬌」同。《說文·女部》：「嫭，嬌也。從女，盧聲。」段玉裁注改「嬌」為「驕」，並注云：「驕，俗本作嬌……古無嬌字，凡云嬌，即驕也。」「姐」字的另一個含義就是可以作為人名用字。從字形來看，史妠、謇姐名字中的「妠」、「姐」均從女旁，應該是女性的歌舞妓。黃侃《文選平點》說是男子名〔註4〕，不知何據。

《說文·女部》：「姐，蜀謂母曰姐。淮南謂之社。從女，且聲。」《廣雅·釋親》：「媓、妣、馳、嬋、嬭、媼、姐，母也。娟、孟，姊也。」從當時字書來看，漢魏之際「姐」字還沒有表示對同輩中比自己年長女性的稱呼這個含義。表示這個含義的詞語當時只有娟、孟或姊。宋吳曾《能改齋漫錄》卷二亦云：「婦女稱姐。婦女以姐為稱。《說文》曰：嫭字或作姐，古字假借也，子也切。近世多以女兄為姐，蓋尊之也。按魏繁欽《與文帝箋》曰：自左騠、史妠、謇姐名倡。《魏志》曰：文帝令杜夔與左騠等於賓客之中吹笙鼓琴。李善注云：其史妠、謇姐，蓋亦當時之樂人。以是知婦之稱姐，漢魏已然矣。」依吳曾所言，以「姐」字表示對同輩中比自己年長女性的稱呼，是魏晉以後的事情，是對姐姐的尊稱。

頑疎

「匪降自天，寔由頑疎。」劉良曰：「匪，非。降，下。寔，實也。言此罪累，非下自天，實由我頑疎之性所致也。」李善對於「頑疎」沒有出注，劉良則認為「頑疎」表示人的品性，至於究竟是什麼樣的品性，雖然沒有明說，但是肯定不會是好的品性。因為這種品性正是罪累的根源。

檢索《四庫全書》，嵇康《幽憤詩》此例最早。此前再無「頑疎」的用例，而此後的文獻中才逐漸多起來，基本上都是用來描述人的品性。《辭源》未收，《漢語大詞典》釋義如下：

〔註4〕說見陳宏天等：《昭明文選譯注》第五冊，吉林文史出版社，1994年版，第460頁。

【頑疏】亦作「頑疎」。

　　1. 愚鈍而懶散。三國魏嵇康《幽憤詩》:「諮予不淑，嬰累多虞。匪降自天，實由頑疎。」南朝梁陶弘景《冥通記》卷二:「謬荷靈啟，垂授真法，但肉人頑疎，修行多替。」唐劉長卿《酬包諫議佶見寄之什》詩:「佐郡愧頑疏，殊方親里閭。」宋王安石《答林中舍啟》之二:「敢圖風誼，遠損書辭，仰衝存愛之隆，實重頑疏之過。」2. 愚鈍而懶散者。多用作自謙之辭。唐白居易《常樂里閒居偶題十六韻》:「三旬兩入省，因得養頑疏。」

　　《漢語大詞典》的解釋基本上反映了「頑疎」詞語的發展脈絡，唐代以後「疎」多做「疏」。

潘安仁《悼亡詩》

庶幾

　　潘安仁《悼亡詩》其一云:「寢息何時忘，沉憂日盈積。庶幾有時衰，莊缶猶可擊。」李善注:「郭璞《爾雅》注曰:『庶幾，儌幸也。』莊子妻死，惠子弔之，則方箕踞鼓盆。惠子曰:『與人居長，子老身死，不哭亦足矣，又鼓盆而歌，不已甚乎？』莊子曰:『不然。是其始死也，我獨何能無慨？察其始而本無生，非徒無生，而本無形，非徒無形，而本無氣。人且偃然寢於巨室，而我嗷嗷然隨而哭之，自以為不通乎命，故止。』」李周翰注曰:「故安仁庶幾於情知有時衰，故云莊缶可擊。方器曰缶。」四句詩意為:妻子去世的傷痛時刻不忘，而且一天天加深。很希望有時候這種哀愁能夠減少，那麼自己就可以效法莊子擊缶而歌了。

　　「庶幾」是希望的意思。李善引郭璞《爾雅注》以「儌幸」作解是對的。《莊子‧在宥》:「此以人之國僥倖也。」陸德明《釋文》:「僥倖，求利不止之貌。」「僥倖」也作「儌幸」，正為渴望得到、希望等意義。《文選》所存「庶幾」之用例多為此義。時代最早如孔安國《尚書序》:「採摭群言以立訓傳，約文申義敷暢厥旨，庶幾有補於將來。」李周翰注曰:「摭，拾。傳，解也。約，依約也。敷，布。暢，通。厥，其。旨，意也。將來，謂後之學者。」「庶幾」，此即可釋為期望。再如王仲宣《從軍詩》之四:「雖無鉛刀用，庶幾奮薄身。」李周翰注曰:「言我雖無鉛刀一割之用，庶幾奮微薄之身，願以立功事。」意

為：我雖然沒有鉛刀一割之用，但是也希望可以振奮自己微薄之軀效命。阮元瑜《為曹公作書與孫權》：「且又百姓國家之有，加懷區區，樂欲崇和，庶幾明德來見昭副，不勞而定，於孤益貴。」劉良注曰：「言加意區區然，以憂百姓。庶幾，猶慎望。明德，謂孫權。言我冀君來，昭然為副貳，言不勞兵馬而得君來，是於孤更益莊也。」「庶幾」，亦為期望。曹子建《與楊德祖書》：「吾雖薄德，位為蕃侯，猶庶幾勠力上國，流惠下民，建永世之業，流金石之功。」「庶幾」，為期望、希望、願意。張茂先《答何劭》：「衰夕近辱殆，庶幾並懸輿。」李善注：「王逸《楚辭注》曰：夕以喻衰，言日夕將暮，已已衰老也。《老子》曰：知足不辱，知止不殆。《漢書》曰：薛廣德乞骸骨，賜安車駟馬。懸其安車，傳子傳孫也。」李周翰注曰「衰暮之年，近於危辱之事，將欲庶幾以就懸車，致仕之道也。輿，車也。」是說自己臨近衰暮之年還不知足、不知止，還企望能夠和老朋友一同獲得薛廣德那樣懸其安車的殊榮。「庶幾」亦為期望、希望意。

　　「庶幾」於《文選》中的另一義項表示差不多、接近、達到等意義，有時作副詞，有時作動詞。如班孟堅《幽通賦》：「聿中和為庶幾兮，顏與冉又不得。」李善注：「曹大家曰：聿，惟也。顏，顏淵也。冉，冉伯牛也。二子居中履和，庶幾聖賢，然淵早夭，伯牛被疾，俱不得其死也。《論語》孔子：有顏回者好學，不幸短命死矣。又曰：伯牛有疾也。」張銑注：「惟以履中和為庶幾，則顏回早夭，冉伯牛被疾，俱不壽終。凡死，不壽終而死曰不得也。」據上下文意，再結合李善、五臣之注可知，班固此二句意為：顏淵、冉伯牛居中履和修為與聖賢差不多了，可是卻均不得壽終。有福禍相依之意。「庶幾」為接近、差不多的意思。《易·繫辭下》：「顏氏之子，其殆庶幾乎？」高亨注：「庶幾，近也，古成語，猶今語所謂『差不多』，讚揚之辭。」即此意也。

　　另陳孔璋《答東阿王箋》云：「此乃天然異稟，非鑽仰者所庶幾也。」李善注曰：「言天性自然受於異氣也。孔安國《尚書傳》曰：稟，受也。」張銑注曰：「顏回曰：鑽之彌堅，仰之彌高。言植之文堅而且高，鑽仰者終不可近而致之。」此「庶幾」作動詞，為達到、接近之意。吳季重《答魏太子箋》：「至於司馬長卿稱疾避事，以著書為務，則徐生庶幾焉。」劉良注曰：「言徐幹比之相如頗復近也。」「庶幾」為相近似的意思。吳季重《在元城與魏太子箋》：「賦事行刑，資於故實，抑亦懍懍有庶幾之心。」李善注曰：「《國語》樊

穆仲曰：魯侯賦事行刑，必問於遺訓而諮於故實。孔安國《尚書傳》曰：懍懍，危懼貌。」「庶幾」有努力達到、接近的意思。是說：在行政事務中能夠做到問於遺訓而諮於故實，謹慎小心也還是可以達到的。吳季重《答東阿王書》：「若追前宴，謂之未究。欲傾海為酒，並山為肴，伐竹雲夢，斬梓泗濱，然後極雅意，盡歡情，信公子之壯觀，非鄙人之所庶幾也。」「庶幾」，為達到、接近、趕得上。嵇叔夜《養生論》：「其次狐疑，雖少庶幾，莫知所由。」張銑注曰：「言狐疑之心，雖少近，不知養生之所由何如，亦未定也。」「庶幾」，為接近。

如上《文選》所存「庶幾」諸例可知，此詞自先秦時既已產生，至六朝一直沿用，差不多、接近、希望等含義是當時的主要義項。

劉公幹《贈五官中郎將》

聊且

劉公幹《贈五官中郎將四首》之一：「長夜忘歸來，聊且為大康。」李善注：「《毛詩》曰：無已大康，職思其居。」李周翰注曰：「言醉樂忘歸也。於時戎馬稍息，故云大康。康，安也。」李善與五臣於此例之「聊且」均未加注。然據上下文意，此二句詩意為：長夜歡宴忘記歸家，姑且享受一下太康氣象吧。除此例外，見於《文選》的「聊且」用例尚有如下 3 例：

（1）張平子《思玄賦》：「留瀛洲而採芝兮，聊且以乎長生。」此二句詩可譯為：姑且留在瀛洲採摘靈芝，以求能憑此獲得長生。「聊且」亦是姑且的意思。

（2）曹子建《贈徐幹》：「志士營世業，小人亦不閒。聊且夜行遊，遊彼雙闕間。」李周翰注曰：「志士，君子也。言小人各有所為，我亦聊且於此闇代，行遊朝闕之間。夜行，喻君於闇朝也。」「聊且」亦是姑且的意思。

（3）陶淵明《始作鎮軍參軍經曲阿作》：「真想初在衿，誰謂形跡拘。聊且憑化遷，終反班生廬。」李周翰注曰：「真想謂無為之事。言此事久在胸祿，誰謂形之與跡更被拘止。聊且復依憑運化之遷移，終當同班固里止仁所廬也。」

據上下文意，此 3 例中之「聊且」均亦與現代漢語中的「姑且」義同。

除《文選》諸例外，《四庫全書》所存文獻中最早用例出自晉葛洪《抱朴子外篇》卷一，云：「聊且優游以自得，安能苦形於外物哉？」「聊且」即為「姑

且」義。全句意為：姑且悠然自得逍遙遨遊，何必讓外物牽絆而勞身苦形呢？

上述用例情況表明「聊且」為六朝時語，《漢語大詞典》即以「姑且」作解是對的。然《辭源》漏收，是其弊，當補。「姑且」的常用意義是放在動詞之前，表示暫且先怎麼樣的意思，有點兒不得不如此的意味，帶有暫時做出讓步的意思。如「姑且如此」，就是暫時先這樣吧。

所歡

「所歡」顧名思義就是所喜歡的人或事。而以「所歡」直接指代心中所想的具體的某個人，或者是親密的朋友或者是情人以六朝為盛。見於《文選》的用例有四：

（1）劉公幹《贈五官中郎將》四首之三：「涕泣灑衣裳，能不懷所歡？」李善注：「涕泣，楨自謂也。」呂延濟注：「言別後思懷常日所為歡會也。」劉楨此「所歡」指曹丕而言，這是稱呼最親密的朋友。呂延濟以「所歡」為「常日所為歡會」，因為懷念平時的歡會情況而達到「涕泣灑衣裳」的程度，似為不妥。

（2）陸士衡《擬涉江採芙蓉》：「采采不盈掬，悠悠懷所歡。」李善注：「《毛詩》曰：『終朝采綠，不盈一掬。』」呂向曰：「掬，把也。言採之未及盈把，悠然懷遠人，思與之同歡也。」這兩句詩其實是化用了《毛詩‧卷耳》：「采采卷耳，不盈頃筐。」與《采綠》：「終朝采綠，不盈一掬。」鄭玄箋云：「綠，王芻也。易得之菜也。終朝採之，而不滿手，怨曠之深。憂思不專於事。」這個「所歡」仍是指所思念的人。依文義當是指情人、愛人。呂向強釋為「思與之同歡」亦不妥。

（3）陸士衡《擬青青陵上柏》：「人生當幾時，譬彼濁水瀾。戚戚多滯念，置酒宴所歡。」李善注：「言濁水之波易竭也。」李周翰曰：「濁水，謂潢潦水也。戚戚，憂也。所歡，朋友也。言人生如濁水之易竭，何多憂滯而不置酒與朋友為歡？」這個「所歡」就更加明確為「宴」的對象，所以李周翰以「朋友」釋之是對的。

（4）陸士衡《擬庭中有奇樹》「感物戀所歡，採此欲貽誰？」呂向曰：「感此春物，思戀所歡。所歡未至，採此芳草，知將貽誰。貽，遺也。」張銑謂此詩「此言友朋離索相思之情」則此「所歡」亦指朋友而言。

以上四例均出於六朝人之手。然檢索《四庫全書》，所見最早以「所歡」代指情人或具體某個人的例子則出於漢代焦贛《焦氏易林》。如卷一釋《小畜》：「夾河為婚，期至無船。淫心失望，不見所歡。」又曰「載石上山，步跌不前。顰眉之憂，不得所歡。」釋《晉》云：「引頸絕糧，與母異門。不見所歡，孰與共言。」

卷二釋《震》：「盤紆九回，行道留難。止須千丘，乃睹所歡。」

卷三釋《豐》：「亂君之門，佐鬥傷跟。營私貪祿，身為悔殘。東下泰山，見我所歡。」釋《兌》：「東方孟春，乘水載盆。懼危不安，終身所歡。」釋《否》：「隔在九山，往來勞難。心結不通，失其所歡。」

卷四釋《兌》：「嫗冠應門，與伯爭言。東家失狗，意在不存。爭亂無怠，絕吾所歡。」釋《屯》：「夾河為婚，期至無船。娃心失望，不見所歡。」釋《履》：「為季求婦，家在東海。水長無舡，不見所歡。」

上述各例表明，焦贛釋《易》多以男女之情解之，而「所歡」亦多指情人而言。這種用法，到六朝得以被廣泛吸收並使用。《辭源》與《漢語大詞典》收錄此詞所舉用例均以劉楨《贈五官中郎將》詩為最早，明顯有誤。

曹子建《贈徐幹》

圓景

「圓景光未滿，眾星粲以繁。」李善注曰：「圓景，月也。《論衡》曰：日月之體，狀如正圓。鄭玄：《毛詩箋》曰：景，明也。《釋名》曰：望，月滿之名也。《論語》曰：眾星共之。《廣雅》曰：粲，明也。」張銑注曰：「圓景，月也。喻道不明也。眾星，喻群小邪人也。繁，多也。謂文帝不明，群小在位，不用賢良。」李善、五臣均注「圓景」為月亮。從上下文的內容來看解釋為月亮也是非常準確的。二句意為：月亮還沒有圓滿，但是漫天的繁星卻已經燦爛閃爍了。《文選》中以「圓景」代指月亮的用例還有如下一則：

謝靈運《南樓中望所遲客》：「與我別所期，期在三五夕。圓景早已滿，佳人殊未適。」李善注：「曹子建《贈徐幹》詩曰：圓景光未滿，眾星粲已繁。魏文帝《秋胡行》曰：朝與佳人期，日夕殊不來。杜預《左氏傳》注曰：適，歸也。」呂向注曰：「客與我別時所期十五日也，今已至期，猶復未至也。三五，十五日也。圓景已滿，謂至期也。佳人，謂君子也。適，謂適所意也。」四句

詩意為：客人在與我分別的時候約定在十五日晚上月圓的時候再相會。如今月亮已經圓了，可是，所等待的人卻還沒有到。「圓景」明確是指月亮而言。

曹子建《贈白馬王彪》

咄喑

「自顧非金石，咄喑令心悲。」李善注：「鄭玄《毛詩箋》曰：『顧，念。』古詩曰：『人生非金石，豈能長壽考。』《說文》曰：『咄，叱也。』《聲類》曰：『喑，大呼也。』言人命叱呼之間，或至夭喪也。」呂延濟注曰：「言身非金石之堅。咄喑，大驚歎聲。」李善釋「咄喑」為「叱呼」，五臣釋之為「大驚歎聲」，李善強調的是一叱一呼之間的時間短暫，呂延濟強調的則是其聲音的狀態，二者各有側重。但都認為「咄喑」是指人所發出的一種很大的呼聲，這是對的。至於這呼聲究竟是為何所發，以及如何發，卻應該商量。

我認為「咄喑」亦為六朝產生的新詞語。

檢索《四庫全書》，「咄喑」詞語的最早用例就是曹植此詩。其次則為陳壽《三國志·吳志·呂蒙傳》：「（孫權）募封內有能愈蒙疾者，賜千金。時有針加，權為之慘感。欲數見其顏色，又恐勞動，常穿壁瞻之。見小能下食則喜，顧左右言笑。不然則咄喑，夜不能寐。」

從二例中「咄喑」所處的基本語境來看，所描述的都是哀傷歎息的感情。曹植是想到人身體都不是金石做成的，總會有死去的時候，所以不禁內心傷感而歎息。當然如李善所釋，認為曹植是感歎人命在瞬息之間就會消逝，因而感傷，也說得通，但是與語境結合總是有些牽強。而呂延濟釋為「大驚歎聲」也不合適，這裡沒有令人感到吃驚的意思，只是一種歎息和感傷而已。同樣，孫權關心呂蒙的病情，當他看到呂蒙病情稍有緩解，可以吃下一點東西的時候，就高興得與身邊的人有說有笑，可是，當看到呂蒙病情加重的時候，就唉聲歎氣，夜不能寐。

故從上二例可以看出，「咄喑」是六朝時人抒發感傷之情時所發出的一種哀傷歎息之聲。《辭源》、《漢語大詞典》均將孫權的「咄喑」釋為「歎息」，是對的。但卻將曹植的「咄喑」又都釋為表示時間短促的「呼吸之間」，顯然是受了李善注的影響。

潘安仁《為賈謐作贈陸機》

洗然

「或云國宦，清塗攸失。吾子洗然，恬淡自逸。」李善注：「莊子曰：庚桑子之始來也，吾灑然異之。鄭玄《禮記注》曰：灑如肅敬也。《文子》曰：靜漠恬淡。《說文》曰：淡，安也。徒敢切。《毛詩》曰：我不敢傚我友自逸。《陳太丘碑》曰：澹然自逸。」張銑注曰：「吾子，謂機也。洗然，肅敬之貌。言雖失清官之塗，而逾肅敬自安逸也。」李善以「灑然」釋「洗然」，與張銑注同，為肅敬之義。

《辭源》與《漢語大詞典》均收「洗然」一詞。且釋義與所舉語源用例亦基本相同，僅列《漢語大詞典》釋文如下：

> 【洗然】1. 肅敬貌。晉潘岳《夏侯常侍誄》：「子乃洗然，變色易容，慨焉歎曰：『道固不同。』」宋葉適《晉元帝廟記》：「行者翼然，如瞻太極之題；止者洗然，如聞廣室之論。」2. 安適貌。晉潘岳《為賈謐作贈陸機》詩：「吾子洗然，恬淡自逸。」唐杜甫《營屋》詩：「洗然順所適，此足代加餐。」宋蘇轍《〈歷代論〉引》：「〔予〕卜居潁川，身世相忘，俯仰六年，洗然無所用心。」3. 明朗貌；清晰貌。唐孟郊《聽藍溪僧為元居士說〈維摩經〉》詩：「空景忽開霽，雪花猶在衣。洗然水溪畫，寒物生光輝。」唐司空圖《月下留丹灶》詩序：「故為物怪之所中者，見之莫不洗然，欲蓋其事，目擊可數也。」《新唐書·張嘉貞傳》：「循憲召見，諮以事。嘉貞條析理分，莫不洗然。」

《漢語大詞典》所列的第二個義項即舉潘岳此例，然而對「洗然」的解釋與張銑不同。從上下文來看，《漢語大詞典》解釋更適合當時語境的需要。潘岳此四句意為：雖然有人感歎您本是國家重臣，卻失去了陞官的機會。可是您自己卻坦然處之，仍然能恬淡以自逸。「洗然」不應該是肅敬的樣子，而是坦然、安適的意思。

《文選》中「洗然」的另一用例為潘安仁《夏侯常侍誄》。云：「子乃洗然，變色易容，慨焉歎曰：『道固不同』。」李善注曰：「《史記》曰：觀范睢之見王者，群臣莫不灑然變色易容者。《論語》子曰：『道不同不相為謀。』」呂延濟

注：「洗然，廻情貌。言承岳之誠，廻情易容，歎息而對云，已道與時固不同也。」李善仍以「灑然」釋「洗然」，為「肅敬」的意思。而呂延濟所謂「廻情」，即「廻轉心情」，把心思集中起來的意思。《辭源》釋為「敬肅貌」，《漢語大詞典》釋為「肅敬貌」意思與李善基本相同。與上下文意較為適合。

綜上，「洗然」詞語產生於六朝，當時即有「肅敬」、「安適」兩種含義，而據《四庫全書》所存文獻，在後世的使用過程中，又產生了「清晰」、「明朗」等含義，如《漢語大詞典》第三個義項所釋。

劉越石《答盧諶》

檢括

劉越石《答盧諶》：「昔在少壯，未嘗檢括。」李善注曰：「《蒼頡篇》曰：『檢，法度也。』薛君《韓詩章句》曰：『括，約束也。』」劉琨說自己少壯之時，行為放浪無拘無束。故此「檢括」即「約束」意。然「檢括」一詞雖然並非劉琨所創，但卻可視為六朝時語。《辭源》釋「檢括」有二義：

（1）遵守法度。《文選》晉劉越石（琨）《答盧諶詩並書》：「昔在少壯，未嘗檢括。」《抱朴子·疾謬》：「誣引老莊，貴於率性，大行不顧細禮，至人不拘檢括，嘯傲縱逸，謂之體道。」

（2）考查。《梁書·武帝記下》大同二年詔：「江子四等（極言得失）封事如上，尚書可時加檢括，於民有蠹患者，便即勒停。」《魏書·元暉傳》：「飢饉積年，戶口逃散，……人困於下，官損於上，自非更立權制，善加檢括，損耗之來，方在未已。」

《漢語大詞典》釋「檢括」有三個義項：

1. 檢點約束。漢蔡邕《貞節先生范史雲墓碑》：「晚節禁寬，困於屢空，而性多檢括，不治產業。」晉劉琨《答盧諶詩》：「慨然以悲，歡然以喜。昔在少壯，未嘗檢括。」《舊唐書·蘇良嗣傳》：「王府官屬多非其人，良嗣守文檢括，莫敢有犯，深為高宗所稱。」2. 規矩，法度。晉葛洪《抱朴子·崇敬》：「驅之於直道之上，斂之乎檢括之中。」唐元結《漫論》：「漫何檢括？漫何操持？漫何是非？」

3. 查察；清查。《梁書·武帝記下》：「江子四等封事如上，尚書可時

加檢括，於民有蠹患者，便即勒停，宜速詳啟，勿致淹緩。」《資治通鑑・唐玄宗開元九年》：「監察御史宇文融上言，天下戶口逃移，巧偽甚眾，請加檢括。」清劉大櫆《鄭氏節母傳》：「母既沒，而家人檢括其衣奩，始見之。」4. 量度。章炳麟《與簡竹居書》：「以為經典所言，古今恒式，將因其是以檢括今世之非，不得，則變其文跡，削其成事，雖諛直不同，其於違失經意，均也。」

從二工具書所釋來看，「檢括」為六朝通行語。在當時即有「法度」、「約束」、「清查」等幾種含義。《漢語大詞典》所列的第四項含義為「量度」，即比較衡量的意思。這是在「考察」、「考查」基礎上的引申義。即因為有所考查，所以就有所參照，因而做出評判。事實上，「檢括」在後世還引申出「檢索核對」等意義。如《欽定四庫全書總目》卷八十，史部四十三著錄《金石備考十四卷》，云：「曰備考者，蓋以祇據前人所著錄者，存其名目，以資檢括，非比歐趙諸書，薈萃論次者也。」

輈張

「自頃輈張，困於逆亂。」李善注曰：「輈張：驚懼之貌也。揚雄《國三老箴》曰：負乘覆餗，姦寇侜張。『輈』與『侜』，古字通。」

清惠士奇《禮說》卷九，春官四云：「《文選》李善注云：『侜張』即輈張。輈與侜古字通，得之。而呂『侜張』為驚懼之貌，失之。《周書》『譸張為幻』猶《詩》所謂『哆兮侈兮成是南箕』，哆，大貌。侈者，因物而益大之名。禮有侈袂半而益一。侜者，侈也，故訓為大。俕、侜、譸、輈皆通。無為有，虛為盈，約為泰，謂之『譸張』。『譸張』者，其情難知，故為幻。『哆兮』者，其形不測，故成箕。其情、其形，皆張而大之之義。初無有驚懼之說在其間也，則又何說而訓為驚懼哉？《晉書》苻堅報慕容垂曰：『侜張幽顯，布毒存亡。』《宋書》蓋吳表曰：『獫狁侜張，侵暴中國。』《魏書・趙脩傳》曰：『擅威弄勢，侜張不已。』《島夷傳》曰：『桓元侜張。』則『侜張』非驚懼也。太元曰：『脩侜侜，比於朱儒。』侜侜，長大貌。言雖長大，與朱儒等。又曰：『陽去其陰，陰去其陽，物咸個倡。』個與侜同，個倡，言大而盛也。則侜訓為大，明矣！從周、從朱，等耳。周與朱古音同。」此辯說「輈張」甚為詳備，可以信據。

則「輈張」本為張大之義，用於修飾事物張大得過了頭就會變幻莫測，如

果說脾氣大得過了頭就是強橫囂張。故《後漢書‧皇后記下‧孝仁董皇后傳》：「後忿恚罵言曰：『汝今輒張，怙汝兄耶？當敕驃騎斷何進頭來。』」李賢注：「輒張，猶強梁也。」「強梁」也就是今天所謂囂張跋扈的意思。而用於修飾社會、國家的形勢狀態，就是極度混亂、無法收拾的意思。《辭源》與《漢語大詞典》均收錄「輒張」，然於劉琨「自頃輒張，困於逆亂」，亦都取李善「驚懼」之說，可謂失查。此「輒張」是劉琨描述當時的社會形勢極其混亂。故二句意為：自從天下大亂以來，我就陷入到逆亂之中。

盧子諒《贈崔溫》

遊豫

「逍遙步城隅，暇日聊遊豫。」李善注：「曹植《蟬賦》曰：『始遊豫乎芳林。』」「遊豫」同「遊豫」。

《孟子正義》卷二上：「夏諺曰：吾王不遊，吾何以休？吾王不豫，吾何以助？一遊一豫，為諸侯度。」漢趙岐注：「晏子道夏禹之世民之諺語也。言王者巡狩觀民，其行從容，若遊若豫。豫，亦遊也。遊，亦豫也。《春秋傳》曰：魯季氏有嘉樹，晉范宣子豫焉。吾王不遊，吾何以得見勞苦蒙休息也；吾王不豫，我何以得見賑贍助不足也。王者一遊一豫，行恩布德，應法而出，可以為諸侯之法度也。」《晏子春秋‧內篇‧問下》：「春省耕而補不足者謂之遊，秋省實而助不給者謂之豫。」故古代君主春秋兩季出巡分別稱為遊和豫。《古文苑》卷七載三國魏王粲《羽獵賦》：「遵古道以遊豫兮，昭勸助乎農圃。因時隙之餘日兮，陳苗狩而講旅。」宋章樵注曰：「《孟子》一遊一豫為諸侯度。《左傳》春蒐、夏苗、秋獮、冬狩。皆於農隙以講事也。」則「遊豫」一詞的最早含義就是《孟子》「一遊一豫」的省稱。且這個含義在後世也一直存在，並出現在文獻中。如《新唐書‧文藝傳‧李适傳》：「凡天子饗會遊豫，唯宰相及學士得從。」宋時瀾《增修東萊書說》卷二十五，解說《尚書‧無逸》曰：「《無逸》雖戒成王，實欲後世子孫共守此訓。故以繼『自今嗣王』言之，觀覽以舒其目，安逸以休其身，遊豫以省風俗，田獵以習武備。為人君者所不能無也。」宋周煇《清波別志》卷下：「國朝承五代荒殘之弊，事從簡略，每鳴鑾遊豫，僅同藩鎮，而盡去戈戰旌旗之制。」諸例之「遊豫」皆為本意。

然觀盧諶《贈崔溫》詩與曹植《蟬賦》之「**遊豫**」，則與本意有別。一是說自己閑暇時候到城外遊玩、遊樂，一是說蟬在盛夏季節才在花木叢中自由活動，也可以說是蟬在遊玩、遊樂。都與君主出巡無關。「**遊豫**」作為閒遊之義於六朝文獻中所見甚多，如晉陳壽《三國志·魏志》：「自今以後，御幸式乾殿及**遊豫**後園，皆大臣侍從。」《晉書·江悠傳》：「養以玄虛，守以無為。登覽不以臺觀，**遊豫**不以苑沼，偃息畢於仁義，馳騁極於六藝。」這裡的「**遊豫**」都可以理解為遊樂之義。

檢索《四庫全書》所存文獻，基本可以確定，「**遊豫**」作為固定詞語出現，應從六朝始。當時即有二義：一為君王出遊，即《孟子》「一遊一豫」的省稱；一為遊樂、遊玩。這兩個含義在後世也都一直存在。《辭源》與《漢語大詞典》均收，然釋義有別，《辭源》以「遊樂」釋《孟子》的「一遊一豫」明顯有誤。

盧子諒《答魏子悌》

篤好

「妙詩申篤好，清義貫幽賾。恨無隋侯珠，以酬荊文璧。」李善注曰：「《小雅》曰：賾，深也。《淮南子》曰：隋侯之珠，和氏之璧，得之而富，失之而貧。韓子曰：楚人卞和得璞玉於荊山之中，文王即位，乃使理其璞得寶焉。命曰和氏之璧。傅玄《豫章行》曰：琅玕溢金匱，文璧世所無。」劉良注曰：「篤，厚。悌之贈詩，中其厚好，義貫幽賾。言我恨無美才，如隋侯珠，以酬悌之妙詩，如荊文之璧也。」盧諶讚美魏子悌的詩寫得好說：你的詩寫得太妙了，清雅高深的意義充分表達出深情厚誼。我只恨自己沒有像隋侯之珠一樣的才華，可以回報你和氏璧般的美好詩篇。「**篤好**」就是深厚友情、深情友好等意思。

《文選》中「篤好」尚有另一用例：

石季倫《思歸引序》：「晚節更樂放逸，篤好林藪。」李善注曰：「魏太祖《祭喬玄文》曰：非至親之篤好，胡肯為此辭哉？」石崇說自己：「晚年的時候更加喜歡自由隱逸的生活，特別喜歡在山林中隱居。」「**篤好**」就是特別喜歡。

《文選》所存「篤好」的這兩個用例，其實是反映了六朝時期該詞語的常用意義。

謝靈運《還舊園作見顏范二中書》

扳纏

「感深操不固，質弱易扳纏。」李善注：「謂應徵也。感深，感荷情深也。《楚辭》曰：『悲靈修之浩蕩，何執操之不固？』應璩《與陰中夏書》曰：『體正者則檢於人，質弱者則陋於眾。』扳纏，猶牽引也。」張銑注：「言我感慮之深。然執操不能堅固，體質尪劣，易為板纏也。言就徵也。」則「扳纏」又作「版纏」或「板纏」。

清何焯《義門讀書記》卷四十六，解謝靈運《還舊園作見顏范二中書》云：「『息陰謝所牽』，謂終還東山，不更扳纏也。」則「扳纏」即為有所牽絆、放不下的意思。此詞雖然在《四庫全書》中用例不多，但《辭源》、《漢語大詞典》都有收錄，且所舉詞語用例亦無早於六朝的，證明了該詞語自六朝才正式進入文人作品中。

任彥昇《贈郭桐廬出谿口見候余既未至郭仍進村維舟久之郭生方至》

詩云：

> 朝發富春渚，蓄意忍相思。涿令行春返，冠蓋溢川坻。望久方來萃，悲歡不自持。滄江路窮此，湍嶮方自茲。疊嶂易成響，重以夜猨悲。客心幸自弭，中道遇心期。親好自斯絕，孤遊從此辭。

任昉因赴新安太守任路經浙江桐廬，桐廬縣令郭峙在溪口岸邊伺候，郭峙先到，見任昉還沒有來，就趁此時機進村巡視百姓春耕情況。當任昉到達溪口時，郭峙還沒有返回。任昉等了很久郭峙才回到迎候地點。詩題即將這個二人互相等待的過程作了詳細陳述。「全詩自然宛轉，聚散喜悲，情思迴蕩。詩人之尚賢重義之心，耀然其中。」〔註5〕這個描述於此詩還是比較貼切的。任昉此詩表面看是描述自己與郭峙的友情，實則是對郭峙為人為官品格的讚美與賞識。又因任昉官職高於郭峙，卻能如此地讚美與賞識郭峙，就又反映出了任昉禮賢下士尊重人才的風範。唐姚思廉《梁書·任昉傳》說他「類田文之愛客，同鄭莊之好賢。見一善則盱衡扼腕，遇一才則揚眉抵掌」，於此詩可見一斑。然任昉此詩所傳遞出來的主要感情又與其中兩個詞語直接相關，即「行春」與「心期」。

〔註5〕陳宏天、趙福海、陳復興：《昭明文選譯注》第三冊，第633頁。

行春

「涿令行春返，冠蓋溢川坻。」呂延濟注：「滕撫為涿令，風政修明也。行，視。返，還也。言峙之德有類於撫，故視百姓春田而還也。溢川岸者，言冠蓋盛多也。」任昉此二句詩以東漢滕撫比喻郭峙，意在誇讚他作為桐廬令為政清明，即使在迎候任昉的時候，也能趁時間尚早去考察民情。此「行春」就是指官員春日巡視百姓農耕情況。「行春」一詞，作為固有詞語使用，在六朝以前文獻中亦未出現過。《辭源》、《漢語大詞典》均收。從各自所舉用例來看，也都認為該詞語的產生當始於六朝。

檢索《四庫全書》也可以證明這個結論。以史部文獻為例，其最早用例均見於六朝。

見於范曄《後漢書》諸例：

（1）《鄭弘傳》云：「弘少為鄉嗇夫，太守第五倫行春，見而深奇之。」唐李賢注：「《續漢志》曰：其鄉小者，縣署嗇夫一人，主知人善惡，為役先後。知人貧富，為賦多少。平其差品也。太守常以春行所主縣，勸人農桑，振救乏絕。見《續漢志》。」

（2）《周章傳》：「周章字次叔，南陽隨人也。初仕郡為功曹，時大將軍竇憲免封冠軍侯，就國，章從太守行春到冠軍，太守猶欲謁之。章進諫曰：『今日公行春，豈可越儀私交？且憲椒房之親，勢傾王室，而退就藩國，禍福難量，明府剖符，大臣千里重任，舉止進退其可輕乎？」

（3）《杜密傳》：「杜密……行春到高密縣，見鄭玄為鄉佐，知其異器，即召署郡職。」

（4）《許荊傳》：「和帝時，稍遷桂陽太守，郡濱南州，風俗脆薄，不識學義，荊為設喪記、婚姻制度，使知禮禁。嘗行春到耒陽縣……」

（5）《謝夷吾傳》：「願乞骸骨，更授夷吾。上以光七曜之明，下以厭率土之望。庶令微臣，塞咎免悔，後以行春，乘柴車從兩吏。」

其次為見於唐令狐德棻等撰《周書》卷三十七：

（6）《裴文舉傳》：「每行春省俗，單車而已。」

以上「行春」諸例，均為官員外出巡視之義。由此亦可證呂延濟「行春」之注是正確的。然因「行春」常指官員於春日出巡，所以後世亦泛指人們日常

的春遊。如明何景明《葉四公子西園》：「巷遮碧柳行春馬，樓倚青山落暮鴉。」及《漢語大詞典》所舉明葉憲祖《鸞鎞記・閨詠》：「閒行莫向城南道，怕有行春吉士挑。」等，即取此意。

心期

「客心幸自弭，中道遇心期。」張銑注：「言我為客之心，幸而暫止者，為遇心期也。心期謂崤也。」任昉在這裡用「心期」指郭崤。故理解了「心期」的含義，也就知道了任昉把郭崤看做什麼樣的人。

於此例，《辭源》釋「心期」云：「也指心中所期許的人。」同例《漢語大詞典》釋「心期」云：「深交。」「深交」容易理解，就是交情很深的朋友，含義比較寬泛。而《辭源》所謂「心中所期許的人」就把二人的交情主要集中在「期許」二字上面。但《辭源》無「期許」，《漢語大詞典》釋「期許」為「期望；稱許」。即《辭源》認為郭崤是任昉心中很讚賞，並寄予希望的人。我認為這樣理解似乎更符合詩意。《梁書》本傳說任昉原本就是一位「類田文之愛客，同鄭莊之好賢。見一善則盱衡扼腕，遇一才則揚眉抵掌」的人物，而郭崤又恰是一位德類縢撫的人才，所以儘管二人職位有高低，但任昉仍能帶著「揚眉抵掌」的心情來與他見面。甚至因見到郭崤而消除了客遊帶來的羈旅之愁：「客心幸自弭，中道遇心期。」一句「心期」，寄託了任昉對於人才的無限厚望與尊崇。如此理解「心期」，對於全詩所傳遞出來的真實情感也就有了更深層的理解。它所表達的絕不僅僅是老朋友見面那麼簡單，應該是一種同氣相求、同聲相應的默契。因此，詩的最後兩句：「親好自斯絕，孤遊從此辭。」也許就是暗示出任昉對於像郭崤一樣的人才越來越少了的悲歎吧？

「心期」與「行春」一樣也為六朝時語。檢索《四庫全書》，「心期」的最早用例見於陶淵明《酬丁柴桑》詩：「實欣心期，方從我遊。」此「心期」與任昉「客心幸自弭，中道遇心期」為同一意境。

見於《四庫全書》史部文獻的較早用例亦均出自六朝，列舉如下：

（1）梁沈約《宋書》卷八十四，《袁顗傳》：「汝雖劬勞於外，跡阻京師，然心期所寄，江漢何遠？」從前後句式結構來看，這個「心期」就不可以解釋為「心中所期許的人」，也不能解釋為「深交」。

這段話是南朝宋明帝劉彧給發動叛亂的袁顗的勸降信中說的話。劉彧在

信中對袁顗陳述利害，曉之以理、動之以情，希望他能認清形勢及早與朝廷合作。而這段話的意思是：你這個人雖然在外面奔波忙碌，做了阻難京師的事情（意為發動叛亂），但是你的「心期」所依託之地，也不過就在於江漢之間那麼一點地方而已。此「心期」當指袁顗發動叛亂的主要意圖而言。可以譯為心願、期望、願望等義。即警告袁顗：你僅僅依靠江漢之間那麼點的地方能有什麼作為？〔註6〕

（2）梁蕭子顯《南齊書》卷二十二，《豫章文獻王傳》：「居今之地，非心期所及。」這個「心期」，亦可譯為願望、期望、心願等義。這段話是南齊豫章文獻王蕭嶷臨終前囑咐兒子時說的話，意為：處於現在這個地位，並不是我所期望的。「心期所及」即期望所及的意思。

（3）唐李延壽《南史》卷十七，《向柳傳》記向柳：「有學義才能，立身方雅。太尉袁淑、司空徐湛之、東揚州刺史顏竣，皆與友善。及竣貴，柳猶以素情自許，不推先之。順陽范瓛誡柳曰：『名位不同，禮有異數。鄉何得作曩時意邪？』柳曰：『我與士遜心期久矣，豈可一旦以勢利處之？』及柳為南康郡，涉義宣事敗，係建康獄，屢密請竣求相申救。孝武嘗與竣言及柳事，竟不助之。柳遂伏法。」

對於此段記載中向柳說：「我與士遜心期久矣，豈可一旦以勢利處之？」一句中的「心期」，《辭源》釋為「兩相期許」，也就是雙方都對對方有所期望、有所讚賞；而《漢語大詞典》則仍釋為「深交」，即交情很深的老朋友。哪個解釋更能符合文意？我認為此處的「心期」，《漢語大詞典》的解釋似乎更順。這還需要仔細分析上下文才可以確定。依文義，向柳與顏竣（士遜）原本是好朋友，後來顏竣地位顯貴於向柳，而向柳仍然用以往好朋友的身份對待顏竣，沒有把顏竣當做上級看待，所以有人提醒他說，顏竣已經不是過去的顏竣了，人家地位高了，你要特別推重他才對，因為「名位不同，禮有異數」，你怎麼還能像平時一樣對他呢？但是向柳不聽勸，才說出：「我和士遜已經是多年的老朋友了，怎麼能因為一時間的勢利改變而改變彼此的關係呢？」雖然老朋友之間一定是可以彼此有所期許的，但是有所期許的人卻不一定都是

〔註6〕當時袁顗的活動區域以尋陽為中心。依《辭源》所釋，尋陽為西漢所設的縣名，治所在今湖北廣濟縣東北、黃梅縣西南。東晉咸和中移治江南的柴桑，義熙八年併入柴桑縣。這一帶在當時正處於長江漢水流域的核心區域。

老朋友。所以，這裡還是如《漢語大詞典》釋為「深交」更好一些。

故「心期」作為六朝時語，從字面上來看，本是心中有所期許的意思。但在當時即有幾種不同含義和用法。即作名詞，用於指人時，或指「心中期許的人」，如任昉之對郭峙。或指彼此有期許、交情很深的老朋友，如《南史》中向柳與顏峻。也用於指所期許的事情，即代表某種心願、某種願望或期望，如上文沈約《宋書》和蕭子顯《南齊書》的例子。

潘正叔《迎大駕》

世故

「世故尚未夷，崤函方嶮澀。」李善注曰：「《國語》桓公問於史伯曰：『王室多故。』鄭玄《周禮注》曰：『故，災禍也。』孔安國《尚書傳》曰：『夷，平也。』《戰國策》蘇代曰：『秦東有崤函之固。』」張銑注曰：「世亂未平，崤谷函關之路尚嶮澀未通也。」依李善與張銑注，結合潘尼此二句詩意，則「世故」當指世間的禍亂。故《漢語大詞典》釋為「世事變故，變亂」是對的。

見於《文選》的「世故」用例尚有 3 條：

（1）謝靈運《擬魏太子鄴中集八首並序·應瑒》：「汝穎之士，流離世故，頗有飄薄之歎。」此句的「世故」也當指世間的禍亂、變故。謝靈運這段話的意思是說：應瑒早年曾經因世間禍亂不斷而流離失所，因此頗有漂泊不定的感歎。

（2）傅季友《為宋公求加贈劉前軍表》：「外虞既殷，內難亦薦。時屯世故，靡有寧歲。」李善注曰：「沈約《宋書》曰：義熙五年，慕容超數為邊患。公抗表北伐。公之北伐也，徐道覆乃有窺闚之志。勸盧循承虛而下，循從之。《公羊傳》曰：『君子避內難，不避外難也。』《周易》曰：『屯，剛柔始交而難生。』又曰：『屯，難也。』潘正叔《迎大駕》詩曰：『世故尚未夷。』《國語》姜氏告於公子曰：『子之行，晉無寧歲也。』」張銑注曰：「虞，度。殷，眾。薦，重也。外度，謂慕容超數為邊患。言屯難多故，無有安寧之年。」則此「世故」與上兩例義同。

（3）嵇叔夜《與山巨源絕交書》：「機務纏其心，世故繁其慮。七不堪也。」劉良注曰：「機，事。纏，繞。故，事也。言事繁於思慮也。」這裡「機務」與

「世故」義同，指世間各種事物。則嵇康此段話意為：世間各種事務纏身，使得思慮為之受累。

以上《文選》中四例表明，在六朝，「世故」即有兩個含義：1. 指變故、禍亂；2. 指世間的各種事務。

這個結論於《四庫全書》中也得到證實。其中最早的「世故」用例除上述見於《文選》之外，其他則為史部文獻中的《晉書》、《宋書》、《南齊書》、《梁書》、《陳書》等南朝以後文獻。根據《漢語大詞典》的統計，「世故」在後世的演變中還逐漸發展出生計、世俗人情、處事圓滑、世交等多重含義，茲不贅述。故「世故」為六朝時語是沒有疑議的。

陶淵明《辛丑歲七月赴假還江陵夜行塗口作》

宿好

「詩書敦宿好，林園無世情。」張銑注曰：「宿好，謂舊所好也。幽隱之事而無俗塵也。」《辭源》釋云：「平素所愛好的。」《漢語大詞典》云：「素所嗜愛。」意思基本相同。陶淵明此二句詩意為：我平生的最大嗜好是詩書，隱居田園不涉世俗之情。張銑以「舊所好也」為釋，不確。

「宿好」於六朝時除有「素所嗜愛」之義外，也有舊好、老交情等意義。如《三國志·吳志·劉繇傳》，云：「康寧之後，常念渝平更成，復踐宿好，一爾分離，欷意不昭。」此例之「宿好」，《辭源》謂：「舊好，過去的友好關係。」《漢語大詞典》謂：「老交情；原來的友情。」意思亦同。而宋蕭常《續後漢書》卷三十五載曹丕曰：「吳王若欲修宿好，何為復遣使於漢。」此例則是目前所見「宿好」作「舊好」解的最早用例。

謝靈運《入華子崗是麻源第三谷》

肥遁

「既枉隱淪客，亦棲肥遁賢。」呂向注曰：「隱淪、肥遁，皆幽居者。枉，曲。棲，止也。客暫過，故稱枉。賢久住，故云棲也。」意為：既可以委屈暫時出塵的遊客前來，也適合樂於隱居的賢士常住。「肥遁」即為以隱居為樂。此義之「肥遁」亦可作「肥遯」，見於《文選》的「肥遯」用例尚有 3 例：

（1）桓元子《薦譙元彥表》：「巴西譙秀，植操貞固，抱德肥遯，揚清渭

波。」呂延濟注曰：「植，立。操，志也。肥遯，隱逸也。揚，舉也。渭水濁波，喻李勢也。言立貞固抱隱逸之德，在李勢之朝，能舉清潔之行。」桓玄讚美譙秀：樹立忠貞節操，堅守清潔品德而堅持以隱居為樂，是在渾濁的時代顯揚清潔的品行。

（2）石季倫《思歸引序》：「遂肥遁於河陽別業。」劉良注曰：「肥，猶美也。言美其隱遁之事，而居於河陽也。河陽，縣名。別業，別居也。」意為：於是就在河陽的別居（另外的住處、別墅）享受隱居之樂。

（3）夏侯孝若《東方朔畫贊》：「矯矯先生，肥遁居貞。」呂向注曰：「矯矯，高貌。肥，猶樂也。遁，隱。貞，正也。言其樂隱於俗而居其正道。」讚美東方朔氣質出眾，能夠隱居守正。

上述「肥遁」亦作「肥遯」，都是指以隱居為樂或隱居的意思。

顏延年《北使洛》

蓬心

「蓬心既已矣，飛薄殊亦然。」李善注曰：「言已有蓬心，事既已矣，而身飛薄亦復同之。自傷之辭也。莊子謂惠子曰：『夫子拙於用大，則夫子猶有蓬之心也夫。』郭象曰：『蓬非直達者。』曹植《吁嗟篇》曰：『吁嗟此轉蓬，居世亦然之。』」呂延濟注曰：「蓬非直達者，然，成也。言己隨俗之心久已除矣，而猶被牽制於時，尚勞於行役，而當此窮歲之節，如蓬之性，非自直達，復為飄迫，殊不得成我志也。飛，飄。薄，迫也。」從李善、五臣注可知，「蓬心」之「蓬」是一種草的名字，《漢語大詞典》說這種草：「葉形似柳葉，邊緣有鋸齒，花周邊白色，中心黃色。秋枯根拔，遇風飛旋，故又名『飛蓬』。」則此所謂「蓬心」來自莊子「蓬之心」，也就是如飛蓬一樣的想法或心思。然而像飛蓬一樣的心思究竟該是什麼樣子？郭象說「蓬非直達者」，即蓬的枝幹不能挺直生長。曹植說「轉蓬」，即蓬又是隨風飄轉不定的，如果人處於世間，不能特立獨行、剛直守正，而是隨勢俯仰，就像蓬一樣了，這也就是有「蓬心」了。故呂延濟釋為「隨俗之心」，是正確的。顏延年之意：雖然我的隨俗之心已經沒有了，但是卻人在江湖身不由己，仍然不得不像飛蓬一樣隨風飄轉而隨時俯仰，沒有一點兒自己的主張。從這個「隨俗之心」，或許可以推測，

當時顏延之已對仕途很不以為然，又苦於身不由己不得不隨時俯仰，因而發此感慨。故李善謂「自傷之辭也」，虛谷評此詩謂「觀此乃知延之詩雖不及靈運，其胸次則過之」，皆不為虛言。

《文選》中「蓬心」的另一例見於謝玄暉《拜中軍記室辭隨王箋》。詩云：「朱邸方開，效蓬心於秋實。」李善注曰：「《史記》曰：『諸侯朝天子於天子之所，立舍曰邸。諸侯朱戶，故曰朱邸。』莊子謂惠子曰：『夫子拙於用大，則夫子猶蓬之心也夫。』《韓詩外傳》簡王曰：『夫春樹桃李，秋得食其實也。』」呂延濟注曰：「朱邸，謂王在京之邸。朱其戶也。蓬心，非特達，朓自謙也。樹桃李，秋取其實也。朓願因得效已同於此而少報王。」李善釋「蓬心」與上例相同。呂延濟於此例認為「蓬心」是謝朓的自謙之詞。陳宏天等《昭明文選譯注》云：「謂期待隨王返京入朝，自己可以報效忠誠之心，以酬答早年知遇之恩。」〔註7〕這是據全詩的整體語境而得出來的結論，故是正確的。則謝朓以「蓬心」指代自己的效忠之心，確實以釋為謙詞為宜。則此「蓬心」就是指蓬草的中心，謝朓用以比喻自己的衷心。意為：自己的效忠之心雖然就像蓬草一樣不值得一提，但是也是非常忠誠的。當與上文顏延年的「隨俗之心」不同。故李善注雖然都舉莊子謂惠子曰：「夫子拙於用大，則夫子猶蓬之心也夫。」來解釋「蓬心」，但意義有別。上例之「蓬心」，李善特意補充了郭象注與曹植詩，進而證明其取「蓬非直達」的生長特性而言。而本例之「蓬心」則取其比喻意義，表明自己的衷心就像蓬草一樣卑微。

宋林希逸《莊子口義》卷一，釋莊子與惠子的這段對話云：「蓬心，猶茅塞其心也。此段之意，亦謂見小不能用大而已。」

明彭大翼《山堂肆考》卷二百三十一，亦云：「莊子謂惠子曰：『今子有五石之瓠，何不慮以為大樽而浮於江湖？而憂其瓠落無所容，則夫子猶有蓬之心也。』注云：蓬心，茅塞其心也。謂其見小不能用大。」

從兩家之注可知，莊子之「蓬心」宋明以後亦可以解釋為「茅塞其心」，就是說，人對事物不能明確認識，就像被茅草填上了一樣。而人的心如果是用茅草填塞起來的，那就是空虛淺陋的。

綜上，我們據《文選》所存「蓬心」的以上二例，證明了一個事實，即「蓬

〔註7〕陳宏天等：《昭明文選譯注》第五冊，吉林文史出版社，1994年版，第492頁。

心」作為詞語使用起自六朝，直接來源是莊子《逍遙遊》中莊子與惠子對話所謂的「有蓬之心」。且「蓬心」在六朝時即有兩種含義，一以蓬草的習性為喻，因為蓬草枝幹不挺直且會隨風飄轉不定，故以「蓬心」喻「從俗之心」；二是以蓬草的中心部位為喻，作為自謙之詞。意為卑微的心。但是在宋明以後，「蓬心」亦有「茅塞其心」之意，用於指人見識淺陋。如果用到自己身上就是《辭源》、《漢語大詞典》所謂「自喻淺陋的謙詞」。據《四庫全書》，此三義在後世文獻中也經常出現，此不贅。

顏延年《還至梁城作》

息徒

「息徒顧將夕，極望梁陳分。」李善注曰：「嵇康《贈秀才詩》曰：息徒蘭圃。陸機《從梁陳詩》曰：遠遊越梁陳。」呂延濟注：「梁陳二國名。分，分界首也。」李善認為此「息徒」與嵇康《贈秀才詩》中的「息徒蘭圃」之「息徒」義同，是對的。因為二詩所表現的都是單個人的行為動作。如《文選》嵇康《贈秀才入軍》其四云：

> 息徒蘭圃，秣馬華山。流磻平皋，垂綸長川。目送歸鴻，手揮
>
> 五絃。俯仰自得，遊心太玄。嘉彼釣叟，得魚忘筌。郢人逝矣，誰
>
> 與盡言。

全詩所描述的都是一個人自己的行為與感受，所以，此二例之「息徒」都應解釋為停下腳步或者就解釋為休息。

然除上二例外，《文選》中「息徒」尚有兩個用例：

（1）顏延之《赭白馬賦》：「天子乃輟駕回慮，息徒解裝。」此「息徒」就不是天子自己的動作，可譯為「令步眾停止」。全句意為：天子停下車駕，仔細思索，命令步眾停下來休息，除去遊獵的裝束。

（2）江淹《雜體詩·倣鮑昭〈戎行〉》：「息徒稅征駕，倚劍臨八荒。」此例之「息徒」寫的也仍然是單個人的行為，仍然可以解釋為停下腳步休息的意思。

「息」有停止義，也有休息義。如《易·乾》：「天行健，君子以自強不息。」這個「息」就是停止的意思。再如《墨子·非樂上》：「勞者不得息。」這個「息」就是休息的意思。

「徒」本意為步行，引申有步兵義，也有眾義。如《左傳·隱公九年》：「彼

徒我車，懼其侵軼我也。」杜預注：「徒，步兵也。」再如《漢書・東方朔傳》：「水至清則無魚，人至察則無徒。」顏師古注：「徒，眾也。」

所以，至六朝文獻中，「息徒」凝固成具體詞語，就有了見於《文選》中的這兩個基本含義，一是指停下來休息，一是指使步眾停止的意思。「息徒」《辭源》未收，《漢語大詞典》釋曰：

> 【息徒】休整步卒。三國魏嵇康《贈秀才入軍》詩之十四：「息徒蘭圃，秣馬華山。」南朝宋顏延之《赭白馬賦》：「天子乃輟駕迴慮，息徒解裝。」南朝梁江淹《雜體詩・郲鮑昭〈戎行〉》：「息徒稅征駕，倚劍臨八荒。」

《漢語大詞典》所舉的三個用例都出自《文選》，如上所釋，則《漢語大詞典》一律釋為「休整步卒」是不準確的。

沈休文《早發定山》

夙齡

「夙齡愛遠壑，晚蒞見奇山。」張銑注：「夙齡，謂少年時也。晚蒞，謂暮年臨職。」從文意來看，「夙齡」與「晚蒞」相對而言，張銑釋為「少年時也」是對的。

「夙齡」於《文選》中僅此一例。檢索《四庫全書》，可證「夙齡」詞語產生於六朝，除上例外，其較早用例尚有南朝宋范曄《後漢書・濟陰悼王長傳》：「三藩夙齡，黨惟荒忒。」唐李賢注：「謂千乘、淮陽、濟陰並早歿。」故此「夙齡」指早亡，當是指少年時的引申義。人如果在少年時就已經死去了，也可以稱為「夙齡」。此例以之代指三個侯國的短命。

另，酈道元《水經注・河水》：「望新臺於河上，感二子於夙齡。詩人乘舟，誠可悲矣。」這是說看到新臺，想起當時詩人感歎衛宣公之二子伋、壽的早亡，因而作《詩經・二子乘舟》這首詩。因此，這個「夙齡」就是「早亡」的意思。

「夙齡」一詞在後世仍有使用，如唐崔日知《奉酬龍門北溪作》：「夙齡秉微尚，中年忽有鄰。」「夙齡」指少年時。清康熙《世祖章皇帝聖訓》：「我世祖章皇帝夙齡踐祚，定鼎燕京。」這是說：清世祖順治皇帝在很小的年齡就登基就皇帝位，在燕京定都。這個「夙齡」就是年少、年紀很小的意思。事實上，順治也是很早就去世了。

王仲宣《從軍詩五首》

怦性

「夙夜自怦性，思逝若抽縈。」李善注：「《廣雅》曰：怦，忼慨也。」李周翰注：「怦性，歎息也。逝，往也。抽縈，如緝縈也。」《漢語大詞典》釋「怦性」曰：「感慨，歎息。」

檢索《四庫全書》，以「怦性」作為固定詞語的用例僅有二例。除上文外，另見於清《欽定熱河志》卷四十八，清乾隆御製《後哨鹿賦》云：「慷慨者怦性，昏瞀者糢糊。」二例之「怦性」均可釋為感慨、歎息等意義。

石季倫《王明君辭》

屏營

「願假飛鴻翼，乘之以遐征。飛鴻不我顧，佇立以屏營。」李善注：「《毛詩》曰：佇立以泣。《國語》申胥曰：昔楚靈王獨行屏營。」張銑曰：「不我顧，不顧我也。屏營，回行貌。」石崇此詩以第一人稱手法寫成，表現王昭君遠嫁異域的淒苦身世。上四句意為：我希望能夠乘著飛鴻的翅膀飛回故鄉，但是飛鴻卻不理會我的要求，我只能孤獨地佇立或屏營。關於「屏營」，張銑謂「回行貌」，意即徘徊、彷徨的樣子。於上下文意可通。昭君託飛鴻而不得，思故鄉而不能行，其彷徨失據之態躍然紙上。李善用典引申包胥之言，見於《國語·吳語》，昔楚靈王不君，三軍叛之於乾谿，王獨行屏營，彷徨於山林之中。「屏營」也應作彷徨失據解。表現了楚靈王遭三軍反叛，自己獨自倉皇奔命，在山林之中往來失據之態。只不過楚靈王的失據程度更深，應該是帶有驚慌失措、恐懼害怕的感覺。而昭君的失據，更主要是失落、孤獨、無助的情緒，重點不應該是害怕和恐慌。

除上例外，《文選》中「屏營」用例尚有如下數條，現具體分析於下：

（1）李少卿《與蘇武詩三首》其一：「屏營衢路側，執手野踟躕。」李善注：「《國語》申胥曰：昔楚靈王獨行屏營。《毛詩》曰：執子之手。又曰：搔首踟躕。」李周翰注曰：「屏營，志恐懼也。」此「屏營」表現李陵送別蘇武時候的心情，應該是彷徨無措、若有所失之態。雖然就詞語的基本含義來說李善注並無錯誤，但是從感情色彩上看，則稍顯不足。而李周翰直接以「志恐懼」即

內心恐懼作解，則又明顯太偏。

（2）陸士衡《謝平原內史表》：「臣不勝屏營延仰，謹拜表以聞。」「屏營」李善注仍引《國語》申包胥之言為釋，與上例的缺陷一致，只是揭示了「屏營」的基本含義，沒有顧及具體的語言環境對於語義色彩的影響。李周翰注謂：「屏營，回惶也。」即誠惶誠恐的意思。則於此例更為恰當。陸機此二句意為：我萬分惶恐、敬仰，恭敬地拜承表文讓您聽到我的心聲。

（3）庾元規《讓中書令表》：「是以悾悾，屢陳丹款，而微誠淺薄，未垂察諒，憂惶屏營，不知所厝。」

（4）任彥昇《為齊明皇帝作相讓宣城郡公第一表》：「不勝荷懼屏營之誠。」

（5）任彥昇《到大司馬記室箋》：「不勝荷戴屏營之至。」

上述諸例可證，「屏營」詞語產生時代較早，且其基本詞義就是徘徊、彷徨的樣子。既可以表現恐懼害怕的感覺，也用於表現孤獨、失望的情緒。特別是自六朝以後，官員所作表文，常常在文末用到「屏營」，特以表示惶恐懇切的態度。對於「屏營」詞語的含義，前人早有關注，如三國魏張揖《廣雅‧釋訓》：「屏營，征伀也。」強調驚慌恐懼的含義。揚雄《法言》：「六國蚩蚩，為嬴弱姬。卒之屏營，嬴擅其政，故天下擅秦。」司馬光注曰：「屏音並，謂屏營，猶旁皇失據之貌。言六國相與陵弱周室，適足為秦開兼併之資，終自失據，為秦所滅，使秦得專據天下。」宋代孫奕《示兒編》卷二十一，《字說》云：「屏營，猶旁皇失據之貌。予謂今世士大夫表箋，結尾有『激切屏營』之語，正用是也。故特附於此。」明方以智《通雅‧釋詁》卷七：「征營一作正營，怔營通作屏營。後漢《鄧騭傳》：惶窘征營。蔡邕《鍾離意郎顗傳》俱用征營。前書《王莽傳》：人民正營。晉王濬《自理書》：惶怖征營，無地自厝。《張奐傳》：惶懼屏營。注：與征營同。《三國志‧周魴表》：伀矇狼狽。注：伀，猶怔也。《方言》：潤沐、征伀，遑遽也。郭璞曰：潤沐，喘啙貌。征伀，即怔忡之聲。」諸家之釋，於「屏營」詞語含義的闡釋都是正確的。

陸士衡《樂府‧君子有所思行》

營生

陸士衡《樂府‧君子有所思行》詩云：

命駕登北山，延佇望城郭。廛里一何盛，街巷紛漠漠。曲池何湛湛，清川帶華薄。淑貌色斯升，哀音承顏作。人生誠行邁，容華隨年落。善哉膏粱士，營生奧且博。宴安消靈根，酖毒不可恪。無以肉食資，取笑葵與藿。

李善於「善哉膏粱士，營生奧且博」二句注云：「韋昭《漢書》注曰：生，業也。」李周翰注：「善哉，歎美之，因以譏膏肉之肥者，粱食之精者。言富貴食此精肥之士，營生深奧且廣博矣。」從二家之注可知，此「營生」可以解為「經營生計之道」，二句意為：值得讚歎那些富貴之家，經營生計之道真是深奧而又廣博呀。

然《辭源》與《漢語大詞典》均釋此「營生」為「保養身體」。雖然兩種解釋於文意均可說得通，然究竟如何解釋更符合陸機本意，還需要探討。

陳宏天等《昭明文選譯注》於本詩題解引《陸平原年譜》云：「敘京邑之盛，結以『勿以肉食資，取笑葵與藿。』初入洛時作也。」〔註8〕陸機與弟陸雲於晉武帝太康末入洛，《世說新語·言語》載：「陸機詣王武子（濟），武子前置數斛羊酪，指以示陸曰：『卿江東何以敵此？』陸雲：『有千里蓴羹，但未下鹽豉耳！』」周一良《魏晉南北朝史箚記》之「西晉王朝對待吳人條」稱：「『初入洛，不推中國人士』（卷三張華傳）。從陸雲書札，可以窺見南人情緒之一斑。與戴季甫書云，『江南初平，人物失敘。當賴俊彥，彌縫其缺』。與楊彥明書云，『東人近復未有見敘者，公進屈久，恒為邑岡』。與陸典書書中，怨懟之情更為明顯，『吳國初祚，雄俊尤盛。今日雖衰，未皆下（猶言不如）華夏也。……』此當是陸氏兄弟入洛以前十年中所寫。陸機入洛後，猶自稱『蕞爾小臣，邈彼荒域。』（《皇太子宴玄圃詩》）陸雲《答張士然》詩亦有『感念桑梓域，彷彿眼中人』之句，具見自卑情緒與桑梓之感。」〔註9〕這些評論可以反映出一個事實，即陸機與弟初入洛時，並不是迅速就融入了中原上層人物的生活範圍當中，他們自己的自卑與隔閡感恰恰是中原人物對待南人態度的折射反映。

觀陸機此詩，也可以看出他當時的心態。全詩開頭說陸機登北邙山望晉都

〔註8〕陳宏天等：《昭明文選譯注》第四冊，吉林文史出版社，1992年版，第806頁。
〔註9〕周一良：《魏晉南北朝史箚記》，中華書局，1985年版，第73頁。

洛陽城，因而描述了都邑建築的奢華景象，最後則是因奢華景觀而引發的感慨。人生在世匆匆而過，再美的容顏也會慢慢變老，眼前的富貴都是靠不住的。雖然那些富貴之家確實值得讚美，因為經營生計之道確實很深奧、很廣博，但是宴安與酖毒是一樣的東西，都是害人的。所以，不要仰仗現在的肉食資，就恥笑吃野菜有什麼低賤。

分析詩意，可以發現陸機其實是在抒發一種不滿情緒，結合上文分析初入洛時的生活狀態，可以看出他的不滿來自於中原上層人物對南人的態度。故此處的「營生」黨釋為經營生計之道、謀生等更準確。釋為「養生」就無法傳遞出陸機在詩中所蘊含的因初入洛時與中原人物的隔閡心態而引發的不滿情緒。

陸士衡《日出東南隅行或曰羅敷豔歌》

秀色可餐

陸士衡《日出東南隅行或曰羅敷豔歌》描述女子的美貌曰：「鮮膚一何潤，**秀色若可餐**。窈窕多容儀，婉媚巧笑言。」李善注：「張衡《七辯》曰：『淑性窈窕，秀色美豔。』《毛詩》曰：『窈窕淑女。』又曰：『巧笑倩兮。』」劉良注：「窈窕、婉媚，皆美貌。」從字面理解，「秀色」就是美麗的姿色，「可餐」就是可以吃。也就是說，一個女子的美貌，讓人一見到就像飢餓的時候，見到美食一樣。美食在那裡還沒有吃，令人垂涎欲滴。實際上，飢餓的人對於美食的嚮往，是人人都可以感受和體驗得到感覺，因此，以此來形容人們對於美女的欣賞是最能被人接受的一種體驗，也就難怪後世把這個成語沿用下來了。因此，陸機此詩即為「**秀色可餐**」成語的源頭。

束廣微《補亡詩六首》

和風

束廣微《補亡詩六首》之《華黍》：「黮黮重雲，習習和風。」李善注：「黮黮，黑貌。《毛詩》曰：『習習谷風。』毛萇曰：『習習，和舒之貌。』」張銑注：「言風雨以時。」

除此例外，「**和風**」於《文選》尚有4例：

（1）謝靈運《於南山往北山經湖中瞻眺》：「海鷗戲春岸，天雞弄和風。」

李善注：「《南越志》曰：『江鷗，一名海鷗。漲海中，隨潮上下。』《爾雅》曰：翰天雞。《毛詩》曰：『習習谷風。』毛萇曰：『習習，和舒貌。』」李周翰注：「海鷗、天雞，鳥名。和風，春風。」

（2）何敬祖《贈張華》：「暮春忽復來，和風與節俱。」李善注：「《論語》曰：『暮春者，春服既成。』《毛詩》曰：『習習谷風。』毛萇《詩傳》曰：『習習，和舒之貌。』楊泉《物理論》曰：『春氣膈，其風溫和。』」張銑注：「與節俱至也。」

（3）陸士衡《悲哉行》：「遊客芳春林，春芳傷客心。和風飛清響，鮮雲垂薄陰。蕙草饒淑氣，時鳥多好音。」

（4）潘安仁《楊荊州誄一首並序》：「苛慝不作，穆如和風。」李善注：「《國語》內史過曰：『神人觀其苛慝。』《毛詩》曰：『穆如清風。』」李周翰注：「苛慝，謂亂惡也。作，起也。不作，言亂惡不起。穆然如清風也。」

上述諸例均為六朝用例，標識出「和風」作為六朝詞語的特徵。檢索《四庫全書》，「和風」之用例亦沒有早於六朝的。《辭源》釋為「春天溫和的春風」，《漢語大詞典》釋曰：「溫和的風。多指春風。」於上文諸例來看都是對的。

陸士衡《輓歌詩》

玄廬

陸士衡《輓歌詩三首》之三：「重阜何崔嵬，玄廬竄其間。」李善曰：「曹植《曹唁誄》曰：『痛玄廬之虛郭。』」呂向曰：「重阜，重岡阜也。崔嵬，高貌。玄廬，謂墓也。竄，藏也。」《四庫全書》中，「玄廬」另一最早用例為晉武帝《武元楊皇后哀策文》：「寧神虞卜，安體玄廬。」諸例可證，以「玄廬」代指墳墓，應起自六朝。《辭源》、《漢語大詞典》均收。

謝靈運《南樓中望所遲客》

暌攜

謝靈運《南樓中望所遲客》詩云：

> 杳杳日西頹，漫漫長路迫。登樓為誰思，臨江遲來客。與我別
> 所期，期在三五夕。圓景早已滿，佳人猶未適。即事怨暌攜，感物

方悽戚。孟夏非長夜，晦明如歲隔。瑤華未堪折，蘭苕已屢摘。路
阻莫贈問，云何慰離析。搔首訪行人，引領冀良覿。

關於此詩，李周翰注：「靈運登樓，望所待客未至，故作是詩。」此詩即
謝靈運登樓望遠，等待事先約好在十五月圓的時候前來相見的朋友，但是朋
友並沒有如期而至，所以才寫下了這首詩。全詩圍繞月圓人不圓這種情感的
衝突，抒發了內心的憂傷和不安、惦記等情緒。謝靈運將自己的這種寫作意
圖，用「即事怨睽攜，感物方悽戚」二句直接予以揭示。李善注：「即事，即
此離別之意也。《列子》：周之尹氏有老役夫，晝則呻呼即事，夜則昏憊而熟
寐。《周易》曰：睽，乖也。賈逵《國語注》曰：攜，離也。古詩曰：感物懷
所思。鄭玄《論語注》曰：物，常也。」劉良注：「即事，謂此事也。睽攜，
乖離也。感物，謂上『頹日』、『長路』也。悽戚，憂也。」故此二句可譯為：
就眼前發生的這件事，引發了我對於事與願違而產生的愁怨，而面對所見景
物不禁心生悲戚之感。故「睽攜」即指背離、不合等意義。檢索《四庫全書》，
「睽攜」最早用例即為謝靈運此詩，後世詩人抒發離別憂傷之情的詩歌中亦
常見用。如清《御定佩文韻府》卷八之三「睽攜」條云：「謝靈運詩『即事怨
睽攜，感物方悽戚』，張九齡詩『徂歲方睽攜』，元稹詩『秋風方索漠，霜貌足
睽攜』，陳旅詩『睽攜會彌歡，酣適趣益真』。」該詞語《辭源》未收，《漢語
大詞典》釋為「聚散；離合」意義基本接近。

謝玄暉《和王主簿怨情》

賒

「徒使春帶賒，坐惜紅裝變。」李善注：「賒，緩也。」呂延濟注：「徒懷
憂憤，使衣帶已緩，年逝顏衰，坐自惜也。何時復用於時也。」「衣帶緩」，也
就是說人消瘦了，原來的衣服和帶子就顯得寬鬆了，好像變長了一樣，故這
個「緩」就是長的意思。則李善所謂「賒，緩也」，就是說「賒」可以解釋為
「長」。

「賒」字，於《文選》只有二例，除此之外，另有嵇叔夜《養生論》一例。
云：「心戰於內，物誘於外。交賒相傾，如此覆敗者。」呂向注：「嗜好之物，
具在目前。藥效之事，十年之後。欲從其道，恐復無驗，兩事俱失，故猶豫。
是非未定，心爭於內；嗜好之物，誘目於外。以情慾為交樂，以服食為賒應。

二者相傾，復有敗攝生之事者。戰，爭也。」這個「賒」與「交」相對而言，「交賒相傾」也就是遠近相傾。則「賒」有「遠」的意義。

關於「賒」字表示「遠」的義項為六朝慣用語，在《緒論》部分已經做過分析，這裡不再重複。然而「賒」字表示「緩」或「寬鬆」等義項也仍然是六朝才出現的。檢索《四庫全書》，「賒」字在六朝以前亦無「緩」或「寬鬆」的義項。而最早表示「寬鬆」義的「賒」見於南朝宋范曄《後漢書·黨錮列傳》：「及漢祖杖劍，武夫勃興，憲令寬賒，文禮簡闊。」這個「賒」表示政令不嚴，是政策「寬鬆」的意思。由政策的「寬鬆」進而引申為對待犯人的寬大、寬容等，如南朝梁江淹《江文通集》卷三，《尚書符》云：「此而可賒，孰不可宥？」這個「賒」就是寬容、寬宥的意思。上文謝朓以「賒」表示衣帶的「寬鬆」或許是在此基礎上的進一步引申。政策寬鬆的表現是對人的要求不急迫，所以又引申為與「急切」、「迫促」相對的寬緩、遲緩、緩慢等意義。如南朝梁沈約《宋書》卷十四：「事有如賒而實急，此之謂也。」「賒」為「急」之反，即有緩慢義。

江文通《雜體詩三十首·陸平原機〈羈宦〉》

儲后

《文選》中「儲后」用例共三則。首見於江文通《雜體詩三十首·陸平原機〈羈宦〉》：「儲后降嘉命，恩紀被微身。」李善注曰：「《漢書》疏廣曰：太子國儲副君。」張銑注曰：「儲后，太子也。機為太子洗馬，言太子之恩被於己。」

其次，王元長《三月三日曲水詩序》：「儲后睿哲在躬，妙善居質。」李善注曰：「蕭子顯《齊書》曰：世祖立皇太子長懋。《漢書》疏廣曰：太子，國儲副君。《尚書》曰：睿作聖，明作哲。《禮記》曰：清明在躬。《桓子新論》曰：聖賢之材不世，而妙善之技不傳。」張銑注曰：「儲后，太子也。睿，聖。哲，智也。質，體也。」

第三，王仲寶《褚淵碑文》：「明皇不豫，儲后幼沖。貽厥之寄，允屬時望。」李善注曰：「沈約《宋書》曰：太宗明皇帝諱彧。又曰：後廢帝昱字德融。明帝長子也。泰始七年立為皇太子，太宗崩，太子即位。主上幼沖。《毛詩》曰：貽厥孫謀，以燕翼子。」呂向注曰：「明皇，宋明帝也。不豫，言有疾也。貽厥，

謂後嗣也。寄，託。允，信。屬，在也。言明帝有疾，太子幼小，而後嗣之託，信在時望。欲使公輔少帝故也。」

　　上述三個「儲后」用例，毫無疑問都是指皇太子而言。

第四章　《文選》雜體所存六朝時語研究

　　我們確定的雜體類作品共有 122 篇，包括賦、詩以外的各體，如七、冊、令、教、文、表等。在 122 篇各體作品中，亦保存了大量六朝時語現象，下面分別考查。

曹子建《求通親親表》

友於

　　「今之否隔，友於同憂。而臣獨唱言者，何也？」李善注曰：「《廣雅》曰：否，隔也。《尚書》曰：友於兄弟。」張銑注曰：「否隔，不通也。獨唱，謂先陳表也。」《說文・又部》：「友，同志為友。」則《尚書》「友於兄弟」就是說對兄弟要友愛、攜手同心的意思。而曹植此例之「友於」則與《尚書》之義明顯不同。其為「同憂」的主語，作名詞，當指與曹植一樣的兄弟而言。此段意為：如今兄弟之間聯繫斷絕，大家都很傷心。而唯獨我先上表陳情，為什麼呢？曹植接著在下文中就解釋說「竊不願於聖代使有不蒙施之物」，意思是說：我所以先上表陳情，是不願意看到在像我們現在這樣聖明的時代，還會有不能受到皇恩的事物。此「友於」代指兄弟。見於《文選》，「友於」的另外二例如下：

（1）潘安仁《閑居賦序》：「孝乎惟孝，友於兄弟。此亦拙者之為政也。」李善注曰：「《論語》或謂孔子曰：子奚不為政？子曰：《書》云：孝乎惟孝，友於兄弟。施於有政，是亦為政。」呂延濟注曰：「既為此事而孝父母、友兄弟，是亦我之為政，於家何必在於國也？拙者，岳復謙也。」則潘岳此段話意為：對於父母奉行孝道，對於兄弟奉行友愛之道，這就是我的為政之道。此之「友於」仍然與《尚書》「友於兄弟」意思相同，即對兄弟友愛。

（2）邱希範《與陳伯之書》：「朱鮪涉血於友於，張繡剚刃於愛子，漢主不以為疑，魏君待之若舊。」張銑注曰：「殺人流血曰涉。友於，兄弟也。朱鮪為更始守洛陽，光武令岑彭說鮪使降，鮪以嘗謀殺光武兄弟伯叔，怕不敢降。光武使人謂曰：建大事不忌小怨，今降，官爵可保，況誅罰乎？魏王曹操與張繡戰於宛，長子昂被繡流矢所中，繡後降曹公，封為侯。剚，插也。刃，箭鏃也。」此段意為：朱鮪曾經殺死劉秀的兄弟，張繡曾經傷及曹操的兒子，但是漢光武帝不因此記恨朱鮪，而曹操對待張繡還像老朋友一樣。這個「友於」就是兄弟的意思。

《文選》三個「友於」用例，其實是反映了該詞語在六朝時期的使用情況，其基本含義就是指對兄弟友愛，也進而代指兄弟。

陸士衡《謝平原內史表》

兩宮

陸士衡《謝平原內史表》：「入朝九載，歷官有六，身登三閣，官成兩宮。」呂向曰：「入朝，謂入晉朝也。歷官六，為楊駿祭酒、太子洗馬、吳王郎中、尚書郎中、殿中郎，又為著作郎。三閣，謂秘書郎掌內外三閣經書也。兩宮，東宮及上臺也。」陸機此處說自己「官成兩宮」實在有些費解，故五臣之呂向釋為「東宮及上臺」，而今人陳宏天等《昭明文選譯注》則釋「兩宮」為：「東宮和上臺的合稱。指太子和皇帝。」〔註1〕

陸機明言自己入晉朝九年，「歷官有六，身登三閣」，而這六和三中並沒有出入天子宮的事情。陸機曾為太子洗馬，太子居東宮，故說「官成東宮」是沒錯的，如果直接說自己「官成皇帝宮」就不對了。或許呂向是限於「兩宮」中

〔註1〕陳宏天等：《昭明文選譯注》第五冊，吉林文史出版社，1994年版，第237頁。

的「兩」字，就加出一個「上臺」來，但「上臺」卻不可以指皇帝，當指尚書臺而言。《晉書・天文志》：「三臺六星，兩兩而居……在人曰三公，在天曰三臺，主開德宣符也。西近文昌二星曰上臺，為司命，主壽。次二星曰中臺，為司中，主宗室。東二星曰下臺，為司祿，主兵，所以昭德塞違也。」據《漢書・百官公卿表序》，西漢以大司馬、大司徒、大司空為三公。東漢至魏晉，尚書臺的權利逐漸擴大，已經遠遠超過了漢代的三公。所以，如果說陸機因為自己不僅在太子宮中任職，還做過尚書郎中，感覺自己能在尚書臺直接為皇帝服務，就說自己也「官成天子宮」，加上「官成東宮」一起，陸機才說自己在太子宮中任職和任尚書郎中是「官成兩宮」倒也說得過去，這樣的話「兩宮」仍然指太子和皇帝就是沒錯的了，但卻總覺得有些牽強，因為如果這樣的話，似乎在太子宮任職也可以說自己是「官成天子宮」，而不必專分出太子和皇帝了。

另見於《文選》的「兩宮」一詞用例尚有二則：

（1）潘安仁《夏侯常侍誄並序》：「內贊兩宮，外宰黎蒸。」呂向曰：「贊，助也。兩宮，謂從太子舍人轉為尚書郎。外宰，謂為野王令。黎、蒸，皆眾也。」呂向以太子宮與尚書郎為「兩宮」，則此「兩宮」用法與陸機上例基本相同。潘岳敘述夏侯湛的生平，也只有出入太子宮的經歷，並沒有出入天子宮的記錄，所以，呂向說「兩宮」指由太子舍人轉為尚書郎，並沒有說出入天子宮的事情。而陳宏天等直說「兩宮」是「皇帝和太子的並稱」〔註2〕，亦為無據且武斷。

（2）王仲寶《褚淵碑文一首並序》：「釋褐著作佐郎，轉太子舍人。濯纓登朝，冠冕當世。升降兩宮，實惟時寶。」李善曰：「《楚辭》曰：滄浪之水清可以濯我纓。《晉中興書》庾冰疏曰：臣因循家寵，冠冕當世。」又曰：「陸機《謝內史表》曰：『官成兩宮。』《尚書》曰：『所寶惟賢。』」呂延濟曰：「濯纓，洗濯其冠纓，以清潔登朝而事天子。冠冕，在首者。喻其以道德為世之首。」李周翰曰：「升降，上下也。兩宮，謂天子、太子宮。入天子宮，則為上。入太子宮，則為下也。」陳宏天等《昭明文選譯注》亦注謂：「皇帝和太子之宮。入天子宮為上，入太子宮為下。」〔註3〕褚淵亦無直接出入天子宮的記錄，曾

〔註2〕陳宏天等：《昭明文選譯注》第六冊，吉林文史出版社，1994年版，第1913頁。
〔註3〕陳宏天等：《昭明文選譯注》第六冊，吉林文史出版社，1994年版，第1913頁。

經任太子舍人、太子洗馬等職。

「兩宮」一詞產生既久，如《史記·魏其侯列傳》：「如兩宮螫將軍，則妻子毋類矣。」南朝宋裴駰《集解》張晏曰：「兩宮，太后、景帝也。螫，怒也。毒蟲怒，必螫人。又火各反。」唐司馬貞《索引》：「螫，音釋。謂怒也。《漢書》作奭，奭即螫也。」唐張守節《正義》：「兩宮，太子、景帝也。」這是當時辯士高遂游說魏其侯的話。魏其侯本為栗太子太傅，因為栗太子被廢，魏其侯就鬧情緒，在藍田南山之下稱病隱居數月，門下賓客、辯士勸說不聽，於是，高遂就勸他說：「你這樣的鬧情緒，一旦惹得『兩宮』對你發怒，那時候你的妻子、兒女都不能保全了。」裴駰釋此「兩宮」為竇太后與景帝。而張守節則認為是指景帝與太子劉徹。則太后與皇帝可稱「兩宮」，皇帝與太子亦可稱「兩宮」。

另，「兩宮」在東漢時還是專有名稱，特指洛陽城中的南、北二宮。見於《文選》之《古詩十九首·青青陵上柏》：「兩宮遙相望，雙闕百餘尺。」李善曰：「蔡質《漢官典職》曰：南宮、北宮相去七里。」呂延濟曰：「洛陽有南、北兩宮。雙闕，闕名。」

則「兩宮」在漢代可以專指太子和皇帝，也可以指太后和皇帝等。總之，當時「兩宮」之「宮」主要是指皇帝的宮廷內部而言。至東漢時期，洛陽城的南、北二宮亦有稱「兩宮」的情況。

然從上錄《文選》所存的三個「兩宮」用例卻可以看出，六朝時凡出入太子宮者，似均可稱為出入「兩宮」，這與《史記·魏其侯列傳》之「兩宮」明顯不同。然「兩宮」一詞，為什麼至六朝以後會有這樣的變化？從《文選》所存文獻來看，六朝時期與「兩宮」一詞非常接近的還有「二宮」之說。

《文選》中「二宮」之例亦有三則：

（1）潘正叔《贈陸機出為吳王郎中令》：「婉孌二宮，徘徊殿闈。醽澄莫饗，孰慰饑渴。」呂向曰：「婉孌、徘徊，皆顧慕貌。二宮，謂帝及太子宮也。機經任之，故正叔眷慕二宮之內，醽酒之澄，無人饗宴，慰我饑渴之情也。」上文已經說過，陸機並未有天子宮任職的經歷，此謂「機經任之」，亦只經任太子宮而已。故呂向直釋「二宮」為「帝及太子宮」有誤。

（2）沈休文《齊故安陸昭王碑文》：「升降二宮，令績斯俟。」劉良曰：「言其政善之功，可待成於此時也。令，善。績，功。斯，此。俟，待也。」

（3）沈休文《齊故安陸昭王碑文》：「二宮軫慟，遐邇同哀。」呂向曰：

「二宮，天子、太子也。謂常事二宮也。軫，隱也。言惻隱而哀慟。」

（2）、（3）兩例，同出於沈約《齊故安陸昭王碑文》，齊故安陸昭王蕭緬，為齊高帝蕭道成之姪，曾經在齊高帝建立政權的時候直接侍奉左右，故齊朝建立，被封為安陸侯。後歷任太子中庶子、太子詹事等重要職務。故可得「升降二宮，令績斯俟」之譽。這個「二宮」自可指天子與太子而言。例（2）意為：出入於天子、太子宮中，政績出眾，待至於此時而成就了大功勞。而（3）例則是說蕭緬死後舉國上下人人傷心哀痛，就連天子、太子都感到惋惜而傷心難過。

以上「二宮」用例表明，在六朝時期該詞語有兩重含義：一可以代指太子而言；二可以代指皇帝與太子二人而言。關於這個問題，周一良先生曾經作過考查，他根據《晉書》中的「二宮」用例，認為當時「二宮」一詞「皆指東宮而言。蓋當時東宮之別稱，取義於副貳。貳字從弍聲，弍即古二字，故二貳相通，二宮即貳宮也。」又說：「然一般言二宮則指兩人，其例甚多。」〔註4〕然指二人之「二宮」亦早見於《前漢書・杜欽傳》云：「親二宮之饗膳，致昏晨之定省。」韋昭曰：「二宮，邛成太后與成帝母也。」顏師古曰：「熟食曰饗，具食曰膳。膳之言善也。」

綜上所述，「兩宮」與「二宮」二詞語均出自漢代，當時都是指代兩個人而言，如可指代皇帝與太子、皇帝與太后，或可指代分居兩個宮殿裏的其他人，如上《前漢書・杜欽傳》例中之邛成太后與成帝母等。但是到了六朝以後，詞語的含義隨著語言環境的不同會有所變化，有時仍然指代兩個人，而有時則可以單指太子而言。這種改變究竟因何而起尚無定論，周一良先生關於「二宮」的說法僅可作為參考。因為「二」與「貳」雖然相通，但能否就因此解釋「兩宮」亦可代指東宮的問題？還需要作進一步的深入探討。

劉越石《勸進表》

囂然

「天下囂然無所歸懷，雖有夏之遘夷羿，宗姬之離犬戎，蔑以過之。」李善注曰：「班固《漢書贊》曰：海內囂然，喪其樂生之心。《左氏傳》曰：魏絳

〔註4〕周一良：《魏晉南北朝史劄記》，北京中華書局，1985 年版，第 45 頁。

對晉侯曰：昔有夏之方衰也，后羿自鉏遷於窮石，因夏民以代夏政。又曰：夷羿收之。杜預曰：夷，氏也。《史記》曰：幽王嬖愛褒姒，竟廢后立褒姒為后。廢后父申侯乃與西夷犬戎共攻幽王，遂殺幽王驪山之下。」呂延濟注曰：「嚚然，憂傷兒。夏太康出畋，為羿所逐，夷，羿氏也。姬，周姓。幽王為犬戎所滅。遘，遇。離，羅也。言此二主遇難，無能過於晉也。蔑，無也。」意為：天下的百姓都憂傷難過沒有了歸屬。即使是夏朝太康遭遇夷羿、西周幽王遭遇犬戎這樣的災難，也不如現在晉所遭遇的災難厲害。「嚚然」是指百姓在動亂時代因流離失所而憂傷難過的樣子。《文選》中另一「嚚然」用例見於嵇叔夜《養生論》，云：「終朝未餐，則嚚然思食；而曾子銜哀，七日不饑。」李善注曰：「《毛詩》曰：終朝采綠。終朝，謂從旦至食時。嚚然，饑意也。《禮記》曾子謂子思伋曰：吾執親之喪也，水漿不入口者七日。」李周翰注曰：「嚚然，饑憂貌。」意為：如果從天亮到吃飯的時間還沒能吃上飯，就會飢餓難耐想吃飯；可是曾子因為母親去世而心中哀傷，竟然可以七天不吃飯。這個「嚚然」是指人在飢餓的時候所體驗到的一種難耐的感受。

上述二例，反映了「嚚然」在六朝時的常用意義。

江左

「撫寧江左，奄有舊吳。」李善注曰：「江左，江東也。《春秋歷序》曰：東方為左。」劉良注曰：「元帝居琅琊時，加撫揚州諸軍事。故云撫寧江左。今復歸江南，故云奄有舊吳。奄，布也。」意為：安撫平定江東地區，擁有前朝吳國的廣大疆域。以「江左」指江東，即以東晉、南朝時的都城建康（今南京市）為中心的長江下游以東的地區。亦如五代人丘光庭所說：「晉、宋、齊、梁之書，皆謂江東為江左。」（《兼明書·雜說·江左》）而清人魏禧《日錄·雜說》亦云：「江東稱江左，江西稱江右，何也？曰：自江北視之，江東在左，江西在右耳。」都是對的。而劉琨此例則為目前所見以「江左」代指江東的最早用例。

然而，後來由於歷史上的東晉及南朝宋、齊、梁、陳各代的基業都在江左，故當時人又稱這五朝及其統治下的全部地區為江左，或直稱東晉王朝為江左，有時也稱首都建康為江左。如《晉書·溫嶠傳》：「於時江左草創，綱維未舉，嶠殊以為憂。及見王導共談，歡然曰：『江左自有管夷吾，吾復何慮！』」此處

的二「江左」，均指東晉王朝而言。《宋書·孝武帝本記》：「自晉氏江左以來，襄陽未有皇子重鎮。」此「江左」則指東晉王朝所統轄的全部地區。《南史·謝靈運傳》：「靈運少好學，博覽群書，文章之美，與顏延之為江左第一。」此「江左」應指南朝宋所轄全部地區。

見於《文選》之「江左」此義用例尚有如下 2 條：

（1）王簡栖《頭陀寺碑文》：「澄什結轍於山西，林遠肩隨乎江左矣。」李善注曰：「《禮記》曰：十年以長，則兄事之；五年以長，則肩隨之。《晉中興書》元帝詔曰：朕應天符，創基江左。《春秋命歷序》曰：東方為左，西方為右。」呂向注曰：「佛圖澄、羅什法師，並高道之僧也。結轍，謂教跡多也。」張銑注曰：「道林、惠遠，二僧名，並有高道，皆由於吳。」故上二句意為：佛圖澄、羅什二位法師在山西車轍連跡往來傳教，而道林、惠遠二僧則前行後隨說法於江東。此「江左」指南齊所轄的江東地區。

（3）沈休文《齊故安陸昭王碑文》：「江左以來，常遞斯任。」李善注曰：「謂天子都江左以來，遞求此任也。」據李善注，則此「江左」指京都建康。

鍾

「方今鍾百王之季，當陽九之會。」李善曰：「曹植《九詠章句》曰：鍾，當也。」呂延濟曰：「季，末也。九者陽數之極，則有災。災謂與厄相會也。」此「鍾」與下句的「當」相應，為同義詞，故以「當」釋「鍾」是對的。「鍾」字本義是古代盛酒器名，春秋時「鍾」又是容量單位。如《左傳·昭公三年》：「齊舊四量：豆、區、釜、鍾。四升為豆，各自其四，以登於釜，釜十則鍾。」然從上例及李善注引曹植《九詠章句》可知，魏晉以後「鍾」亦有「當」義，再如《陳書·高祖記上》：「此地山川秀麗，當有王者興，二百年後，我子孫必鍾斯運。」「鍾」即遭逢、適逢、正好遇到等義。

任彥昇《為范尚書讓吏部封侯第一表》

乃、道風

此表為任昉代范雲所作的，其自述云：「乃祖玄平，道風秀世。」呂向曰：「玄平，范雲高祖之父也。」李善注：「《晉中興書》曰：范汪字玄平，善言玄理，為吏部郎，徙吏部尚書、徐兗二州刺史也。」呂向注：「玄平，范雲高祖之

父也。**道風**，謂妙達玄理。秀，出也。」

本篇文字因為通篇以范雲的自述口吻寫成，故從上下文來看，此「乃」字應該釋為代詞「我的」。范雲說：「我的曾高祖玄平君，妙達玄理，風姿特秀超出常人。」然以「乃」作第一人稱代詞「我的」解，在此前文獻中還從未見到。且《漢語大詞典》所列「乃」字的 19 條義項中也未有以「我的」釋「乃」的，似以補上為宜。

而此例之「道風」可以理解為玄道之風，即妙達玄理的特殊風姿。

《文選》中「道風」的另一用例見於任彥昇《百辟勸進今上箋》。因蕭衍拒絕接受齊和帝蕭寶融給他封公和加九錫，所以百官上表勸進。即為任昉此篇表文。其中任昉讚美蕭衍云：「且明公本自諸生，取樂名教，道風素論，坐鎮雅俗。」意為：況且明公您本是儒生出身，樂道明教，有儒道的風範和高妙的言論，安坐就可以鎮服糾正風俗。這個「道風」可以理解為儒道之風。所以，無論是「玄道之風」還是「儒道之風」都是指人的學識修養高而言。故陳宏天等《昭明文選譯注》釋「道風」為「道德高尚」〔註 5〕也說得通。《漢語大詞典》釋「道風」云：

> 【道風】1. 道德風操。南朝宋謝靈運《廬山慧遠法師序》：「於昔安公，道風允被。」南朝梁武帝《罷鳳凰御書詔》：「朕君臨南面，道風蓋闕，嘉祥時至，為愧已多。」宋宋祁《賜皇弟允迪讓恩命不允批答》：「朝渙既頒，何執常謙，欲遂素守，道風雖亮，允令難稽。」2. 謂超凡脫俗的風貌。南朝梁慧皎《高僧傳·義解三·慧持》：「遠，持兄弟也。綽綽焉，信有道風矣。」清周亮工《書影》卷五：「予坐客未識司直者，見其蓬髻電目，面作松鱗，瘦處領左……已而道風披揚，緒論疊出。」3. 謂諸凡道家之教義及其生活實踐等。南朝宋朱廣之《諮顧道士〈夷夏論〉書》：「僕夙漸法化，晚味道風，常以崇空貴無，宗趣一也。」

《漢語大詞典》所列的三個義項及最早用例均出自六朝文獻。證明這是一個六朝習用語。

〔註 5〕陳宏天等：《昭明文選譯注》第五冊，吉林文史出版社 1994 年版，第 505 頁。

任彥昇《為蕭揚州作薦士表》

領袖

「故以暉映先達，領袖後進。」李善注曰：「孫盛《晉陽秋》曰：裴秀有風操，十歲時人為之語曰：後進領袖有裴秀。」呂向注曰：「暉映，光明也。領袖，可為人之儀則。」意為：所以可以光耀先賢，引領後進。「領袖」為動詞，即作人表率的意思。

《文選》中「領袖」的另一用例見於沈休文《齊故安陸昭王碑文》，云：「蓋百代之儀表，千年之領袖。曾不慭留，梁摧奄及。」李善注曰：「《荀氏家傳》曰：荀彧德行周備，名重天下。莫不以為儀表。王隱《晉書》曰：魏舒為相國參軍，晉王特加器敬。每朝會罷坐，而目送之曰：魏舒堂堂，實斯人之領袖也。《左氏傳》孔丘卒，公誄之曰：旻天不弔，不慭遺一老。《禮記》曰：孔子早起，負手曳杖，逍遙於門，歌曰：太山其頹乎？梁木其壞乎？」劉良注曰：「慭，惜也。梁摧，謂如屋之梁棟摧折也。奄及，言速及也。」此「領袖」為名詞，即表率、儀則等含義。意為：大概可以作為百代的楷模，千年的表率了。可惜性命短暫竟然不能久留，就像房屋的梁棟摧折一樣如此迅速地去世了。

筆耕、傭書

「理尚棲約，思致恬敏。既筆耕為養，亦傭書成學。」李善曰：「劉璠《梁典》曰：王僧孺字僧孺，東海郯人也。六歲解屬文，梁興，除鎮軍記室。稍遷蘭陵太守，卒於諮議。《東觀漢記》曰：班超家貧，為官傭寫書，投筆歎曰：丈夫獨不效傅介子，立功絕域之地以封侯，安久筆耕乎？《東觀記》耕或為研。范曄《漢書》曰：班超為官傭書，以供養。《吳志》曰：闞澤字德潤，會稽人。家世農夫，至澤好學，無以資，常為人傭書以供紙筆，所寫既畢，誦讀亦遍矣。」呂延濟曰：「理謂意趣也。恬，靜。敏，達也。言棲意儉約，思至靜達。筆耕，謂以筆代耕種，以取給傭債。」故《辭源》與《漢語大詞典》均釋「傭書」為「受雇為人寫書」是對的。「傭書」詞語最早見於范曄《後漢書》，再見於任昉此篇。於此不僅可見文人以筆傭耕始於班固，而「傭書」凝固成詞則是六朝以後的事了。而「筆耕」一詞則始於任昉此篇，而為後世所沿用。其意義即如《漢語大詞典》所釋為「以筆代耕。謂以筆墨工作謀生。」

坐鎮雅俗

「悚坐鎮雅俗，弘益已多。僧孺訪對不休，質疑斯在。」劉良注曰：「言悚進益於俗多，僧孺有應對定疑之美。」這句意為：王悚坐鎮雅俗，助益很多；王僧孺不停地回答應對各種疑問，解決疑難的能力表現在外。李善、五臣於「坐鎮雅俗」均無注。任昉《百辟勸進今上箋》云：「道風素論，坐鎮雅俗。」李善注曰：「孫綽子曰：或問雅俗。曰：涇渭分流，雅鄭異調。」李周翰注曰：「雅俗，謂正風俗。」任昉評價蕭衍道德風範為世人所稱道，安坐即可鎮服糾正風俗。則「坐鎮雅俗」即為安坐而鎮服使風俗得以糾正的意思。因此，任昉讚美王悚、讚美蕭衍都用「坐鎮雅俗」，以顯示他們威望很高，即使安坐不動，也會使人鎮服聽命。所以，王悚才會對社會的風俗純正助益很多。《四庫全書》六朝及後人文獻中與此用法相同用例甚多，如《陳書·蕭幹傳》：「卿坐鎮雅俗，才高昔賢。」《北齊書·陽斐盧潛崔劼盧叔武陽休之袁聿修傳》：「贊曰：惟茲數公，心安寵辱。不夷不惠，坐鎮流俗。」《舊唐書·楊綰傳》：「以清德坐鎮雅俗。」同書《裴度傳》：「雖江左王導、謝安，坐鎮雅俗，而訏謨方略，度又過之。」《尹知章》：「中書令張說薦知章有古人之風，足以坐鎮雅俗。」都可以理解為安坐而威德鎮服以端正風俗。

然而，後世亦以「坐鎮」指親自鎮守。如宋楊億《武夷新集》卷十，《宋故推忠協謀佐理功臣光祿大夫尚書右僕射兼門下侍郎同中書門下平章事監修國史上柱國隴西郡開國公食邑三千八百戶食實封一千二百戶贈太尉中書令諡曰文靖李公墓誌銘》：「公亦坐鎮京邑，兼容獄市，令行禁止，不戮一人。」《明史·王鏊傳》：「提督右都御史史琳，坐鎮京營，遙為聲援。」

不任

「臨表悚戰，猶懼未允，不任下情。」意為：面對此表，仍然感到惶恐，擔心您不能接受我的意見，是因為此表不能充分表達我的真實想法。這個「不任」可以理解為負擔不起、不勝任等意義。在此，即不能充分表達的意思。

《文選》的其他作品中多次出現了「不任」這個詞語。基本含義與「不勝」相當。就是不能忍受、不能承受、不勝任或者是極端強烈的、極度的、無法超越的等意義，可以在具體語言環境中依託上下文的意義而做出適當的解釋。

如其中的最早用例：張平子《西京賦》：「始徐進而贏形，似不任乎羅綺。」

李善注：「宮女之形羸弱，似不勝羅綺。」李善釋這個「不任」為「不勝」，即不勝任或不能承受，在這裡也就是穿不起來的意思。

孫興公《遊天台山賦》：「方解纓絡，永託茲嶺。不任吟想之至，聊奮藻以散懷。」李善曰：「方，猶將也。纓絡以喻世網也。《說文》曰：嬰，繞也。纓與嬰通。郭璞《山海經注》曰：絡，繞也。《歸田賦》曰：揮翰墨以奮藻。」劉良曰：「解，脫也。纓絡，縈纏也。奮，發。藻，文也。言將脫去俗理之縈纏，長居於此山。不任吟想之極也，故聊復發於文詞，以散長想之懷。」這段話是孫興公在極力讚美了天台山的奇特景觀之後說的一段話。意為：自己將要擺脫世網的牽絆，長居於天台山中。這種想法充斥於胸中，達到極為強烈的程度，已經難以承受了，於是就姑且用文辭書寫出來。這個「不任」就是不能承受、忍受不了的意思。與此用法類似的還有任彥昇《為范尚書讓吏部封侯第一表》：「不任荷懼之至，謹奉表以聞。」恐懼到極點了，難以承受了，所以奉上此表讓您能夠瞭解實情。任彥昇《為褚諮議蓁讓代兄襲封表》：「不任丹慊之至。謹詣闕，拜表以聞。」即至誠之心達到極致，已經到了難以承受的程度。恭敬地拜送此表於您的宮闕，希望您能瞭解。江文通《詣建平王上書》：「不任肝膽之切，敬因執事以聞。」江淹說：我的這篇上書雖然還不能充分表達我披肝瀝膽般的至切之誠，但還是恭敬地憑藉執事將我的想法奏聞於您。這個「不任」仍然是擔負不起即表達不盡的意思。任彥昇《為卞彬謝脩卞忠貞墓啟》：「不任悲荷之至，謹奉啟以聞。」難以忍受悲痛到了極點，恭謹地奉上此啟，讓您能夠聽到我的心聲。謝玄暉《拜中軍記室辭隨王箋》：「不任犬馬之誠。」此即不能表達我效犬馬之勞的誠心。

謝靈運《登池上樓》：「進德智所拙，退耕力不任。」劉良曰：「言進德濟世，智則疏拙，退耕自給，力不堪任。」謝靈運說自己想要進德濟世做一番事業，但是智力水平差一些，而退守田園從事農業生產，有感覺自己力量不夠用。「不任」即不堪任，也就是承擔不起責任的意思。同義還有顏延年《陶徵士誄並序》：「井臼不任，藜菽不給。」呂向曰：「汲井、舂臼，不任其勞，採藜取菽，不給其食。藜草、菽豆，皆貧之食也。」

任彥昇《上蕭太傅固辭奪禮啟》：「不任崩迫之情，謹以啟事陳聞。」呂延濟曰：「崩迫，切急也。」這是承受不了、忍受不了的意思。

任彥昇《百辟勸進今上箋》：「不任悾款，悉心重謁。」李善曰：「《論語注》

曰：悾悾，誠愨也。《廣雅》曰：款，誠也。」全句意為：我萬分懇切地、全心全意地再次表達我的誠意。這個「不任」就是極端的、達到極致的意思。

以上諸例皆為《文選》中「不任」一詞在六朝時期的常用義。然《文選》中還有兩例，表明「不任」一詞早於六朝既已經產生了，如李少卿《答蘇武書》：「死傷積野，餘不滿百，而皆扶病，不任干戈。」張銑曰：「餘兵不滿百人。」呂延濟曰：「百人之中，扶持創痛，不堪戰也。」士兵死傷無數，只剩下不到百人，還都傷病纏身，所以，已經不能再經受得了打仗了。「不任」即不能承受、經受不住的意思。

《漢語大詞典》解釋「不任」較為全面，可從。而《辭源》未收，當補。

任彥昇《為范始興作求立太宰碑表》

風猷、徽烈

「存樹風猷，沒著徽烈。既絕故老之口，必資不刊之書。」李善曰：「《尚書》曰：彰善癉惡，樹之風聲。應璩《與王將軍書》曰：雀鼠雖愚，猶知徽烈。《西征賦》曰：非惟奉明，邑號千人。訊諸故老，造自帝詢。《杜預傳序》曰：左丘明受經於仲尼，以為經者，不刊之書也。」呂向曰：「猷，道。徽，美。烈，業。刊，削也。言風教道德，死當著其美業。故老既沒，必資於銘記，不可削除。故云不刊也。」所謂「故老」，指年高見識多的人。此段意為：人活著的時候能夠樹立美好的「風猷」，死了以後也能彰顯美好的業績。但是故老如果已經死去，不能再講述了，就只能憑藉銘記一類不刊之書傳播。這裡的「風猷」與「徽烈」相對而言，即活著時候樹立，死後才得以顯揚，二者互文，意義應該基本一致。故「徽烈」即為「美好的業績」，則「風猷」亦可以解釋為「美好的節操與功業」，或者是「美好的風範與功業」。風，用於修飾人，有風操、節操、風範、風度等意義。如《孟子·萬章下》：「故聞伯夷之風者，頑夫廉，懦夫有立志。」此為風操、節操之「風」。《後漢書·龐參傳》：「〔龐參〕勇謀不測，卓爾奇偉，高才武略，有魏尚之風。」此為風度、風範之「風」；猷，亦用於修飾人，也有功業、功績等意義。如陳壽《三國志·吳志·陸遜傳》：「聖化所綏，萬里草偃，方蕩平華夏，總一大猷。」

任昉替范雲寫作的此篇表文，是范雲請求皇上要為竟陵文宣王蕭子良立

碑。所以為了陳述求立碑的必要性與原因，即先說明人活著就要活得有好名聲，死後也才能有好的事業流傳後世的道理。但是流傳後世除了依靠故老的口傳以外，就是靠銘記一類不刊之書。後文則闡述書又是不能長久保存的，所謂「藏諸名山，則陵谷遷貿；府之延閣，則青編落簡」，而劉邦與孔子的業績為什麼會傳播永久不滅？因為劉邦廟、孔子廟都立有記載他們功業的石碑。正是因為這樣的原因，所以，功業可以和周公、召公相媲美的蕭子良當然也需要立碑了。依託這樣的寫作背景，再來回看任昉「存樹風猷，沒著徽烈」二句，李善以《尚書》之懲惡揚善，樹之風聲解釋「風猷」明顯有誤，呂向以「風教道德」解釋也不算準確，因為描述人的行為說風聲、風教都不如說成「名聲與道德」或「名聲與品德」更恰當。則陳宏天等《昭明文選譯注》將此二句直譯為「要想保存和樹立好的風俗與教化，就不應該埋沒美好的業績」〔註6〕就更是無謂之說，是對原文理解有誤所致。

　　《文選》中另一「風猷」用例為任彥昇《齊竟陵文宣王行狀》，云：「茂崇嘉制，式弘風猷。」據上下文，「茂崇嘉制」是說竟陵文宣王的安葬禮制一定要極為完美而且尊崇，「式弘風猷」是說，以此來弘揚他的「風猷」。此「風猷」亦可解釋為美好的節操與功業。

　　檢索《四庫全書》，「風猷」為六朝習用語，當時除有以上諸意義以外，還用指君主的「風教德化」。如沈約《宋書·文帝劉義隆本記》：「伏惟陛下君德自然，聖明在御，孝悌著於家邦，風猷宣於蕃牧。」同書之《臨川王劉義慶傳》：「伏惟陛下，惠哲光宣，經緯明遠，皇階藻曜，風猷日升。」蕭子顯《南齊書·高逸列傳》：「名教之外，別有風猷。」等為風教德化之義。

　　「徽烈」，《辭源》釋為「美好的業績」，《漢語大詞典》釋為「宏業，偉業」意義基本相同。然「徽烈」作為美好的業績之義，用於人，卻只適用於死後，不用於生前，這是其與「風猷」的區別。任昉「存樹風猷，沒著徽烈」二句即為其證。再如晉陸雲《陸士龍集·晉故豫章內史夏府君誄》：「亮節三恪，侯服千祀。悠悠訖茲，徽烈不已。」南朝梁劉勰《文心雕龍·原道》：「重以公旦多材，振其徽烈，剬《詩》緝《頌》，斧藻群言。」《晉書·儒林列傳》：「先王徽烈，靡有孑遺。」同書《忠義列傳》：「書名竹帛，畫像丹青，前史以為美談，

─────────────

〔註6〕陳宏天等：《昭明文選譯注》第五冊，吉林文史出版社，1994年版，第331頁。

後來仰其徽烈者也。」等等。

精廬

「故精廬妄啟，必窮鐫勒之盛；君長一城，亦盡刊刻之美。」李善曰：「《東觀漢記》曰：王阜年十一，辭父母，欲出精廬，以尚幼不見聽。」呂向曰：「精廬，謂寺觀也。一城，謂牧宰。言寺觀之開，牧宰之美，猶尚刊勒碑頌，況竟陵王有周公、召公之化，伊尹、顏回之德，而不立銘記也？」這裡關於「精廬」一詞有二解：李善舉《東觀漢記》之例，則「精廬」詞語產生較早，且從語義來看，王阜所欲出之「精廬」應該是適合年幼之人所處。父母因為他年記尚幼，所以沒有接受他要離開「精廬」的要求。那麼此「精廬」究竟為何物？

而呂向注謂：「精廬，謂寺觀也。」故任昉此例之「精廬」究竟何解，還需要仔細分析。

「精廬」詞語在六朝文獻中用例很多。以《後漢書》為例：《姜肱傳》：「盜聞而感悔，後乃就精廬，求見徵君。」李賢注：「精廬，即精舍也。以其嘗蒙徵聘，故稱為徵君。」據姜肱本傳所記載，姜肱因為名聲遠播，所以很多人從遠方來到他的家裏求學，因此，此「精廬」，李賢釋為「精舍」，實即學習、讀書之所。同書《蔡玄傳》：「精廬暫建，贏糧動有千百。」李賢注：「精廬，講讀之舍。」亦可為證。從李賢注可知，《後漢書》中之「精廬」亦可謂之「精舍」。同書《劉淑傳》：「淑少學明五經，遂隱居，立精舍講授，諸生常數百人。」《檀敷傳》：「少為諸生，家貧而志清，不受鄉里施惠，舉孝廉連辟公府皆不就。立精舍教授，遠方至者常數百人。」《包咸傳》：「因住東海，立精舍講授。」《李充傳》：「遭母喪，行服墓次，有人盜其墓樹者，充手自殺之，服闋，立精舍講授。」諸「精舍」皆為讀書、講習之所。

另，北齊魏收所撰《魏書‧儒林傳‧平恒傳》：「乃別構精廬，並置經籍於其中。」同書《徐遵明傳》：「每精廬暫闢，杖策不遠千里束脩受業，編錄將逾萬人。」等等。

綜上所述，「精廬」於六朝可指讀書、講學之所無疑。故《東觀漢記》王阜十一歲時就想出的「精廬」應該是指他自幼學習讀書的學舍。依李善以此例解說任昉「故精廬妄啟，必窮鐫勒之盛；君長一城，亦盡刊刻之美」之「精廬」，

則全句意為：隨便開設一個學舍，或者一個小小的牧宰將管轄的城區治理得好，都要極盡刻碑銘記這樣的盛舉來宣揚美德。以證明像竟陵文宣王蕭子良這樣具有周公、召公遺風的賢人更應該刻石立碑了。於上下文意義可通。

而呂向釋「精廬」為寺觀也是有根據的。隋李百藥所撰《北齊書‧楊愔傳》：「至磧磝戍，州內有愔家舊佛寺，入精廬禮拜，見太傅容像，悲感慟哭，歐血數升。」唐李延壽撰《北史‧楊愔傳》：「至磧磝州內，有愔家舊佛寺精廬禮拜，見太傅容像，悲感慟哭，歐血數升。」這兩例所記為同一件事，即楊愔家曾經建有佛寺，寺內有精廬。其中供奉有其家中先人畫像。或魏晉以後佛教盛行，故世家大族有自家修建佛寺之習，亦可於寺內闢出房間，專門用於讀經、講習之所，也未可知。故此之「精廬」，仍是由學舍之義引申而來，乃指建於寺廟之內的學舍而言，不當直接指代寺廟。以「精廬」代寺廟為唐代以後的事。亦或是唐人因襲李百藥、李延壽的此段記載而誤會且以訛傳訛所至。如唐賈島《宿山寺》詩：「眾岫聳寒色，精廬向此分。」宋辛棄疾《漢宮春‧答李兼善提舉和章》詞：「心似孤僧，更茂林修竹，山上精廬。」「精廬」即專指寺廟了。故任昉《為范始興作求立太宰碑表》之「精廬」似不宜釋為「寺觀」也。

義形

「與存與亡，則義形社稷；嚴天配帝，則周公其人。」呂延濟曰：「社稷之臣，主在共理其事，主亡則行其政令。言義理形見，是社稷臣也。嚴，尊也。然尊主配天，則與周公同功也。」意為：主在與之共理其事，主亡則行其政令。其大義體現於江山社稷上面，他做到尊奉天地就像周公一樣。「義形」就是義理形現，即道義表現於形的意思。

除此例外，「義形」詞語於《文選》尚有二例：

（1）陸士衡《漢高祖功臣頌》：「義形於色，憤發於辭。主亡與亡，末命是期。」李善曰：「《漢書》曰：陵為人少文任氣，好直言，高后欲立諸呂為王，問陵，陵曰：高皇帝刑白馬而盟曰：非劉氏而王者，天下共擊之。今王呂氏，非約也。《公羊傳》曰：孔父可謂義形於色矣。《漢書》文帝即位，絳侯為丞相，爰盎進曰：丞相何如人？上曰：社稷臣。盎曰：絳侯所謂功臣，非社稷臣。社稷臣，主存與存，主亡與亡。」呂向曰：「高祖既崩，呂后欲廢絕漢祚，將封呂氏。王陵曰：昔高帝云，非劉氏不王也。呂后不悅。此則義形於色，憤發於

辭也。言其一心事主，志節不移，故曰主亡與亡也。守其遺命，不封呂氏，可謂末命是期也。」

（2）袁彥伯《三國名臣序贊》：「忠存軌跡，義形風色。」李善曰：「《公羊傳》曰：孔父可謂義形於色矣。」張銑曰：「謂曹公每欲窺奪漢位，琰每折之，義見於風神顏色也。形，見也。」

呂延濟注「義形」之為「義理形見」，可以解釋為道義顯現的意思，是對的。從以上三例的具體語言環境來看，「義形社稷」，可譯為「道義呈現於江山社稷方面」；「義形於色」，即「道義呈現於臉面顏色上面」；「義形風色」則可譯為「道義表現於神氣顏色上面」。

然「義形」詞語形成於漢代，最早見於漢《公羊傳》：「孔父可謂義形於色矣。」漢何休注：「內有其義，而外形見於顏色。」司馬遷《史記・平準書》：「雖未戰，可謂義形於內。」班固《漢書・卜式傳》：「雖未戰，可謂義形於內矣。」顏師古注曰：「形，見也。」雖然不是六朝新詞，但是因為《辭源》及《漢語大詞典》均漏收，且陳宏天等《昭明文選譯注》亦不作專門解釋，故於此說明。

任彥昇《奉答敕示七夕詩啟》

風什

「託情風什，希世罕工。」李善注曰：「《毛詩》題曰：『《關雎》之什。』《魯靈光殿賦》曰：『邈希世而特出。』」李周翰注曰：「風什，謂篇章也。罕，少也。言遠代以來，少有如帝善文如此也。」二句意為：通過作詩來寄託感情，世上很少有能趕上皇帝您做得好的。「風什」就是指詩篇而言。

「風什」於《文選》，另見於沈休文《宋書・謝靈運傳論》。云：「六義所因，四始攸繫。升降謳謠，紛披風什。」李善注曰：「《鹿鳴》之什，說者云詩每十篇同卷，故曰什也。」這個「風什」仍指詩篇。

上二例表明，作詩篇解，則「風什」同於「篇什」，故李周翰釋為「篇章」是對的。「篇什」已見第一章，亦指各類作品的總稱，這個含義卻是「風什」所不具備的。

任彥昇《為卞彬謝脩卞忠貞墓啟》

纏迫

「感慨自哀，日月**纏迫**。」李周翰注曰：「言彬自傷感。纏迫，急速也。因此而增歎。」據上下文意，任昉此二句是承上而言。上文說卞彬看到當朝皇帝梁武帝下詔書要為卞彬高祖、原晉代驃騎大將軍、建興忠貞公卞壺重新修繕墳塋，不禁感慨萬端。想到自己家門不昌盛，天道暗昧，致使盡忠之人（卞壺）反而喪命，盡孝之子（壺之二子：眕、盱死於父難）殞身。雖然當時朝野上下人人為之悲感傷懷，但隨著時代的變遷，因後代孤弱沉淪，遂使碑表毀滅、墳墓荒蕪。故卞彬說自己「感慨自哀，日月**纏迫**」，即常常因為想到這些，而感慨傷心，日夜煩惱不安。「纏」就是煩惱的意思。「迫」有窘迫、狹窄、逼迫等意義，則「**纏迫**」即為煩惱所迫而不安的意思。「纏」，在佛教術語中就是煩惱的代名詞。見隋代慧遠《大乘義章》卷五：「所言障者，隨義不同，乃有多種。或名煩惱……或名為纏。」慧遠之《大乘義章》應該是在充分吸收南北朝人闡釋佛經教義成果基礎上完成的。如北魏楊炫之《洛陽伽藍記》卷四，「融覺寺」即云：「流支讀曇謨最《大乘義章》，每彈指讚歎，唱言微妙。即為胡書寫之，傳於西域，西域沙門常東向遙禮之，號曇謨最為東方聖人。」可見《大乘義章》於六朝既已出現，而佛教傳入中國時代更早，在梁代也更加興盛，任昉或受佛教影響而造此詞也未可知。然《辭源》此詞未收。而《漢語大詞典》則釋為「日月運行，歲月迫人。有時光迅速，或餘日無多之意」恐怕未安。後世之「**纏迫**」用例，均未見有「時光迅速，或餘日無多之意」，而一般為煩惱不安之意。如唐張說《張燕公集》卷二十五，《為人作祭弟文》：「所恨在疾不視，於喪不臨，沈綿苦懷，**纏迫**斯甚。予羸老矣，傷心幾何？」唐蕭穎士《蕭茂挺文集·為南陽尉六舅上鄧州趙王箋》：「感念存亡，觸目**纏迫**。」等，均為煩惱不安的意思。

任彥昇《奏彈曹景宗》

任彥昇《奏彈曹景宗》一文可謂「奏彈文章之佳構」〔註7〕，任昉此文對於曹景宗觀望誤國的罪行揭批透徹，更顯示出他的語言駕馭之工。其中亦不乏六

〔註7〕陳宏天等：《昭明文選譯注》第五冊，吉林文史出版社，1994年版，第417頁。

朝時語的運用，極為生動地增強了文章的表現力。

將軍死綏，咫步無卻

此二句，正是揭批曹景宗誤國的基本立腳點。曹景宗的所作所為與此二句的主張截然相反，所以正是任昉對他進行彈劾的理論根據。

《說文・糸部》：「綏，車中把也。」段玉裁注改「把」為「靶」。云：「靶，各本作把，《玉篇》作『車中靶也』，《廣韻》引《說文》同。按：靶，是。把，非。靶者轡也。轡在車前，而綏則繫於車中，御者執以授登車者，故別之曰車中靶也。」段氏解釋含義是沒有錯的。但也不一定就說「靶，是。把，非。」「綏」是古人登車時候的扶手，相當於現在的扶手、把手的意思。也可稱「靶」。《廣雅・釋器》：「靶謂之綏。」王念孫疏證：「靶之言把也，所把以登車也。《說文》：『綏，車中靶也。』」作為登車的扶手，稱「把」是強調功用，稱「靶」是強調材質，所指則同。因古人登車時的扶手是一條皮製的繩索，所以稱為「綏」，這是會意字。從糸，表明其作為繩索的材料。而從妥，則表明其手扶以保持安穩的功能。如《論語・鄉黨》：「升車，必正立執綏。」刑昺疏：「綏者，挽以上車之索也。」其義甚確。

古代將軍乘戰車指揮打仗，這時候的戰車就是他的武器，所以他只有死死抓住車之綏，才能在奔馳的戰車上保持穩定而不會被甩出去。所以「將軍死綏」，就是說，將軍至死也不會鬆開把手而拋棄戰車，表明要與敵人血戰到底的決心。「咫」為古代長度單位，周制八寸為咫。《左傳・僖公九年》：「天威不違顏咫尺。」杜預注：「八寸曰咫。」「卻」為退卻。故「咫步無卻」形容很少的一小步也不會退卻。「將軍死綏，咫步無卻」就可以理解為將軍可以血戰至死，但絕不會後退半步。

按甲盤桓，緩救資敵

此二句則為曹景宗罪行的主要事實，簡單八個字，就把曹景宗的主要罪行交代清楚了。李善注：「《魏志》曰：『司馬文王征諸葛誕，六軍案甲，而誕自困。』《廣雅》曰：『盤桓，不進也。』李斯上書曰：『今逐客以資敵。』」張銑注：「按，下也。盤桓，不進貌。資，助也。」意思是說：曹景宗奉命增援被敵人圍困的司州，但是他卻按兵不動，拖延救援時間，因而是幫助了敵人。「盤桓」一詞於六朝為不進之義。但其最早用例則始於班固《幽通賦》：「承

靈訓其虛徐兮，佇**盤桓**而且俟。」《文選》中表示不進之義的「**盤桓**」用例很多。如陶淵明《歸去來》：「景翳翳以將入，撫孤松而**盤桓**。」袁彥伯《三國名臣序贊》：「孔明**盤桓**，俟時而動。」呂向注：「蜀相諸葛亮，字孔明也。**盤桓**，未進時也。」意指孔明沒有出山之前。

世出

「伏惟聖武英挺，略不世出。」李善注曰：「《漢書》蒯通說韓信曰：功無二於天下，略不世出也。」呂向注曰：「挺，拔也。略，謀也。不世出，言非世人所能出也。」任昉讚美梁武帝英明才略出眾，非一般人可比。所以「世出」即為一般世人所能出或世人所超出。然見於《文選》的其他「世出」用例與此意義並不完全相同。分析如下：

（1）丘希範《與陳伯之書》：「將軍勇冠三軍，才為世出。」呂延濟注：「冠，首也。言勇可以為三軍首也。才謂文武之才也。世出，謂應時而出也。」

（2）袁彥伯《三國名臣序贊》：「才為世出，世亦須才。」李周翰注曰：「賢才為亂世而生，亂世亦須賢才而靜。」此「世出」亦為應時而出之義。

則「世出」於漢代為一般世人所能出的意思。至六朝則產生了新含義，指應時而出。

景宗即主

李善注：「主謂為主首也。王隱《晉書》庾純自劾曰：『醉酒荒迷，昏亂儀度，即主。臣謹按河南尹庾純云云。』然以『主』為句，『臣』當下讀也。」故「景宗即主」意為，曹景宗就是罪魁禍首。所謂「主首」就相當於罪魁禍首的意思。李善舉王隱《晉書》庾純之例為證至確。六朝之奏彈文章多用此體。《文選》中任彥昇《奏彈劉整》：「如法所稱，整即主。臣謹案：新除中軍參軍，臣劉整，閭閻闒茸，名教所絕……」沈休文《奏彈王源》：「源即罪主。臣謹案：南郡丞王源，忝藉世資，得參纓冕……」再如北齊魏收《魏書·于栗磾傳》：「傷禮敗德臣忠即主。謹案：臣忠世以鴻勳盛德，受遇累朝……」同書《抱嶷傳》：「臊聲布於朝野，醜音被於行路。即攝鞫問，皆與風聞無差。犯禮傷化，老壽等即主。謹案：石榮籍貫兵伍，地隔宦流……」唐姚思廉《梁書·蕭穎達傳》任昉彈劾蕭穎達：「知其列狀，則與風聞符同，穎達即主。臣謹案：征虜將軍、太子左衛率作唐縣開國侯，臣穎達，備位大臣預聞執憲……」同書

《王亮傳》任昉彈劾范縝:「不有嚴裁,憲准將頹。縝即主。臣謹案:尚書左丞臣范縝,衣冠緒餘,言行舛駮……」上述諸例體式基本相同,均為前列罪證事實,然後謂「某某即主」,接下來再對罪魁禍首的罪行進行定性性陳述。然此一體式目前所見以任昉最早,或為其首創。

惟此庸固,理絕言提

李善注:「《晉起居注》宋公表曰:臣實庸固。」呂延濟注:「庸固,謂景宗也。《詩》云:『匪面命之,言提其耳。』理絕言提,不可與言也。」宋王楙《野客叢書》卷二十九云:「任彥昇彈文曰:惟此庸固,理絕言提。取《毛詩》『言提其耳』之義,謂『言提』歇後語,陳梁書中亦有是語。」王楙認為陳梁之際往往以「言提」代指「言提其耳」,即提著耳朵教導。

在任昉此例中「庸固」是作為貶義詞出現的,故「惟此庸固,理絕言提」意為:像曹景宗這樣的「庸固」之人,和他講道理沒有一點用處,所以和他還有什麼話好說?不需要再教導他了。《文選》卷三十八,庾元規《讓中書令表》云:「臣凡庸固陋,少無撿操。」則「庸固」當即庾亮所謂的「凡庸固陋」之義。然「庸固」詞語並非任昉獨創,最早用例見於東漢王充《論衡·自記篇》云:「母驪犢駁,無害犧牲。祖濁裔清,不榜奇人。鯀惡禹聖,瞍頑舜神。伯牛寢疾,仲弓潔全。顏路庸固,回傑超倫。孔墨祖愚,丘翟聖賢。」自注謂:「榜,讀為妨。」

任彥昇《奏彈劉整》

任彥昇《奏彈劉整》一文,是任昉彈劾齊故西陽內史劉寅弟弟劉整的文章。其間大量運用六朝時語。確如陳宏天等所謂:「《奏彈劉整》在《文選》中是一篇很特殊的文章。《選·文》多為駢體,而此文則是散體,甚至像一篇審訊記錄,方言口語夾雜其中,不僅與整個《選·文》風格迥異,同篇文字格調也很不一致。何以至此?李善注提示了我們:『昭明刪此文太略,故詳引之,令與彈相應也。』……考核諸本,則『又以錢婢姊妹弟溫』至『如法所稱整即主』八百餘字是昭明所刪,善注補回者。」〔註8〕

〔註8〕陳宏天等:《昭明文選譯注》第五冊,吉林文史出版社,1994年版,第427頁。

稱首

「千載美談，斯為**稱首**。」李善注曰：「《公羊傳》曰：魯人至今以為美談。《封禪書》曰：永保鴻名而常為**稱首**也。」二句意為：凡千載的美談，當以此為第一。「**稱首**」即第一的意思。詞源自司馬相如《封禪文》，但為六朝文獻所習用。另見於《文選》，尚有王簡栖《頭陀寺碑文》一例。云：「以法師景行大迦葉，故以頭陀為**稱首**。」李善注曰：「《詩》曰：高山仰止，景行行止。《彌勒成佛經》曰：彌勒佛贊言，大伽葉比丘是釋迦牟尼佛大弟子，釋迦牟尼佛於大眾中常所讚歎：頭陀第一，通達禪定解脫三昧。《封禪書》曰：前聖所以永保鴻名，而常為**稱首**者，用此者也。」呂向注曰：「大迦葉，佛大弟子也。言法師景行如大迦葉，故以頭陀為寺之**稱首**。頭陀，斗藪也。言斗藪煩惱以歸正真。」意為：因為法師敬仰釋迦牟尼佛大弟子大伽葉比丘，所以，就選擇「頭陀第一」之義，以「頭陀」作為寺廟的名稱。呂向注「言法師景行如大迦葉」不確。

見於《四庫全書》六朝用例亦甚多。如《三國志・吳志・程秉傳》程秉向孫權之子孫登進言：「婚姻，人倫之始，王教之基。是以聖王重之，所以率先眾庶，風化天下。故《詩》美《關雎》，以為**稱首**。願太子尊禮教於閨房，存《周南》之所詠，則道化隆於上，頌聲作於下矣。」

列稱

文章一開頭即云：「齊故西陽內史劉寅妻范，詣臺訴，**列稱**：出適劉氏二十許年，劉氏喪亡，撫養孤弱。叔郎整，恒欲傷害侵奪，分前奴教子、當伯，並已入眾。」則「**列稱**」為南朝訴訟記錄的常用術語，指官府斷案過程中，原、被告以及證人等在案件處理過程中，回答官方詢問而做的案情陳述行為，相當於「陳述說」。亦可省作「列」。而官府在廳審時訊問原、被告及證人的行為又稱為「責」，即責問之義。此例中的「**列稱**」即劉寅妻子范氏到官府狀告劉寅的弟弟劉整時進行的陳述。任昉此篇，全文共有 4 個「**列稱**」用例，即除上例外，尚有「整父舊使奴海蛤到臺辨問，**列稱**：整亡父興道，先為零陵郡。得奴婢四人，分財，以奴教子乞大息寅。寅亡後，第二弟整仍奪教子，云應入眾……」，「進責寅妻范奴苟奴，**列稱**：娘去二月九日夜，失車欄、夾杖、龍牽，疑是整婢采音所偷。苟奴與郎遼往津陽門糴米，遇見采音在津陽門賣

車欄、龍牽……」,「重核當伯、教子,列稱:被奪,今在整處。使悉與海蛤列不異。」此3個之「列稱」,分別是官府審訊時,招來奴僕海蛤、苟奴、當伯、教子等人作為證人,回答官府責問所做的陳述。

文中「列稱」簡作「列」有二例:(1)「采音、苟奴等列狀粗與範訴相應」:即采音、苟奴等人所列稱的情況大概與范氏所申訴的情況相應。(2)「悉與海蛤列不異」:即全都和海蛤所列稱的情況相同。

「列稱」用例於同時代文獻中常見。如《文選》中沈休文《奏彈王源》:「源人身在遠,輒攝媒人劉嗣之到臺辨問,嗣之列稱:吳郡滿璋之,相承云是高平舊族,寵、奮胤冑……」此「列稱」之義與上述均相同。另如梁蕭子顯《南齊書·謝超宗傳》:「輒攝白從、王永先到臺辨問「『超宗有何罪』,過詣諸貴,皆有不遜言語,並依事列對。永先列稱:主人超宗恒行來詣諸貴要,每多觸忤,言語怨懟……」同書《王奐傳》:「雍州都留田文喜列與倪符同狀。」唐姚思廉《梁書·蕭穎達傳》任昉彈劾蕭穎達:「風聞征虜將軍臣蕭穎達啟乞魚軍稅,輒攝穎達、宅督、彭難當到臺辨問,列稱:尋生魚典稅,先本是鄧僧琰啟乞,限訖今年五月十四日……」等。

出適劉氏二十許年

范氏列稱:自己「出適劉氏二十許年」。意為:嫁到劉家二十幾年。則「出適」即「出嫁」或「嫁給」的意思。而「許」則表示約數。

以「出適」代「出嫁」始於六朝,證之《四庫全書》,最早之例,出於晉代。如《晉書·刑法志》載程咸上議曰:「臣以為女人有三從之義,無自專之道。出適他族,還喪父母,降其服。」另見於梁沈約《宋書·禮志第五》:「武康公主出適。」又曰:「出適公主,還同在室。即情變禮,非革舊章。」北齊魏收《魏書·列女傳》:平原孫氏男玉曰:「女人出適,以夫為天。」同書《刑罰志》:「婦人外成,犯禮之愆,無關本屬。況出適之妹,舋及兄弟乎?……出適之女,坐及其兄,推據典憲,理實為猛。」等等,其例甚多。

以「許」表約數,亦始於六朝。檢索《四庫全書》,最早見於《後漢書·五行志》:「靈帝熹平三年,右校別作中有兩樗樹,皆高四尺許。其一株宿夕暴長,長丈餘,大一圍。」同書《吳漢傳》:「使其將謝豐、袁吉,將眾十許萬,分為二十餘營,並出攻漢。」《馮魴傳》「郟賊延襃等眾三千餘人攻圍縣舍,魴率吏

士七十許人，力戰連日，弩矢盡，城陷。」又記馮魴孫馮石：「帝嘗幸其府，留飲十許日，賜駁犀具劍、佩刀。」《何敞傳》：「推財相讓者，二百許人。」《班超傳》：「超手格殺三人，吏兵斬其使及從士三十餘級，餘眾百許人悉燒死。」《周變傳》：「發喪制服，積十許年，乃還鄉里。」《張奐傳》：「唯有二百許人，聞即勒兵而出。」《叚炯傳》：「降於皇甫規者已二萬許落……遣晏育等將七千人，銜枚夜上西山，結營穿塹，去虜一里許。」《皇甫嵩》：「赴河死者五萬許人」《董卓傳》：「宗建在枹罕，自稱河首平漢王，署置百官，三十許年。」《陶謙傳》：「大起浮屠寺，上累金盤，下為重樓，又堂閣周回，可容三千許人。」《袁紹傳》：「士百許人。」《王景傳》：「河決積久，日月侵毀，濟渠所漂數十許縣。」《左慈傳》：「操出近郊，士大夫從者百許人。」《孝女叔先雄》：「經百許日後稍懈。」《董祀妻》：「操因問曰：聞夫人家先多墳籍，猶能憶識之不？文姬曰：昔亡父賜書四千許卷，流離塗炭，罔有存者。今所誦憶，裁四百餘篇耳」。《東夷傳》：「通於漢者三十許國，國皆稱王。」《西羌傳》：「後百許年，義渠敗秦師於洛。」《自序》：「吾少懶，學問晚成，人年三十許，政始有向耳。」又云：「雖少許處，而旨態無極。」諸例之「許」均為約數，隨文而釋，或為「多」，或為「一點兒」等。

叔郎

范氏稱呼自己的小叔子劉整為「叔郎」，這也應該是當時的慣用語。雖未見前典，但後世仍有用例。宋任廣《書敘指南》即云：「小叔曰叔郎。又曰小郎。」

宋司馬光《家範·兄》：「平章事韓滉有幼子，夫人柳氏所生也。弟滉戲於掌上，誤墜階而死。滉禁約夫人勿悲啼，恐傷叔郎意。為兄如此，豈妻妾它人所能間哉？」宋葉廷珪《海錄碎事》：「叔郎，小郎也。」明蔡清《虛齋集·寄蕭山嫂》：「內所憑恃，有吾嫂之父母兄弟；外所倚濟，有鄭氏之老叔公及叔郎。」

奴僕稱女主人為「娘」，稱少主人為「郎」

《奏彈劉整》記劉寅妻范氏的奴僕苟奴列稱：「娘去二月九日夜，失車欄、夾杖、龍牽，疑是整婢采音所偷。苟奴與郎逡往津陽門糴米，遇見采音在津陽門賣車欄、龍牽。」苟奴稱范氏為「娘」，稱劉寅與范氏的兒子劉逡為「郎」。

《辭源》、《漢語大詞典》於二詞語均收。但解釋及用例均有誤。如《辭源》釋「娘」，則未錄此條義項。釋「郎」時，於此條義項所舉用例為《舊唐書·宋

璟傳》：「鄭善果謂璟曰：『中丞奈何呼五郎為卿？』璟曰：『以官言之，正當為卿。若以親故，當為張五。足下非易之家奴，何郎之有？』晚於任昉此例。而《漢語大詞典》釋「娘」，其第 4 義項云：「奴婢對女主人也稱娘。」但所舉用例為《金瓶梅詞話》第二八回：「那秋菊拾著鞋兒道：『娘這個鞋，只好盛我一個腳指頭兒罷。』」亦太晚。其釋「郎」亦有第 8 義項云：「舊時奴僕對主人的稱呼。」且舉例云：「北魏酈道元《水經注・溫水》：』文（範文）為奴時，山澗牧牛，於澗水中得兩鱧魚，隱藏挾歸，規欲私食，郎知，檢求，文大慚懼。』熊會貞參疏：僕稱主曰郎，見《唐書・宋璟傳》。」《舊唐書・宋璟傳》鄭善果謂璟曰：『中丞奈何呼五郎為卿？』璟曰：『以官言之，正當為卿。若以親故，當為張五。足下非易之家奴，何郎之有？鄭善果一何懦哉！』清顧炎武《日知錄・郎》：『郎者，奴僕稱其主人之辭。』」《漢語大詞典》以《水經注》為例，亦較任昉此例為晚。

稱兒子為「息」

任昉於《奏彈劉整》文中多處見以「息」作兒子解之例。如范氏列稱：「又奪寅息逡婢綠草，私貨得錢，並不分逡。寅第二庶息師利去歲十月往整田上……范問失物之意，整便打息逡……」又有劉整亡父劉興道生前的奴僕海蛤列稱：整亡父曾「以奴教子乞大息寅」，「寅妻范云：當伯是亡夫私贖，應屬息逡……」進責劉整婢女采音的證詞中又涉及到「整兄寅弟二息師利，去年十月十二日忽往整墅，停住十二日……范今年二月九日夜云失車欄子、夾杖、龍牽等，范及息逡道是采音所偷」，等語。則「息」為兒子之意甚明。其中，「庶息」則指非正妻所生的兒子。然以「息」代指兒子，並不起於任昉。最早用例見於《戰國策・趙策四》：「老臣賤息舒祺，最少。」沈約《奏彈王源》亦有媒人劉嗣之列稱滿璋之「家計溫足，見託為息鸞覓婚」之語。

未展

范氏列稱：劉寅的庶子師利到劉整家裏住了十二日，「整便責范米六斗哺食，米未展送，忽至戶前，隔箔攘拳大罵，突進房中屏風上，取車帷準米去。」全段意思都很明白，因為侄子在家裏住了十二天，所以，劉整就到嫂子家裏要口糧，因為嫂子沒有及時將糧食送到，所以就打上門，衝進屋裏，並拿走車帷作為米質。正如《緒論》中提及的，關於「米未展送」一句的理解還存在分歧。

如于智榮說：「《奏彈劉整》『米未展送』句，黃侃先生主張『展送』乃『發送』之義，貴州本《文選全譯》有釋為『碾送』，皆非。實則句中『展送』並不是一個語言單位，而是『展』屬上，同『未』字組成一個整體，為『不及』『來不及』之義，『展』同否定副詞『未』、『不』組合成一個偏正結構，為六朝時習用語。」于智榮先生為了證明自己的上述觀點，還舉了三條六朝用例予以證明：

（1）王羲之《雜帖》：「及以令弟後來，想必如期果來，小晚恐未展也。」

（2）《世說新語・德行》：「（陳）遺已聚斂得數斗焦飯，未展歸家，遂帶以從軍。」

（3）《南齊書・王儉傳》：「儉年德盛富，志用方隆，豈意暴疾，不展救護，便為異世。」認為這三例中的「未展」、「不展」皆「不及」「未來得及」之義。
〔註9〕

于智榮的觀點是否正確，需要進一步加以證明。因為對於這幾個例子的解釋還需要仔細辨析。

其實，「展」字含義豐富，早在先秦文獻中已經多見。《爾雅・釋言》：「展，適也。」晉郭璞注：「得自申展皆適意。」宋鄭樵謂：「謂適當。」《爾雅・釋詁》：「允、孚、亶、展、諶、誠、亮、詢，信也。」郭璞注：「《方言》曰：『荊、吳、淮、泗之間曰展，燕、岱、東齊曰諶，宋、衛曰詢。亦皆見《詩》。』」宋邢昺疏：「皆謂誠實不欺也。○案《方言》云：允、訦、恂、展、諒、穆，信也。齊魯之間曰允，燕岱東齊曰訦，宋衛汝潁之間曰恂，荊吳淮泗之間曰展，西甌毒屋黃石野之間曰穆，眾信曰諒。周南、召南、衛之語也。云『亦皆見《詩》者』，《鄘風・定之方中》云『終然允臧』，《大雅・文王》云：『萬邦作孚』，《小雅・祈父》云：『亶不聰』，《鄘風・君子偕老》云：『展如之人兮』，《大雅・蕩》篇云：『其命匪諶』。誠者，復言之信也。《鄘・柏舟》云：『不諒人只』，《鄭風・溱洧》云：『洵訏且樂』。訦、諶、亮、諒、詢、洵，音義同。」

由上述字書可知，「展」字基本含義是申（伸）展，而因申（伸）展可以使身心皆得滿意，故引申出舒適、適當之義。又因受方言的影響，「展」還有誠信、確實、實在等義。

〔註9〕于智榮：《文選對時語的保存及今人訓釋問題》，《長春師範學院學報》第四屆文選學國際學術研討會專刊，2000 年 7 月版，第 52 頁。

　　如《莊子・盜跖》：「盜跖大怒，兩展其足，案劍瞋目，聲如乳虎。」成玄英疏：「兩展其足，伸兩腳也。」這個「展」就是舒展、伸展之義。也可以指把物品鋪展開。如《左傳・襄公三十一年》：「百官之屬，各展其物。」杜預注：「展，陳也。謂群官各陳其物以待賓。」此之「展」即鋪展、陳設、陳列、展示的意思。因此，把物品等登錄在冊也是「展」，即在文字上的鋪展、陳列。如《周禮・天官》：「展其功緒。」鄭玄注：「展，猶錄也。緒，業也。」即將其功業著錄下來。物品展示出來，是為了給人看的，所以「展」又有審視、省查、呈現等意義。如《周禮・春官・大宗伯》：「大祭祀，展犧牲。」鄭玄注：「展，省閱也。」展示、審查以後，發現問題就要處理、整治，因此，「展」也有整治、治理等相應的含義。如《周禮・地官》：「賈師各掌其次之貨賄之治，辨其物而均平之，展其成而奠其賈，然後令市。」又云：「胥執鞭度守門，市之群吏，平肆展成奠賈。」鄭玄注：「胥守門察偽詐也。必執鞭度，以威正人眾也。度，謂殳也。因刻丈尺耳。群吏，胥師以下也。平肆，平賣物者之行列，使之正也。展之言整也，成，平也，會平成市物者也，奠，讀為定。整勑會者，使定物賈，防誑豫也。」「辨其物而均平之，展其成而奠其賈」簡稱「平肆展成奠賈」，賈師、胥皆為當時的市場管理人員，他們的職務就是管理市場秩序、平治市場物價以協調、促成市場交易的公平達成。即所謂「展其成」或「展成」。另，由伸展義還可以引申出推廣、擴展、延伸、施展等義，既適用於時間上，也適用於空間上，如《書・旅獒》：「分寶玉於伯叔之國，時庸展親。」元朱祖義《尚書句解》釋云：「分遠方所貢寶玉於親而同姓伯叔之國，是用施其親親之道。」則「展親」即施展或推廣親親之道。

　　如果在「展」之上述諸項意義前加上否定副詞「不」或「未」等，也就構成了對它們相應含義的否定。如果是表示心情、志向、狀態等的「未展」、「不展」，就是未得到伸展、未得到展示、未得到抒發等，如果是表示誠、信等意義的「未展」、「不展」，也就構成了與不誠、不信等意義相應的含義。檢索《四庫全書》證明，這種在「展」字前加否定副詞的形式，確實自六朝始，文獻中用例甚多。如《三國志文類・周瑜上吳王箋》云：「人生有死，脩短命矣，誠不足惜。但恨微志未展，不復奉教命耳。」此「微志未展」為壯志未酬的謙辭。「未展」，即未伸，沒能得到施展。《三國志・魏志・王朗傳》：「加之以霖雨，

山阪峻滑。眾逼而**不展**，糧縣而難繼，實行軍者之大忌也。」此「**不展**」是難以施展、難以前進。同書《楊阜傳》:「公卿以下至於學生，莫不展力。」即人人盡力，沒有人不是努力施展自己能力的。《晉書·禮志》:「領司徒蔡謨議:四府君宜改築別室，若未展者，當入就太廟之室。」蔡謨此議是在晉穆帝永和二年七月所作，因為朝廷將在十月舉行殷祭大典，議者認為應該將司馬懿的父親以及前面三位祖先的靈位改放別處祭祀，蔡謨而有此議。故從句意來看，此「**未展**」，應該是指時間不夠，時間不充分，是對「展」在時間上的擴展、延伸意義的否定這可以理解為「來不及」。因為改築別室，非一日之功，所以，如果一時做不到就暫時放到太廟之室中。同書《庾亮傳》載亮弟庾冰臨終時說:「吾將逝矣，恨報國之志不展。」是指志向不得伸展。沈約《宋書·徐羨之傅亮檀道濟傳》元嘉三年正月詔曰:「忍戚含哀，懷恥累載。每念人生實難，情事未展。何嘗不顧影慟心，伏枕泣血?」「情事未展」是說徐羨之等人的罪行沒有被揭穿，故「**未展**」即沒有展現、沒有昭示、揭露出來。北齊魏收《魏書·劉庫仁傳》:「王跡初基，風德未展。」美德沒有展示出來。

用例甚多，就不一一列舉了。從上述諸例來看，六朝時「未展」只是「展」的否定形式，「展」有多少意義，也就具有多少個相應的否定意義，後世的很多用例也沿襲了這種表現形式。如宋朱鑒《詩傳遺說》卷五:「東萊以為，初出軍時，旌旗未展，惟卷而建之。」元胡震《周易衍義》卷十一:「以君子言之，則才之未展不足慮，行之未顯不足慮，身之未榮不足慮。」清秦蕙田《五禮通考》卷十一:「革故之宜已宣於臣下，昭報之旨未展於郊廟。」又《陸俟傳》「愚款之情未申，犬馬之效未展。」等。

綜上所述，于智榮關於「展」前加否定副詞「不」、「未」為六朝習語之說是可以成立的。但是，于智榮又認為凡「不展」、「未展」都是「不及」、「來不及」的意思又是不合適的，事實上，只有當「展」用於表示時間的擴展、延伸的時候，它的否定形式才可能具有「來不及」或「不夠」、「不充分」的意思。

下面再來分析于智榮所舉的三個用例:

（1）王羲之《雜帖》:「及以令弟後來，想必如期果來，小晚恐未展也。」「如期果來」與「未展」相反，則「未展」就是「不能如期果來」的意思，應是對「未展來」的省略，此「展」可以理解為「果」，即誠、信的意思。所以「未展來」也就是「未果來」，不一定能來，這就不僅僅是時間來不及，可能是因為

其他情況耽擱了等等。

（2）《世說新語·德行》：「（陳）遺已聚斂得數斗焦飯，未展歸家，遂帶以從軍。」陳遺被臨時派出去打仗，沒有時間回家給母親送飯。這個「未展」確實理解為沒有時間，即來不及更直接一些。

（3）《南齊書·王儉傳》：「儉年德盛富，志用方隆，豈意暴疾，不展救護，便為異世。」「不展救護」可能是來不及救護，也有可能是根本救不了，即沒有能力救護。從全篇內容來看，這段話是在王儉死後皇帝所說的，而在皇帝說這段話之前，還有「其年疾，上親臨視」的記載，所以皇帝說王儉年富力強正是大展才華的時候（三十八歲），沒想到就突然得暴病死了。表達一種惋惜之情。故這個「不展」解釋為「無法施展」似乎更合適，「不展救護」不是沒來得及救治，而是根本就救不了。

則于智榮先生所舉以證明「未展」、「不展」為不及、來不及之義的三個例證，其實是根本無法作為證明他結論的依據。

結論：第一，于智榮所說「展」字前面加否定副詞是六朝習用語的結論是正確的。第二，于智榮關於「展」字前面加否定副詞都是指不及、來不及的說法則是不正確的。因為當「展」字為實義動詞的時候，前面加否定副詞，即可構成對相關詞義的否定義。即「未展」、「不展」可能是未得伸展，也可能是未得展示、未得實行或者未得發揮等等含義。並不僅僅是指時間不夠，來不及。第三，只有當「展」用於表示時間上的延伸的時候，「未展」才可以有來不及的意思，後面如果可以補出表示實際意義的動詞，這時「展」本身的「延伸」意義就弱化了，成為修飾動詞的成分，可以解釋為「來不及」。如《晉書·禮志》蔡謨之議：「四府君宜改築別室，若未展者，當入就太廟之室。」「未展」後面其實就是省略了動詞「改築」。《世說新語·德行》陳遺「未展歸家」，「未展」後面直接有動詞「歸家」。這時的「未展」方可理解為「來不及」。

根據以上結論，我們再來看任昉《奏彈劉整》之「米未展送」。范氏列稱，因為劉寅的庶子師利曾經到劉整家裏住了十二天，「整便責范米六斗哺食」，即劉整就責求嫂子范氏送來六斗米作為師利十二天的口糧，但是當時並沒有說在什麼時間內必須送到，結果就因「米未展送」劉整已經打上門了。看後文劉整「突進房中，屏風上取車帷準米去」，主要是擔心范氏不還米，所以才取車帷作抵押。文章最後任昉所發議論曰：「昔人睦親，衣無常主。整之撫姪，

食有故人。何其不能折契鍾庾而襜帷交質？」李周翰注：「漢高帝貰酒，酒家折券棄債。六斛四斗為鍾，十六斗為庾。言嫂雖負鍾庾之多，亦宜折券不論，而整為六斗米而取嫂車帷為質，言整之罪深。襜帷，裳也。」故觀任昉之意，是認為劉整不該因為姪子住幾天，就向寡嫂要口糧，甚至還拿走車帷作抵押。為什麼就不能學習古人？像漢高祖當年賒酒一樣，最後將欠的賬都取消。可見，任昉並不是說劉整追得太急不對，而是根本就不該要。所以，此「米未展送」或解釋為「米未果送」更合適。

從方言區特點來看，誠、信於「荊、吳、淮、泗之間曰展」，所以，「未展」即未果，用以描述動詞「送」的狀態。范氏先前根本就不想給米，結果劉整拿走了車帷，後來范氏才交了六斗米換回了車帷。

準

《奏彈劉整》三處用到「準」字，均為抵償之義。如范氏列稱，因米未展送，劉整便「突進房中，屏風上取車帷準米去」。即劉整衝到嫂子范氏的房中，把放在屏風上的車帷拿走，以抵償米六斗。另，海蛤到臺辨問時列稱劉整不但搶走了奴僕教子，「云應入眾，整便留自使」，又把同做奴婢的姐姐和弟弟「各準錢五千文，不分逩……」，即以奴婢的姐姐和弟弟賣了五千文錢，即以錢抵償奴婢的價值意思。又說：當伯天監二年六月從廣州還至，整復奪取，云應充眾，「準雇借上廣州四年夫直」，即抵償劉寅雇借當伯在廣州四年的工錢。則「準」於六朝除常用為標準、準的等意義外，且有抵償義。任昉此篇可為例證。

查

范氏列稱：婢采音舉手查范臂。采音列稱：舉手誤查范臂。以「查」為表示手的動作的詞語，前代未見先例，任昉此篇為獨有。即用手抓，音〔zhā〕。

乞

清錢大昕《十駕齋養新錄·假借乞》：「乞之與乞一字也。取則入聲，與則去聲。」故「乞」字讀音不同，而意義有別。讀入聲為向人索取，而作為給予別人的意義，則讀為去聲。然作為向人索取之義的「乞」字用例較常見，而表示給予意義的「乞」字用例則較少。《奏彈劉整》中，劉整亡父舊使奴海蛤到臺辨問列稱：「整亡父興道先為零陵郡，得奴婢四人。分財，以奴教子乞大息寅，寅亡後，第二弟整仍奪教子。」此「乞」字即當讀為去聲，為給予的意思。

是說亡父將奴教子分給了大兒子劉寅。見於古代文獻中，最早有《前漢書·朱買臣傳》：「妻自經死，買臣乞其夫錢，令葬。」

貼

《說文·貝部》：「貼，以物為質也。」則「貼」的本義就是典當，即以物品作抵押換錢的意思。《奏彈劉整》云：「兄弟未分財之前，整兄寅以當伯貼錢七千，共眾作田。」即劉寅以當伯作抵押換了七千文錢用作全家耕田的費用。所以，後文才有「寅罷西陽郡還，雖未別火食，寅以私錢七千贖當伯，仍使上廣州」的情況，劉寅作為長子，確實以家人為重，先是以當伯作抵押換錢為全家耕田，後又以私錢贖回當伯，派去廣州做事。任昉此例即用「貼」之本義。

上……去

據劉整亡父生前奴僕海蛤列稱，「寅以私錢七千贖當伯，仍使上廣州去」，又云：「當伯天監二年六月從廣州還至，整復奪取，云應充眾準雇借上廣州四年夫直」。兩句「上廣州」中的「上」，都是動詞，相當於現代漢語的去、到、往。其中「上……去」句式，更是現代漢語中常用的句式，即「到……去」的意思。「上」作動詞，往、到的意思，與表示動作行為的趨向的趨向動詞「去」配合，形成一個特定的句式結構，「去」作為趨向補語。我們現在也常說「我上廣州去」，「我上上海去」等。任昉此例為目前最早的用例。

此例中的「仍」用的是本義，表示因，就。《說文·人部》：「仍，因也。從人，乃聲。」《玉篇·人部》：「仍，就也。」《詩·大雅·常武》：「鋪敦淮濆，仍執醜虜。」毛傳：「仍，就。」孔穎達疏：「《釋詁》云：『仍，因也。』因是就之義也。」現代漢語中「仍」的本義已不常見，常用為副詞，表示還，依然。

沈休文《奏彈王源》

沈約此篇與上任昉《奏彈劉整》篇文體相同，時代亦相同，其中時語亦較豐富。除去已見於前的詞語外，另有如下數例，需要關注。

伉合

「交二族之和，辨伉合之義，升降窊隆，誠非一揆」，張銑注：「二族，夫妻二姓也。伉合，相敵而合也。窊，下。隆，高。揆，度也。」這是沈約闡述自己對於當時婚姻的看法，認為婚姻就是兩個不同姓氏家族的交結聯合以形

成的一種和諧關係，以顯示家族之間必須門戶相當才可以結成婚姻關係的含義。因此，家族名位的高低、門第的卑顯，確實應該認真區別，不能混淆。所以這個「伉合」，張銑所謂「相敵而合」，實際就是指家族門第名位必須相當、相敵，即所謂的門當戶對才可以結成婚姻的意思。沈約關於婚姻含義的理解，應該代表了六朝門閥制度下，人們對於婚姻關係的普遍看法。是當時的門第觀念在婚姻問題上的直接反應。

檢索《四庫全書》，「伉合」用例只有二例，除沈約此例外，「伉合」的另一用例為宋包拯《包孝肅奏議集·按劾·論李綬冒國親事》：「伉合之序，貴於匹敵；氏族之選，屬在名勝。」從上文分析，包拯此例之「伉合」，則專指婚姻而言。

門素

「固宜本其門素，不相奪倫，使秦晉有匹，涇渭無舛」李善注：「《尚書》曰：八音克諧，無相奪倫。」呂向注：「使有倫理次第。」李周翰注：「懷嬴謂晉文公曰：『秦晉匹也，何以卑我？』涇水清，渭水濁。舛，猶雜也。」李善與五臣於「門素」均無注。《漢語大詞典》釋為「原有的門閥地位」，《辭源》釋為「門第」。沈約此句承上文而言，是說：既然婚姻就是兩個名位等方面顯示門第相當的家族聯姻，所以就應該以「門素」為依據，以保證婚姻的合理性，不致於攪亂秩序使倫理次第失常。做到「秦晉有匹，涇渭無舛」，就像秦晉兩族門第相當可以匹配，涇渭分明不相混雜一樣。

從「門素」的作用如此關鍵可知，實際上就是指家族門第、名位而言。「門」為門第，「素」有原始、根本之義，故「門素」作家族名位、家庭出身等解釋都非常合適。「門素」一詞在六朝文獻中均可作此解。如《南齊書·王融傳》：「因寔頑蔽，觸行多愆，但夙忝門素，得奉教君子。」《北史·袁翻陽尼賈思伯祖瑩傳論》：「思伯經明行脩，乃惟門素。」

儲闈、清顯

「父璿升採儲闈，亦居清顯」，劉良注：「儲闈，東宮也。」此二句意為：王源的父親王璿陞官到太子宮中任職，位居顯要。

以「儲闈」指太子所居之東宮，亦起於六朝。《四庫全書》所錄文獻中，除沈約此例較早外，見於《梁文記》載梁代張纘《丁貴嬪哀冊文》云：「慕結

儲闈，哀深藩闈。」六朝以後用例中除指東宮外，亦借指太子或太子之位而言。如唐張說《頌聖德》：「陛下孝悌之至，曆數在躬。處儲闈有讓元子之德，居藩邸有辭太弟之高。」顏真卿《開府儀同三司行尚書右丞相上柱國贈太尉廣平文貞公宋公神道碑銘》：「玄宗之在儲闈鎮國，太平長公主潛謀廢立。」劉禹錫《賀皇太子受冊箋》：「祗膺詔冊，光啟儲闈。」唐參寥子《唐闕史・盧相國指揮鎮州事》：「乾符丁酉歲，因與同列廷諍機務，詞氣相高，朝廷兩解之，偕授賓翼儲闈。」《新唐書・房琯傳》：「有朋黨不公之名，違臣子奉上之禮，何以儀刑王國，訓導儲闈？」

從此例來看，《漢語大詞典》釋「清顯」為清要顯達的官位是對的。其所舉語源用例：《太平御覽》卷二二〇引晉王朗之《遺從弟洽書》：「弟今二十九，便居清顯要任。」表明「清顯」亦為六朝時語。另見於陳壽《三國志・蜀志・衛繼傳》：「繼敏達夙成，學識通博，進仕州郡，歷職清顯。」亦屬於較早用例。

流輩

「玷辱流輩，莫斯為甚」，《漢語大詞典》釋「流輩」為同輩；同一流的人。證之於《四庫全書》，可知此詞亦為六朝時語，除沈約此例外，如魏收《魏書・李沖傳》：「沖善交遊，不妄戲雜，流輩重之。」其例甚多，均可作同流之人、同輩解。

相承

「輒攝媒人劉嗣之到臺辨問，嗣之列稱，吳郡滿璋之，相承云是高平舊族」，此例之「相承」，當指滿璋之的出身世系而言。與通常所指的前後相繼，相互承接之義有異，當為本義之後的引申意義。

簿閥

「王源見告，窮盡即索璋之簿閥，見璋之任王國侍郎，鷥又為王慈吳郡正閤主簿」，李善注：「《漢書》宋博曰：『王卿憂公齎閥閱詣府。』《音義》曰：『明其等曰閥，積功曰閱也。』」這段話是說：王源想通過婚姻關係結交權貴，聽說滿璋之正在為兒子滿鷥託媒尋婚，於是就用盡手段來搜集滿璋之的「簿閥」，因而瞭解到滿璋之現任王國侍郎，滿鷥本人又任王慈吳郡正閤主簿。所以，這個「簿閥」顯然是指有關滿璋之名譽、地位等家庭情況的記錄，相當於生活履歷。

《三國志‧魏志》卷二十一：「任薄伐則德行未為敘。」何焯曰：「薄伐，疑作簿閥，謂官簿閥閱也。」則六朝時，以「簿閥」代指人的生活履歷，如果是當官的人，他的生活履歷也就是何焯所謂的「官簿閥閱也」，如果是普通人的「薄伐」，就是指他的生平事蹟而言了，如《梁書‧阮孝緒傳》云：「若諸葛璩之學術，阮孝緒之簿閥，其取進也，豈難哉？終於隱居，固亦性而已矣。」阮孝緒終身隱居，不存在所謂「官簿閥閱」之事，當指他的生平事蹟而已。《陳書‧周敷傳》：「廸素無簿閥，恐失眾心，倚敷族望，深求交結。」這個「簿閥」當指「官簿閥閱」，即平素做官的經歷以及名位、功績等記錄。《南史‧傅昭傳》：「終日端居，以書記為樂，雖老不衰。博極古今，尤善人物，魏晉以來官宦簿閥，姻通內外，舉而論之，無所遺失，世稱為學府。」此「簿閥」亦指官員做官的經歷以及名位、功績等記錄。

東晉

「滿奮身殞西朝，胤嗣殄沒；武秋之後，無聞東晉」，李善注：「晉初都洛陽故曰西朝，後在江東故曰東晉。」李周翰注曰：「滿奮為司隸，為苗願所殺，故云殞身。西朝，謂晉初都洛陽也。胤嗣，子孫也。殄，死也。滿奮字武秋，言奮後不聞子孫在東晉。」「東晉」之稱自此始。

造次

「鄙情贅行，造次以之」，李善注：「《蜀志‧諸葛亮表》李平曰：『臣知平鄙情，慾因行止之際逼臣取利也。』《老子》曰：『自伐無功，自矜不長。其在道曰餘食贅行。』王弼曰：『更為疣贅也。』」張銑注：「贅，惡也。言源情行鄙惡，造次用之為事。」二句指責王源像這樣粗鄙醜惡的行為，都能隨隨便便地做出來。「造次」在這裡就是隨隨便便地、輕易地、無顧忌地。另見於《文選》中還有三個「造次」的用例：

楊德祖《答臨淄侯箋》：「反答造次，不能宣備。」意為：回信很唐突、冒昧，還不能完整表達我的想法。

任彥昇《王文憲集序》：「玩好絕於耳目，布素表於造次。」李善注：「《周禮》曰：凡式貢之餘財，以供玩好之用。《尚書》曰：『弗役耳目，百度惟貞。』《論語》子曰：『造次必於是。』」呂延濟注：「布素，貧素人也。表，出也。造次，急遽也。言有貧素之人，必出財以賑其急遽也。」從上文來看，此二句

是讚美王儉品格高尚時說的話，上句說他於耳目之間斷絕一切玩好的事情。即沒有所玩、所好的事物。意味不貪戀玩樂之欲；下句是說他於「造次」之時表現出素樸的特性。「布素」顯然是指王儉生活簡樸而言。與上句相對，前說不戀耳目之欲，此當指不貪衣食享樂之欲。二句合意，是說王儉生性淡薄，不貪圖享樂。任昉於此二句前云：「公在物斯厚，居身以約。」李善注引《齊春秋》曰：「儉不好聲色，未嘗遊宴，衣裘服用自周而已。」與此正相應。「布素」所指也即為「衣裘服用自周而已」。故呂延濟的解釋太牽強，於前後文意不相屬。則其對於「造次」的解釋於此也不適用。因為，「造次」既然能夠顯示人在衣裘服用方面的追求，就不僅是在「急遽」之時。

那麼任昉此處之「造次」究竟該如何作解呢？

李善注於「造次」引《論語》「子曰」為釋，此典出於《論語‧里仁》，原文云：「君子無終食之間違仁，造次必於是，顛沛必於是。」三國魏何晏《集解》引馬融曰：「造次，急遽也。顛沛，僵僕也。雖急遽、僵僕，不違於仁也。」南朝梁皇侃《義疏》云：「云君子無終食之間違仁者：終食，食間也。仁既不可去，故雖復飲食之間，亦必心無違離於仁也。云造次必於是者：造次，急遽也。是，是仁也。言雖復身有急遽之時，亦必心存於仁也。云顛沛必於是者：顛沛，僵僕也。言雖身致僵僕，亦必心不違於仁也。」則呂延濟以「急遽」作解，正是繼承了東漢馬融之說。然諸家之解都是不正確的，不符合夫子的本意。子曰：「君子無終食之間違仁。」是說君子時時刻刻都不違離於仁。因為飲食是人生活中最常見、最普通的時候，所以最能代表每時每刻這個時間概念。吃飯的時候都與仁不違離，說明任何時候都不會與仁相違離了。故「造次必於是，顛沛必於是」則是對「君子無終食之間違仁」的進一步補充，即無論是「造次」的時候，還是「顛沛」的時候，都不能違離於仁。它們分別從兩個側面揭示了任何時候都不會與仁相違離的道理。如果「顛沛」代表的是困頓窘迫之時，那麼，「造次」所代表的就該是與之相反的常態情況，即日常的所行所止。故李善以此典解釋任昉此句之「造次」就符合了上下文意了。則任昉「布素表於造次」意為：素樸之性於日常行止中表現出來。

曹元首《六代論》：「譬之種樹，久則深固其根本，茂盛其枝葉，若造次徙於山林之中，植於宮闕之下，雖壅之以黑墳，暖之以春日，猶不救於枯槁，何暇繁育哉？」此「造次」亦為隨便、唐突、草率之義。

　　《文選》中上述 4 個「造次」用例，代表了六朝時期此詞的基本含義。既保存了先秦原有的意義，指日常行止而言，也產生了新的含義，如隨便、唐突、草率進而引申為倉促、匆忙、急遽等意義。相關六朝文獻中，「造次」用例甚多，均可以作為例證。如《三國志‧蜀志‧馬良傳》：「鮮于造次之華，而有克終之美。」此「造次」與「克終」對言，當指時間很短，即急遽、片刻之義。同書《譙周傳》：「性推誠不飾，無造次辯論之才，然潛識內敏。」說譙周誠實不虛偽，沒有倉促之間就能展示自己的論辯才能，但是內心裏卻見識聰敏。《宋書‧王弘傳》：「弘明敏有思致，既以民望所宗，造次必存禮法。」此「造次」應指日常行止而言。同書《武三王傳》：「大宋之興，雖協應符緯，而開基造次，根條未繁，宜廣樹藩戚，敦睦以道。」此「造次」則指時間倉促。

任彥昇《到大司馬記室箋》

緒言

　　「昔承嘉宴，屬有緒言。提挈之旨，形乎善謔。豈謂多幸，斯言不渝。」李善注曰：「《梁史》曰：始高祖遇昉於竟陵王西邸，從容謂昉曰：我登三府，當以卿為記室。昉亦戲高祖曰：我若登王事，當以卿為騎兵。高祖善騎射也。至是故引，昉符昔言也。《莊子》孔子謂漁父曰：曩者先生有緒言而去。《漢書》蒯養卒曰：兩人左提右挈，滅燕易矣。《詩》曰：善戲謔兮。《漢書》衛青曰：臣幸得待罪行間。《左氏傳》羊舌職曰：民之多幸，國之不幸。《詩》曰：實命不渝。毛萇曰：渝，變也。」任昉此段意為：從前在竟陵王西邸的宴會上得遇高祖蕭衍，當時他就有「緒言」囑託我。其中的提攜之意，通過戲謔的形式表現出來。豈可說是「多幸」？應該說是「不渝」。即不是我有太多僥倖，而是天命所屬，不可改變啊！任昉此處之「緒言」，明顯是指梁武帝當時所說「我登三府，當以卿為記室」這段話，則此「緒言」當為從前說過的話的意思。

　　《文選》中「緒言」的另一用例見於劉孝標《重答劉秣陵沼書》，云：「尋而此君長逝，化為異物。緒言餘論，蘊而莫傳。」李善注曰：「魏文帝《與吳質書》曰：元瑜長逝，化為異物。莊子謂漁父曰：曩者先生有緒言而去。《子虛賦》曰：願聞先生之餘論。」張銑注曰：「長逝，謂死也。緒，遺也。蘊，藏也。莫，無也。言沼之遺言餘論，皆蘊藏而不傳於後也。」因「緒言」指從

前說過的話，而說話的人如果已經去世了，他的「緒言」也就成了「遺言」，故張銑注所謂「緒，遺也」即此之謂。

檢索《四庫全書》，證明「緒言」詞語產生時代較早，最早見於《莊子‧漁父》：「孔子曰：曩者先生有緒言而去，丘不肖，未知所謂。」這個「緒言」也就是先前有言，即前面說過的話。任昉此例當本於此。然劉孝標此例則用的是引申義，這是六朝產生的新義。在六朝文獻中，這兩個含義都得到廣泛使用，從而使詞語結構更加固定。如《梁書‧劉孝綽傳》劉孝綽啟太子云：「臣昔因立侍，親承緒言，飄風貝錦，譬彼讒慝。聖旨殷勤，深以為歎。」「緒言」即指太子從前所言。《魏書‧前上十志啟》：「臣收等啟：昔子長命世偉才，孟堅冠時特秀。憲章前喆，裁勒墳史。紀傳之間申以書志。緒言餘述，可得而聞。」《北齊書‧帝紀第四》庚寅詔曰：「朕以虛寡，嗣弘王業。思所以讚揚盛績，播之萬古。雖史官執筆，有聞無墜。猶恐緒言遺美，時或未書。」此二「緒言」當指「遺言」較為確切。凡此種種，不一而足。

分析「緒言」的語義來源，應該源自於「緒」的本義。《說文‧糸部》：「緒，絲端也。」段玉裁注：「抽絲者得緒而可引。」則，「緒」為絲線的線頭，故可引申為開端。由「緒」的開端義引申出在前面的、先前的等意義。根據「緒」的本義，在與其他詞語搭配，就因而衍生出了相應的雙音節詞，「緒言」就是與「言」搭配，以表示從前說過的話的含義。現代漢語中以「緒言」指寫在圖書或著作前面，概述寫作意圖或介紹主要內容的文字，也是在本義基礎上的引申意義。

在六朝，「緒」與其他詞語搭配而產生的雙音節詞語很多。

如表示祖先開創的事業的「緒業」、「基緒」，或指功業的「功緒」，表示家族世系的延續的「統緒」，以及表示事業的結尾的「末緒」，表示殘留的風氣、氣息、風尚的「緒風」等。這些詞語在《文選》中都有例證。如：

謝靈運《登池上樓》：「初景革緒風，新陽改故陰。」李善注曰：「《楚辭》曰：款秋冬之緒風。王逸曰：緒，餘也。《神農本草》曰：春夏為陽，秋冬為陰。」呂延濟注曰：「初景，初春也。革，改。緒，餘也。春為陽，冬為陰也。」詩意為：初春的新陽已經消除了殘留的冬的氣息。此「緒風」可譯為餘風，指殘餘的秋冬的寒氣，「風」指自然界的風。

顏延年《和謝監靈運》：「倚巖聽緒風，攀林結留荑。」李善注曰：「《楚辭》曰：倚石巖以流涕。又曰：款秋冬之緒風。又曰：畦留荑與揭車。王逸曰：留荑，香草也。」呂向曰：「緒風，相續不斷之風。留荑，香草。緒結以贈遠人。」無論「緒風」譯為「秋冬之緒風」還是「相續不斷之風」，仍都是指自然之風。

孔文舉《薦禰衡表》：「陛下叡聖，纂承基緒。」李善注曰：「陛下，謂獻帝也。班固《高紀述》曰：纂堯之緒。《爾雅》曰：纂，繼也。」劉良注曰：「睿，亦聖也。緒，業也。言以聖德承繼大業。」「基緒」即基業。

任彥昇《為范尚書讓吏部封侯第一表》：「近世侯者，功緒參差。或足食關中，或成軍河內。」張銑注曰：「緒，業也。參差，不齊也。」「功緒」指功業。

陸士衡《弔魏武帝文》：「接皇漢之末緒，值王塗之多違。」「末緒」指基業的末尾。等等。

唐突

「維此魚目，唐突璵璠。」李善注謂：「孔融《汝潁優劣論》陳群曰：『頗有蕪菁唐突人參也。』」張銑注：「唐突，猶牴觸。」二句意為：像我這樣的魚目之輩，也得以混入美玉之列，冒充美玉。而孔融之「蕪菁唐突人參」也就是蕪菁混入人參之列，冒充人參。所以，這個「唐突」明顯是混淆、冒充之意。屬於貶義詞。因冒充美玉，也就是對美玉的冒犯與褻瀆。故此「唐突」也可以引申為冒犯、褻瀆。

清吳玉搢《別雅》卷二云：「偒傸、蕩突，唐突也。《廣韻》：『偒傸，不遜。』《洪武正韻》引《廣韻》，蕩突，亦作偒傸，」清《古音駢字續編》卷五，仄韻六月：「碭突、偒傸、唐突、搪揬、撞揬、蕩揬。」《欽定四庫全書總目提要》：「《古音駢字》一卷，明楊慎撰。《續編》五卷，國朝莊履豐、莊鼎鉉同撰。古人字少而韻寬，故用字往往假借。是書取古字通用者，以韻分之，各注引用書名於其下。由字體之通，求字音之通。」則「唐突」於古文獻中寫法多樣，音同形近均可通用。《廣韻》謂「偒傸，不遜」，「不遜」也就是不順從、牴觸、衝撞等。

檢索《四庫全書》，「唐突」的最早用例為鄭玄《毛詩箋》。《詩·小雅·漸漸之石》：「有豕白蹢，烝涉波矣。」毛傳：「豕，豬也。蹢，蹄也。將久雨，則豕進涉水波。」鄭玄箋云：「烝，眾也。豕之性能水，又唐突難禁制。」孔穎達正義：「鄭以為荊舒之人似眾豕，其君猶白蹄者，豕之性能水，又唐突難

禁制。以荊舒之人性好亂，又勇悍難制服。」則鄭玄所謂「唐突難禁制」，就是「性好亂，又勇悍難制服」的意思。則「唐突」的本義就是不順從、牴觸、衝撞、侵犯等意義。故張銑之注謂「唐突，猶牴觸」，是指本義而言。而任昉此例當為本義基礎上的引申義。因不順從、作亂就會導致不安定、混亂，以至於黑白混雜等。所以，至六朝就又引申出混淆、混雜其間、混亂等意義，並進而引申為冒犯、褻瀆等。如《後漢書・桓帝記》永壽元年夏四月詔：「被水死流失屍骸者，令郡縣鉤求收葬，及所唐突壓溺物。」「唐突」當為被水流衝撞之意。同書《段熲傳》：「羌遂陸梁，覆沒營塢，轉相招結，唐突諸郡。」此「唐突」為擾亂、侵犯之意。《孔融傳》：「禿巾微行，唐突宮掖。」批評孔融不尊禮法，常常衣冠不整就出行，而且還混亂宮廷。《晉書・周顗傳》：「顗曰：何乃刻畫無鹽，唐突西施也。」「唐突」即冒犯意。其例甚多，茲不一一列舉。

任彥昇《百辟勸進今上箋》

蘊策、丹誠

任彥昇《百辟勸進今上箋》云：「近以朝命蘊策，冒奏丹誠。」李善注曰：「《方言》曰：蘊，崇也。謂尊崇而加策命也。蘊與韞同。」張銑注曰：「朝命，天子之命也。蘊，稱。策，書。奏，進也。丹誠，赤心也。冒進赤心，謂授梁也。」

李善、張銑於「蘊策」的解釋不同。李善據《方言》而釋為「尊崇而加策命」，張銑則認為「蘊策」是「舉著策書」的意思。雖然於上下文均可解釋得通，但是哪個更準確，還需要辨析。觀任昉之意，是說：近來因為朝廷發布命令：「蘊策」，所以，所以我冒昧地向您獻上我的一片赤誠之心。故「蘊策」在此應該是指朝廷發布命令的內容。李善注篇題曰：「何之元《梁典》曰：高祖武皇帝諱衍，字叔達，姓蕭氏。本蘭陵郡縣中都里人也。劉璠《梁典》曰：帝詔授公梁公，加公九錫，公辭。於是左長史王瑩等勸進，公猶謙讓，未之許。瑩等又箋，並任昉之辭也。帝謂寶融也。」所以「蘊策」當指蕭寶融授蕭衍梁公，加九錫的策命而言。因此，李善之注似更準確。然「蘊策」於後世詞義發生了變化，如唐溫庭筠《過孔北海墓二十韻》云：「蘊策期干世，持權欲反經。」此「蘊策」就不能作「尊崇而加策命」解，這二句詩是說孔融積聚謀略期望能夠有機會為世所用，他善於權衡變化，不按常理行事。然《漢語大詞典》、《辭

源》二工具書均未收，宜補。

「丹誠」，張銑注謂：「赤心也。」即赤誠之心。這是六朝產生的新詞語。《四庫全書》史部文獻中，「丹誠」的最早用例見於《三國志·魏志》。如《陳思王植傳》：「乃臣丹誠之至願，不離於夢想者也。」《高堂隆傳》：「常懼奄忽忠款，不昭臣之丹誠。」該詞在後世文人集中亦常見用。唐張說《張燕公集》卷七，《留贈張御史張判官》：「白髮因愁改，丹誠託夢回。」唐白居易《白氏長慶集》卷二十四，《揀貢橘書情》：「疏賤無由親跪獻，願憑朱實表丹誠。」《漢語大詞典》、《辭源》對於此詞的解釋均較確切，可以參考。

素論

任昉讚美蕭衍：「道風素論，坐鎮雅俗。」陳宏天等注「素論」為：「高尚核實之談論。」〔註10〕不知何據。沈約《宋書·蔡廓傳論》云：「世重清談，士推素論。」沈約此句，「清談」與「素論」相對而言，意思相近，都是指當時名士崇尚清談善於發表宏論的風氣而言。沈約與任昉同時代人，同一詞語的使用，在含義上也應該比較相近。故《漢語大詞典》釋這兩個用例的「素論」為「高論」還是比較正確的。也就是高談闊論、高妙的言論。檢索《四庫全書》，在所存六朝以後文獻中，「素論」亦有作為社會輿論解的用例。最早如《北齊書·盧文偉傳》：「謗毀日至，素論皆薄其為人。」《隋書·盧思道傳》：「雖素論以為非，而時宰之不責，末俗蚩蚩，如此之敝。」這或許是在「高妙的言論」基礎上的引申意義。

曹子建《與楊德祖書》

該

「吾王於是設天網以該之，頓八紘以掩之。」李善注曰：「吾王，謂操也。崔寔《本論》曰：舉彌天之網，以羅海內之雄。《淮南子》曰：九州之外是有八澤，八澤之外乃有八紘。」李周翰：「八紘，八方也。言此才子我太祖乃設天網下垂於八方，遍掩而取之，今盡在此京都矣。」則此「該」字應該翻譯為網羅，也就是李周翰所謂「遍掩而取」的意思。《文選》中除此例外，「該」字尚有 11 個用例：

〔註10〕陳宏天等：《昭明文選譯注》第五冊，吉林文史出版社，1994 年版，第 503 頁。

（1）班孟堅《東都賦》：「仁聖之事既該，而帝王之道備矣。」李周翰注曰：「該，備也。」是對的。意為仁聖之事己經完全做到了，那麼帝王之道也就具備了。「該」是完備的意思。

（2）左太沖《吳都賦》：「幽遐獨邃，寥廓閒奧。耳目之所不該，足趾之所不蹈。」李周翰注：「寥廓閒奧，寬深貌。該，及。趾，足。蹈，履也。」左思這兩句是說在幽遠寬深之處，人的視聽不能遍及，而且人的腳步也不能達到。則「該」為周遍所及的意思。

（3）左太沖《魏都賦》：「雜糅紛錯，兼該氾博。」李周翰注曰：「糅，文采也。紛錯，亂雜也。該，同也。氾博，猶廣大也。言禮樂之音，文采亂雜，兼同普氾，而觀之可謂博大也。」李周翰不必釋「該」為同，此「該」仍是備的意思。「兼該」即兼備，也即同時具有，都具備的意思。

（4）屈平《離騷》：「甯戚之謳歌兮，齊桓聞以該輔。」王逸注：「甯戚，衛人。該，備也。甯戚脩德不用，退而商賈，宿齊東門外，桓公夜出，甯戚方飯牛，叩角而歌。桓公聞之，知其賢，舉用為卿，備輔佐也。」

（5）宋玉《招魂》：「招具該備，永嘯呼些。」王逸注：「該，亦備也。言撰設甘美，招魂之具靡不畢備。故長嘯大呼，以招君也。夫嘯者陰也，呼者陽也，陰主魂，陽主魄。故必嘯呼以感之也。」此二例可證「該」作備解意義產生於先秦。

（6）枚叔《七發》：「滋味雜陳，肴糅錯該。」李善注：「王逸《楚辭注》曰：該，備也。」

（7）任彥昇《王文憲集序》：「固以理窮言行，事該軍國。豈直雕章縟采而已哉？」李善注：「《說文》曰：縟，繁也，彩色也。」呂延濟注：「該，及也。所有述作言行，軍國大事，豈直為雕飾文章以為縟采乎？縟采，雜色也。」此「該」與「窮」對言，故亦可釋為「備」或「盡」義，不必如呂延濟所謂「及也」。

（8）陸士衡《演連珠》：「天地之賾，該於六位。萬殊之曲，窮於五弦。」劉孝標注：「易之六爻，該綜萬象。琴之五弦，備括眾聲。」李善注曰：「《周易》曰：大明終始，六位時成。五弦，琴也。《歸田賦》曰：彈五弦於妙指。」意為：天地之理在《周易》的六爻中已經全具備了。而各種曲調也可以通過五

弦之琴演奏出來。這個「該」仍是完備的意思，可以解釋為包容、包含。

（9）班孟堅《封燕然山銘》：「鷹揚之校，螭虎之士，爰該六師。」呂延濟注：「鷹揚、螭虎，言士卒驍勇也。爰，於。該，備也。六師，六軍也。」

（10）任彥昇《齊竟陵文宣王行狀》：「天才博贍，學綜該明。」李善注曰：「潘岳《任府君畫贊》曰：學綜群籍，智周萬物。」則「學綜」是指學問綜合聚集，也就是學問廣博不拘一家的意思。任昉評價竟陵王蕭子良具有天賦之才，說他學問淵博豐富，涉獵內容廣泛且融會貫通。「該」在這裡是「通」的意思。

（11）任彥昇《齊竟陵文宣王行狀》：「爰造九言，實該百行。」李善注：「竟陵王集有皇太子九言：言德、言賢、言親、言善、言靜、言昭、言真、言節、言義。孔臧與從弟書曰：學者，所以飾百行也。」「該」仍是「通」的意思。

上述《文選》中諸「該」字用例，實際上反映了這個詞語在先秦至六朝的詞義演變情況。可見，「該」由先秦即已經產生的「備」的義項，在六朝仍然是最常用意義。而所謂遍及、通、包容、廣泛等意義，則是漢魏以後出現的引申意義。

詆訶、掎摭

「劉季緒才不能逮於作者，而好詆訶文章，掎摭利病。」此二句意為：劉季緒這個人沒有才能，自己根本達不到能夠創作的水平，卻喜歡評論文章，專門挑人家的毛病。在此，「詆訶」即為指責、批評的意思。

《漢語大詞典》釋云：

【詆訶】亦作「詆呵」。

詆毀；呵責；指責。三國魏曹植《與楊德祖書》：「劉季緒才不能逮於作者，而好詆訶文章，掎摭利病。」南朝宋何尚之《答宋文帝讚揚佛教事》：「衡陽太守何承天與琳比狎，雅相擊揚，著《達性論》，並拘滯一方，詆呵釋教。」宋陸游《自規》詩：「耄年尚欲鞭吾後，太息無人為詆訶。」傅専《題叔容文絕句》之二：「子雲但得桓譚在，一任群兒肆詆訶。」

則《漢語大詞典》的解釋是對的。且曹植此例確為最早。

張銑注「掎摭利病」云：「掎，偏。摭，拾。利，善。病，惡也。言偏拾人善惡。」則此「掎摭」即為片面挑取的意思。「掎摭利病」就是偏挑毛病或偏挑好處。於此文則指偏挑毛病。

嵇叔夜《與山巨源絕交書》

嬾

「性復疎嬾」，「嬾與慢相成」。張銑注曰：「疎，慢。嬾，墮也。」則嵇康用此二「嬾」字，表示自己行為怠墮的樣子。「疎嬾」相當於後世所謂「散漫」、「懈怠」。故「嬾」即現代漢語「懶」字的另一種寫法，即懶惰、不勤快的意思。此為「嬾」字的最早用例。後世「嬾」字還產生了不願意、沒興趣、疲憊等引申意義。

小便

「每常小便，而忍不起」，「小便」一詞，李善、五臣均無注。然檢索《四庫全書》可知，早於此例的用例只有一個，即《漢書・張安世傳》：「郎有醉小便殿上。」其餘用例均出於六朝。如《後漢書・甘始傳》：「或飲小便，或自倒懸。」《三國志・魏志・華佗傳》：「縣吏尹世苦四支煩，口中乾，不欲聞人聲，小便不利。」則代指撒尿的行為或者指尿液的「小便」一詞，為六朝習用語。

耐煩

「心不耐煩，而官事鞅掌。機務纏其心，世故繁其慮，七不堪也。」李善注：「《毛詩》曰：或棲遲偃仰，或王事鞅掌。《尚書》：一日二日萬幾。」劉良注：「鞅掌，眾多貌。機，事。纏，繞。故，事也。言事繁於思慮也。」故此二句意為：心中不能忍受煩惱，而又有眾多官事打擾。事務纏繞其心，世事干擾其慮，這是第七項不能忍受的事情。此「不耐煩」就是不能忍受煩惱的意思。而「耐煩」即能夠忍受煩惱。在後世文獻中，「耐煩」的「忍受煩惱」意又引申為「耐心」、「有耐心」、「能忍受」、「高興、喜歡」等意義。如《朱子語類》卷八：「學者須是耐煩、耐辛苦。」這個「耐煩」是「忍受煩惱」。同書卷十：「為學讀書，須是耐煩細意去理會，切不可粗心。」這個「耐煩」就是「耐心」。卷一百十三：「今卻不耐煩去做這樣工夫，只管要求捷徑。」此「耐煩」就是不高興、不喜歡、不願意。

促中

「以促中小心之性，統此九患，不有外難，當有內病，寧可久處人間邪？」
呂向注：「統，理也。九患，謂上七不堪，二不可。言我以褊狹之心，理此數
患，縱免外禍，亦當內病也。」故《漢語大詞典》釋「促中」為「心胸狹隘」
是對的。

嵇康在上文中說自己有「七不堪」與二「甚不可」。此段文字正是承接這「不
堪」與「不可」而來，說自己原本是個有「促中小心」之性的人，要統理這「九
患」，即使沒有外來的災禍，也會有內在的病痛，又怎麼能夠長久的活於人世之
間呢？《說文‧人部》：「促，迫也。」「迫」就是靠近。可以引申為距離短，故
「促中」也就是心胸狹窄的意思了。

嬲（niǎo）

「足下若嬲之不置，不過欲為官得人，以益時用耳。」李善注：「嬲，擿嬈
也。音義與嬈同。」呂向注：「嬲，惱。置，止也。言惱我不止，欲為官求人，
益國利時也。」嵇康之意：你像這樣不停地騷擾我，只不過是想替官府求得人
才，以有益於國家現實需要罷了。梁代顧野王所編《玉篇‧男部》：「嬲，奴曉
切，戲相擾也。」證明李善、呂向的注釋是對的。則「嬲」就是戲弄、騷擾、
打擾的意思。《文選》中僅此一例。檢索《四庫全書》，亦以嵇康此例最早。

不營

「然使長才廣度，無所不淹，而能不營，乃可貴耳。」李善注：「鄭玄《禮
記注》曰：淹，復漬也。」呂延濟注曰：「若取其大度量之人，無所不包，而又
不求富貴，乃可重也。言我則多病，非為有大才也。」嵇康意為：只有那些富
有大才、大度量的人才能無所不包、無所不容，而且又能不求，這才是可以珍
貴的。則「不營」就是不求，無所求的意思。《文選》中「不營」用例除此之外
尚有5例：

（1）班孟堅《東都賦》：「於是百姓滌瑕蕩穢，而鏡至清，形神寂寞，耳目
不營，嗜欲之源滅，廉恥之心生。莫不優游而自得，玉潤而金聲。」這個「不
營」是不惑的意思。即不為耳目之欲所迷惑。

（2）張平子《西京賦》：「展季桑門，誰能不營？」李善注曰：「《說文》曰：
營，惑也。」此「不營」亦為不惑的意思。即使是柳下惠這樣極為貞潔的人也

難免會被迷惑。

（3）張平子《東京賦》：「昔先王之經邑也，掩觀九隩，靡地不營。」意為：從前先王營建城邑，總是遍觀九州之內，各地都要考查遍了才確定。「不營」就是不考查、不測量等意義。

（4）張平子《思玄賦》：「或冰折而不營。」「不營」謂不能經營。即謂冰已經折損，所以不能繼續經營下去了。

（5）嵇叔夜《養生論》：「知名位之傷德，故忽而不營。非欲而彊禁也。」張銑注曰：「不是心中實欲而彊自禁止，蓋真不欲之，故能養生也。」意為：明知道名位這些東西會傷害人的品德，所以就輕視之而不求。不是自己原本想要求得名位卻勉強自己禁止不求的。「不營」亦為不求。

則《文選》中基本保存了「不營」這個詞語在東漢至六朝以來的幾個義項。而以「不營」作不求解，自嵇康開始。

丘希範《與陳伯之書》

掘強

「唯北狄野心，掘強沙塞之間，欲延歲月之命耳。」李善注曰：「《左氏傳》令尹子文曰：諺云：狼子野心。《漢書》伍被說淮南王曰：東保會稽，南通勁越，屈強江淮之間，可以延歲月之壽耳。范曄《後漢書》匈奴論曰：世祖用事諸夏，未遑沙塞之事。」李周翰注曰：「北狄，謂魏也。野心，謂如野獸之心。掘強，猶強梁也。延，引也。歲月，言不久也。」李善以「屈強」釋「掘強」，李周翰釋為「強梁」。意義基本相同。「掘強」，《漢語大詞典》未收，《辭源》釋為「直傲，倔強」，並舉《後漢書・盧芳傳論》所謂「因時擾攘，苟恣縱而已耳。然猶以附假宗室，能掘強歲月之間」為例。唐章懷太子李賢於此例中注曰：「掘強，謂強梁也。前書伍被謂淮南王安曰：掘強江淮之間，苟延歲月之命。」則「掘強」亦作「屈強」，即唐代人所謂的「強梁」，今人所謂倔強、強橫不順服等意思。《文選》中「掘強」僅此一例，「屈強」也僅一例：

陳孔璋《檄吳將校部曲文》：「及吳王濞驕恣屈強，猖猾始亂。」李善注曰：「《漢書》曰：吳王濞，高帝兄仲之子也。立濞為吳王。孝景五年，起兵於廣陵。《左氏傳》曰：鄭子太叔卒，晉趙簡子曰：黃父之會，夫子語我九言，曰：無始亂、無怙富。」李周翰注曰：「恣，縱也。屈強，不順貌。猖猾，狂狡貌。

始亂，謂為亂首也。」李善、李周翰的注釋其實都可以作為解釋「掘強」的注腳。從中可見，「掘強」或「屈強」的種種倔強、直傲與不順表現。

茂親

「中軍臨川殿下，明德茂親，揔茲戎重。」李善注曰：「何之元《梁典》曰：高祖即位，以宏為臨川郡王。天監三年，以宏為中軍將軍。劉璠《梁典》曰：天監四年，詔臨川王宏北討。干寶《晉記》河間王顒表曰：成都王穎，明德茂親，功高勳重。《晉中興書》桓溫檄曰：幕府不才，忝荷戎重。」張銑注曰：「同善注。殿下者，不斥言王也。若今言皇太子殿下然也。茂親，謂帝弟也。揔，統也。戎，兵也。」「明德茂親」是讚美中軍將軍臨川王蕭宏德行明，親情茂。「茂」即盛厚的意思，故「茂親」在此也就是說蕭宏與梁武帝親情很厚，即指蕭宏為武帝親弟弟的關係而言。也許正是在此用法基礎上，進而引申為代指皇帝至親。如《魏書·樂志》：「自非懿望茂親，雅量淵遠，博識洽聞者，其孰能識其得失？」《周書·虞國公仲列傳》：「自古受命之君及守文之主，非獨異姓之輔也，亦有骨肉之助焉。其茂親有魯衛梁楚，其疏屬有凡蔣荊燕。」

劉孝標《重答劉秣陵沼書》

難

「劉侯既重有斯難，值余有天倫之感，竟未之致也。」呂向注曰：「難，謂難運命之書也。余，孝標自謂也。天倫之感，謂兄弟死也。致，至也。謂沼難書竟未至孝標處也。」此「難」作為名詞出現，呂向認為是指劉沼寫給劉孝標的書信，因為是責難他的《辯命論》的書信，所以稱為「難」。這個解釋是對的。劉良注曰：「孝標以仕不得志，作《辯命論》。秣陵令劉沼作書難之，言不由命由人行之。書答往來非一。其後沼作書未出而死，有人於沼家得書，以示孝標，孝標乃作此書答之，故云重也。」則此「難」即為與人進行辯論、相互責難的書體的名稱。

孔德璋《北山移文》

瀟灑

「耿介拔俗之標，瀟灑出塵之想。」李善注曰：「《楚辭》曰：獨耿介而不

隨。孫盛《晉陽秋》曰：呂安志量開廣，有拔俗風氣。《莊子》曰：孔子彷徨塵垢之外，逍遙無為之業。」劉良注曰：「耿介，謂執節之士也。拔，出也。灑，脫落也。」意為：正直出眾的外表，灑脫、逍遙的思想。「瀟灑」就是自由灑脫的樣子。亦如《漢語大詞典》所謂「灑脫不拘、超逸絕俗貌」。後世亦引申出悠閒自在的樣子，淒清、寂寞的樣子，幽雅、整潔的樣子，清涼的樣子，下雨的樣子等等含義。

逋客

「或飛柯以折輪，乍低枝而掃跡。請廻俗士駕，為君謝逋客。」李善注曰：「孔安國《尚書傳》曰：逋，亡也。晉灼《漢書注》曰：以辭相告曰謝。」劉良注曰：「俗士、逋客，謂顒也。謝，去也。」四句意為：有的柯樹飛枝要扭轉車輪，有的樹枝低垂來掃除痕跡。請這個俗人趕快調轉車頭回去，替北山君謝絕逋客到來。「逋客」直譯為「逃客」，在此指逃離隱居山林的人。諷刺假隱士，一旦得到朝廷徵召就立刻跑去做官。

陳孔璋《為袁紹檄豫州》

贓

「因贓假位，輿金輦璧，輸貨權門。」呂延濟注曰：「贓，賄賂也。輿、輦，車也。權，勢也。靈帝時賣官，言嵩以車載賄寶，以輸勢門，而官至太尉。」意為：靠行賄買官位，車拉著金銀美玉，到權勢之門去疏通。「贓」在這裡就是行賄的意思。《廣韻‧唐韻》云：「贓，納賄曰贓。」所以，「贓」也可以指受賄。范曄《後漢書‧天文志》：「中郎將任尚坐贓千萬，檻車徵棄市。」意為：中郎將任尚因為犯受賄千萬的大罪，被檻車拉到法場殺頭。

撓

「乃欲摧撓棟梁，孤弱漢室。」李周翰注曰：「摧，折。撓，曲也。棟，梁，喻大臣也。謂操殺司空楊彪也。孤弱，謂除其輔佐也。」「撓」有曲義，此意為「使……曲」，與「摧」義同。全句意為：是要摧殘迫害棟梁之才，使漢室江山陷入孤立無援的衰弱境地。見於《文選》的用例尚有如下數條：

（1）陸士衡《漢高祖功臣頌》：「漢旆南振，楚威自撓。」呂向注曰：「袁

生謂高祖曰：分諸將，引入楚地。而使自分兵相救，則楚威權自然**撓**也。」意為：漢高祖的大軍向南出發，項羽的楚軍原有的威勢就受到挫折而降低了。「**撓**」亦為曲、挫折等意義。

（2）袁彥伯《三國名臣序贊》：「崔生高朗，折而不**撓**。」李善注曰：「《管子》曰：夫玉溫潤以澤仁也，折而不**撓**，勇也。」呂向注曰：「崔，琰也。亦魏臣也。朗，明。折，勇。**撓**，曲也。」意為：崔琰高風亮節，雖然遭遇挫折，也不肯曲節。

（3）袁彥伯《三國名臣序贊》：「烈烈王生，知死不**撓**。求仁不遠，期在忠孝。」李善注曰：「《漢魏春秋》曰：魏帝見威權日去，不勝其忿。乃召侍中王沉，尚書王經，散騎常侍王素，謂曰：司馬昭之心，路人所知也。吾不能坐受廢辱，今日當與卿自出討之。《世語》曰：王沉、王素馳告文王。尚書王經以正直不出，遂被文王殺之。《魏志》曰：清河王經，甘露中為尚書，坐高貴鄉公事誅。裴松之曰：經，字彥緯。今云承宗，蓋有二字也。班固《漢書述》曰：樂昌篤實，不**撓**不詘。《論語》子曰：仁遠乎哉？我欲仁，斯仁至矣。」李周翰注曰：「烈烈，謂威勇貌。王生，謂經也。**撓**，曲也。言求其仁不遠者，必在忠孝之中得之矣。言經忠孝仁道，具於身也。」此段是讚美王經有正直仁義之節操。說他壯烈英勇，明知會死也不肯屈服。因此，如果要從王經身上求仁的話，不用看他遠的方面，只看他的忠孝就可以了。「**撓**」即屈服。

（4）干令升《晉記總論》：「劉淵、王彌**撓**之於青冀。」李善注曰：「干寶《晉記》曰：劉淵遷離石，遂謀亂。淵在西河離石，攻破諸郡縣，自稱王。又曰：王彌攻東莞、東安二郡，復攻青州。」張銑注曰：「劉淵以離石之卒，攻破諸郡縣，自稱王。王彌起兵攻東莞復攻青州。**撓**，亂也。」

（5）范蔚宗《後漢書二十八將傳論》：「直繩則虧喪恩舊，**撓**情則違廢禁典。」李善注曰：「范曄《後漢書》第五倫上疏曰：臣愚以為，貴戚可封侯以富之，不當職事以任之。何者？繩以法，則傷恩；私以恩，則違憲。」呂向注曰：「喪，傷。**撓**，曲也。言於公法直則傷恩私，曲情於私則廢典憲。」呂向釋此「**撓**」為「曲」，即不能正道直行、秉公執法的意思。

（6）顏延年《陽給事誄》：「在危無**撓**，古之烈士無以加之。」李善注曰：「《左氏傳》曰：師徒**撓**敗。杜預曰：**撓**，敗也。」李周翰注曰：「**撓**，曲也。

言雖臨危，不曲節以求全也。加，過也。」李善釋「撓」為「敗」，李周翰釋為「曲」，意義相同，都是指不肯屈服投降的意思。讚美陽瓚在固守滑臺失敗後，能夠臨危不懼，不肯屈膝投降。所以說他與古代的有氣節的志士相比也是有過之而無不及。

（7）王仲寶《褚淵碑文》：「汪汪焉洋洋焉，可謂澄之不清，撓之不濁。」李善注曰：「范曄《後漢書》曰：郭林宗少游汝南，先過袁閎，不宿而退。往從黃憲，累日方還。或問林宗，林宗曰：奉高之器，譬諸泛濫。雖清而易挹，叔度汪汪若萬頃波，澄之不清，撓之不濁，不可量也。」李周翰注曰：「汪汪、洋洋，水深大貌。以比其德深廣。撓，攪也。」

（8）王簡栖《頭陀寺碑文》：「因斯而談，則棲遑大千，無為之寂不撓；焚燎堅林，不盡之靈無歇。大矣哉！」劉良注曰：「棲遑，謂遊處也。撓，亂也。如來遊處於三千大千世界，雖行其化，而無為之心寂然不動，終無亂也。」呂延濟注曰：「焚燎，火也。堅林，謂眾木也。佛以千張白疊纏身，積眾香木以火焚之，其質雖盡，其聖靈虛空不可盡歇也。」

上述諸例表明，六朝時「撓」為習用語。其常用意義為「曲」，依上下文的情況，可以分別釋為挫敗、屈服、攪擾、混亂、不直等意義。而諸義項之間實際是存在著內在聯繫的。《說文·手部》：「撓，擾也。一曰捄也。」段玉裁注曰：「捄，篆下曰：『一曰擾也。』是撓、擾、捄三字義同。」則「撓」的本義是擾，表示與手有關的動作。故可釋為攪擾，因攪擾而引申為混亂，因混亂進而引申為不直、屈服、挫敗等。

梟雄

「除滅忠正，專為梟雄。」張銑注曰：「除滅忠正，謂殺趙彥等也。梟，惡鳥也。雄，強也。言操如惡鳥之強也。」此為陳琳批判曹操的話，說他專門除滅忠正好人，就像惡鳥一樣兇惡強橫。這是對「梟雄」的貶義理解。然魏晉時期，「梟雄」亦可作為褒義詞使用。如《三國志·吳志·周瑜傳》（周）瑜上疏曰：「劉備以梟雄之姿，而有關羽、張飛熊虎之將，必非久屈為人用者。」同書《魯肅傳》：「劉備天下梟雄，與操有隙，寄寓於表，表惡其能，而不能用也。」此二「梟雄」，都不是貶義，可以理解為出眾的英雄豪傑的意思。檢索《四庫全書》可知，「梟雄」作為英雄豪傑的意思在後世一直適用。

陳孔璋《檄吳將校部曲文》

猖猾

「及吳王濞驕忞屈強，猖猾始亂。」李善注曰：「《漢書》曰：吳王濞，高帝兄仲之子也。立濞為吳王。孝景五年起兵於廣陵。《左氏傳》曰：鄭子太叔卒，晉趙簡子曰：黃父之會，夫子語我九言，曰：無始亂，無怙富。」李周翰注曰：「忞，縱也。屈強，不順貌。猖猾，狂狡貌。始亂，謂為亂首也。」《漢語大詞典》釋此「猖猾」為猖狂狡猾。釋「猖」為「猖狂」是對的。見《玉篇・犬部》「猖，狂駭也。」《廣韻・陽韻》：「猖，猖狂。」而釋「猾」為「狡猾」則不確。《廣雅・釋詁三》：「猾，亂也。」又《釋詁四》：「猾，擾也。」則「猖猾」應該是猖狂作亂的意思。全句意為：吳王濞驕橫倔強，帶頭猖狂作亂。

杜元凱《春秋左氏傳序》

渙然

「若江海之浸，膏澤之潤，渙然冰釋，怡然理順，然後為得也。」陳宏天等譯為：「就像江海浸透沿岸，像膏雨滋潤大地，像冰塊遇熱消融，心情和悅，義理順遂，然後有所收穫。」〔註11〕這個「渙然」就是描述了冰塊消融的樣子。《文選》中「渙然」的另一用例見於嵇叔夜《養生論》，云：「夫服藥求汗，或有弗獲。而愧情一集，渙然流離。」李善注曰：「《漢書》曰：上問左丞相周勃曰：天下一歲，決獄幾何？勃謝不知。問天下錢穀出入幾何？勃又謝不知。汗出洽背，愧不能對。《周易》曰：渙汗其大號。」張銑注曰：「服藥不得汗也。」劉良注曰：「愧，懼也。言服藥求汗，或有不得者。或有人懼情一集，乃有渙然而汗出者。流離，汗流貌。」這個「渙然」是描述出汗的樣子。

《說文・水部》：「渙，流散也。」徐灝注箋：「引申為凡離散之稱。」故杜預描述冰塊消融用「渙然」，即冰水流散的樣子。嵇康描述人在羞愧難當的情況下汗流滿面的樣子也用「渙然」表示，指汗水淋漓的樣子。檢索《四庫全書》，「渙然」當為六朝習用語。其最早用例見於《三國志・魏志・高堂隆傳》，高堂隆臨終上疏曹丕：「願陛下少垂省覽，渙然改往事之過謬，勃然興來事之淵塞。」這個「渙然」則是指以往的過錯改過消散的樣子。

〔註11〕陳宏天等：《昭明文選譯注》第五冊，吉林文史出版社，1994年版，第957頁。

皇甫士安《三都賦序》

空類

「綴文之士，不率典言，並務恢張，其文博誕空類。」李善注曰：「孔安國《尚書大傳》曰：誕，大也。」呂延濟注曰：「恢、誕，皆大也。空類，謂言不附實，但為空大。」意為：寫文章的人不遵常典，都喜歡作些誇大其詞、不切實際的文章。故「其文博誕空類」，就是說他們的文章寫的都是誇大不實之詞。「博」是內容寬泛，「誕」是大而不當，「空」是不切實際，「類」是千篇一律。即所說的話都很相似，都一樣。所以「空類」應該是不切實際、千篇一律的意思。呂延濟所謂「謂言不附實，但為空大」應該是對於「其文博誕空類」的整體解釋，不適用於解釋「空類」。

石季倫《思歸引序》

誇邁

「余少有大志，誇邁流俗。」張銑注曰：「大志，謂高尚之志也。誇，猶極也。邁，遠也。言極遠於流俗之事，與世不群也。」此「誇」通「跨」，即跨越、超過的意思。「邁」就是「行」，亦有跨越、超越的意思。故「誇邁流俗」也就是超越流俗。

王元長《三月三日曲水詩序》

窅眇

「體元則大，悵望姑射之阿，然窅眇寂寥，其獨適者已。」張銑注：「言黃帝及堯皆求道，深遠虛無，蓋其自善者也，非與下同之也。窅眇，深遠也。寂寥，虛無也。適，善也。」

「窅眇」，《辭源》、《漢語大詞典》均收錄。

《辭源》云：「深遠貌。同『杳眇』。」《漢語大詞典》云：「亦作『窅渺』。亦作『窅邈』。深遠；精微。」所舉語源用例均為王元長《三月三日曲水詩序》，由此來看，「窅眇」亦為六朝時語。檢索《四庫全書》證明這個結論是對的。在《四庫全書》所存文獻中該例確為「窅眇」的最早用例。

然「窅」《廣韻》「烏皎切，上筱，影；又於交切，平肴，影」。「眇」《廣韻》

「亡沼切，上小，明」。則「窅」「眇」二字為疊韻連綿詞。其主要特徵就是上下二字的韻母相同。古韻筱、肴、小同屬「宵」部。可見，疊韻連綿詞的構成主要在於區分讀音，用什麼樣的字形表示往往顯得不很重要。所以，同一個疊韻連綿詞往往有多重寫法，只要體現讀音上的疊韻特點就可以了。所以，《辭源》說「窅眇」同「杳眇」，《漢語大詞典》說「窅眇」亦作「窅渺」或「窅邈」都是對的。

　　然司馬相如《上林賦》云：「俛杳眇而無見，仰攀橑而捫天。」而司馬相如《大人賦》云：「紅杳渺以眩愍兮，焱風湧而雲浮。」南朝宋裴駰《集解》：「《漢書音義》曰：旬始屈虹氣色紅。杳渺眩愍，暗冥無光也。」司馬貞《索隱》引蘇林曰：「眩音炫，愍音麪。晉灼云：紅，赤色貌。杳渺，深遠。眩愍，混合也。紅，或作虹。」可見，作為表示「深遠義」的疊韻連綿詞，「杳眇」或作「杳渺」在漢代就已經出現了，但是到六朝時候又可以寫作「窅眇」，後來又有了「窅渺」、「窅邈」等寫法，但意義基本上都是一致的。

任彥昇《王文憲集序》

家牒

「自秦至宋，國史家牒詳焉。」李善注曰：「琅邪王氏錄曰：其先出自周王子晉。秦有王翦、王離，世為名將。《七略》曰：子雲家牒言以甘露元年生也。」「家牒」即為記載家族世系的譜牒。

檢鏡

「然檢鏡所歸，人倫以表。」意為：是人們檢查借鑒自己的品行所歸依的目標，也是人們維持人倫秩序的表率。則「檢鏡」即《漢語大詞典》所謂「察鑒」也。

器異

「期歲而孤，叔父司空簡穆公早所器異。」李善注：「蕭子顯《齊書》曰：王僧虔兄僧綽之子儉。又曰：世祖即位，遷僧虔為侍中，薨贈司空侍中如故。諡簡穆公。」呂延濟注曰：「期歲，一歲也。言公一歲喪父，故云孤也。早所器異者，叔父早以公為賢也。」王儉一歲的時候父親就去世了。他的叔父王僧虔（死諡簡穆公）很早就對他很器重。「器異」指看重、器重。為六朝習用語。見

於《四庫全書》的用例甚多。如：《三國志·魏志·楊俊傳》：「楊俊字季才，河內獲嘉人也。受學陳留邊讓，讓器異之。」同書《蜀志·關羽傳》：「（關）興字安國，少有令問。丞相諸葛亮深器異之。」又《馬良傳》：「（馬謖）才器過人，好論軍計，丞相諸葛亮深加器異。」又《鄧芝傳》：「於時人少所敬貴，唯器異姜維。」《吳志·諸葛瑾傳》：「瑾子恪，名盛當世。權深器異之，然瑾常嫌之，謂非保家之子。」《後漢書·馬嚴傳》：「〔嚴〕因覽百家群言，遂交結英賢，京師大人咸器異之。」《晉書·李流傳》：「刺史趙廞器異之。」《梁書·武帝記》：「儉一見深相器異。」其例甚眾，茲不一一列舉。

清公、識會

「昔毛玠之清公，李重之識會，兼之者公也。」李善注曰：「《魏志》曰：毛玠字孝先，陳留人也。少為縣吏，以公清稱。魏國初建，以玠為尚書僕射，復典選舉。傅暢《晉諸公贊》曰：王戎為選官，時李重、李毅二人操異，俱處要職。戎以識會待之，各得其所。玠音介。」李周翰注曰：「參，掌也。魏毛玠為典選舉。晉李重為吏部郎。識會，謂識鑒也。言公清、識鑒之理並於古人者，儉也。」《漢語大詞典》釋「清公」云：

> 【清公】清廉公正。《三國志·魏志·毛玠傳》：「少為縣吏，以清公稱。」晉葛洪《抱朴子·名實》：「清公者，奸慝之所仇也。」《南史·王亮傳》：「累遷晉陵太守，在職清公，有美政。」

則此「清公」即清廉公正之義。

李周翰釋「識會」為「識鑒」。即有見地、有辨別能力。

任昉稱讚王儉既如毛玠那樣清廉公正，又如李重那樣有見識、善辨別識人。

夷雅

「孝友之性，豈伊橋梓？夷雅之體，無待韋弦。」呂向注曰：「伯禽、康叔朝於成王，見乎周公，三見而三笞之。二子有駭色。乃問於商子曰：吾二子見於周公，三見而三笞，何也？商子曰：南山之陽，有木名橋。南山之陰，有木名梓。二子何不往觀之？見橋木高而仰，見梓木卑而俯。二子還告商子。商子曰：橋者，父道也。梓者，子道也。言王公有孝友之性，自天而成。豈惟見橋、梓而知也？夷，平也。體，性也。韋，皮繩，喻緩也。弦，弓弦，喻急也。西門豹性急，故佩韋以自緩；董安于性緩，故佩弦以自急。言王公平雅之

性，無待此韋、弦以成也。蓋自天性得中也。」意為：王儉天生孝友之性，無需在看見橋木、梓木以後才知道高而仰、卑而俯；他的平和閒雅之性，亦是得自天成，無需用佩韋或佩弦來提示。「夷雅」以描述人的個性特點，故可以譯為平和閒雅。

《晉書・荀勗、荀藩傳》：「（荀）組字大章，弱冠，太尉王衍見而稱之曰夷雅有才識。」《南齊書・王玄載傳》：「玄載夷雅好玄言，脩士操。」可證，「夷雅」亦為六朝習用語。

丹陽

「將軍永明元年進號衛將軍，二年，以本官領丹陽尹。」又曰：「領國子祭酒，三年，解丹陽尹，領太子少傅。」李善注曰：「本官，謂侍中尚書令。」李周翰注曰：「丹陽，帝都郡名也。」則此「丹陽」為齊代永明年間京都所轄郡的名稱。南齊永明年間，京都在建業（今南京）。

王仲寶《褚淵碑文》：「丹陽京輔，遠近攸則。吳興衿帶，實惟股肱。」李善注曰：「李尤《函谷關銘》曰：襟帶咽喉。《漢書》曰：季布為河東守，上召布曰：河東吾股肱郡，故特召君耳。」呂延濟注曰：「丹陽，郡名。京輔，言近帝都也。攸，所也。」劉良注曰：「吳興，郡名。言在都之南，如人衣之衿帶也。股肱，謂手足。言此郡要害，如人有手足也。」

任彥昇《劉先生夫人墓誌》：「稟訓丹陽，弘風丞相。」李善注曰：「蕭子顯《齊書》曰：瓛，晉丹陽尹恢六葉孫也。然其妻王氏，丞相導之後也。」呂向注曰：「稟，受也。晉丹陽尹劉恢，是瓛六代祖也。故瓛稟受其訓焉，晉丞相王導是夫人先祖，故弘其風教也。」

任彥昇《齊竟陵文宣王行狀》：「改授征虜將軍、丹陽尹。」

以上諸「丹陽」均指南朝齊代之丹陽郡，因其與京城建業地域接近，故有「京輔」之稱。

如干

「綴緝遺文，永貽世範，為如干卷。」李善注曰：「袁宏《三國名臣序贊》曰：風軌德音，為世作範。」張銑注曰：「貽，遺。範，法也。」意為：將王儉的遺文進行編輯整理，以作為永傳後世法則，共有若干卷。「如干」即若干，表示數字不確定。《文選》中的另一用例：任彥昇《齊竟陵文宣王行狀》：「嗣位進

封竟陵郡王，食邑如千戶。」呂延濟注曰：「如千戶，猶若干也。蓋食邑無定戶故也。」

袁彥伯《三國名臣序贊》

方、圓

「居上者不以至公理物，為下者必以私路期榮。御圓者不以信誠率眾，執方者必以權謀自顯。」李善注曰：「《呂氏春秋》曰：天道圓，地道方。聖人之所以立上下，主執圓，臣處方。方圓不易，國乃昌。」高誘曰：「上，君也。下，臣也。」呂向注曰：「謂私行請託，以求其官榮。」李周翰注曰：「圓，天也。謂君也，言君御下，不信於中誠也。率，理也。」呂向注曰：「方，地也。謂臣也。言臣事上，必弄威權以為詐謀而求榮也。」天圓、地方，亦指君為圓、臣為方。意為：在上位的人不以至公之心處理政務，在下位的人就一定會通過謀私的途徑獲得榮耀。君主不以誠信統領臣下萬民，臣子就一定會通過權謀為自己尋求顯達之資。

謇諤

「神情所涉，豈徒謇諤而已哉？」李善注曰：「《周易》曰：王臣蹇蹇，匪躬之故。《史記》趙良謂商君曰：千人之諾諾，不如一士之諤諤。《東觀漢記》戴馮謝上曰：臣無蹇諤之節，而有狂瞽之言。《字書》曰：諤，直言也。」張銑注曰：「謇，正。諤，直也。」《漢語大詞典》釋曰：

> 【謇諤】亦作「謇鄂」。亦作「謇愕」。
>
> 正直敢言。《隸釋·漢綏民校尉熊君碑》：「臨朝謇鄂，孔甫之操。」
> 洪适釋：「以謇鄂為謇諤。」《後漢書·陳蕃傳》：「忠孝之美，德冠本朝；謇愕之操，華首彌固。」唐閻濟美《下第獻座主張謂》詩：
> 「謇諤王臣直，文明雅量全。」清魏源《默觚下·治篇十》：「張昭謇諤於東吳，而曹兵南下，惟勸迎降。」

《漢語大詞典》解釋比較全面，可以信據。則「神情所涉，豈徒謇諤而已哉？」意為：精神氣質所涉及的，豈止是正直敢言而已？

王略

「王略威夷，吳魏同寶。」呂延濟注曰：「略，道也。威夷，險阻也。吳魏

先同起兵，以平天下。故云同寶也。」意為：由於漢室天下帝業危殆，所以，吳國、魏國都一同起兵要匡扶漢室。此「王略」義同「王道」，義指漢家天下的帝王之業。見於《文選》的「王略」用例尚有如下幾例，其義有同亦有不同：

（1）潘安仁《楊荊州誄》：「將宏王略，肅清荒遐。降年不永，玄首未華。」李善注曰：「《尚書》曰：降年有永有不永。范曄《後漢書》樊準上疏曰：故朝多皤皤之良、華首之老。」李周翰注曰：「宏，大。略，道。遐，遠。華，白也。言將大佐王道，肅清遠荒。降年不長，玄首，頭未白而至卒也。」意為：要宏揚王道，平定邊境。無奈壽命不長，頭髮還沒有白就早早去世了。此「王略」亦指王道、帝業。

（2）顏延年《陽給事誄》：「值國禍薦臻，王略中否。」李善注曰：「潘岳《楊肇誄》曰：將宏王略。」呂向注曰：「薦，重也。臻，至也。否，隔也。」意為：正值國家禍亂頻發，帝業中道斷絕。

（3）顏延年《陽給事誄》：「邊兵喪律，王略未恢。」李善注曰：「《周易》曰：師出以律，失律凶也。《廣雅》曰：略，法也。」李周翰注曰：「律，軍法也。略，道也。恢，大也。」意為：守邊的士兵不遵守軍令，帝王的法令得不到發揚。此「王略」可以指帝王的法令。

上述「王略」的用例情況，代表了該詞語在六朝時的兩個基本義項。檢索《四庫全書》也可以得到證明。如《三國志·魏志·傅嘏傳》：「暨乎王略虧頹，而曠載罔綴；微言既沒，六籍泯玷。」此「王略」當指帝業。《宋書·武帝紀中》：「是以絕域獻琛，遐夷納貢，王略所宣，九服率從。」而此「王略」當指王法、國法。另，六朝時「王略」也指國家的疆土。如《宋書·禮志四》：「唯灊之天柱，在王略之內，舊臺選百石吏卒以奉其職。」

干令升《晉記總論》

支

「屢拒諸葛亮節制之兵，而東支吳人輔車之勢。」李善注曰：「《漢書》曰：齊桓、晉文乏兵，可謂入其域而有節制矣。《左氏傳》宮之奇曰：諺所謂輔車相依，唇亡齒寒。」呂延濟注曰：「諸葛亮，蜀將也。節制，言亮軍士有節度制法也。支，亦拒也。輔車之勢，謂吳與蜀為援助而宣王能拒之。」「支」作

「拒」解，最早見於《戰國策・魏策三》：「趙王恐魏承秦之怒，遽割五城以合於魏而支秦。」「支」即抗拒、抵抗、對抗等意義。

尸

「禦其大災，而不尸其利。」劉良注曰：「尸，主也。言禦災患為人，己不自主利者也。」居上下文意，則此「尸」當指享有、佔有的意思。意為：抵禦災害，而自己不享受其利。「尸」的本義是指祭祀時代死者受祭的人，故可以引申為享有、佔有等意義。

陵邁、資次

「而世族貴戚之子弟，陵邁超越，不拘資次。」李善注曰：「《崇讓論》曰：非勢家之子，率多因資次而進之。」張銑注曰：「言貴戚子弟，皆不拘資次而超進。」意為：那些出身於世族貴戚之家的子弟，可以越級升遷，不需要受到資歷次序的限制。「陵邁超越」與「不拘資次」說的是同一件事。所以，「陵邁」也就是超越，即超越資歷次序的限制的意思。「資次」即資歷次序。「不拘資次」即不受資歷次序的限制。

范蔚宗《宦者傳論》

鈎黨

「雖忠良懷憤，時或奮發，而言出禍從，旋見孥戮。因復大考鈎黨，轉相誣染。」李善注曰：「《東觀漢記》曰：靈帝時，故太僕杜密、故長樂少府李膺，各為鈎黨。《尚書》曰：下本州考治。時上年十三，問諸常侍曰：何鈎黨？諸常侍對曰：鈎黨人，即黨人也。即可其奏。」李善釋「鈎黨」為「黨人」，有《東觀漢記》為據，是對的。此段意為：即使有忠良之臣心懷憂憤，偶而奮發抒懷表達忠義之情，流露了自己的不滿，然而，隨之就會有禍患降臨，立刻就會看到妻子兒女都被殺戮。接著還會大肆考問、追查同黨之人。致使人們互相誣陷、誹謗。

「考」即考問、追查的意思。《後漢書・馬嚴傳》：「今益州刺史朱酺、揚州刺史倪說、涼州刺史尹業等，每行考事，輒有物故。」李賢注：「考，按也。」李賢所謂的「按」，就是拷問、查辦的意思。另《晉書・忠義傳・周該傳》：「該乃與湘州從事周崎間出反命，俱為乂所執，考之至死，竟不言其故。」

龔行

「雖袁紹**龔行**，芟夷無餘。」李善注曰：「范曄《後漢書》曰：袁紹勒兵斬趙忠、捕宦官，無少長悉斬之。張驤投河而死。《尚書》曰：今予恭行天之罰。《左氏傳》君子曰：周任有言：為國家者，見惡如農夫之務去草焉，芟夷蘊崇之，絕其本根，勿使能殖。」呂延濟注曰：「**龔行**，謂奉行天子命罰也。芟，刈也。夷，殺也。無餘，言總盡。初袁紹起義兵，誅董卓、斬趙忠、捕宦官，無少長悉斬之。」據李善注可知，「**龔行**」與《尚書》所謂「今予恭行天之罰」之「恭行」義同。「恭行天之罰」即奉行上天的意旨征伐有罪者。因此，此處「袁紹龔行，芟夷無餘」即指袁紹奉天子命，起兵誅董卓、斬趙忠、捕宦官，無論老少全部殺掉。故《漢語大詞典》釋「**龔行**」為「奉行」是對的。

范蔚宗《逸民傳論》

介性

「豈必親魚鳥樂林草哉？亦云**介性**所至而已。」李善注曰：「《世說》簡文入華林園，顧謂左右曰：覺鳥獸禽魚自來親人爾。」劉良注曰：「言隱者豈親樂山水哉？言特稟耿介之性也。」意為：難道就一定是要親近魚鳥、喜歡山水嗎？也不過是耿介之性所導致的而已。則「**介性**」即指耿介正直的個性。該詞語在後世文獻中亦有用例。如：明葉山《葉八白易傳》卷十四：「則必有孤竹之潔，介性所至，而甘心畎畝之中，憔悴江湖之上，豈固親魚鳥樂草木哉？」

沽名

「彼雖硜硜有類**沽名**者，然而蟬蛻囂埃之中，自致寰區之外。」李善注曰：「《論語》曰：子擊磬於衛，有荷蕢而過孔氏之門者，曰：有心哉！擊磬乎？既而曰：鄙哉！硜硜乎？莫己知也已。又子貢曰：有美玉於斯，韞櫝而藏諸？求善價而沽諸？孔子曰：沽之哉！沽之哉！我待價者也。」呂向注曰：「硜硜，堅勁貌。沽名，謂沽賣其名聲也。」呂延濟注曰：「隱者去塵俗之內，致寰區之外，有如蟬之蛻形耳。寰區，國之封域也。」意為：雖然他們固執地堅持隱居，就好像是將自己的名聲待價而沽一樣，但其實是如蟬在塵埃中蛻化一般，使自己遠離俗塵而置身於塵世之外。「沽」就是「賣」，則「**沽名**」就是將名聲待價而沽，等待出賣。

蘊藉

「漢室中微，王莽篡位，士之蘊藉，義憤甚矣。」李善注曰：「《東觀漢記》曰：桓榮溫恭有蘊藉，明經義。文穎曰：謂寬博有餘也。」張銑注曰：「微，弱。篡，奪也。」呂向注曰：「蘊藉，寬和貌。憤，怨也。言王莽篡漢，當時寬和之人皆怨而去之。」「蘊藉」作寬和解，最早見於《史記·酷吏列傳·義縱》：「治敢行少蘊藉。」南朝宋裴松之《史記集解》云：「《漢書音義》曰：敢行暴政而少蘊藉也。」《後漢書·桓榮傳》：「榮被服儒衣，溫恭有蘊藉。」唐李賢注：「蘊藉，猶言寬博有餘也。」則諸例之「蘊藉」均可作「寬和貌」解。亦即《辭源》所謂的「含蓄寬容」之義。《漢語大詞典》漏收，當補。

邪孽、處子

「邪孽當朝，處子耿介，羞與卿相等列。」呂向注曰：「邪孽，謂閹官之屬也。處子，謂隱居不仕之人。耿介，謂執節守度也。羞，恥也。列，行列也。」「邪」為不正，「孽」為惡的、邪惡的。故《漢語大詞典》釋「邪孽」云「邪惡的人或事物」是對的。然《漢語大詞典》釋「處子」云：

> 【處子】1. 猶處士。漢王符《潛夫論·交際》：「恭謙以為不肖，抗揚以為不德，此處子之羈薄，貧賤之苦酷也。」唐李邕《葉有道碑》：「且薛方、逢萌，備外臣之禮；虞仲、夷逸，終處子之業。」參見「處士」。2. 猶處女。《莊子·逍遙遊》：「藐姑射之山，有神人居焉，肌膚若冰雪，綽約若處子。」唐韓愈《送區弘南歸》詩：「處子窈窕王所妃，苟有令德隱不腓。」清李漁《憐香伴·冤褫》：「我範介夫，在學中做秀才，就如在閨中做處子，兢兢業業，砥礪廉隅。」吳玉章《從甲午戰爭前後到辛亥革命前後的回憶》十三：「這位貌若處子的書生，手無縛雞之力。」參見「處女」。

而《漢語大詞典》釋「處士」云：「本指有才德而隱居不仕的人，後亦泛指未做過官的士人。」釋「處女」則指「待在家中的婦女」或「未出嫁、未曾有過性行為的女子」。

依上下文，「邪孽」與「處子」對言，則含義也正相反。因此，此「處子」釋為「有才德而隱居不仕的人」比較合適。

沈休文《宋書·謝靈運傳論》

三祖

「至於建安，曹氏基命，三祖陳王，咸蓄盛藻。」李善注曰：「《續晉陽秋》曰：及至建安，而詩章大盛。《尚書》曰：王如不敢及天基命定命。《魏志》曰：明帝青龍四年，有司奏武皇帝為魏太祖，文皇帝為魏高祖，明皇帝為魏列祖也。」呂向注曰：「建安，獻帝年號。曹氏基命，謂魏太祖始封魏王。三祖，謂武帝、文帝、明帝。陳王，謂武帝子植也。咸，皆。蓄，積也。言三祖及陳王，皆積盛才於懷也。」意為：至漢獻帝建安年間，曹氏始定天命，魏太祖曹操、魏高祖曹丕、魏烈祖曹叡以及陳思王曹植，都是非常富有文采的人。

氣質

「自漢至魏，四百餘年，辭人才子，文體三變。相如工為形似之言，二班長於情理之說，子建、仲宣以氣質為體，並標能擅美，獨映當時。」劉良注曰：「二班，謂叔皮、孟堅也。情理，謂得事之實也。氣質，謂有力也。三變，謂形似、情理、氣質。」意為：自漢代至於魏朝，將近四百年的時間。文人才子們的創作，在文體風格上有三種特殊變化：司馬相如善於描述事物的形象重視形似，班彪、班固父子則擅長闡發感情與道理，而曹植、王粲則善於表現人的精神與品質。他們都能各自顯示自己的特色專長，在當時發揮出獨特的光彩。「氣質」指人的精神品質方面。在文學作品中的「氣質」，就應該是指作家的精神氣質和作品的風格。「氣質」是六朝新詞，除此例外，較早的尚有《江文通集》卷一，江淹《江上之山賦》：「亂曰：折芙蓉兮蔽日，冀以蕩夫憂心。不共愛此氣質，何獨嗟乎景沉？」意為：折來芙蓉花遮蔽日光，希望可以掃除掉我內心的憂傷。既然不喜歡這種氛圍，又何必在這樣的景色中嗟歎消沉？此「氣質」應該是指某種特殊的環境和氣氛而言。則「氣質」於六朝至少有兩個含義：一可用於指人的精神與品質，以及這種精神品質表現在作者的創作中，從而體現出來的作品的風格特徵。二指氛圍。可以指自然界或人類社會的某種特殊的環境和氣氛。

飆流

「一世之士，各相慕習，原其飆流所始，莫不同祖風騷。」李善注曰：「《續

晉陽秋》曰：自司馬相如、王褒、揚雄諸賢，代尚詩賦，皆體則風騷，詩總百家之言。飈流，即風流。言如風之散，如水之流。《廣雅》曰：祖，法也。」劉良注曰：「擅，專也。映，照也。原，本也。漢魏以來，才子風流，皆同祖述詩騷也。風則《詩・國風》也。」意為：當時的文人都相互仰慕學習，尋找其風流的源頭所在，沒有不是出自於《詩經》和《楚辭》的。李善釋「飈流」為「風流」，即風氣、習慣的意思。

賞好

「徒以賞好異情，故意製相詭。」張銑注曰：「徒，但。詭，變也。言祖述雖同，但以賞好者異，故隨製作而變。」此「賞好」指欣賞與愛好兩方面的興趣而言。「賞好」作為詞語使用自沈約以後亦為六朝史書中所習用。如《晉書・文苑傳・郭澄之》：「史臣曰：夫賞好生於情，剛柔本於性。」《梁書・到洽傳》：「洽少知名，清警有才學士行。謝朓文章盛於一時，見洽深相賞好。日引與談論。」等等。

江右

「遺風餘烈，事極江右。」李善注曰：「《史記》曰：宣王法文武遺風。《春秋元命苞》曰：文王積善所潤之餘烈。」李周翰注曰：「烈，業。極，盡也。江右，即西晉。」以江右指西晉，是與「江左」相對而言。江左即指江東，則「江右」指江西。即指長江下游以西的地區。東晉以後，亦稱西晉和北朝魏、齊、周統治下的地區為江右。如《晉書・文苑傳序》：「至於吉甫、太沖，江右之才傑；曹毗、庾闡，中興之時秀。」《宋書・百官志下》：「武帝初，分中衛置左右衛將軍，以羊琇為左衛，趙序為右衛。二衛江右有長史、司馬、功曹、主簿，江左無長史。」《南史・王琳傳》：「琳經涖壽陽，頗存遺愛，曾遊江右，非無舊德。

遒麗

「有晉中興，玄風獨振。為學窮於柱下，博物止乎七篇。馳騁文辭，義單乎此。自建武暨乎義熙，歷載將百。雖綴響聯辭，波屬雲委。莫不寄言上德，託意玄珠。遒麗之辭，無聞焉耳。」李善注曰：「孫綽集序曰：綽文藻遒麗。」李周翰注曰：「遒，猶美也。言皆寄道德，不為美辭者也。」此段意為：自晉朝

中興以來，談玄之風獨盛。所謂治學，也只是窮究鑽研老子之書，而所謂博識眾物也只是到《莊子》的七篇內篇而止。如果馳騁文辭進行寫作，所闡述的文章內容也僅僅在於這幾方面。自晉愍帝建武年間至於晉安帝義熙年間，期間經歷了近百年。雖然文人寫作的文章連篇累牘，多如波濤之連屬，又如層雲之聚積，但是也莫不是寄寓玄道之言與託付玄虛之意。「遒麗」的文章再也見不到了。則此「遒麗」當即指與「寄寓玄道之言與託付玄虛之意」相反的情況。所以，如李周翰僅以「美辭」釋之，似不確。「遒」字，宋代毛晃父子所作《增修互注禮部韻略》云：「迫也，忽也，健也，固也，斂也，勁也，逸也，盡也。」其中「遒」之「健」、「勁」等義用於修飾文章特色，在六朝習用。如三國魏曹丕《與吳質書》：「公幹有逸氣，但未遒耳。」南朝宋劉義慶《世說新語·賞譽》：「殷中軍與人書，道謝萬『文理轉遒，成殊不易』。」故「遒麗」用於修飾文辭，當指文章寫作的風格勁健而文辭華美而言。如《宋書·鮑照傳》：「鮑照，字明遠，文辭贍逸，嘗為古樂府，文甚遒麗。」是說鮑照寫文章辭采富麗而且感情奔放。而他所作的樂府詩更是風格勁健而文辭華美。

興會

「靈運之興會標舉，延年之體裁明密，並方軌前秀，垂範後昆。」李善注曰：「興會，情興所會也。鄭玄《周禮注》曰：興者，託事於物也。體裁，制也。謝承《後漢書》曰：魏朗為河內太守，明密法令也。《尚書》曰：垂裕後昆。」呂向注曰：「顏，顏延年也。謝，謝靈運也。標，高。方，並。軌，跡。範，法。昆，嗣也。」則「興會」指情趣、性情，也即李善所謂「情興所會」的意思。是說謝靈運的文章特重表現性情，而顏延年的文章則在結構形式上講求簡明、細密。二人皆可與先賢並駕齊驅，也可為後輩垂範。

衣冠

「歲月遷訛，斯風漸篤，凡厥衣冠，莫非二品。」李善注曰：「言衣冠之族，皆居二品之中。」劉良注曰：「訛，偽也。斯風，謂用勢族之風。二品，謂豪家勢族。」此之「衣冠」指「衣冠之族」，即士大夫階層。《漢書·杜欽傳》：「茂陵杜鄴與欽同姓字，俱以材能稱京師，故衣冠謂欽為『盲杜子夏』以相別。」顏師古注：「衣冠，謂士大夫也。」

范蔚宗《後漢書‧光武紀贊》

三精

「九縣颷回，三精霧塞。」李善注曰：「三精，日、月、星也。《孝經援神契》曰：天地至貴，精不兩明。宋均曰：天精為日，地精為月。《河圖》曰：巛德布精，上為眾星。」劉良注曰：「九縣，九州。三精，日、月、星也。颷回，謂振動不安。霧塞，謂昏暗。」唐李賢於《後漢書‧光武帝紀》注此二句云：「九縣，九州也。颷回，謂亂也。三精，日、月、星也。霧塞，言昏昧也。精或為象。」則「三精」亦可作「三象」，指日、月、星三者而言。六朝時以「三精」指日、月、星，比較習用。如《宋書‧歷志》：「議以為三精數微。」晉陸機《吳大帝誄》：「體和二合，以察三精。」

曹元首《六代論》

毗輔

「內無宗子以自毗輔，外無諸侯以為蕃衛。」李善注曰：「班固《漢書贊》曰：秦竊自號為皇帝，而子弟為匹夫。內亡骨肉本根之輔，外亡尺土蕃翼之衛。莊子曰：堯舜有天下，子孫無置錐之地。」張銑注曰：「毗，佐也。」「毗輔」就是輔佐的意思。此詞於六朝文獻中亦為習用語。

嵇叔夜《養生論》

輔養

「神農曰上藥養命，中藥養性者，誠知性命之理，因輔養以通。」劉良注曰：「輔，助也。」意為：神農所說上品的好藥可以助養生命，而中品的藥則可以調養性情。這是確實明白性情、生命是可以靠服食藥物來輔助調養的道理的。則「輔養」專指靠服食藥物養生。此義以此例為最早，後人亦有沿用的。如《新唐書‧韋澳傳》：「因問輔養術，澳具言金石非可禦，方士怪妄，宜斥遠之。」

淫哇、平粹

「五穀是見，聲色是眈。目惑玄黃，耳務淫哇。滋味煎其府藏，醴醪煮其腸胃。香芳腐其骨髓，喜怒悖其正氣。思慮銷其精神，哀樂殃其平粹。夫以蕞

爾之軀,攻之者非一塗。易竭之身,而內外受敵。身非木石,其能久乎?」呂向注曰:「淫哇,樂聲也。」嵇康此段意為:人一味地貪圖口腹之欲和聲色犬馬的享樂。最終造成「滋味煎其府藏,醴醪煮其腸胃。香芳腐其骨髓,喜怒悖其正氣。思慮銷其精神,哀樂殃其平粹。夫以蕞爾之軀,攻之者非一塗。易竭之身,而內外受敵」的境況,以至於「身非木石,其能久乎?」生命最終不會長久。所以,「目惑玄黃,耳務淫哇」,指的是人們對於聲色的追求,故「淫哇」指樂聲是對的。然而由於嵇康此例明顯是帶有貶斥的意味,所以,後人又直以淫邪的樂聲釋之。如」《晉書・潘岳、潘尼傳》:「欲移風易俗者,罔不畢奏抑淫哇,屏鄭衛,遠佞邪,釋巧辯。」《宋書・律志序》:「今志自郊廟以下,凡諸樂章,非淫哇之辭,並皆詳載。」又《宋書》卷十九《樂志》第九:「荊州刺史沈攸之,又造《西烏飛哥曲》,並列於樂官。哥詞多淫哇,不典正。」宋葉適《哀鞏仲至》詩:「離離三千首,雅正排淫哇。」

「平粹」呂延濟注曰:「謂純和之性也。」此為最早用例。後人亦有沿用者。如劉孝標《世說新語・賞譽》注引《趙吳郡行狀》:「穆,字季子,汲郡人,貞淑平粹,才識清通。」晉袁宏《後漢記・章帝記下》:「精神平粹,萬物自得,斯道家之大旨,而人君自處之術也。」《明史・商輅傳》:「輅為人,平粹簡重,寬厚有容,至臨大事,決大議,毅然莫能奪。」「平粹」都是形容人的個性平和純粹。

交賒

「心戰於內,物誘於外,交賒相傾,如此覆敗者。」「交賒」之義辨析亦見於上《緒論(三)》。

李蕭遠《運命論》

跋躓

「蓋笑蕭望之跋躓於前,而不懼石顯之絞縊於後也。」李善注曰:「《毛詩》曰:狼跋其胡,載躓其尾。」劉良注曰:「跋躓,謂折挫也。絞縊,以繩自係而死也。蕭望之為太子太傅,元帝即位,望之以師傅見重,遭石顯讒言,顯急令車騎圍望之第,乃歎曰:吾任將相年逾六十矣,入牢獄苟求生活,不亦鄙乎?竟飲鴆自死。天子聞之,大驚曰:殺吾賢傅!此為折挫於前也,而後邪佞笑之。

後成帝立，以石顯舊惡免官，徙歸故郡，憂懣不食，在道而死。後之邪臣又不懼見前事，皆復為之也。石顯病死，而言絞縊者，誤也。」意為：這就是只知道嘲笑蕭望之遭受挫折於前，卻不知道害怕陷害他的石顯也會被絞殺於後了。「跋躓」即挫折、困頓的意思。

劉孝標《廣絕交論》

素交、利交

「斯賢達之素交，歷萬古而一遇。」又曰：「於是素交盡，利交興，天下蚩蚩，鳥驚雷駭。」李善注曰：「素，雅素也。萬古一遇，難逢之甚也。」呂延濟曰：「蚩蚩，猶擾擾也。鳥驚雷駭，言聲勢盛，不知素交如水之淡也。」「素交」與「利交」相對，則「素交」當指純潔如水的交情；而「利交」則指以謀取私利為目的的交情。

較

「利交同源，派流則異。較言其略，有五術焉。」李善注曰：「《廣雅》曰：較，明也。」劉良注曰：「源，本也。派，別流也。較，明。略，要。術，法也。言趨利則同，其勢則異。明其端要，有此五法。謂下事也。」意為：雖然利交的根本目的都是逐利，但是流派卻有不同。大體而言，共有五種情形。李善、劉良「較」均釋為明。然而，「較」雖有明顯義，但亦有大概、大體、簡略等義。如《史記·貨殖列傳》：「此其大較也。」司馬貞索隱：「大較，猶大略也。」故此「較」不應作「明」解，當做「大概」解更符合上下文意。「較言其略」即言其大概或大概而言的意思。而「較略」亦可作為詞語使用，即大概、大略之意。如《三國志·吳志·孫皎傳》：「此人雖粗豪，有不如人意時，然其較略大丈夫也。」晉葛洪《抱朴子·內篇》序：「蓋粗言較略，以示一隅。」《宋書·索虜傳》：「較略二軍，可七千許人，既入其心腹，調租發車，以充軍用。」

「較」之大概、簡略義，於《文選》尚有一例：陸佐公《新漏刻銘》：「衛宏載傳呼之節，較而未詳；霍融敘分至之差，詳而不密。」意為：衛宏著《漢舊儀》記載宮廷宿衛傳呼的規定，因太簡略故而不很周詳；而太史令霍融上言漏刻，在時日上也有差失，雖然很周詳，但是卻不嚴密。

陸士衡《演連珠》

玄晏

「是以玄晏之風恒存，動神之化已滅。」劉孝標注曰：「周孔以禮樂訓世，故其跡可尋。倪惠以堅白為辭，故其辯難繼。是以唐虞遠，而淳風流存。蘇張近，而解環易絕也。」李善注曰：「曹植《魏德論》曰：玄晏之化，豐洽之政。」呂延濟注曰：「玄晏，禮教也。動神至道也。」此「玄晏」指古代聖賢的禮樂教化。

張孟陽《劍閣銘》

趑趄

「一人荷戟，萬夫趑趄。」李善注曰：「陳琳《為曹洪答文帝書》曰：一夫揮戟，萬人不得進。《廣雅》曰：趑趄，難行也。」呂延濟注曰：「趑趄，不進貌。言負其險阻，一人荷戈，萬夫不能進也。」則「趑趄」為欲進而不得，即想前進卻不能進的狀態。為六朝習用語，如《宋書・桂陽王休範傳》：「昔平勃剛斷，產祿蚤誅。張溫趑趄，文臺扼腕。事之樞機，得失俄頃。」《南齊書・裴叔業傳》：「古稱一人守隘，萬夫趑趄。」由欲進而不得，引申為躊躇不定或猶豫觀望、首鼠兩端，有二心的意思。如《三國志・蜀志・張裔傳》：「乃以裔為益州太守，逕往至郡。（雍）闓遂趑趄不賓。」意為：就任命張裔為益州太守，直接到郡赴任。雍闓於是首鼠兩端，不肯歸順。

潘安仁《馬汧督誄》

噤害

「若乃下吏之肆其噤害，則皆妒之徒也。嗟乎！妒之欺善，抑亦貿首之仇也。」李善注曰：「《楚辭》曰：口噤閉而不言，然則口不言，心害之，為噤害也。《廣雅》曰：妒，害也。言疾妒之徒，欺此善士，抑亦同彼貿首之仇也。《戰國策》曰：甘茂與樗里疾，貿首之仇也。」劉良注曰：「肆，恣。噤，毒。貿，易也。言怨害者，皆嫉妒之徒也。嗟乎，岳歎也。言嫉妒之人，欺其善行，當以己首易人之首為仇也。」意為：至於那些在下位的官吏，雖然口中不說什麼，但是因為心裏充滿嫉妒，所以就肆意妄為加害別人。都是一些嫉賢妒能之徒。

可恨啊！善妒之徒在迫害善良的人的時候，就像是對待和他有以頭換頭的仇恨一樣。則「噤害」為口中不說，但因心中嫉妒而無辜加害別人。

顏延年《陽給事誄》

劘剝

「值國禍薦臻，王略中否。獯虜間釁，劘剝司兗。」李善注曰：「沈約《宋書》曰：司州，漢之司隸校尉也。武帝北平關洛置司州，居虎牢。又曰：兗州，後漢居山陽。武帝平河南，居滑臺。劘，與摩音義同。」呂向注曰：「薦，重也。臻，至也。否，隔也。獯虜，即索虜嗣也。間，伺。釁，隙也。摩剝，傷害也。司、兗，二州名也。」「劘剝」即「摩剝」。即傷害、侵害的意思。

潘安仁《哀永逝文》

憧惶

「嫂姪兮憧惶。」呂向注曰：「憧惶，忙遽，以助喪事也。」《別雅》：「憧惶，張皇也。《書·康王之誥》：張皇六師。陶弘景《周氏冥通記》：整心建意勿憧惶也。義與張皇同。《集韻》云：憧惶，懼也。」則「憧惶」本作「張皇」，是忙亂、恐懼的意思。

顏延年《宋文皇帝元皇后哀策文》

惠問

「惠問川流，芳猷淵塞。」李善注曰：「蔡邕《袁公夫人碑》曰：義方之訓，如川之流。《毛詩》曰：仲氏任只，其心塞淵。」劉良注曰：「惠問、芳猷，皆美稱。川流、淵塞，言廣深也。」然「惠問」作為對人的美稱，大概只適用於死者，未見有用此詞修飾生者的用例。如清《皇朝文獻通考》卷一百十六，《追封》：「冊文曰：朕惟治隆內則，史稱淑德之祥。化始深宮，詩誦徽音之嗣。歷稽往牒，咸有嘉謨。若夫睿質夙昭，允協符於坤極。榮名未偹，宜追錫於瑤編。爰展哀悰，以彰惠問爾。皇貴妃董鄂氏，肅雍德茂，淑慎性成。克令克柔，安貞葉吉。惟勤惟儉，靜正垂儀。」此「惠問」即指皇貴妃董鄂氏的美好名聲。清順治皇帝的皇貴妃董鄂氏去世後，順治追封她為孝獻莊和至

德宣仁溫惠端敬皇后。追封冊文中說此舉是為了「爰展哀悰，以彰惠問爾」，即，既是抒發對死者的哀悼之情，又是彰顯貴妃的美好名聲。

王仲寶《褚淵碑文》

韻宇

「韻宇弘深，喜慍莫見其際。」李善注曰：「《晉中興書》曰：衛玠終身不見其慍喜。袁宏《竹林名士傳》曰：山濤莫見其際。」劉良注曰：「韻宇，猶器量也。慍，怒也。際，涯畔也。」意為：器量寬廣深厚，喜怒不顯露在外。「韻宇」即器量，可以釋為氣度、度量。

簡

「績簡帝心，聲敷物聽。」李善注曰：「崔駰《武賦》曰：假皇天乎簡帝心。《尚書大傳》曰：文王施政，而物皆聽。」張銑注曰：「績，功也。敷，布也。」意為：功績適合皇帝的心意，聲名傳佈於各地人人都知道。此「簡」字當釋為符合、滿足、適合等意義。《尚書·呂刑》：「五辭簡孚，正於五刑。」蔡沈傳：「簡，覈其實也。」則「簡」有符合事實的意思。故可以引申為相稱、相符等意義。如蔡邕《太傅安樂鄉文恭侯楊公碑》：「幹練機事，綢繆樞機，中亮唯允，簡於帝心。」這個「簡於帝心」也就是稱於帝心。即是皇帝稱心如意的意思。另，《後漢書·耿秉傳》：「每公卿會議，常引秉上殿，訪以邊事，多簡帝心。」「多簡帝心」即總是使皇帝稱心。

昇遐

「太祖昇遐，綢繆遺寄。」李善注曰：「蕭子顯《齊書》曰：太祖崩，遺詔以淵錄尚書事。《禮記》曰：天子崩，告喪曰：天王登遐。《西征賦》曰：武皇忽其昇遐也。」李周翰注曰：「昇遐，天子崩也。避言其死，故言昇遐。若升仙而遠遊者也。綢繆，密意也。遺寄，謂詔託公後事，以輔帝室也。」則「昇遐」即指昇天，故可作為帝王去世的婉辭。

沈休文《齊故安陸昭王碑文》

玄言

「學遍書部，特善玄言。」意為：學問廣博，涉及各類書籍。尤其喜歡老

莊之書。此「玄言」承「學遍書部」而來，故特指老莊之書而言。另，《宋書·張邵傳》：「（張敷）風韻端雅，好玄言，善屬文。初，父邵使與南陽宗少文談繫象，往複數番，少文每欲屈。」則此「玄言」當指談論玄理，即談論老莊之書與闡述《易》理等。這兩個用例既是「玄言」一詞，在六朝時出現的較早例證，也代表了當時該詞語的兩個最常用意義。

任彥昇《齊竟陵文宣王行狀》

行狀

劉良於篇題注曰：「述其德行之狀。」陳宏天等注云：「行狀：記述死者生平行事的文章。」〔註12〕

《漢語大詞典》釋「行狀」云：

> 1. 履歷；事蹟。《漢書·高帝記下》：「遣詣相國府，署行、義、年。」顏師古注引三國魏蘇林曰：「行狀，年記也。」《後漢書·李善傳》：「時鍾離意為瑕丘令，上書薦善行狀。」《晉書·劉弘傳》：「臣輒以勃為歸鄉令，貞為信陵令。皆功行相參，循名校實，條列行狀，公文具上。」宋陳善《捫虱新話·孔子曾子之說》：「孔子曰：『吾十有五而志於學，三十而立，四十而不惑，五十而知天命，六十而耳順，七十而從心所欲不逾矩。』此孔子未死前自作行狀也。」魯迅《吶喊·阿Q正傳》：「阿Q不獨是姓名籍貫有些渺茫，連他先前的『行狀』也渺茫。」

> 2. 文體名。專指記述死者世系、籍貫、生卒年月和生平概略的文章。也稱狀、行述。唐李翱《百官行狀奏》：「凡人之事蹟，非大善大惡，則眾人無由知之，故舊例皆訪問於人，又取行狀諡議，以為一據。」清葉名澧《橋西雜記·黃忠端書孝經卷》：「洪思作夫人行狀，言卒之日，以所臨忠端公《孝經》，授其子菜堂。」

陳宏天等對於「行狀」的解釋與《漢語大詞典》之第二義項相同，都是對的。此之「行狀」即指該文體而言。然《漢語大詞典》所舉詞語用例卻有些草率，不能反映出「行狀」一詞的真實語源。

〔註12〕陳宏天等：《昭明文選譯注》第六冊，吉林文史出版社，1994 年版，第 2007 頁。

梁代任昉《文章緣起》〔註13〕云：

行狀——漢丞相倉曹傅胡幹作《楊元伯行狀》。

（注）狀者，貌也，類也。貌本類實，備史官之採，或乞銘志於作者之辭也。

（補注）先賢表諡並有行狀，蓋具死者世系、名字、爵里、行治、壽年之詳。或牒考功太常使議諡，或牒史館請編錄，或上作者乞墓誌碑表之類，皆用之。而其文多出於門生、故吏、親舊之手，以謂非此輩不能知也。其逸事狀，但錄其逸者，其所已載不必詳焉。

依《文章緣起》所云，行狀之體始自漢丞相倉曹傅胡幹所作之《楊元伯行狀》，但如今該文僅徒有其名而亡其辭。今人所見最早的一篇「行狀」體文即為《文選》所錄之任昉的《齊竟陵文宣王行狀》此篇。另據《藝文類聚·后妃部》卷十五著錄，梁江淹亦有《宋建平王太妃周氏行狀》，但僅錄片段，原文亦不得見。

事實上，「行狀」作為詞語出現似更早。《漢書·高祖紀》詔「詣相國府，署行、義、年」。蘇林注曰：「行，狀；年，紀也。」黃暉先生據此考證說「知漢時考吏有行狀之制也」〔註14〕。蘇林注為唐以前舊注，顏師古注《漢書》多有引用，不知具體何年。南朝宋范曄作《後漢書》時「行狀」作為一個詞語使用就已經很多見了。如：《東平憲王倉傳》：「敞喪母至孝，國相陳珍上其行狀。」《範式傳》：「長沙上計掾史到京師，上書表式行狀，三府並闢，不應。」《李善傳》：「時鍾離意為瑕丘令，上書薦善行狀。光武詔拜善及續並為太子舍人」《陵續傳》：「於是陰嘉之，上書說續行狀。帝即赦興等事，還鄉里，禁錮終身。」《呂強傳》：「舊典選舉委任三府，三府有選，參議掾屬，諮其行狀，度其器能，受試任用，責以成功。」但上述「這類行狀相當於現在的情況說明，用於薦舉考察官吏，當然也不能有過多的誇飾。」〔註15〕還不是專門用於記錄死者生平事蹟的文體名稱。

〔註13〕《四庫全書》本，梁任昉著，明陳懋仁注，清方熊補注。關於《文章緣起》是否為任昉所作，已有楊賽發表於2009年第2期《北京科技大學學報》（社科版）的《〈文章緣起〉的真偽問題》一文論之甚詳，楊文所論論據充分毋庸置疑，《文章緣起》當為任昉所作無疑。

〔註14〕黃暉：《論衡校釋》，中華書局，1999年版。

〔註15〕楊賽：《說行狀》，《古典文學知識·讀書箚記》，2010年第6期（總第153期）。

　　劉勰《文心雕龍・書記》篇云：「狀者，貌也。體貌本原，取其事實，先賢表諡，並有行狀，狀之大者也。」據劉勰所言，則「行狀」之體本之於狀，是狀體文中較大的一種文體。狀作為文體名稱，就是陳述事實的文書或敘述人物生平行事的文字。而為死者表諡的時候也要敘述他的生平事蹟，這時為死者所作的「狀」就是「行狀」。也就是依照事實記述死者生平事蹟的文章。故劉良謂「述其德行之狀。」《漢語大詞典》說「專指記述死者世系、籍貫、生卒年月和生平概略的文章」都是對的。

　　後世史家撰寫人物列傳的依據之一，就是文人撰寫的行狀。明代吳訥云：「按行狀者，門生故舊狀死者行業，上於史官或求銘志於作者之辭也。《文章緣起》云始自漢丞相倉曹傳胡幹作《楊元伯行狀》，然徒有其名而亡其辭。蕭氏《文選》唯載任彥昇所作《齊竟陵王行狀》，而辭多矯誕，識者病之。」〔註16〕徐師曾《文體明辨》亦稱：「蓋具死者世系、名字、爵里、行治、壽年之詳，或牒考功太常使議諡，或牒史館請編錄，或上作者乞墓誌碑表之類皆用之。而其文多出於門生故吏親舊之手，以謂非此輩不能知也。」說明行狀多為死者的門生故舊所撰，因為死者的生平事蹟只有這些人最為知情。而歷代行狀都是偏重於條列事實，對於文詞修飾的要求則不是主要的。徐師曾所謂「體取比事，不取屬辭」即指此。

　　任昉此文所記之蕭子良（460～494），字雲英，為南徐州南蘭陵（治今常州西北）人。齊高帝蕭道成之孫，齊武帝蕭賾次子，母親為武帝皇后裴惠昭，文惠太子蕭長懋同母弟。齊高帝曾封他為聞喜縣公。齊武帝封他為竟陵郡王。

　　據《南史》、《梁書》任昉傳記載，任昉曾任蕭子良的記事參軍，當屬蕭子良之「故吏親舊」之列，因此，由他作蕭子良的行狀是比較合適的。但任昉在《齊竟陵文宣王行狀》一文中按照時間順序條列了齊竟陵王蕭子良一生的主要經歷和生平事蹟的同時，還對他的人品才學以及禮賢下士的品行作了高度的讚揚，其稱頌之詞溢於言表。也正因如此，不免有言過其實之議。亦難怪吳訥有「辭多矯誕，識者病之」之語。然此文文詞駢儷，富有文采，用此種形式寫作行狀，是為任昉的獨創。所以，「以儷辭述實事，於斯體尚稱」的讚賞之詞亦不為過〔註17〕。蕭統於行狀文只選任昉此篇，是否也是關注到他的這種創

〔註16〕明《文衡・雜著・文章辨體序題》卷第五十六。
〔註17〕李兆洛：《駢體文鈔》，上海書店，1988 年版。

造？亦不妨可做此種猜測。

上流

「沈攸之跋扈上流，稱亂陝服。」呂向注曰：「跋扈，畔換也。上流，荆州也。時攸之為荆州刺史，宋順帝即位，起兵作亂。時以荆州比陝州，為分陝之望也。」李善注曰：「沈約《宋書》曰：『沈攸之字仲達，為荆州刺史。順帝即位，攸之帥武義至夏口反。』《毛詩傳》曰：『無然畔換，猶跋扈也。』《西京賦》曰：『睢盱跋扈。』《尚書》曰：『非臺小子，敢行稱亂。』臧榮緒《晉書》曰：『武陵王令曰：荆州勢據上流，將軍攸之委以分陝之重。』」五臣注側重釋義，李善注注重語源出典，二者相得益彰。此段意思已經很清楚，就是說沈攸之憑荆州形勢之重起兵造反。「跋扈上流」與「稱亂陝服」為意義相同的不同說法而已。這是符合駢文的行文習慣的。

《詩·大雅·皇矣》：「無然畔援。」毛傳：「無是畔道，無是援取。」鄭玄箋：「畔援，猶跋扈也。……無如是跋扈者妄出兵也。」李善所引《毛詩傳》即出於此。唐陸德明《經典釋文》引《韓詩》云：「畔援，武強也。」馬瑞辰傳箋通釋：「畔援通作畔換，《漢書·敘傳》曰：『項氏畔換。』師古注：畔換，強姿之貌，猶言跋扈也。」馬氏同時指出畔換又作泮換、叛換，又作絆換。〔註18〕則自漢代開始「跋扈」與畔援、畔換、泮換、叛換、絆換等詞雖寫法不同，但意義近似，均為強橫、抗拒、反叛等義。

因此，據上下文分析，「上流」之義自指荆州而言，亦毫無疑義。

《漢語大詞典》釋「上流」云：

> 1. 河流的上游。一般指距發源地較近的一段河川。《左傳·襄公十四年》：「秦人毒涇上流，師人多死。」《三國志·吳志·甘寧傳》：「羽號有三萬人，自擇選銳士五千人，投縣上流十餘里淺瀨，云欲夜涉渡。」宋范鎮《東齋記事·承昭》：「承昭乞紉布囊括土，投上流以塞之，不設板築，可成巨防。」楊朔《鐵騎兵》：「〔班長他們〕沿著河朝上走，要找個淺些的地方過河。上流的水更急，總過不去。」
>
> 2. 指河流的上游一帶地區。北魏酈道元《水經注·河水》：「恒水上流有一國。」《南史·宋臨川烈王道規傳》：「荆州居上流之重，資實

〔註18〕《毛詩傳箋通釋》，《清人注疏十三經》一，中華書局，1998年版，278頁。

兵甲居朝廷之半，故武帝諸子遍居之。」3. 上品；上等。南朝宋劉義慶《世說新語·言語》：「謝仁祖年八歲……爾時語已神悟，自參上流。」唐羅隱《題方干詩》：「故我論佳句，推君最上流。」宋李清照《打馬賦》：「實博弈之上流，乃閨房之雅戲。」魯迅《故事新編·起死》：「真寫得有勁，真是上流的文章。」4. 指有權勢的社會集團。《漢書·劉屈氂傳》：「〔賀〕不顧元元，無益邊穀，貨略上流，朕忍之久矣。」顏師古注：「丞相貪冒，受略於下，故使眾庶貨賄上流執事者也。」宋司馬光《乞責降第四劄子》：「臣雖至愚，粗惜名節，受此指目，何以為人。非徒如是而已，又使譏謗上流，謂國家行法，有所偏頗。」

《漢語大詞典》關於「上流」的四個義項，反映出這個詞語意義的不斷引申過程，可以說解釋是比較全面的。即使詞語用例也盡量照顧到了時代的先後與代表性。但是美中不足，還是忽略了「上流」在六朝時期的一個最特定的含義，它特指以荊州為中心的長江中上游的一帶地區。《漢語大詞典》在第二條義項中特別提到了《南史·宋臨川烈王道規傳》一例，意在說明「上流」是指「河流的上游一帶地區」。其實該例是提供了「上流」可以代指「荊州一帶地區」的最直接證據。因為荊州位居長江上流地區，在當時為最重要的軍事要地，所以它就可以直接稱上流。這樣說是有根據的。

荊州自東晉建都建康以後其地理位置的重要性就明顯表現出來了。翻閱史書，不難理解荊州的地位。東晉南朝政權建立之形勢，屬於據南面北，外北而內南的特殊狀態，朝廷偏安一隅，荊州位居長江上流，為扼住朝廷咽喉的要害之地，故有東晉王敦憑據荊州而起兵為亂，桓溫、桓玄父子靠長期經營荊楚而威懾反叛朝廷。劉宋建立政權後吸取東晉教訓，僅以宗室諸王鎮荊州，顯然是十分清楚荊州地位的重要性。「而劉氏統治之六十年中，無論劉氏宗室內訌，或異姓大臣企圖推翻劉氏，或為保劉氏而與建康之篡權者鬥爭，大都皆控制上游以順流東下，如謝晦起兵於荊州，臧質、南譙王義宣起兵於雍州、荊州，海陵王休茂起兵於雍州，鄧琬挾晉安王子勳起兵於江州，桂陽王休範起兵於江州，沈攸之起兵於江州。宋文帝、孝武帝之入即皇位，亦來自荊州江州也。」〔註19〕由於自荊州順江而下可以直逼建康安危，故以其地處江之上流而得「上

〔註19〕周一良：《魏晉南北朝史劄記》，中華書局，1985年版，第231頁。

流」之譽。以下諸例皆為以「上流」稱「荊州」的顯證。

見於沈約《宋書》：

卷二十四《志第十四‧天文二》：「庾翼大發兵謀伐胡，專制上流，朝廷憚之。」時庾翼為荊州刺史，故稱「專制上流」。

卷四十三‧列傳第三：「晦據有上流，或不即罪，朕當親率六師，為其遏防。」謝晦是時亦為荊州刺史。

卷四十四‧列傳第四：「少帝既廢，司空徐羨之錄詔命，以晦行都督荊湘雍益寧南北秦七州諸軍事、撫軍將軍、領護南蠻校尉、荊州刺史，欲令居外為援，慮太祖至或別用人，故遽有此授。……初，晦與徐羨之、傅亮謀為自全之計，晦據上流，而檀道濟鎮廣陵，各有強兵，以制持朝廷；羨之、亮於中秉權，可得持久。」

以「上流」為「荊州」之例，在唐人所編《晉書》中亦多見：

卷六《明帝記》：「改授荊、湘等四州，以分上流之勢，撥亂反正，強本弱枝。」

卷十二《天文志》：「庾翼大發兵，謀伐石季龍，專制上流。」

卷十九《五行志》：「於時王敦據上流，將欲為亂，是其征。」

略舉數例，足以說明，由於六朝時期特定的政治軍事形勢所決定，以荊州為核心的長江中上游一帶地區，因其位處江之上流，有關乎中央朝廷建康命運安危之重，所以文人每每提及上流，自然會令人想起荊州，也許這就是當時這個義項的來源吧？因此，陳宏天等注「上流」云：「指社會上有權有勢的人物。據《南史‧謝晦傳論》：『加以身處上流，兵權總己。』」並翻譯道：「荊州刺史沈攸之驕橫無理，不把一些上流人物放在眼裏，竟然起兵叛亂。」〔註20〕就難免有望文生義之譏。《南史》對謝晦有「身處上流」之議，是由於他任荊州刺史而來。上文於史有徵，自是無需贅述的。

毗贊

「宋鎮西晉熙王、南中郎邵陵王，並鎮盆口。世祖**毗贊**兩藩，而任揔西伐。」呂向注：「時齊世祖為齊王太子，輔贊二王之政，西伐沈攸之亂也。兩番，二

〔註20〕陳宏天等：《昭明文選譯注》第六冊，吉林文史出版社，1994年版，第2008頁，2016頁。

王也。」李善於「毗贊」無注。呂向以「輔贊」釋「毗贊」是正確的。此亦為六朝慣用語。

《漢語大詞典》「毗贊」條云：「亦作『毘贊』。輔佐；襄助。《西京雜記》卷四：『其有德任，毗贊、佐理陰陽者，處欽賢之館。』《晉書·列女傳·涼武昭王李玄盛后尹氏》：『玄盛之創業也，謨謀經略多所毗贊，故西州諺曰：李尹王敦煌。』宋司馬光《辭左僕射第一箚子》：『臣之少壯，猶不如人，今年齒衰老，目視近昏……豈可首居相位，毗贊萬機。』明宋濂《給事中安統除兵部尚書誥》：『非有奮屬之才，練達之知，不足以奉揚威武，毘贊機密者矣。』」釋義比較準確，所選詞語用例也反映出了該詞的六朝時語性質。

以《四庫全書》為據，我們對「毗贊」的用例情況進行了詳細的檢索，檢索結果也更加證明了這個結論。

下面以各書成書時代為序，將《四庫全書》史部隋代以前正史中「毗贊」的用例列舉於下：

1. 見於梁沈約所作《宋書》的用例：

（1）卷四十二·列傳第二·《王弘傳》：「臣義康既總錄百揆，毗贊盛化，忝廁下風，諮憑有所。」

（2）卷四十四·列傳第四·《謝晦傳》：「（謝晦）數從高祖征討，備睹經略，至是指麾處分，莫不曲盡其宜。二三日中，四遠投集，得精兵三萬人。乃奉表曰：臣階緣幸會，蒙武皇帝殊常之眷，外聞政事，內謀帷幄，經綸夷險，毗贊王業，預佐命之勳，膺河山之賞。及先帝不豫，導揚末命，臣與故司徒臣羨之、左光祿大夫臣亮、征北將軍臣道濟等，並升御床，跪受遺詔，載貽話言，託以後事。」

（3）卷八十五·列傳第四十五·《王景文傳》：「卿清令才望，何愧休元？毗贊中興，豈謝干木？綢繆相與，何後殷鐵邪？」

2. 見於南朝梁蕭子顯所作《南齊書》的用例：

（4）卷三十七·《胡諧之傳》：「文惠太子鎮襄陽，世祖以諧之心腹，出為北中郎征虜司馬、扶風太守，爵關內侯。在鎮毗贊，甚有心力。」

3. 見於北齊魏收所作《魏書》的用例：

（5）卷十九中·《景穆十二王中·任城王傳》：「詔曰：『省奏，深體毗贊之

情，三皇異軌，五代殊風，一時之制，何必詮改？必謂虛文設旨，理在可申者，何容不同來執。可依往制。』」

4. 見於唐房玄齡所作《晉書》的用例：

（6）卷三五《裴秀傳》：「渡遼將軍毌丘儉嘗薦（裴）秀於大將軍曹爽，曰：『生而岐嶷，長蹈自然；玄靜守真，性入道奧；博學強記，無文不該；孝友著於鄉黨，高聲聞於遠近。誠宜弼佐謨明，助和鼎味，**毗贊**大府，光昭盛化。非徒子奇、甘羅之儔，兼包顏、冉、游、夏之美。』」

（7）卷三九《荀勖傳》：「太康中，詔曰：勖明哲聰達，經識天序，有佐命之功，兼博洽之才。久典內任，著勳弘茂，詢事考言，謀猷允誠。宜登大位，**毗贊**朝政。」

（8）卷九六《列女傳·涼武昭王李玄盛后尹氏》：「涼武昭王李玄盛后尹氏，天水冀人也。幼好學，清辯有志節。初適扶風馬元正，元正卒，為玄盛繼室。以再醮之故，三年不言。撫前妻子逾於己生。玄盛之創業也，謨謀經略多所**毗贊**，故西州諺曰：『李尹王敦煌。』」

5. 見於唐李大師、李延壽所作《南史》的用例：

（9）卷二十三《王彧傳》：「王彧字景文，球從子也。……景文屢辭內授，上（指宋明帝）手詔譬之：『……庶姓作揚州，徐干木、王休元、殷鐵並處之不辭。卿清令才望，何愧休元？**毗贊**中興，豈謝干木？綢繆相與，何後殷鐵邪？』」

6. 見於唐李大師、李延壽所作《北史》的用例：

（10）卷一〇〇《序傳·涼武昭王李暠》附李韶長子李瓛事：「長子瓛，字道璠，溫雅有識量。魏永平二年，釋褐太尉府行參軍，累遷尚書倉部郎中。後汝南王悅為司州牧，悅性質疏冗，情識不倫，朝廷以瓛器望兼美，閑於政事，擢為悅府長史，兼知州務。甚得**毗贊**之方，因除司州別駕。遷光祿少卿。」

7. 見於唐魏徵所編《隋書》的用例：

（11）卷七十三·列傳第三十八·《房恭懿傳》：「上又曰：『房恭懿所在之處，百姓視之如父母。朕若置之而不賞，上天宗廟其當責我。內外官人宜知我意。』於是下詔曰：『德州司馬房恭懿出宰百里，**毗贊**二藩，善政能官，標映倫伍。班條按部，實允僉屬，委以方岳，聲實俱美。可使持節海州諸軍事、海州刺史。』」

以上所列七種正史文獻，有的成書於南北朝，有的成書於唐代，但所載之事均發生於西晉以後至南北朝時期，早於六朝的用例一例也沒有。而且，所列之十一例，均可釋為輔佐、輔助等義。

在《四庫全書》子部文獻中，「毗贊」的最早用例即為《漢語大詞典》所錄東晉葛洪《西京雜記》卷四中的一條，其次見於北齊劉晝所作的《劉子》卷十，《惜時第五十三》，云：「退不能披策樹勳，毗贊明時，空蝗粱黍，枉沒歲華。生為無聞之人，歿成一棺之土。」集部之最早用例即為《文選》所錄任昉此文，明張溥所輯《漢魏六朝百三家集》中「毗贊」之最早用例亦為此文。經部文獻中沒有「毗贊」的用例。

上述的檢索結果充分證明，「毗贊」為六朝時代產生的新詞，可以視為六朝時語。其基本含義為「輔佐」、「輔助」等。在《四庫全書》所存六朝文獻中，與「毗贊」意義相同而且產生及使用情況亦相同的詞語還有毗輔、毗佐、毗助、毗翼、毗補、毗益、毗亮、毗燮、贊毗等。

《說文》無「毗」字。但是「毗」字作為表示輔佐等義的單音節詞來使用的情況，在先秦文獻中亦已多見。如《毛詩·小雅·節南山》云：「尹氏大師，維周之氐。秉國之均，四方是維。天子是毗，俾民不迷。」毛傳釋「毗」為厚，鄭箋釋「毗」為輔。孔穎達正義云：「毗為毗益，故為厚，亦由輔弼使之厚。」則毛傳釋為「厚」亦由於「毗」的「輔」義而來。1 [註21]

《尚書·微子之命》云：「以蕃王室。弘乃烈祖。律乃有民。永綏厥位。毗予一人。世世享德。萬邦作式。俾我有周無斁。」「毗予一人」，即輔佐我一個人。周天子稱自己為「予一人」，與後來的「寡人」、「孤」等同義。

《莊子·外篇·在宥》云：「人大喜邪，毗於陽。大怒邪，毗於陰。陰陽並毗，四時不至，寒暑之和不成，其反傷人之形乎！」

對於《莊子》的這個「毗」字，歷來解釋有爭議。如郭慶藩《莊子集釋》引成玄英疏曰：「毗，助也。喜出於魂，怒出於魄，人稟陰陽，與二儀同氣。

〔註21〕另，《大雅·板》云：「天之方懠，無為夸毗。威儀卒迷，善人載尸。」毛傳：「懠，怒也。夸毗，體柔人也。」鄭玄箋：「主方行酷虐之威，怒女無夸毗以形體順從之。君臣之威儀盡迷亂，賢人君子則如尸矣。」馬瑞辰《毛詩傳箋通釋》：「按：夸毗，《爾雅·釋文》引字書作『骻骳』，《玉篇》《廣韻》皆作『骻骳』。《爾雅》與『蘧除』、『戚施』同釋，三者皆連綿字，非可分析言之。」則此「夸毗」之「毗」只是作為連綿詞的一個音節使用，單個字本身不具意義。所以，此「毗」字不能作為詞語用例。

堯令百姓喜，毗陽暄舒，桀使人怒，助陰慘肅。人喜怒過分，則大失常，盛夏不暑，隆冬無霜。既失和氣，加之天災，人多疾病，豈非反傷形乎！」另引俞樾曰：「《釋文》，毗如字，司馬云，助也，一云，並也。然下文云，陰陽並毗，四時不至，寒暑之和不成，則訓（為）助已不可通，若訓並更為失之矣。按此毗字當讀為毗劉暴樂之毗。《爾雅·釋詁》云，毗劉，暴樂也。合言之則曰毗劉，分言之則或止曰劉，《詩·桑柔》篇『捋采其劉是也；或止曰毗，此言毗於陽毗於陰是也。』暴樂，毛公傳作爆爍。鄭氏箋云：捋采之則爆爍而疏。然則爆爍猶剝落也。喜屬陽，怒屬陰，古大喜則傷陽，大怒則傷陰。毗陰毗陽，言傷陰陽之和也，故四時不至，寒暑之和不成。若從司馬訓毗為助，則下三句不貫矣。《淮南子·原道篇》，人大怒破陰，大喜墜陽。正與此同義。」

　　成玄英認為「毗」應釋為助，並用堯、桀為例，具體闡述了莊子這段話的含義，是比較合乎莊子齊物理論的。但俞樾則認為釋「毗」為「助」於「陰陽並毗，四時不至，寒暑之和不成」三句解釋不通，而應該釋為「毗劉」之毗，即剝落的意思，於此處則理解為傷害。這種說法為《漢語大詞典》所接受，其關於「毗」字的第七條義項即舉俞樾的例子，云：「俞樾《諸子平議·莊子二》：『案此毗字，當讀為『毗劉暴樂』之『毗』……喜屬陽，怒屬陰，故大喜則傷陽，大怒則傷陰。毗陰毗陽，言傷陰陽之和也。』」兩種觀點於莊子本意的理解均可通，但釋「毗」為「傷」終不如釋為「助」更貼切。助陰助陽，不是傷陰傷陽，而是使陰陽俱盛，這就導致陰陽過分失衡，自然和諧喪失，所以四時不調，寒暑不均，而反過來於人體有傷害。俞氏注意到「陰陽並毗，四時不至，寒暑之和不成」三句，卻忽略了此段還有最後一句「其反傷人之形乎！」前三句為現象，最後一句是結果，這樣語義才合乎邏輯。俞氏未注意到最後一句已有「傷人」之語，故強加「毗」為「傷」與語義不合。

　　可見，「毗」在先秦時作為單音節詞，基本含義為「助」、「輔助」等，而到六朝時期這個基本含義就用複音詞毗贊或毗輔、毗佐、毗助、毗翼、毗補、毗益、毗亮、毗燮、贊毗等詞語來表達。而贊、輔、佐、助、翼、補、益、亮、燮等字作為單音節詞也都有輔助義。故從先秦的「毗」發展為六朝時期的複音詞「毗贊」，反映了漢語發展過程中的一個重要現象，即漢語詞彙是由單音詞向複音詞轉化的。而「毗」的複音化過程是在六朝時期完成的，其具體的構詞形式為同義複詞。

陸士衡《弔魏武帝文》

冢嗣、貽謀

「觀其所以顧命冢嗣，貽謀四子。」李善注曰：「《尚書》曰：成王將崩，命召公、畢公相康王，作《顧命》。《爾雅》曰：冢，大也。《左氏傳》里克曰：太子奉冢祀社稷之粢盛，故曰冢子。謂文帝也。《毛詩》曰：貽厥孫謀。」劉良注曰：「謂觀武帝臨終顧命於太子，使其嗣位。遺謀於四子也。冢嗣，長子也。貽，遺也。四子，謂丕、植、彪、章也。」意為：看武帝曹操是如何在臨終時候命令太子繼位，並向四個兒子傳授所以順安天下的謀略。「冢嗣」專指可以繼承王位的太子而言。「貽謀」取自《毛詩·大雅·文王有聲》：「豐水有芑，武王豈不仕？詒厥孫謀，以燕翼子。」毛傳：「仕，事。」鄭玄箋云：「詒，猶傳也。孫，順也。豐水猶以其潤澤生草，武王豈不以其功業為事乎？以之為事，故傳其所以順天下之謀，以安其敬事之子孫。」故「詒厥孫謀」即遺傳自己所以安順天下的策略給子孫後代的意思。陸機此處即以「貽謀」代指此意。

謝惠連《祭古冢文》

磚甓

「東府掘城，北塹入丈餘，得古冢，不用磚甓。」李善注曰：「毛萇《詩傳》曰：甓，瓴甋也。今謂之磚。」由「磚甓」一詞可知，作為一種建築材料，六朝時就已經有磚的稱呼了。

可有……頭

「刻木為人，長三尺，可有二十餘頭。」意為：（墓葬中）有刻木而成的木俑人，有三尺長，大約有二十多個。「可有……頭」即大約有多少個的意思。

㨃

「以物㨃撥之。」李善注曰：「《說文》曰：㨃，杖也。宅庚切。然南人以物觸物為㨃也。」「㨃」的本義是木杖。在此作動詞用，是用木杖觸動的意思。然依李善注，則以「㨃」作「觸動」解，是當時南方人的方言，當有根據。亦可證明「㨃」作為六朝習用語，而「觸動」則為其基本含義。檢索《四庫全書》亦可證明此說。如晉代葛洪《抱朴子·內篇》卷三：「此亦如竊鍾㨃物，鏗然有聲。惡他人聞之，因自掩其耳者。」意為：這就像有人偷鍾不小心撞到

什麼東西上，發出鏗的一聲響。他怕被別人聽見，於是就自己捂上自己的耳朵一樣。「根」為觸到、撞到的意思。另，同書《外篇》卷二云：「不根人之所諱，不犯人之所惜。」意為：不去觸動別人所忌諱的事情，也不要去侵犯別人愛惜的東西。是為「根」作觸動解的直接例證。

結　語

　　《文選》作為我國現存第一部文學作品總集，被陸宗達先生譽為「在歷史上曾被發掘過多次的文化礦藏」[註1]它的蘊藏量是極為豐富的。僅就其中所保存的六朝語言現象而言，絕不僅僅是上述研究所能涵蓋，加之像這樣以課題立項式展開研究，由於規定的研究時間有限，無法做地毯式的窮盡地搜索與更加細緻的分析，否則的話所得到的收穫必定會更多。儘管如此，上述的研究仍然是自己花費了多年時間，字斟句酌讀《文選》，並仔細參閱各種工具書與文獻資料進行對照、研究的成果，希望能對於《文選》研究與「文選學」的發展有所貢獻。

　　上述四章內容分別從《文選序》、《文選賦》、《文選詩》以及《文選》的雜體類作品中尋找有關六朝時期的語言現象進行仔細研究。研究的初衷是希望能夠在有助於《文選》研究的發展基礎上，對於中古漢語的整體研究有所幫助。具體完成的情況如下：

　　第一章「《文選序》所存六朝時語研究」，主要探討了「式觀元始，眇覿玄風」、「玄風」、「作者」、「事出於沉思，義歸乎翰藻」、「若斯之流」、「篇什」等6 個語詞在《文選序》中的基本含義。

〔註 1〕陸宗達：《昭明文選譯注序》，陳宏天等《昭明文選譯注》第一冊，吉林文史出版社
　　　　1988 年版。

　　第二章「《文選賦》所存六朝時語研究」，主要探討了來自《文選賦》類之左太沖《三都賦序》、左太沖《蜀都賦》、左太沖《吳都賦》、左太沖《魏都賦》、潘安仁《射雉賦》、潘安仁《西征賦》、何平叔《景福殿賦》、潘安仁《秋興賦》、陸士衡《歎逝賦》、潘安仁《懷舊賦》、江文通《恨賦》、江文通《別賦》、陸士衡《文賦》、嵇叔夜《琴賦》、曹子建《洛神賦》等 15 篇作品中的研精、豐蔚、菴藹、貿、髯髩、迢遞、衄（衄 nù）、梗概、江介、饕切、儻朗、風流、奧祕、翳蔽、曖昧、退概、纏連、結構、俄頃、翰、底寧、末契、私艱、脫略、行子、雕龍、詎、僱俛、彬蔚、牢落、世情、彪休、翕赩、峻崿、殊觀、憀亮等 36 個語詞的詞義演變情況進行了重新梳理與辨析。

　　第三章「《文選詩》所存六朝時語研究」，針對曹子建《贈白馬王彪》、潘安仁《為賈謐作贈陸機》、劉越石《答盧諶》、盧子諒《贈崔溫》、盧子諒《答魏子悌》、謝靈運《還舊園作見顏范二中書》、任彥昇《贈郭桐廬出溪口見候余既未至郭仍進村維舟久之郭生方至》、潘正叔《迎大駕》、陶淵明《辛丑歲七月赴假還江陵夜行塗口作》、謝靈運《入華子崗是麻源第三谷》、顏延年《北使洛》、顏延年《還至梁城作》、沈休文《早發定山》、王仲宣《從軍詩五首》、石季倫《王明君辭》、陸士衡《樂府·君子有所思行》、陸士衡《日出東南隅行或曰羅敷豔歌》、束廣微《補亡詩六首》、陸士衡《輓歌詩》、謝靈運《南樓中望所遲客》、謝玄暉《和王主簿怨情》、江文通《雜體詩三十首·陸平原機〈羈宦〉》等 22 篇詩歌作品中的眷戀庭闈、眷戀、庭闈、中原、道情、龕、神理、誣、道士、荏苒、披攘、棋跱、綺麗、素養、頓擗、空爾為、行藥、市井人、姐、頑疎、庶幾、聊且、所歡、圓景、咄喏、洗然、檢括、輈張、遊豫、篤好、扳纏、行春、心期、世故、宿好、肥遁、蓬心、息徒、夙齡、怑性、屏營、營生、秀色可餐、和風、玄廬、暌攜、賒、儲后等 48 個語詞的詞義演變情況進行辨析。

　　第四章「《文選》雜體所存六朝時語研究」，主要研究了曹子建《求通親親表》、陸士衡《謝平原內史表》、劉越石《勸進表》、任彥昇《為范尚書讓吏部封侯第一表》、任彥昇《為蕭揚州作薦士表》、任彥昇《為范始興作求立太宰碑表》、任彥昇《奉荅勅示七夕詩啟》、任彥昇《為卞彬謝修卞忠貞墓啟》、任彥昇《奏彈曹景宗》、任彥昇《奏彈劉整》、沈休文《奏彈王源》、任彥昇《到大司馬記室箋》、任彥昇《百辟勸進今上箋》、曹子建《與楊德祖書》、嵇叔夜

《與山巨源絕交書》、丘希範《與陳伯之書》、劉孝標《重荅劉秣陵沼書》、孔
德璋《北山移文》、陳孔璋《為袁紹檄豫州》、陳孔璋《檄吳將校部曲文》、杜
元凱《春秋左氏傳序》、皇甫士安《三都賦序》、石季倫《思歸引序》、王元長
《三月三日曲水詩序》、任彥昇《王文憲集序》、袁彥伯《三國名臣序贊》、干
令升《晉紀總論》、范蔚宗《宦者傳論》、范蔚宗《逸民傳論》、沈休文《宋書
謝靈運傳論》、范蔚宗《後漢書光武紀贊》、曹元首《六代論》、嵇叔夜《養生
論》、李蕭遠《運命論》、劉孝標《廣絕交論》、陸士衡《演連珠》、張孟陽《劍
閣銘》、潘安仁《馬汧督誄》、顏延年《陽給事誄》、潘安仁《哀永逝文》、顏延
年《宋文皇帝元皇后哀策文》、王仲寶《褚淵碑文》、王簡栖《頭陀寺碑文》、
沈休文《齊故安陸昭王碑文》、任彥昇《齊竟陵文宣王行狀》、陸士衡《弔魏武
帝文》、謝惠連《祭古冢文》等 47 篇作品中友於、兩宮、矗然、江左、鍾、
乃、道風、領袖、筆耕、傭書、坐鎮雅俗、不任、風猷、徽烈、精廬、義形、
風什、纏迫、將軍死綏，咫步無卻、按甲盤桓，緩救資敵、世出、景宗即主、
惟此庸固，理絕言提、稱首、列稱、出適劉氏二十許年、叔郎、奴僕稱女主人
為「娘」，稱少主人為「郎」、稱兒子為「息」、未展、準、查、乞、貼、上……
去、伉合、門素、儲闈、清顯、流輩、相承、簿閥、東晉、造次、緒言、唐突、
蘊策、丹誠、素論、該、詆訶、掎摭、嬾、小便、耐煩、促中、姍、不營、掘
強、茂親、難、瀟灑、逋客、賕、撓、梟雄、猖猭、渙然、空類、誇邁、窅眇、
家牒、檢鏡、器異、清公、識會、夷雅、丹陽、如干、方、圓、謇諤、王略、
支、尸、陵邁、資次、鉤黨、龔行、介性、沽名、蘊藉、邪孽、處子、三祖、
氣質、飆流、賞好、江右、遒麗、興會、衣冠、三精、毗輔、輔養、淫哇、平
粹、交賒、跋躓、素交、利交、較、玄晏、趑趄、噤害、劀剟、惝惶、惠問、
韻宇、簡、昇遐、玄言、行狀、上流、毗贊、冢嗣、貽謀、磚甓、可有……頭、
根等 131 個語詞的含義進行辨析。

　　上述 4 章共分析研究了 219 個語詞，從中可以發現《文選》中的六朝時語
具有以下的幾個主要特點：

　　（1）《文選》中的六朝時語主要體現在詞語方面。所探討的 219 個語詞
僅有極少數幾例是語詞的固定搭配形式，如「上……去」、「可有……頭」、表
示被動的「被」字句式等。其他現象所涉及的都是詞彙的產生和詞義發展的

問題。

（2）《文選》中的六朝詞彙主要是複音詞，單音節詞極少。

（3）受地域環境的影響，六朝時語中有的是吳語方言詞，如展、桭等。

上述三個特點充分表明，在六朝時期，漢語的發展與演變主要不是在語法與基本詞彙方面，這也證明了王力先生關於「語法是具有很大的穩固性的。數千年來，即有史以來，漢語語法是變化不大的；它靠著幾千年維持下來的某些語法特點和以後發展出來的一些特點，以自別於其他語言。」〔註2〕「漢語的基本詞彙是富於穩固性的；多數的基本詞有了幾千年（或者是幾百年）的壽命。在複音詞逐漸發展以後，有些基本詞轉變為詞素（如「月亮」的「月」）。」「基本詞彙雖然穩定，變化還是可能的。首先是跟著社會的發展而發展。」〔註3〕等相關論述所陳述的觀點都是正確的。且《文選》中所存的這些產生於六朝的詞彙現象說明，由於語詞所要表達的內容越來越豐富、複雜，而單音節詞不能滿足表達的這種需要，複音詞卻可以滿足這種需要，往往只需要將一個單音節詞作為語素，通過在單音詞前後增加其他語素的形式，就使漢語的詞彙越來越豐富、越來越可以滿足表達的需要。六朝時期文學的發展與繁榮也充分證明了這一點。

上述的研究，取得了一定的成績，但也必定存在很多的不足，希望在今後的不斷改進中能夠越來越完善，真正能夠在中古漢語研究的領域內占一席之地，這是我們努力的目標。

〔註2〕王力：《漢語史稿》中冊，第 1 頁，中華書局，1980 年版。
〔註3〕王力：《漢語史稿》下冊，第 514 頁，中華書局，1980 年版。

主要參考文獻

一、著作類

1. 《文選李善注》，桐鄉陸費逵總勘，杭縣高時顯、吳汝霖輯校，杭縣丁輔之監造，《四部備要・集部》，上海中華書局據鄱陽胡氏校刻本校刊。

2. 《六臣注文選》影印本，日本足利學校藏宋刊明州本，北京：人民文學出版社，2008 年版。

3. 文淵閣《四庫全書》電子本。

4. 《十三經注疏》，〔清〕阮元校刻，北京：中華書局出版社，1980 年版。

5. 《揅經室三集》，〔清〕阮元，上海：商務印書館（《四部叢刊》縮原刊本）。

6. 《魏晉南北朝文學史參考資料》，北京大學中國文學史教研室選注，北京：中華書局，1962 年版。

7. 《後漢書》，范曄，北京中華書局 1965 年版。

8. 《中國文學史》，游國恩等，人民文學出版社，1963 年版。

9. 《文心雕龍考異》，張立齋，臺北正中書局，1974 年版。

10. 《漢語史稿》，王力，北京：中華書局，1980 年版。

11. 《文心雕龍注譯》，郭晉稀，蘭州：甘肅人民出版社，1982 年版。

12. 《文心雕龍譯注》，趙仲邑，桂林：桂林灕江出版社，1982 年版。

13. 《史記》，司馬遷，北京：中華書局，1982 年版。

14. 《魏晉南北朝史箚記》，周一良，北京：中華書局，1985 年版。

15. 《文選平點》，黃侃，上海：上海古籍出版社，1985 年版。

16. 《文心雕龍義證》，詹鍈，上海：上海古籍出版社，1989 年版。

17. 《昭明文選譯注》（一、二冊），陳宏天、趙福海、陳復興，吉林文史出版社，1988 年版。

18. 《昭明文選譯注》（三、四冊），陳宏天、趙福海、陳復興，吉林文史出版社，1992 年版。

19. 《昭明文選譯注》（五、六冊），陳宏天、趙福海、陳復興，吉林文史出版社，1994 年版。

20. 《文心雕龍譯注》，陸侃如、牟世金齊魯書社，1995 年版。

21. 《增訂文心雕龍校注》，楊明照，北京：中華書局，2000 年版。

22. 《中古漢語研究》，王雲路、方一新，北京商務印書館，2000 年版。

23. 《中國歷代文論選》，郭紹虞主編，上海：上海古籍出版社，2001 年版。

24. 《中國文學批評史（上冊）》，王運熙，顧易生，上海：上海古籍出版社，2002 年版。

25. 《現代文選學史》，王立群，北京：中國社會科學出版社，2003 年版。

26. 《中古漢語詞彙史》，王雲路，北京：商務印書館，2010 年版。

27. 《〈法言〉〈揚雄集〉詞類研究》，陸廣，北京：高等教育出版社，2011 年版。

二、工具書

1. 《康熙字典》，〔清〕，北京：中華書局出版，1958 年版。

2. 《說文解字》，〔漢〕許慎，1963 年版。

3. 《漢語大詞典》，漢語大詞典編輯委員會漢語大詞典編纂處，上海：漢語大詞典出版社，1997 年版。

4. 《辭源》（修訂本），商務印書館（1～4 合訂本），1988 年版。

三、論文類

1. 王運熙，《文選選錄作品的範圍和標準》，《復旦學報》，1988 年第 6 期。

2. 俞紹初，《讀〈文選序〉三問》，《中國文學研究（輯刊）》，2001 年第 1 期。

3. 朱自清，《〈文選序〉「事出於沉思，義歸乎翰藻」說》，《朱自清選集（第二卷）》，石家莊：河北教育出版社，1989 版。

4. 李嘉言，《試談蕭統的文學批評》，《文學評論》，1961 年第 2 期。

5. 齊益壽，《〈文心雕龍〉與〈文選〉在選文定篇及評文標準上的比較》，（臺灣）中國古典文學研究會，《古典文學》（第三集）。

6. 殷孟倫，《如何理解〈文選〉編選的標準》，《文史哲》，1963 年第 1 期。

7. 楊明，《〈文選序〉「事出於沉思，義歸乎翰藻」解》，中國文選學研究會，《文選學新論》，鄭州：中州古籍出版社，1997 版。

8. 周勳初，《文心雕龍書名辨》，《文學遺產》，2008 年第 1 期，第 24 頁。

9. 孫蓉蓉，《文心雕龍「雕龍」之辨》，中國文心雕龍數據中心編《信息交流》，2010 第 2 期。

10. 于智榮，《文選對六朝時語的留存及今人訓釋的問題》，《長春師範學院學報》，2000 年 7 月。

後　記

　　2010 年，我申報江蘇省哲學社會科學基金項目，獲得重點立項，基金項目號為 01ZWA002，本書即為該項目的最終成果。當年立項後，我經過一系列的調研，得到許多專家與同事的很好的建議，因而確立了基本的研究思路並開始了本書的寫作。然而初衷與實際總是有很大的差距。在研究中，首先要解決的問題就是要確定「六朝時語」的性質。儘管黃侃先生曾經針對「交賒相傾」的「交賒」一詞的探討，提出過「六朝習用語」的概念，但是對於具體什麼是「六朝習用語」，卻沒有明確的定義。我們僅從黃侃先生對於「交賒」的解釋，可以判斷，所謂的「六朝習用語」應該就是指在六朝時代產生的，又為當時人所習用的詞語。為此，我還參閱了石雲孫先生《春秋習用語》一文，發現，石雲孫先生所謂的「春秋習用語」也沒有明確的概念，僅列舉《春秋左氏傳》《國語》《論語》《老子》以及《管子》《晏子春秋》《詩經》《周易大傳》等文獻中的相關詞語進行解釋說明。因此，在參閱各家意見基礎上，結合《文選》一書自身的特點，我確定了以《文選》所存六朝時產生的各類作品作為語料，對於其中所保存的或為產生於當時的各種語言現象、或為當時發生變化或產生了新義的詞語等均作為「六朝時語」，並進行深入研究。這些現象也許並不習用，但是如果確實為六朝的語言現象，就在研究之列。

　　然而，研究對象確定以後，我的工作進展也並不順利。除了日常的事務總

是干擾我的思路以外，更大的障礙是必須從頭仔細閱讀《文選》，這是最考驗自己學術水平的方面。從前也曾經寫過有關《文選》研究的論文或著作，但是現在看來，那些文章並沒有建立在真正深入理解相關作品的基礎上。所以，原本以為研究工作會進展很順利，實際上，為了能夠保證窮盡式搜索出《文選》中的六朝時語，認認真真地閱讀作品，就花費了一年半時間。儘管仍然感覺不夠深入，但是所發現的六朝語言現象也實實在在地擺在了自己的面前。接下來的研究工作也是反反覆覆，在不斷地淘汰取捨中，最終完成了上述四章的研究內容。

我非常清楚，自己的工作不足很多，需要反覆思量的地方仍然不少。但是，課題結項的清理通知已經下達了最後的通牒。儘管戰戰兢兢、如履薄冰，還是要交出已經完成的答卷。自己已經意識到的這成果中的明顯不足是：主要研究精力是集中在對於六朝時語的釋讀辨析方面，缺乏深入的理論剖析；而詞語的釋讀也僅僅依據傳統的詞語考釋工夫，缺乏對西方語言理論的借鑒。因為這些工夫都是我所欠缺的。

想到當初申報課題時候的豪言壯語：希望能夠在有助於學者閱讀《文選》的基礎上，促進「文選學」的發展，並對中古漢語的整體研究有所幫助。正是帶著這個美好的初衷來工作，雖然不足之處仍然很多，但是畢竟願望和為了實現願望所付出的努力是真誠的。故以此求教於方家。

我的同事劉達科教授在我完稿之際對稿件進行了認真地審讀，王勇博士則始終為我查閱各種文獻提供幫助，僅向二位同仁致以真誠的感謝。課題組的其他成員也通過不同方式為課題的完成付出了辛勤的努力，在此一併深表謝忱！

這裡需要補充說明的是，本課題於 2014 年順利通過了江蘇省社會科學重點課題的結項審核。在結項以後的幾年中又對相關詞語的解釋作了許多的補充與修訂。對於相關詞語的解釋也更切合實際，終於有了本書現在的規模。全書主要圍繞《文選》中所收錄的，產生於自漢獻帝建安年間（公元 196～220年），至南朝梁代各類作品中的語言現象。包括產生於彼時的新詞新語，也包括從古代發展過來的古詞古語在此時獲得了新的含義，亦包含了對於歷來《文選》研究者在理解上還存在爭議的問題的辨析。因此，全部四章內容即分別從

《文選序》、《文選賦》、《文選詩》以及《文選》的雜體文類作品中尋找與所界定的「六朝時語」有關的語言現象，並進行了仔細研究。其中共涉及到《文選》中 397 篇產生於六朝時期的賦、詩、文等各類文學作品，並結合《四庫全書》中的相關文獻資料，對照中國大陸通行的《辭源》《漢語大詞典》等兩大工具書，對其中 219 個語言點進行了辨析，分析了這些語言點在六朝產生時期的詞義現象。因而，對《辭源》與《漢語大詞典》的相關詞條編排等問題提出了辯證，這也是本書的創新之處。

如今有幸得到花木蘭文化事業有限公司的支持，同意將本書書稿編印出版。本人內心深感榮幸，並萬分感激，特致謝忱！

吳曉峰

2020 年 11 月 25 日星期三